D O O M S D A Y

M A S S A C R E

DOOMSDAY MASSACRE

上

DOOMSDAY

末殺者

MASSACRE

畢名——著

《末殺者》終極修訂版　作者新序

自由，是人類與生俱來的權利。

擁有自由去創作，思考的領域才得以拓闊。

擁有自由去閱讀，人類的文明才得以進步。

可以同時擁有兩者的土壤，我們應該要好好珍惜這片樂土，因為，沒有什麼是必然擁有的，這刻所擁有的，也可以驟然消失。

我珍惜每次出版小說的機會，就正如，我也希望大家珍惜，這次跟我在不同地域，但相同時空，透過文字結緣下的閱讀過程。

至於我，無論身在台灣的你是因為「靈異出版社系列」而認識到畢名，又或者你就是那個曾經把小說收藏在抽屜裡上課時偷偷閱讀的香港讀者，甚或你今天才第一次看我的小說，我都心懷感激這一刻與你結下的書緣。

誠言，大家現在手執的這部小說，對我來說是一本非常重要的作品，完成全書六章七十五節合共超過四十八萬字的故事，創造出超過五十八位活靈活現的登場角色，亦是一個寫作里程。

的確，人生每個階段，就有不同的目標、不同的里程。

我此刻回望，不諱言，十五年前剛得到第一個出版小說機會時，曾經滿熱血地替自己定下目標，要做一個非常厲害的小說作家，然後當第一本小說衝上香港大型連鎖書店暢銷書榜時，再跟自己定下，要做香港驚悚小說作家第一人。

往後的十年我一直創作，從香港寫到台灣又回到香港，類型由短篇小說集，四萬字的便利小書、八萬字的中篇小說，到後來每本超過十萬字的長篇小說，都一一嘗試過。那段日子，日間應付極為繁重的工作，創作就留待夜深時分或是週末在咖啡店奮戰，最勤力的一年一口氣攻下七本小說。

一直以來，我就是那種定下目標，不怕辛苦，勇往直前的人。

直至那一年發生一件事後，我悄悄緩下腳步，我變得隨心、隨意，我渴望欣賞生活中每一件事，我沒有再拚命向著單一目標跑，反之，我享受一邊走一邊細味沿途好風光，我更發現，隨心而來的機遇，比我長久以來的刻意經營，結果來得更有趣、更超乎想像。

就正如這部小說，恰巧就是我提到的沒有刻意規劃，任由「它」隨心流動而自有其生命力，沿途好風光的一套作品。

回想最初，在二〇〇七年寫第一部《末殺者2012》時（即此小說第一章〈滅門者〉），我抱著單行本去構思，原本只想挑戰自己，由寫得最純熟的恐怖鬼故事轉去寫一部超現實的喪屍小說而已，根本沒有想過要把它寫成超長篇系列，所以小說推出以後，我又立即跳回寫自己最拿手的驚悚鬼故事，還一口氣衝上香港兩大書店暢銷書榜。

但我這人就是奇怪，原本應該繼續依著成功寫作方程式去走，繼續依暢銷書類型穩健創作。我偏偏又返過來去寫類近《末殺者2012》題材的小說，出版另一本單行本《援交血罪》（即後來的《沉淪者》，此書的第四章故事）。

而兩本在原設定沒有關聯的書，就因為我在寫作後者時的一個決定，把前者主角司徒凌宇放入後者故事裡頭，令原本不相干的書，留下伏筆演變成後來的超長篇小說。

之後，小說輾轉由舊出版社轉到香港另一間出版集團繼續出版，而我亦花了兩年時間全心全意寫下此系列未完的故事，系列最後的兩本單行本小說《終結者》（上下冊），被推薦進入第十二屆香港中文文學雙年獎候選列，一切都似乎完結。之後的八年間，我繼續挑戰自己跑去寫關於香港本土歷史的驚悚故事，走遍香港發掘史料，猶如半個歷史學者。

三年前，我收到城邦集團奇幻基地主編張世國先生的聯繫，雙方傾談不同的出版計劃，就一點也沒有牽扯到末殺者這系列小說。直至去年，我忽發奇想，把這系列書寄給張先生參考，就這樣無心插柳，這系列的終極合訂計劃迅速展開。

在此，我要感謝城邦集團和張世國先生的信任，還有之後負責這套書的編輯劉瑄小姐的用心。你們就是我創作路上的沿途好風光。

但終極合訂計劃啟動，沒有想像中的容易。

要把六本原本可獨立閱讀的小說統整，當中花了大量的時間把整套小說的各章節打散再重組。更更重要是，重讀一遍故事後，我除了刪掉一些多餘的枝節外，我鐵定要把過往故事缺失的內容補原，最後加入了數萬字的全新內容。

說起重讀故事，我發現這麼多年來這故事仍在觸動我的，還是它的核心反思部分——

誰為正？誰為邪？何謂善？何謂惡？

我曾經在初版的寫作過程中不斷探索，由最初認定雖然現實中的正邪善惡都不易界定，但還是要遵從社會已定的法規和道德界線去做。到創作後期，我開始被眾主角因故事而生成的遭遇所震盪，尤其歷史都只是由勝利者所塑造，真實的一面往往被隱藏，而社會法規和道德界線雖然自有其客觀存在，但受制於執行者的信念和品格，這又是否有真實的對錯存在？

若放諸詭譎莫測的當下，每個人都有自己的視界，在面對家國生活疫症等種種問題，我們又是否能夠透徹地看真，足夠去了解？做出最正確的判斷，分辨到正邪善惡？答案，留待大家自己在現實中找尋。

但觀乎現在我們身處的時空，動盪不已，無論是作為寫作人或是教育工作者，甚或單純地以兩個孩子的爸爸身分出現，都深深地覺得，是時候讓人性的光輝跟肆虐大地的人類劣根性作一場終極的對抗，不要讓人性沉淪，不要輕言放棄，未來雖然我們未能掌握，我們仍要活在未知的恐懼，但我深信，只要堅持，只要攜手，我們總會越過黑暗，步向光明。

至少，我們可以把值得擁抱光明的機會，送給我們的孩子，守護我們所愛。

畢名

二〇二〇年八月十八日

寫於颱風下暴雨怒敲窗子的深夜

港、台兩地名家戰慄重磅推薦

喜歡驚悚劇情、懸疑陰謀的讀者不容錯過的傑作！MADE IN HONG KONG的代表作！

——**天航，暢銷作家**

畢名擅長撕破人性的面具，將人性陰暗面鉅細無遺地一一寫出。

閱讀《末殺者》一書時，心寒地發現畢名是文字界的死神，他能夠以文字征服讀者的靈魂，讓你在閱讀他的作品時，靈魂活生生被扯進他筆下的世界，令你每一條血管都在顫抖中感到不寒而慄。

他，就是香港的驚悚小說作家——畢名。

——**朱佩君，香港小說作家**

待在畢名身邊已經超過十五個年頭，他是一個懂得把負能幻化為正能量的魔術師，由衷佩服他在這大時代仍能樂於享受生活的細節。

閱歷改變心態，卻不減他對寫作的熱情，每當機遇走近，他總會挺身而出接受挑戰，埋藏在心底深處的他總是有份使命感，用他的筆勾出人性的種種，讓人深思，讓人感受。

他就是擁有懾人魅力的畢名。

——**車人，校園小說作家**

幾天前好友畢名老哥給私訊小弟，想邀請我為終極合訂小說《末殺者》寫新推薦語，然後發來一份登場人物介紹，一看，就像觸發開關，回憶起當年為畢名的作品繪畫插畫的情境。當時小弟只懷有熱血，沒有實際插畫經驗，畢名卻非常放心讓我發揮，至今我仍然非常感激，說畢名為小弟打開文創之門絕不為過。當時畫插畫時熱血澎湃，不是因為有創作機會，而是給畢名那痛快淋漓的文字力量帶動。誠邀你閱讀畢名的文字，感受我當年的震撼感！

——**阿柱，香港繪本作家**

這部作品則嘗試增添電影元素，讓小說人物自鏡頭的精巧角度，於刺激情節捕捉一舉一動。

——**袁兆昌，香港作家**

很多人形容畢名為「驚悚小說作家」，但他的作品真正恐怖之處，並非血腥殘暴，而在於展現真實的人性、冰冷的人心。《末殺者》透過看似超脫現實的故事，展現了人類世界潛藏的陰暗面，在現今荒誕絕倫的社會氣氛下，更值得細看與反思。

——**唐希文，香港小說作家**

畢名的恐怖小說，並不是單純賣弄血腥驚悚、販賣官能刺激的靈異故事。當然幽靈厲鬼不會缺席，但在他的作品中，讀者往往會察覺，最恐怖的不是薄紗後長著青面獠牙的鬼臉，不是來自陰間的索命冤魂，而是迷霧中不知道是否存在的一雙賊眼，以及潛藏暗角的人心。

——**陳浩基，推理小說作家**

這即是閱讀畢名的小說的一種快感！過足一個「偵探以及極惡刑警」的癮……畢名的驚悚故事中，沒有盛氣凌人的壓迫感，也沒有無法睜眼的恐怖至極，卻有一種一如他本人的感性與知性，一種邏輯條理的超想像空間氛圍。

隨著畢名的文字與地球脈動共生，一場場驚心動魄的場景開啟我們無限的思維想像。人心的慾望如魅影般勾引毀滅，卻在正義與情義中得到救贖，或許，人生本就是一場奇幻大戲。

——**張曦勻 Claire，台灣作家、催眠諮商心理師**

畢名以都市驚悚風格自成一家，在香港流行文壇別無分店！《末殺者》更結合了懸疑和奇幻元素，架構龐大，感染力超強！

——**喬靖夫，《武道狂之詩》作者**

畢名冷血地把香港推向世界末日的絕境裡，令人髮指！

——**譚劍，類型小說作家**

目錄

第三章・守護者

第一章

滅門者

一・滅門〔賈力教授〕

1

夢與現實，從來是連連緊扣不可分割的東西。

這點，由始至終我都深信不疑。

有人說，夢是現實的反面，夢中纏纏繞繞發生的事，是由潛意識所帶動、預知力所引發，所以解讀後可以預警，可以窺探潛藏心底不為人知的內心感受。

更有人說，夢只是綜合現實所觀所感的一種意識形態，所謂「日有所思，夜有所夢」，說到底，夢只是夢，一套由大腦剪輯現實片段的好戲，所以不必深究。

但，這陣子不斷纏繞我的一個夢，又可以怎樣解釋？

或許，真的是我想得太多……

我知道，人人都希望夢境成真。

但此刻，我希望那只是一場徹徹底底的夢。

是真的，我無法忘記夢中那片滲出濃烈腥臭味的花海，我清楚知道，那種氣味不是來自眼前的花，而是從泥土中滲透出來的陣陣腐爛味。

是屍臭，一定是屍臭味。

記得二十年前在中美洲考古時曾經聞過，那氣味像極埋藏在地底千年的木乃伊屍身滲出的屍臭味，我無法忘記，一輩子也不會忘記。

因為我曾經被擁有那股氣味的主人追迫至絕望的死角，那不是夢——我記得在狹窄的管道內那種找不到黑暗盡頭的感覺，四周只有聲嘶力竭的回音，那填滿胸臆接近爆炸的恐懼，一生一世都牢牢地嵌入腦海裡。

不能磨滅……

「啊啊啊啊啊……啊啊啊……」那困在喉頭的怪叫聲，又在耳邊不斷衝擊我的聽覺。

是「它」。

「它」不應該再次出現，「它」……應該還沉睡在那個屬於「它」的鬼地方。

「嗄嗄……嗄……嗄嗄……」在夢中驚醒的我，以衣袖抹著不斷從額角冒出的豆大汗珠，而呼吸仍是一片凌亂。

「已經二十多年了，過去了，已經過去了，不可能的……」我緊握著青筋盡現的拳頭喃喃地道。

二十年前那件的事早已過去，一切都應該隨著「它」沉睡而結束，但為什麼那熟悉的感覺又重新投射在我的夢裡……可怕，是絕對的可怕，「它」擁有足以吞噬一切生命的力量，就算再過十世、一百世，我也沒法忘記「它」的身影與力量……

那股猙獰的氣息，從地獄席捲而來的死亡壓迫感，「它」每走過一步，所有的生命都被消化掉，是的，我沒有記錯，「它」曾經把原來碧藍色的天空，一瞬間染化成腥紅欲滴的色彩。

在剛才的夢中，大宅門外那片原來紫藍色的花海，就是因為「它」的重現而枯萎，然後……化為灰燼。

「它」最終還是步向那大宅門外，我感到恐懼，但我無法呼喚，只能像靈魂出竅般，無力地伸出求援之手。那殺戮聲、那呼叫聲，那血肉橫飛的場面令我的心臟完全負荷不了。

「它」擁有不屬於人世間的力量，「它」的存在完全超越所有物理可解釋的現象。

已經第七日，一連七日做著同一個惡夢，零碎的片段也一天比一天清晰，並逐漸自動在夢中併合。直至此刻，我終於串連起所有零碎的夢境片段，我終於可以說出那夢境發生的地點；那棟古堡式的郊區別墅，正是我的好搭檔高澤教授所擁有。

而這晚，我相信是夢境的最後一夜，因為模糊的影像終於變得完全清晰。

在夢內，古堡別墅外的仿古護城河已變為一條血河，外面原來種植的一片薰衣草花海已經化為詭異的枯草，我感覺到被掠奪生機後的別墅，只剩下一股驅之不散的極強怨念。

「嗄……嗄嗄……」

這只是一場夢。

原本，我相信真的是一場夢。

至此，我仍希望這只是一場夢。

但可惜，接過剛才刑警羅拔圖的半夜來電後，幻想破滅，因為這完全不是一場夢。

作為一位考古學家，我完全不想相信有「預知夢」這回事，但若不是「預知夢」，又可以怎樣解釋？難道是受害者向我托夢？還是……還是我也被「它」再次選中，必須參與這場沒法改變悲慘結局的命運遊戲。

不會的，那件事二十年前已經解決掉，我親眼看見高澤教授把「它」封存起來。不會錯的，因為當年的高澤教授絕對清楚知道，若不把「它」好好封存，後果將會有多嚴重。

世界將會被「惡魔」所吞噬。

這不是迷信，非科學能解釋的東西不一定都是迷信。

我相信高澤教授，他不會冒這個險，他更冒不起這個險，而我更不會容許那件事發生。

相信我，關於那件陰謀，永遠永遠都不會發生。

我闔上雙眼，坐上管家福伯早已準備好的黑色轎車，抖震的雙手仍然未能平復。轎車的引擎發動，窗外冰冷月色襯托下的風景不斷向後翻倒，我心繫著高澤教授一家的安危，更隱隱約約感到，那裡有些東西在等待著我。

我很怕，真的很怕，但我無法拒絕，因為在「它」的力量下，任何人都沒有選擇的權利，只能無奈地向著魔鬼的墓地前進。

2

凌晨五點，瀰漫著恐怖不安的公路上。

高澤教授那棟仿古堡式的別墅已經依稀可見，不知是心理作祟，還是晨光初露的影響，愈接近那棟別墅，天色便愈湧現一片不尋常的紫紅色，空氣中隱約傳來陣陣濃烈的血腥味。

遠眺那坐落在群山的別墅影子，屋頂兩端高聳的閣樓配上歐陸式的圓拱型大門，活像一頭潛伏待發、準備張牙舞爪的魔鬼影像。

在我胡思亂想間，黑色轎車繼續在公路上奔馳，除了引擎聲，只剩下我急促而凌亂的呼吸聲。

「福伯，幫我開快一點。」我的腦海不斷浮現那場殺戮的惡夢。

「少爺，是不是高澤教授那裡出了什麼亂子？」

我望著後照鏡中的福伯說：「你聽著，待會看到、聽到的所有事情，你都要選擇『失憶』，就算家裡任何人問起，你都當什麼也不知道，明白沒有？」

「我明白了。」福伯聽罷我的答案，便不再說話，只管踏著油門，把車速再度提高，窗外翻倒轉換的景物逐漸變得模糊，但對我來說並沒有影響，因為完成剛才的對答後，我已不自覺地回到那場惡夢之中。

福伯早已習慣我這個經常默不作聲的主人，他只管繼續開著車，我只管繼續沉浸思緒中。

時間一分一秒過去。

原定二十分鐘的車程，在福伯高超的飆車技術下只花了十分鐘便到達，當我推開車門準備下車時，一股迎面湧至的血腥味差點令我吐了出來。我看見別墅的周圍都圍上了黃色的警示塑膠帶，而當我遠眺別墅的窗框，還隱約看到窗框邊滲出絲絲的血水。

我從大衣內拿出手帕，試圖阻止那陣血腥味與我的感官接觸，可惜無效，隨著我矮身鑽過那道寫上警告字樣的黃色塑膠帶，跨過大門那道「血池護城河」後，我不僅嗅覺被打垮，還被眼前地獄般的景象徹底地擊潰。

我跟著刑警羅拔圖繼續走，繞過別墅內凌亂的雜物擺設，身上的大衣、褲襠都無可避免地沾上了現場的血水。我感到一陣暈眩，更覺得頭皮發麻，因為眼前的景象與我夢中所見簡直一模一樣。

再往前走，我已經沒法避開黏附在走廊上的髒物，還有不經意踏上時會發出「吱吱」聲的碎肉。這簡直是一所屠宰場，我心裡清楚，高澤教授一家必定劫數難逃。

但，這真的如羅拔圖所言，是人為的劫殺案嗎？還是如夢中所見，是「它」所造成的？

望著牆壁上那拖曳著的長長血手印，還有牆角上雪花般的血漬，我腦海中突然閃過，一張極其邪惡的臉揮舞著手裡的兇器，不理那痛苦的哀嚎，肆意虐殺屋內的生命。「殺、殺、殺」，直至鮮血灑滿別墅每個角落，「它」才心滿意足地罷手離去。

邪惡、猙獰、絕望的感覺充斥一屋，令我雙膝、雙手的肌肉不受控地顫抖著。

「賈力教授，請你過來這邊，麻煩看一看這……這是不是高澤教授……」羅拔圖吸了口氣，蹲下身子翻開蓋著「那堆」屍首的白布。

「天啊……」

我……我簡直不敢相信自己的眼睛，那血肉模糊的程度，比任何一齣驚悚電影更加恐怖。你讓我……讓我如何辨認。

「啊……」我終於忍不住吐出悶在喉頭不斷翻滾的胃液。

「對不起……賈力教授，我知道難為了你，只是，你再仔細看看，這是不是高澤教授本人？」

我順著羅拔圖的手指方向一望。沒錯，是高澤教授，還有他太太的一雙手，他太太右手手指上那全球獨一無二的「金剛之星」鑽戒我是認得的。還有，那臂膀……是高澤教授的，那肩上的墨西哥土著圖騰蛇像是我陪他去紋上的。

但我沒看錯吧……高澤教授夫婦此刻已經融為一體，因為他們失去頭顱的軀體已被肢解得七零八碎。那變態的，竟然還肆意拼合，組成眼前令人慘不忍睹的「高澤夫婦合成體」。

我無法忍受眼前的情景，太可怕了，比在夢境看到的更可怕……

不！不是這樣的，我在夢裡根本沒有經歷這部分。

對！是前奏，那夢境是整段恐怖預告的前奏，而眼前的，是恐怖劇的結局。

天啊！究竟發生什麼事，「它」真的回來了嗎？誰能告訴我這是夢，這不是真的，不是真的，對嗎？我的頭很痛，痛得無法思考。

「賈力教授，你沒有……」

「……高澤教授他究竟……」

「我們懷疑兇徒不只……還有……」

「……賈力教授你沒……」

我完全聽不到羅拔圖刑警在說些什麼，同時間發現，自己四周的顏色漸漸褪去，連帶羅拔圖的身影也變得模糊。突然間，我感到遠方傳來急促的腳步聲，還有隱約的呻吟……

我拔腿就跑，決定去看個究竟。我用盡全力地跑。

當愈接近聲音的源頭，我發現四周的顏色只褪剩下紅、黑兩色，但已經沒有多餘的時間思考，因為再跑過前方的轉角處，我已知道那是什麼聲音。

莫非屋內還有生還者？我暗自想著。

「嗟嗟……嗟嗟……嗟……」直覺告訴我聲音應該由那裡傳出。

越過走廊，轉角處有一條老舊的木梯，我沿木梯而上，雙手沾上令人作嘔的黏稠血漬。

一步，一步，我一步一步地拾級而上。

我找到了，同樣，「它」也找到了我。

那披著蛇皮的人曾經來過，沒錯，在牆上那個還滴著血的星型圖騰裡，清楚呈現著那古老的六芒星印記……突然間，另一股寒意直衝大腦，我回頭，看見一個小孩蹲在一角把玩著手中的盒子。

他那深藍色的眼眸正直視著我，而我把目光逐漸轉移到他手中的盒子上。

沒錯，是那木盒……高澤那混蛋竟然騙我！

「叔叔。」那小孩朝我走近，在他深邃的眼眸裡，我感覺不到他眼神流露一絲恐懼，而他一身染血的可憐模樣，竟教人生出憐愛，我根本不敢去想，他剛才是如何躲過「它」的毒手。

「可憐的孩子……」

我試圖伸手安慰著眼前的小孩，而他則伸出一雙沾滿血漬的手緊抓著我，一瞬間，一股洶湧的密集式腦波襲向我，我呆住了，太嚇人……

「我的天！怎麼會是這樣?!不可能的……不可能的，可憐……可憐的孩子……」我顫抖的雙手把眼前的小孩深深一抱入懷。

「你叫什麼名字？」

他抬頭轉身望著那血圖騰，再望著我，緩緩地道——

「浩一。」

這年他八歲。

二．預警〔司徒凌宇〕

1

聖誕節前夕，香港灣仔軍器廠街一號警察總部裡，瀰漫著詭譎不安的氣氛。

是我多心，還是敏銳的直覺告訴我，拿著咖啡杯、不停抖震的手正預警著某些事情……

不是胡扯，同樣的情況，在我十五年警察生涯當中，已經反覆出現了二十三次，每次總會持續七日，抖震的情況一天比一天嚴重，而直到第七日，當手背青筋暴現，然後十指神經末端傳來彷如雷擊的痛楚時，不幸的兇殺案便會在我身邊發生。

所以，這十五年來，我被譽為重案組最幸運的刑警。

只是，踏著同僚屍體得來的功勳，我確實並不希罕。

我曾遍尋專家、博士替這種「預警」能力作解釋，也曾經詢訪多位心理學家、精神科權威醫生替我解構這雙奇怪的手，而得到的答案由最初的「巧合」，到如今差不多被定義為今天的「奇蹟」。

你說，我還可以說什麼。

整整十五年了，過去二十三次的「預警」，令我親手逮捕了香港十大通緝榜上的六位變態惡人，也間接給我機會擊斃四個精神異常的亞洲暴力恐怖份子；最近兩次，更不費吹灰之力擊殺兩個潛伏在警隊的間諜。

十五年內勇破二十三宗大案，已經足以令一個初級警務人員扶搖直上，在血與淚的無奈交纏下，臂頭出現了一個高階徽章，職銜叫作警司。

對了，說了這麼久，也忘了向各位自我介紹，我叫司徒凌宇，今年三十六歲，臉上一副黑色方形粗框眼鏡是我的標記。原隸屬香港警察港島西區刑事偵緝組C隊，因屢立功勳，被升遷為警察總部重案組A隊擔任指揮官一職，官階至警司職銜。

民眾、媒體稱呼我為「極惡刑警」，因為只要我一出現，所辦之兇殺案無不見血，涉案之兇徒無不被我用兇暴的手法緝捕歸案。在警察內部認識我的人，會叫我一聲「司徒」，其餘的人都只叫我「司徒警官」，而當中只有兩人會直呼我為「凌宇」。

調任重案組指揮官兩年間，我這雙「預警」之手一直潛伏著，直至六日前，久違的抖震感再次出現，而這次抖得比過去任何一次都頻密、劇烈，連我自已都差點以為患上「帕金森氏症」。

這夜，我的手仍然不停地抖震，抖得連咖啡杯也拿不穩，手上熱騰騰的咖啡都溢出在桌面上。

我愈來愈覺得這雙手不受控制，甚至曾經懷疑每次「預警」的出現、兇殺案發生之時，我開的每一發子彈都彷彿有生命般，就算子彈射出的軌跡偏離射擊目標，最終都會經過多重巧合的折射而命中匪徒，已經不下數次。

究竟，這雙是正義化身的執法之手，還是來自地獄惡魔的判官之手？

不知道，但我比較喜歡稱「它」作「判官之手」。

我清楚明白，我在警隊不需要同伴，並不是過分托大，而是不想再承擔無窮的內疚感。

「咔！」辦公室的門鎖逆時針地轉動起來。

在警察總部膽敢如此大模大樣進入我辦公室的不出兩人，聽腳步聲，我知道只有可能是她。

「凌宇！想什麼這麼出神？」一道與外型不甚相襯的嬌滴滴女聲從門外傳進，我心想麻煩又來了。

「妳沒有跟B隊出發嗎？怎麼只剩下妳留在這裡？」我拿著咖啡杯，轉過頭去回答。

「哼！還說呢，今晚是蛇頭幫老大賀壽的大日子，這種場面我當然想去湊湊熱鬧，但偏偏黎長官擺出『女孩子不適合這種任務』的牽強藉口，叫我留守大本營準備後天上庭的文件，氣死人了！」

「那太可惜了……」我放下手裡的咖啡杯，清潔著桌面的咖啡。

「我說他分明歧視女性！」

「也不然吧！」我笑說：「警察總部裡，誰不知黎警司一直把妳當為自己的女兒看待，他不希望妳涉險而已，依我看，妳不去會更好。」

「為什麼？」

「嘿嘿……妳心知肚明吧。」

「你找死啊！」

眼前這位身高五呎十吋、擁有一身曼妙身形的女警，是隸屬重案組B隊的小隊長孟芷琪，總部上上下下都叫她做「芷琪」。芷琪是警隊現役最佳的女神槍手，更是七屆香港空手道冠軍，我敢說總部很多男警員都比不上她的剽悍。

可惜，就是她太過剽悍，沉不住氣，所以往往衝動壞事。不過，如果總部要票選兇狠排名前三名，芷琪毫無疑問穩站第二名位子。

至於第一名，當然是擁有一雙來自地獄「判官之手」的我，司徒凌宇。

如果說芷琪的「兇」是情緒、手段的「精悍兇暴」，那我的「兇」除了對歹徒手段兇狠外，更應該加上「兇」字作背後含意，而這個「兇」就是「極道邪門」。

雖然如此，為了自己好過一點，我開始學習說服自己，擁有這雙手是因為要執行未知的歷史使命。漸漸，我對此深信不疑。

「凌宇，你的手沒大礙吧？怎麼這晚抖得比昨天還要厲害，要不要看看醫生？」從不避嫌的芷琪緊抓著我抖震的手，不斷揉著。

「沒大礙的……對了，近日你們的小隊不是正調查那宗連環肢解案嗎？怎麼今晚黎警司跑去找蛇頭幫的麻煩？」我故意換另一個話題，順道把手縮回來。

「還不是因為肢解案中的一名死者，他被懷疑是新界元朗鄉紳之間的第三號人物，人稱西瓜叔的朗原村村長。黎長官懷疑這宗肢解案可能涉鄉紳及黑幫幫會的利益糾紛，但蛇頭幫老大又不肯合作交人，所以就趁今晚去掃他們的雅興。」

「這樣啊……」

我輕托鼻上那副黑色粗框眼鏡點頭稱是，同時露出一副疑惑的神色。

「你也覺得有問題嗎？直覺告訴我，這宗肢解案應該不像是鄉黑爭奪土地利益糾紛這麼簡單，依我看……更像是那些心理變態的殺人犯做的。但最詭異的是，法醫從那些殘肢得出的線索，結論是殘肢不是由利器切割而成的，而是被近似野獸般的噬咬所造成。如果說行兇者是野獸又說不通，因為分析及比對犯案路線圖，發現當中含有人類思維的布局模式……怎麼說呢，就是……」

「……其實我對此案也略知一二，當中也甚多疑點。我認為兇手應該不屬於高智商型的變態屠夫，因為那近乎獸性大爆發般的殺人手法，過去的案證中都未曾見過，就算是惡名遠播的『羅斯托屠夫』Andrei Chikatilo（注1）、『殺人小丑』John Wayne Gacy（注2）或是『雨夜屠夫』林過雲（注3）都有特定的虐殺目標和手法，而這次……似乎有些犯案邏輯上相似的東西，我們還未找出來。」我若有所思地說著。

「嗯……怎樣都好，千萬別要出來個『Jack The Ripper』（注4）。」芷琪臉上露出擔憂的神色。

我認同芷琪的想法，如果這次肢解案的主犯是像英國史上有名的「開膛手傑克」，那破案的機率便少於百分之十，因為那個連環殺手被認定為史上最惡魔級的殺手，擁有超越時間存在的能力，可以在超乎常理的時間下犯案，然後又消失得無影無蹤，不留下任何人證、物證。

想到這裡，我不禁凝視自己這雙粗糙的「判官之手」，心裡想如果返回過去的英國倫敦，單靠這雙手上的奇異「預警能力」和「幸運槍擊術」，不知有沒有可能收拾「開膛手傑克」，讓他不再傳奇，而我就被冠上偵破變態奇案史上第一號人物的名號。

我深信，這雙手應該是為殲滅罪惡而生的。

我同樣相信……芷琪也認定我擁有這種殲滅一切極惡的能力，因為從她望著我的眼神，我知道她對我的肯定，對，這錯不了。

望望手錶，還有十分鐘便到零時零分，隔著總部透著藍光的玻璃遠眺著尖東海旁的燈火，那裡的熱鬧跟這裡的死寂形成強烈對比。

這句話我只在心裡說，因為「死寂」一詞在芷琪聽來，一定會惹她喋喋不休地說個不停。「死」對她來說太敏感，我知道她不怕死，她怕的是死亡滲透出來的氣息。

我明白芷琪，因為若沒像她親身經歷三年前那地獄般的場景，親身經歷同僚中伏、被悍匪屠殺的一幕，又怎會明白「死亡」究竟是什麼一回事……

「喂！」

「什麼？」我從思索中回到現實。

「凌宇哥哥……賞臉陪小妹去餐廳吃個聖誕晚餐嗎？一個人躲在這裡也不會想出個什麼好答案。」

也對，若不是芷琪提起，我都忘了自己未吃晚飯。不過在去餐廳前，我記得還有一件重要的事情必須處理。

「不然妳先到餐廳等我，我處理好這個檔案便過去。」

「很重要的事嗎？」

「嗯，是關於那宗『九如坊』連環少女失蹤案的新線索。」

「是嗎？聽聞有位探員的女朋友是這案件的受害者……很可憐呢。」芷琪幽幽地道。

「不止可憐，還可恨……那探員便是我的好友、昔日在刑事偵緝處的搭檔霍華，他上星期被停職了。」說罷，我便專注於剛收到的電子郵件上。

注1　Andrei Chikatilo，俄羅斯近代有名的連續殺人狂，犯案十四年間共虐殺至少五十三人，最喜歡把獵物帶至森林才下手，於一九九四年二月在獄中被槍決。

注2　John Wayne Gacy之所以有「殺人小丑」外號，跟他喜歡在所住的社區扮演名為「Pogo」的小丑有關，犯案對象為男同性戀者的他，於一九九四年五月死於毒針處決之下。

注3　林過雲，八十年代香港連環變態殺手，因習慣在下雨夜駕駛計程車接載受害人行兇，所以有「雨夜屠夫」之稱。他除了沉醉於殺人肢解外，更喜歡把死者的性器官製成標本，被捕後被判死刑，後改判終生監禁，現仍在石壁監獄服刑。

注4　Jack The Ripper，人稱「開膛手傑克」的英國倫敦連續殺人犯，於一八八八年短短三個月期間，以殘忍的虐殺手法，把屍體弄得肢離破碎的血腥手段令當地陷入一片恐慌之中。他更樂於向警方挑戰，唯三個月後突然消聲匿跡，成為犯罪史上謎一樣的恐怖紀錄。

芷琪沒再說什麼，便悄悄離開這裡。善解人意是她的優點，她清楚當我專注辦案時，最需要的便是「獨處」和「安靜」，所以她選擇先自己一個人去餐廳等我。

坦白說，如果有天B隊的指揮官黎君夏警司決定放棄芷琪，我必定第一時間向上頭申請調她入組，因為黎君夏不是一個好上司，他只是一個好警察。好上司和好警察的分別在於，前者唯材是用，盡力協助同僚發揮個人潛力，而後者只是在警界內一個優秀的獨立個體。

黎君夏或許算是英雄類的警探，但他不是伯樂。如果我沒有被附身一個可怕的詛咒，我一定是個好領袖，至少不像現在，名為指揮官，實則很少直接參與前線案件。沒辦法，我不想因自己的出現而危害身邊同僚的安全。

沒錯，就因為擁有「判官之手」，由始至終我都活在宿命的陰霾下，只能配做一個獨來獨往的「極惡刑警」。

2

「嗶……」

剛剛收到的電子郵件，是霍華傳來。

正當準備打開郵件時，我……我最不希望出現的事情發生了。我那雙手不停劇烈地抖震著，震得整雙臂膀痠軟無力。

「啊啊啊啊…………」好痛苦，是……是第七次的「預警」。

「啊……第七……第七次，為什麼在這時候發生?!」我緊握著青筋暴脹的雙拳，汗如大豆般流下，這次的痛楚比之前任何一次都厲害。

「啪！」

劇痛。

「啊！」

慘叫。

無法形容的極度痛楚，從手掌背上曲張的青筋散射到十隻指頭上，是前所未有的痛，就像十支針同時間刺進指頭一樣。這刻，我感到心跳跳得很快，一股強烈的不祥之兆急湧心頭。

「有事發生！這裡一定有事發生了，是誰？下個死的又是誰？」恐懼不安感覺充斥身上每一個毛孔，我彷彿聞到遠方傳來悶抑心頭的死亡氣息。

突然，房外傳來一陣猛烈的爆炸聲，連我背後的強化玻璃都抵受不住，被震出一條深深的裂紋。

「轟隆……」我還未回過神來，第二次爆炸聲接連響起，地板亦為之震動。我慌忙走到房外，向著塵煙滾滾的爆炸源頭跑去。

「竟然敢在太歲頭上動土，真的是找死！」我下意識地拔出槍袋裡的適格紹爾（SIG Sauer）P250半自動手槍。

「吵吵……」

「踏踏……」

愈向前走，我愈發覺不對勁。是什麼？我……我感覺自己被一雙邪惡的眼睛盯上了，然後一陣濃烈的血腥味湧至，但聽不到一絲痛苦的呻吟聲……

由於聖誕節的關係，加上一些突發性的案件，這夜駐守在總部的警察不足三十人，但就算這樣又如何，能夠造成這種破壞，除了國際恐怖份子，我想不出還有什麼可能……但國際恐怖份子又怎會打這裡的主意。

恐懼感在這刻攀升至頂點，因為我還沒有忘記「預警」出現的同時，除了「犯罪」，緊接出現的還有「犧牲」，而犧牲的人一定是我認識的。

不安感再次充斥心頭。

「……等等……我認識的人……在今晚當值的人當中，有哪個是我認識的……」我突然想起一人。「不會吧？芷琪！芷琪在嗎？」一念至此，我發了瘋似地在腥臭的走廊上奔跑，完全忘記安全，喊出的聲音像一瞬間跌入黑洞般消失。

我找不到芷琪，沿著血漬斑斑的走廊一直走。這是通向餐廳的必經之路，只見碎肉、殘肢布滿一地，有些手還握著來不及發出子彈的手槍，更恐怖的是，我看見一位同僚徹徹底底地被「裝嵌」在牆身當中，而頭顱則變得稀巴爛，屍身周圍滲著濃濃的血水。

憑我當差的經驗與獵人般的直覺，這絕不會是人力能夠造成的破壞，但觀察下來，這裡既不是被飛機大炮攻擊，就算是重型炸藥也不可能造成這等破壞……再者，現場一點火藥味也沒有，槍戰和使用手榴彈的可能都不成立……

「媽的！究竟發生什麼事？」

我那雙「判官之手」緊握著陪伴我十多年、宰過無數壞人的配槍一步一步前進，手在抖震，但這不是因預警而抖震，而是由心散發出來的恐懼之感。

因為我感覺再次被盯上了。

沒錯……死亡的感覺湧現，「它」在我附近，很近，很接近，快來了……

「砰砰……砰砰砰砰……」

是左？是右？前方？後方？

「它」移動得很快，我那獵人的直覺第一次被徹底擊倒。周圍煙塵滾滾、視野模糊，我唯有倚在牆邊慢慢地向前走，因為只要百分之一秒的誤差，我便會永遠跌進煉獄，成為伏在牆身那慘死同僚的一份子。

「嗄嗄……」

是哪裡？哪裡來的毛骨悚然呼吸聲？

「嗄嗄……嗄……」聲音愈來愈近，是身後。

我渾身的肌肉發出爆炸性的運動本能，同時以極快速度舉起手上的槍準備槍擊目標，但四目相交下，我嚇得呆住了。怎麼會這樣？

面前那團腐肉，竟然是剛才深深陷入牆身爆頭而亡的同僚，他正一拐一拐地走近我。地上拖著一條長長的血痕。

「嗄嗄……嗄嗄……」

我確定他已經死了，你有見過一個爛了半邊頭顱，失去一隻眼睛，另一隻眼球只靠一絲神經末端吊在眼眶外的血淋淋生物，可以稱之為「活人」嗎？

他愈靠近我，我愈看得清楚，死狀很殘忍……

從一邊胸骨被重手擊得凹陷，另一邊斷裂的肋骨破胸外露，傷口處還流出一些腸臟，四肢被嚴重扭曲的情況看來，他死前一定遭受凌辱式的折磨。

「嗄……嗄嗄……」

我倚著牆壁不斷退後，眼前的「他」根本已經死了，怎麼還能夠這樣子向我走過來？我顫抖的雙腿開始發麻，握著搶的手同樣不斷發抖著。

「嗄……嗄嗄……殺……我……」

「你……你說什麼？」我依稀聽到「他」在向我說話。

「嗄……殺了……我……殺我……嗄……」

「他」的手瘋狂地向我亂抓過來，但同時，我發覺在「他」猙獰的臉上，詭異地淌著兩行血淚，這不是傷口造成的，而是「他」真的流著淚。

「嗄嗄……殺殺……我……」那道沙啞的聲音在走廊裡迴盪著。

我已經沒有選擇的餘地，更不能再猶疑片刻，我可以做的，只有本能地舉槍成全他。

同一時間，「他」疾速的身影撲殺向我，而我閃身避開的同時還以致命的三槍。可惜，這原本轟在活人身上足以致命的三槍，對「他」完全起不了作用，只在「他」身上留下三個無關痛癢的血洞。

「他」緩緩抬起了頭，空洞的眼神緊緊地盯著我。我知道「他」準備發動第二輪攻擊，退無可退的我只有背靠牆角，等待對決的一刻。

「該死的……簡直是怪物！」

「他」瞬間開始行動。

伸出利爪，向前撲殺。

我選擇闔上了眼。靠本能賭一把。

「砰！」子彈劃破空氣，瞬間隱沒在面前捲起的煙塵當中。

兩秒？三秒？五秒……十秒。

空氣中瀰漫著濃濃的火藥味道，地上躺著一具再也不動的屍體，我這注押贏了。

我生平第一次完全信賴「幸運槍擊術」，電光石火間終於把「他」的頭顱轟個稀巴爛、救了自己。我看見「他」身上的肌肉還在微微顫動著，但這只是物理反應，「他」已經徹底地完了。

但結束了嗎？

還沒，我感覺到另一雙更邪惡的眼睛在緊盯著我，我隱約聽到身後傳來一聲怪哭——

「哈哈……」

一道黑影撲至，那速度之快、力度之強令我來不及反應，然後兩種聲音同時響起——

「颯颯……」

「砰！」

朦朧間，我見到前方一個巨大的身影掠過，而當我定下神來的時候，我發現腳下多了一個人，一個胸口襯衫嫣紅一片的女子，她是……

「芷琪……怎麼會是妳……」

三・疑雲〔司徒凌宇〕

1

自從被冠上「極惡刑警」之名後，很久未嚐「失敗」的滋味。

是我習慣活在勝利的歡呼聲中，所以捕獵本能退化而不自覺……還是今次的對手，已經超越我可以預警的範圍？

我不知道，但那種悸動的詭異感，仍然在身上每個毛孔不斷擴散著。

當差十五個年頭，自問什麼大場面沒有見過？更噁心更恐怖更令人作嘔的案發現場，都比不上剛才的震撼，我從來沒有見過這樣的……真的沒有見過。

遍地只有死屍，不……不……不是死屍，是屍體碎件，是還存在微溫的屍塊。太詭異……只是短短數分鐘的時間，所有遇上行兇者的警員差不多都被撕成碎塊。

我不相信……真的不敢相信，現場散滿一地的十多把手槍，竟然沒有一把來得及發出一顆子彈，然後一個個活生生的手槍主人就變成一堆堆碎肉，還是新鮮滾燙從身上撕下來的碎肉。

這些受害者不是普通市民，他們都是久經訓練的警員，但竟然都恍似無還手之力般被屠殺，而其中一個死去的警員，更是擁有重案組槍王美譽的苗志舜，他那例無虛發、一秒一目標的槍技來不及施展，全身便被撕成兩半。苗志舜絕對死不瞑目。

我不清楚為何自己沒有遭到毒手，但我的確失手了。

不……不是失手，是錯手，我錯手把子彈轟進芷琪的身體內。但不可能的，自從擁有這雙手以後，我從來沒有殺錯任何好人，這讓我感覺有點不尋常，但仍難掩內心的萬分愧疚。

尤其在走廊被緊盯的感覺，我感到有種莫名的寒意湧出心頭，至今未散。

還有，那分明被轟得不似人形的警員，為何突然能死而復生向我瘋狂施襲？芷琪呢？她是被誰重創後，再向我迎面奔撲過來？

究竟短短的一瞬間發生什麼事？

我的頭很痛……可能是徹夜未眠的後遺症，我愈想只有愈痛，腦內隱約閃現那對似在嘲笑我無能的邪惡目光。

已經超過八小時，「手術中」的指示燈還未熄滅，芷琪究竟是生是死還未知，重案組B隊的黎君夏就在我的身邊，大家並排而坐沉默不語。

等待的時間最磨人，尤其等待的，是一件你無法參與主宰的事情。我承認，此刻的我好恨自己……心情十分複雜，當中包含後悔、內疚、悲痛、自責、憤怒……

如果剛才不讓芷琪獨自離去……

如果剛才我弄清楚環境才開槍……

如果……如果我平日待芷琪不是這樣冷漠……

如果……如果這世界有如果，我一定先早一步斃了那傢伙，再他媽的把他大卸八塊，拿去餵狗做飼料。

警察也是人，也有脆弱的一面，從我開槍，到發現芷琪滿身鮮血躺在我的懷裡時，我便變回一個平凡人，思緒混亂至極。

我望著這雙膚色、觸感完全與自己原來身軀皮膚格格不入的手，感到很沮喪。已經十五個年頭，每次預警總有同僚在案件中喪命，原本應該變得麻木，麻木得告訴自己，就算再有同僚犧牲，只要我可以親手擊斃行兇者，我便會覺得替他們報了仇。

所以無憾。

我一直以這套邏輯理論去說服自己，既然同僚的犧牲是必然，我應該信命，應該不再需要難過……但今次不能，因為她是芷琪。

我和芷琪這個乾妹的關係，很難說得清楚。

「芷琪……妳不可以有事，知道嗎？」我握著拳頭喃喃地道。

我凝神望著「手術中」的指示燈，不知不覺間，凌亂的思緒回到與芷琪初識的那一天：八年前，警察學院，自由搏擊訓練場，一個教官，一個學員，一場奇異的對決。

那天，同樣是聖誕節前夕。

兩台命運列車交織地遇上了。

這一次，也是唯一一次獲警校校長同意安排的男女學警搏擊對抗訓練，為的是讓新入學院的女學警，初嘗遇上孔武有力甚至懂技擊術的男性歹徒時，她們將如何面對什麼樣的心理壓力，同時要臨場發揮學到的搏擊技巧。

但想不到，當日因事遲到的我進入場館時，竟看到意想不到的情況。

現場的男女學警，都被眼前的「她」震懾。

我敢說，我從沒見過有這麼剽悍的女警。

「怎麼？你們男警沒人了嗎？派出來的都軟手軟腳，中看不中用。」我記得剛推開體育館的大門而入，除了這句不應該出現在學警搏擊訓練場地的刺耳話語外，我看見現場的氣氛是罕見地劍拔弩張。

一眾平日自負的男學警，如喪家之犬盯著前方那女學警，敢怒不敢言。而縱使那女學警在場上壓倒一眾男學警，場中的女學警們卻都沒有露出欣喜之情，反之，大家都有種不知所措的錯愕。

包括那班女學警的教官，曾駐任國際刑警、首位華人犯罪描繪心理學專家馬蘭香長官。

而放出那句刺耳挑釁的，是站在搏擊場中央，修了一頭爽朗短髮、一臉英氣，神色剽悍的女學警。瞧她接近五呎十吋的身高，雖穿上一身空手道服，仍掩飾不了她姣好身材。而她腳下，就躺著一位剛被她揍得不省人事的男學警。

我記得，她轉身望著我那自負眼神，彷如一把利刃，狠狠地盯著她要的獵物。在往後的日子，遇上她的歹徒都得承認，她是警隊中不輸於……甚至乎比大部分男警都剽悍的女警。

她就是孟芷琪，我的得力下屬。

「還有沒有人要出來和我較量，群戰也可以。」

我當時的感覺是，這女生好狂妄。但事實是，她狂妄得起。在場的男學警在她的挑釁下，竟沒有一個夠膽站出來應戰。

雖然如此，我對她的狂妄可沒有半點惱怒，在我眼中，就只有強者弱者之分，並沒有男人女之人別。原因？很簡單，因為我曾經親眼目睹比她更狂傲的女人，而那個女人更是哥倫比亞大毒梟身邊的情婦、他的貼身保鏢。

可惜，再狂傲也敵不過「自私」，那個精於格殺術的女人，最終就被她自己要保護的人出賣，被當作人肉擋箭牌死於國際刑警的亂槍掃射中。

馬蘭香長官從錯愕中回復過來，臉色帶點得意地說：「今日純屬切磋，既然沒有學員打算再挑戰，今日的訓練就此結束……」

「還沒。」場中央的孟芷琪指著我，道：「素聞司徒長官在警隊有『極惡刑警』的美譽，既然他的學員沒膽量挑戰，我想司徒長官不會吝惜身手吧。」

「芷琪，注意自己的言行。」馬蘭香雖然得意於自己的學員得勝，但也沒忘記警隊內注重對上級的尊卑敬重。

我揮揮手向馬蘭香示意不打緊，然後慢慢步向訓練場中央，笑著向孟芷琪道：「我記得妳，妳叫孟芷琪，曾奪得香港空手道冠軍，兼修巴西柔術、詠春拳，我說的沒錯吧？」

孟芷琪顯得有點得意，隨即向我敬禮，然後擺出一個搏擊攻防姿勢。她向我上下打量，顯然已瞬間進入格鬥狀態，我心忖這女學警一點都不簡單，是可造之材。

馬蘭香叮囑：「司徒，可別有憐香惜玉之心。」

我鬆一鬆頸，笑道：「馬長官，我司徒凌宇從來都沒有一刻會輕視對手，更何況，她是妳的得意學生。」我晃一晃肩，踏前一步，輕鬆擺出一副跟孟芷琪同樣的攻防姿勢。

那場格鬥令人十分難忘，雖然短短三分鐘就分出勝負，但過程竟令我和孟芷琪出現剎那間的心靈觸動，也令她……莫名愛上不應該愛的人。

我記得，在整個攻防戰開始前一分鐘，我不斷用快速的遊走步法試探她的攻擊套路，也偶爾露出破綻讓她擊中我的身體，試試她的拳腳力量。

她很聰明，很快就知道我的意圖，改而不跟隨我的步法走，以靜制動，不再浪費半點力氣，任由我在她身邊遊走；待我傾身揮拳試探之際，她竟突然採取主動突入我的中線，再用一個快得連我也看不到的手法抓著我的衣領，再轉身順勢把我投擲出去。

如果是一般人，鐵定在這招之下分出勝負。

可惜她遇上我，我司徒凌宇不止在搏擊場上，在實戰當中也算是身經百戰。在她快要把我甩出去之際，我凌空反手擒著她的手腕，然後順著向心力的旋轉之勢在半空打了個半圈著地，再力從地起，借勢反過來扣著她的手把她來個背摔。

「砰！」

若換了常人，一定被摔個昏倒不起，但孟芷琪這個人就是硬性子，不止沒有昏倒，還想繼續跟我打下去。

我想速戰速決結束這場戰鬥。

我用純熟的鎖技把她壓在地上，她不斷掙扎想解鎖，但她愈掙扎，反激起我要征服她的慾望。這種慾念令我雙臂有種力量，源源不絕地湧出，旁人或許不察，但我那雙臂股動的筋脈，竟隱隱泛起暗紫色的光芒。

被我壓在身下的孟芷琪目不轉睛地盯著我，而她的眼神，從原來充滿敵意，微微變得驚恐，再而……再而流露一種被臣服的柔情眼神。

孟芷琪放棄對抗，她癱軟在地繼續與我四目交投，面頰泛起一陣紅暈。

而我，有種從未經歷過的征服快意。

這場比試就在這種詭異的氣氛結束，但除了我和孟芷琪，場館中誰也不知剛才那一瞬間，我和她之間發生了一場奇異「情感對決」。

我難以解釋孟芷琪怎麼會愛上了我，而她，又愛上了我什麼？

但我待她，一直止於身體上保持的距離，但從來沒有阻止……甚至稍有縱容她對我單向的情感付出，這也是我此刻愧疚的原因。

我虧欠了她。

她，孟芷琪，從來得不到渴望的保護，從我司徒凌宇身上給她的保護。

「黎長官！有消息，我們調閱總部監視器，發現行兇者極有可能是日本籍男子松田和也。」

「松田和也？你說是那個被C隊扣查的國際毒犯?!」

不僅黎君夏，連我也不相信那個文質彬彬的松田和也，可以單槍匹馬幹掉總部內眾多警員。還有，我曾經參與C隊的行動，當時的松田和也無論槍法、技擊能力都只屬一般，就算一對一，我敢保證芷琪對付他也絕對綽綽有餘。

其中一定出了些亂子，更重要的是，我沒有從他身上感覺到剛才遇上的邪惡氣息。

「司徒我們走吧！大文你留下，一有芷琪的消息立即通知我們。」

「拜託你了！」我拍拍剛調入B隊不久、一臉文質彬彬的刑警駱大文肩頭，然後便披上染滿血漬的大衣離開醫院。臨行前，我再次望著手術室的大門，突然湧現一股悸動不安。

2

晚上八點四十七分，警察總部會議室內，重案組三隊指揮官，還有警務處劉偉成處長、行動處王明逵副處長，大家均神情凝重地看著面前的投影螢幕。

螢幕投影的是僅有的錄影證據，除了我，席間所有警隊高層的臉色都一陣紅一陣白，難看至極。

三十秒的錄影不斷重複播放，甚至最後採用逐格重播，為的只是想抽出一點線索逮捕真兇，為死去的同僚雪冤。

但顯然，這三十秒的唯一證據只可以證明，疑犯松田和也確實騙倒守在羈留所的警衛、成功逃走，也的確運用精巧的技擊法，在三十秒間扭斷與他迎面遇上的警員脖子，只是無法證明他擁有徒手把人分屍成碎塊的惡魔能力……因為三十秒過後，四樓羈留所唯一出口的監視攝影機，都在同一時間全部失靈了。

直至疑犯殺盡所有刑警，直至疑犯逃離現場，監視系統才詭異地恢復原來功能。

電子工程部的同事檢查過，這並未涉及人為破壞或電腦病毒，真的只是一場「巧合」。

「巧合」？這世界哪有這麼多巧合……所有巧合都是他媽的人為布置，我偏不信……巧合、巧合……巧合個屁！

坦白說，我自己沒有再看的必要，因為親身經歷遠比看錄影重播來得深刻。是真的，到目前為止，單單「恐怖」、「血腥」、「殘忍」等形容詞還未足以表達我的心情。

但其實我知道，根本不需要多講現場的情況，因為在最高領導人劉處長心目中，他最關注的不是人命，人命只是過去三十年助長他官運亨通的部分要素，他要的只是一個最簡單的答案——

「你們打算何時破案？」

我沒有打算回答，因為在座總有一個人會搶著回答，他是誰？就是那個靠關係上位，打仗永遠站在人群之後，領功永遠走在人群最前——C隊的指揮官，與我同期在學院畢業，人稱「賤達」的曾達智警司。

告訴大家，「賤達」這個綽號不是浪得虛名的，在整個警區，誰不知他的「賤」已達無可救藥的境界，如果有天我決心替天行動的話，一定會用這雙手制裁他。

有時做賊也可以盜亦有盜，警察都不一定是正義化身。

「處長，五天，只要給我五天就可以緝捕疑兇歸案。」曾達智信誓旦旦地說。

「五天？嘿……好啊，我也想看看你們C組怎樣五天內將松田和也緝捕歸案。」對於實幹而資深的黎君夏來說，曾達智此人說出的任何一句話都顯得格外討厭。

當然有這感覺的人，還包括我。

我對於經常只懂搬出一堆狗屁理論，說到具體部署便支吾以對、左拉右扯的「賤達」已經見怪不怪，但沒辦法，人家懂得套高帽、賣口乖，說著狗屁般的奉承話又面不改色，相較於我這種不識時務的人來說，他的話無疑動聽。

所以我選擇沉默。與其挑起不必要的口舌之爭，不如花多點時間給大腦重組案情，替死去的人報仇。

我曾經不下一次地想，下次再出現「預警」時最好「賤達」在場，如果天有眼的話，就算犧牲的人是他，相信總部也沒有人會為他流一滴眼淚。

對不起，這樣說的確有違道德，所以我選擇把這番話放在心裡暗罵。

「你真有辦法五天內將疑兇緝捕歸案？這不是鬧著玩的，今日新聞頭條一出，全世界都關注這件有辱香港警察聲譽的案件，你憑什麼說可以五天內破案？」一向謹慎的行動處王明遠副處長說。

「松田和也是我抓回來的，既然我可以抓他一次，就可以有第二次。我已經與各大組織的首領打了招呼，不出兩日，松田和也在香港再沒有立足之地。」

曾達智擺出一副洋洋得意、胸有成竹的樣子，他完全忘記我們面對的，是可以短時間內兇殘地解決二十多位訓練有素刑警的嫌犯，那個不像人類的嫌犯。

「你第一天畢業嗎？你認為樓下的慘劇一定是松田和也一個人做的？再者，一個可以徒手扭彎拘留室鋼條的人，就算警員找到他，死的只會是我們的人。」黎君夏按捺不住激動地說。

「黎警官說得一點也沒錯，大家都從錄影看到，那個犯人從拘留室逃走後，便只是瘋狂襲擊外面的警員，好像沒有打算第一時間逃走，反之甚為享受這種殺戮遊戲。不消數秒，那守在拘留所門外的警員，就像公仔一樣被他輕易扭掉了頭顱！當職這麼多年，我從未見過有這麼兇殘的暴徒。」王副處長道。

「我們可以動用飛虎隊圍剿他！」

「最好向中央通報，叫他們派一師解放軍裝甲兵來支援你，好不好？」黎君夏恥笑著說。

就在他們你一言我一語吵個不停之際，劉處長喝道：「夠了！」

「凌宇，說說你的看法，還有，我想知道為什麼其中一位警員身上，會發現四顆由你手槍發出的子彈。」

「處長，當我到達現場時已經屍橫遍野，沒有發現松田和也的蹤影，只見到那名同僚像喪屍一樣瘋狂地向我襲擊，我當下根本沒有選擇餘地。但我開的前三槍完全對他起不了作用，直至我誤打誤撞地發出第四槍才把他擊斃。」

一想到當時的情景，我便感到頭皮發麻。

「嘿嘿……司徒轉行當了作家嗎？挺奇幻啊！用來掩飾一個失職警司的過失也不錯，什麼死人復活，你當自己是編劇，還是玩得太多Biohazard（注），所以產生幻覺？」

注 即《惡靈古堡》，以生化感染、喪屍為主題的知名電玩遊戲系列。

只見一直怒視著曾達智的黎君夏沉不住氣正想發作，滑頭的曾達智隨即擺出一副比那爆頭的同僚更噁心的偽君子嘴臉說：「大家千萬不要誤會，我只是純粹將我的憂慮說出來跟大家討論，嗯！絕對沒有冒犯司徒之意……」

我沒有心情理會這個警隊賤人，續道：「我認為這次事件和近日發生的肢解案有關聯，所以調查方向除了松田和也本人，也應該整合近日一連串肢解案的線索……」

「叩叩……」一下敲門聲打斷了我的說話，是鑑證部的同僚送來一份死因報告，當中主角是勉強算被我擊斃的同僚警長馬榮。

「鑑證部的化驗結果證明，那位身中司徒四槍的馬榮，在中槍前……已經死亡，死亡原因是胸口受到猛烈重擊，折斷的肋骨插入心臟失血過多致死。」

聽完黎君夏的報告，我腦海只浮現八個大字：死人復活，喪屍回魂。但在二十一世紀的今天未免太荒謬吧……案件的背後一定有著某些未知的東西。

我不信鬼，不信神，更不信什麼喪屍回魂。

「明逵，你負責成立一個緊急行動小組，盡快緝捕兇徒歸案；阿黎、達智兩隊直接由你指揮，另外指示鑑證部人員再對證物進行一次全面化學驗證，查看現場有沒有使用過一些生化武器，我要這案件在一月內速破，明白沒有？」

「明白，處長。」

「處長！那我們這隊呢？」我大惑不解地問。

「A隊另有任務，你等等來我的辦公室找我。」

「知道了。」

「散會！」語畢，眾人恭敬地送劉處長先行離去。

「你手上的傷口不礙事吧？」與我並肩離開的王副處長問。

「皮外傷而已。」我撫著右手前臂的傷口，滲出的血早已把包紮著的紗布染得通紅一片。

「不要浪費時間，」此時劉處長折返回會議室說：「來我的辦公室談一會，等等再去醫院治療吧。」

我只有無奈地向王副處長報以一笑，便快步跟上處長而去。

當然，我知道還有雙嫉妒的眼神在盯著我。是誰？除了他——賤達——還會有誰。

3

凌晨二點三十分。

這裡的人流不比日間大型商場少，不同的是，歡欣的臉孔不多見，反之愁容和病容不少。沒錯，我現在身處觀塘聯合醫院的急診室，雖然執勤受傷可以有特權先看診，但這等皮外傷算得什麼，急診室當然先讓給有急需的病人吧。

何況，手臂上傷口的血早就流乾了，來這裡也只是循例做些消毒傷口的工作。

不瞞你說，我發覺自己的身體構造真的異於常人，除了一雙外觀格格不入的「判官之手」，就以抵抗力而言也是一怪。試問又怎會有人像我一樣，每次受槍傷後就算久久不治療，也不擔心會發炎潰爛，反之傷口會自動止血，數週後更會不藥而癒。

得悉我這個祕密的同僚笑稱我是外星人，遲早美國會派祕密人員抓我過去研究。我笑說這也不錯，起碼有機會了解自己究竟還藏有多少祕密。

數年前，一部賣座電影《蜘蛛人》中有句名言「能力愈大，責任愈大」，有時我想，或許我的特殊，就是為著將來一個重要任務，今次可能是個機會了。

當上警探這麼多年，在警界裡誰不知我司徒凌宇以固執見稱，要靠打交道拉關係升遷，不是我的風格。當然，我也知道若不是靠那二十三次幸運破案的機會，以我的脾氣，今天還不是軍裝一名，官拜重案組指揮官真是想也不敢想。

有人說我幸運，除了一身異能之外，還不需靠打交道拉關係就得到晉升，但其實所謂的幸運，是在刀口下過活賺回來。如果可以選擇，或許做一隻像達智那樣的「擦鞋狗」還來得輕鬆快樂，至少背後不用背負「剋死同僚」的惡名。

可惜，我就是那麼不識時務的一個人。

更可惜，命運永遠由不得我們選擇。

但無論如何，我還慶幸自己是一個「人」，而不是一隻「擦鞋狗」。

「滴答……滴答……」

不知不覺呆坐了三十分鐘，或許公共醫療設備真的不敷使用，我始終未能享用納稅人該有的急診室服務。幸好，我還有一位二十四小時私人醫生，在她的診間內，我永遠擁有單獨而優先的服務使用權。誰會待我這麼好？

除了她，又有誰？她便是我公開認定的女人——外科醫生傅詠芝。

「包紮好了，洗澡時小心點，不要把傷口弄濕。」

「嗯……」

「有話要跟我說嗎？」

「嗯……對不起。」

「你沒有對不起我，是對不起你自己。該說的早就說了，總之命只有一條，未必每次都這麼幸運。」

我無話可說，看著詠芝含著淚說出這些話，我知道她一定很傷心難過。自從與我這個當警察的男人在一起後，她每天總是擔驚受怕，而我幾乎每次受傷時，總是她這個外科聖手替我治療。

我知道，每次她一針一針替我縫合傷口時，她的心實在不好過，但我得承認自己是自私的，我無法放棄這份工作，而這也是我遲遲未敢向她求婚的原因。

當然，還有一份憂慮……

「今晚還不能回家，我要先回警署整理一些案件資料……」

「我明白。這次是什麼案件？」詠芝淡淡地說。

「近日發生一連串的變態肢解案，處長成立了緊急行動小組追查，而我被委派調查一個涉案的幕後組織。我剛跟國際刑警代表開會取得一些資料，所以要回總部趕緊進行資料分析，希望早日破案。」

「那暫時有沒有頭緒？」

本來基於案件的機密理由，是不應向詠芝透露半句案情的，但我清楚她的為人，她絕對不會對外洩露消息；再者，這麼多年來，雖然她不喜歡我當警察，但嘴硬心軟的她，總是不知不覺間替我出謀獻策，在大大小小的案件中提出關鍵的問題助我破案。

有時我想，詠芝比我更有辦案頭腦，當醫生真是警隊的損失。當然，身為男朋友的我，還是喜歡她當醫生多於當一個每天與死神這麼近的女警。

更何況，你有聽過警察會怕黑的嗎？有，如果詠芝當年棄醫從警的話。

「對了，妳有聽過賈力教授這個人嗎？」

「賈力教授……你是說譽滿國際的考古學家賈力教授嗎？」詠芝答道。

「沒錯，就是他。我急需找到賈力教授，聽聞他即將來香港演說，無論如何也要找個機會接觸他，他是這宗案件的破案關鍵。」

「是嗎？……」詠芝一邊收拾著桌子上的包紮工具，一邊眉頭深鎖地思考著某些東西。

「要找賈力教授總有法子的。」

我大惑不解地望著詠芝，她續道：「賈力教授其實已到香港，明天起便會在香港大學進行為期一星期的考古學演講，我可以找人替你安排出席。另外，我有位朋友也算是賈力教授的門生，我會拜託他替你安排與賈力教授見個面，至於最終能否成事，只有盡人事、聽天命了。」

「放心，只要給我找個機會接近賈力教授，我便有方法找到我要的東西。」

「嗯……我從來沒有懷疑過你的能力。」

詠芝漫不經心地翻閱著從國際刑警得來的資料，突然從資料中掉下一張黑白舊照片。我俯身拾起它，打算隨手放入資料夾裡，只見詠芝睜大眼睛，指著那張舊照片道：「這上面的景色很眼熟，好像在哪裡見過？」

我接過照片一看，發現照片中的建築物是我兒時住處外的環境，雖然照片變黃後令影像變得模糊，但我不可能認不出自己。對了，照片中踢著球的小孩子正是我，我還記得，照片中站在我旁邊的男孩是我的鄰居，他叫……

「真的是你嗎？」詠芝疑惑地說。

「是的，如假包換。」我斬釘截鐵道。

「那這個是誰？」

「是明軒，我兒時的好友賈明軒……」

就算想不起他的整個面容外貌，但我不會忘記明軒臉上的紅色胎記。

「紅色胎記……明軒，奇怪……為什麼在國際刑警給我的檔案裡，會有我兒時的相片？」

手執這張舊照片，心中泛起一絲難以言喻的不安，我好像接收到照片裡一些很微弱的訊息。如果人真的有第六感的話，我有種感覺，這次或許是我最後一次的預感。

四・神話〔司徒淩宇〕

1

「警察總部暴徒殺人越獄案」發生後一個星期，各大媒體經已爭相報導有關新聞，現在無論報紙、雜誌、電視、電台、網媒都一窩蜂地談論松田和也的過去、現在，甚至未來。

儘管總部已經發出指示希望媒體暫時克制，不要報導太多與案情相關的內容，更不要嘗試利用媒體的力量去挑釁兇手的殺人情緒，但統統都不管用，這結果我早就預料到了。

新聞自由、公民知情權，在人權高漲的社會，沒有任何一種東西比它更重要，甚至是生命。我無法理解，更不能接受「生命」的價值竟然淪為次一等的東西，但我清楚知道，那些記者處境愈來愈危險，因為他們不明白，松田和也已經不能稱之為一個人，而是一隻兇獸、一隻魔鬼。

當然，有個人正為此事而竊笑。原本被委派調查松田和也去向的達智，正為案件的膠著而煩惱，現在媒體不斷大肆報導案件的經過，更有報紙大篇幅創作松田和也的成魔之路，甚至把他神化、英雄化。

相信不久，松田和也會再次犯案，他應該壓抑不了心中嗜血的魔性。

除非，他突然無緣無故死了，但這機率少於百分之一。試問有誰可以把他輕易收拾，就連擁有「判官之手」的我也不敢誇下海口。

又或者……除非，唉……哪有這麼多的除非。

徹夜未眠的我，對著眼前一堆今日國際刑警送來的資料，頭腦愈看愈亂之餘，感覺愈看更愈膽戰心驚。

我開始懷疑，總部的慘劇不是單一案件，也絕對不是一次巧合的犯罪，背後似乎存在著極大的陰謀。

據資料透露，過去兩年，世界各地陸續出現一些手段極為兇殘的肢解案件，這些表面是單一案件的肢解案，當中有著極其吻合的犯案手段。其中最令我注意的有兩點，其一是屍體被發現時，基本上只可以用碎塊來形容，而法醫報告指出，行兇者並沒有使用任何武器、利器或工具來切割屍體，彷彿受害者被野獸活生生撕成碎塊一樣。但同時法醫又排除野獸行兇的可能，因為現場所見，兇手有一個變態習慣，就是重組這些屍體碎片，把它們堆砌成三角形狀，現場屍塊一件不漏地用上。

這明顯是種儀式，一種類似邪教用以崇拜的血祭儀式。

另外引起我注意的地方，是所有肢解案現場均留下一個以鮮血畫成的古老圖騰，以六芒星做底盤，上面再畫上一個披著蛇皮的人像圖案。

前天剛收到緊急行動小組的通知，在四樓居留室內，就發現牆角上印有一個相類似的血圖騰，經化驗證實，牆上的血與松田和也的DNA吻合，相信是嫌犯在逃走前割破自己身體的某部分，取得鮮血而畫成。在警司黎君夏調查的肢解案中，也有發現類似的圖騰。這不是巧合，很明顯的，近日發生的肢解案與近年世界各地發生的同類型案件，有必然的相關性，當然松田和也是目前的關鍵人物。

但究竟是否受害人在背景上有暫未可知的關聯性……還是其實單純只是類似邪教組織進行的血祭儀式？根據國際刑警的資料顯示，他們一直鎖定數個勢力龐大的地下邪教組織，而其中一個創教教主為墨西哥人的「密爾沃基末日蛇教」嫌疑最大。

他們教派的圖騰形貌與兇案現場所見的有八成相似，可惜去年五月，該教教主在一次被國際刑警圍捕中，與其餘二十多名長老集體殉教，而他們自殺的原因是一個謎，只知道他們可能服食一種令身體肌肉迅速潰爛的藥物致死。

但……有人會選擇這種極度痛苦的形式殉教嗎？

我不太相信。

而那教派名字中的四個字……「末日蛇教」，再度令我不安……怎麼又是蛇？最近好像總與蛇糾纏不休似的。

雖然經過兩天不眠不休地查閱資料實在令人太累，但也不是毫無收穫的，至少給我發現一個詭祕的線索，一個連國際刑警方面也未知的祕密。

我嘗試在世界地圖上，點出曾經發生類似肢解案的國家，然後再像兒時玩點對點連線遊戲般，按照它們的先後次序彼此接上。

地圖上出現了一個路線圖，驟眼看像是古代航海家探索新大陸的海圖，但不同的是，起點是在中美洲墨西哥的科札科洛斯，然後經哥倫比亞的波哥大、委內端拉的加拉加斯，再橫跨大西洋到達歐洲葡萄牙里斯本、西班牙馬德里、義大利羅馬，後來再出現在摩納哥蒙地卡羅、南非開普敦、索馬利亞摩加迪休、印度孟買、泰國曼谷、柬埔寨金邊、越南胡志明市，最後到達香港。

我自問雖然對歷史知識興趣不大，也涉獵不多，但愈看愈覺得這路線圖像一個啟示，至少讓我發現，這些案件一直由西至東地延伸，隱約包含一種搜索式的犯罪概念。兇手或者涉案的組織一定在追查什麼，直覺告訴我應該深入調查肢解案死者的背景身分。

我相信自己的直覺。

雖然直覺有時會出錯，但我還是選擇相信它。

從種種證據顯示，涉案兇手或組織應該與中美洲的古文明有關係，我知道有個人可以幫到我，他就是已經抵達香港的考古學專家、古文明圖騰學權威賈力教授。

但在此之前，我開始擔心一個我恨之入骨的人，松田和也……

根據情報顯示，在各地發生的肢解案當中，還有個詭異的契合，就是所有被警方鎖定調查或通緝的嫌犯，不出兩個月就會自動投案，我所指的自動投案是「離奇死亡」。

嫌犯屍體被發現時都有相同的死亡特徵，基本上都是不似人形，警方發現他們時已經是一具不斷滲出濃似墨汁血水的腐爛屍體，如果現今科技還沒有DNA測試，根本沒法辨清死者的身分。

由於嫌犯已死，調查往往陷於膠著狀態，最後執法人員只能無可奈何地把案件列為懸案。若不是其中一位負責調查案件的西班牙探員出於好奇，把自己負責的案件，拿去比對世界各地近年發生的同類型案件，此案也不會受國際關注，引來國際刑警插手調查。

這算不算是天網恢恢疏而不漏？

還是正義與邪惡之間暗地裡彰顯的一套平衡法則？

不論如何，我心裡暗暗地感到，一股風雨欲來的強大壓迫感。

我拿起身旁的手機，手指飛快地按下八個數字鍵，然後聽到一貫溫柔的聲音，她是我的左右手，高級督察霍恩，好友霍華警探的妹妹。

「我是司徒，替我召集隊員，今晚七時總部集合，我要開一個緊急會議。」

「需不需要提早會議時間？我可以盡快召集大家。」

「不需要，我還要先去見一個重要人物。」

「明白，另外上次提到哥想借用那些東西，他託我問你進展如何？」

「啊……對了！忘記通知他，那些無線針孔攝錄機已經準備好，你告訴他這批攝錄機是美國最新型號產品，夠他足不出戶全程監視整棟『九如坊大廈』（注）的情況。嗯……還有，妳叫他少喝酒多做事，有需要就直接聯絡鍾兆麒小隊長。」

掛斷手機後，我披上已洗去血漬的大衣，出發往大學拜訪可能是案件的另一關鍵人物——賈力教授。

2

詠芝跟賈力教授原來也算有點淵源，最初我也感到奇怪，一位外科醫生怎會跟一位考古學博士扯上關係。原來詠芝還在醫學院讀書時，曾經跟一位歷史系的研究生交往，而這位研究生就是當年賈力教授的門生——現任香港歷史博物館副館長韋文博士。

已經是三子之父的韋文博士，與詠芝有段不太愉快的過去，這點我是清楚知道的，但為了我的緣故，詠芝還是聯絡上一個令她抱憾終生的人。

或者是先入為主的關係，其實我對韋文博士一點好感也沒有，若不是急於從賈力教授身上套取線索，我也不願意詠芝聯絡上這個人。

我當然不是擔心詠芝對他餘情未了，只是我明白，任何人把傷痛收藏起來之後，都不願意再次觸碰到那勾起傷痛的回憶。

但畢竟詠芝為了我，還是做了。

而最終，也收到賈力教授閉門學術會議的入場券。

三小時的演講會座無虛席，也毫無冷場。賈力教授比我想像中年輕，除了稍稍花白的頭髮揭露出他的年齡祕密外，架上金絲眼鏡、穿著筆挺西裝的他，一舉手一投足都充滿年輕人的活力，甚至令我覺得他只比我年長十歲。

在他生動而精彩的演說下，原本沉悶的課題演變成熱烈的互動討論，難怪這次演講會吸引東南亞一帶的頂尖教授到場參與，而身為考古學門外漢的我，也深深被賈力教授的介紹吸引。

我翻查過賈力教授的背景資料，一九三〇年出生於美國洛杉磯，屬當地土生土長的華僑，一九六〇年取得考古學博士學位，主力研究中美洲古文明，後來加入一所位於東京的考古研究所，擔任顧問專家。

賈力教授最輝煌的成就是在一九六二年，當年他與一班頂尖的日本籍考古學家，在中美洲文化搖籃墨西哥發掘出一組與馬雅文化相類似的歷史遺址，而當中更發掘出一具比當地遺址早二千年的遺骸。此發現震驚全球，而參與那次考古研究的，還有譽滿日本考古界的新星，高澤光司教授。

後來不知什麼原因，有說是研究所經費不足，又有說日本政府插手干涉，研究所於八十年代後期關閉，而同年發生賈力教授好友高澤光司教授被失常兇徒劫殺的案件，據說賈力教授因而意興闌珊退出研究行列，去到美國從事教學工作。

賈力教授這個人看來也挺重情義，為了好友的死而放棄大半生醉心研究的工作；而話說回來，他的好友高澤光司也是一位中美洲考古專家，同時是圖騰學權威，資料上沒有記錄他確實的死因，只知道是一宗滅門劫案。

注 有關故事請參閱小說《九如坊・讓我們再次遇見》。

我在想，如果我是賈力教授，我又會否毅然放棄研究工作遠走他方？

突然腦海中閃過一個念頭——高澤光司之死是否會與賈力教授有關？就算與他沒有直接關係，又會不會與他研究中的項目有關係？

其實最吊詭的是，研究所神祕地關閉後，高澤光司就遭到毒手，之後連賈力教授在內的研究內容，都被日本政府沒收。作為一位學者，賈力教授沒有爭取繼續進行該項研究計劃的行動，甚至任其研究心血被政府充公，始終不聞不問。

單這兩項疑團，便令我對賈力教授充滿好奇。

當然，高澤光司教授慘遭劫殺滅門的謎團，也令我產生莫大的興趣。

我就是喜歡這樣，對於未解之謎團總喜歡去查探，待完成手上的案件後，我一定會私下調查高澤光司一案的始末，不過現在還不是時候。

演講會終於到達尾聲，席間突然有一位來自菲律賓的碩士生向賈力教授發問：「賈力教授，我想知道你對世界末日的看法，有傳聞說，中美洲的古馬雅人預測人類末日是二〇一二年，究竟有沒有這回事？」

只見末日話題一出，整個演講廳的學者均議論紛紛，而大家的視線都集中在台前的賈力教授，想了解他有什麼精闢卓見。

賈力教授好整以暇地道：「關於你說的末日問題……」

「不好意思，今天的議題是中美洲古老部落的經濟發展，與此無關的提問賈力教授不便……」

未待演講會司儀說完，台下已經發出一陣不滿的騷動，與此同時，只見賈力教授輕拍司儀的肩膀，然後面帶笑容地向台下揮手示意稍靜一點，續道：「在討論末日問題之前，我先跟大家說一個關於墨西哥馬雅人的傳說。」

「相傳文明種子還未在墨西哥馬雅族人之間散播時，當地族人的文化相當落後，除了過著茹毛飲血的生活，還奉行一種以人作為祭品的血祭。後來，傳說有個皮膚白皙，又滿臉鬍子，樣子有幾分似現今歐洲人的男人坐船渡海而來，將他擁有的先進曆法和數學公式教授族人……」

類似的古文明發展史不知聽過幾多遍，但我想賈力教授想說的不止於此。

果然，只見賈力教授按下鍵盤上數個按扭，而演講廳上那八十吋螢幕同時間出現五個大字「奎扎科特爾」。

「『奎扎科特爾』就是那位渡海到達中美洲、傳說中的神祇。」

「那跟末日傳說有什麼關係？教授你不如直接進入正題吧！」那位碩士生說話中那點挑釁意味。

「做考古研究的人最重要是耐性，如果連一點耐性也沒有，便永遠走不上成功的階梯。做研究時更千萬不要忽略經常可見、又似平凡無奇的資料，因為很多時候，當我們反向再替這些資料驗證時，或許會發現在歷史常模下的另一種考古發現，明白嗎？」

面對賈力教授不慍不火的指責，那位碩士生滿面通紅、尷尬萬分；此時，坐在教授旁邊的司儀趕緊緩和現場氣氛：「教授請繼續。」

「在中美洲的神話當中，『奎扎科特爾』被稱為『睿智的導師』，當地民族會稱祂為『和平之神』，因為祂的到來，除了帶來科技文明之外，還教導當地族人廢除殺人祭神的制度，同時祂極度討厭戰爭，希望族人建立一個和諧和睦的社會。」

賈力教授邊說，邊在他的公事包拿出一張投影片。

「就因為『奎扎科特爾』的出現，令古馬雅人學會一套曆法，而這套曆法加入他們獨有對宇宙運算的數學公式，終於運算出你們極為熟悉的世界末日、預言之日——『二〇一二年十二月二十三日』。

而我們這個被馬雅稱為第五太陽紀的世界，將有可能因地球磁場改變、板塊劇烈移動而造成大災難，最後就像過去四個太陽紀一樣，主宰當時地球的物種全數滅亡。」

賈力教授頓一頓道：「世界將又再從零開始。」

聽著賈力教授所言，台下傳來一陣嘩然。

「教授你認同這套說法嗎？」

「那有沒有第六個太陽紀呢？」

「人類會再次主宰地球嗎？」

「二〇一二年十二月二十三日是末日？不可能吧！如果是地球磁場出現改變，又或者板塊出現大幅移動，科學家總可以預先得知吧！」

面對台下此起彼落的提問，賈力教授繼續保持笑而不語，我望著眼前這位學者，感覺在他背後一定隱藏著祕密。

「那你口中的那個什麼『奎扎科特爾』，有沒有留下什麼救世的密碼？」我隨口好奇地問。

「沒有。因為祂沒機會。」

「沒機會？」

「對，因為那位號稱『長著羽毛的蛇神』被當地的後起勢力、據稱擁有極大邪能的『泰茲喀提波卡』擊敗，最終被迫離開那片土地。」

螢幕上投影出兩個圖騰的圖像，左邊的是一個披著羽毛的蛇人，而右邊是一隻中國水墨畫裡的下山虎。

我看著螢幕上的蛇人圖案，突然有種悸動不安的感覺。

我心忖：那蛇人……怎麼與現場發現的血圖騰那麼相似……

在我陷入沉思期間，只見賈力教授續道：「在『奎扎科特爾』離開之前，傳說他承諾族人，他終有一天會回來這裡，推翻『泰茲喀提波卡』的政權，令世界再沒有戰爭和血腥，世界變得光明。」

聽著賈力教授說完那個傳說，台下再次議論紛紛，而那個心生不忿的碩士生續問：「教授你說的故事，跟我問關於對末日的看法根本沒關係……」

「真的嗎？」

賈力教授笑著續道：「『奎扎科特爾』的故事，在人類歷史上是少有的『正不能勝邪』的傳說，如果馬雅人用以推斷世界末日的曆法和數學公式，真的是由『奎扎科特爾』所傳授，而『奎扎科特爾』又真會在未來捲土重來的話，那下一次的末日日期，會不會就是『奎扎科特爾』的重臨之日？

「更何況，現代人的邪惡自私、好戰嗜血的劣根性，就像當時邪惡一方『泰茲喀提波卡』的象徵，若末日就是反過來由『奎扎科特爾』推翻邪惡，二〇一二年十二月二十三日的來臨，難道不是應該令人衷心期待嗎？」

現場鴉雀無聲。

賈力教授總結：「這就是我的末日觀。」

3

演講結束後，由於不再設有發問時間，席間的參加者均帶著滿腦的疑問回去，而我在韋文博士的幫忙下，終於得以單獨與賈力教授面談。

「賈力教授，我叫司徒凌宇……」

「韋文已經告訴我，你是香港警察重案組的指揮官，有什麼事我可以幫到你？」賈力教授流露出一貫可親的態度。

既然賈力教授已經知道我的身分，我也不需根據《警察通例》所明訂，在辦案前必須向查問對象示出警證證明身分。

「那我便不客套了！賈力教授，我想請問你，有沒有見過這樣子的圖騰？」我遞上經鑑證部同事掃描複製的肢解案現場血印圖案。

賈力教授接過血印圖案後，我發現他明顯心神一震，雙手有點發抖，直覺告訴我他一定知道些什麼。

「教授……」我輕拍他的肩頭。

「這圖騰……你在哪裡找到的？」賈力教授顫聲問。

「在一處案發現場發現的，教授你知道它的來歷嗎？」

賈力教授沒有回答我的提問，只怔怔地看著手上的圖騰圖案，面容有點抽搐。

「教授，你沒事吧？」我問。

「沒……沒事，對，你問這圖騰的來歷嗎？嗯……我從來沒有看過這種圖騰，不過，依我看……它的組成部分與古馬雅文化有點淵源。」

我看得出賈力教授渾身不自然，看來我這次沒有找錯人。

「那有什麼淵源？」我故意問。

「嗯……是這樣的，圖騰以六芒星和蛇皮人圖像組成，依我看，這蛇皮人應該是我剛才說到的

『奎扎科特爾』，即古馬雅人心目中的蛇神。至於六芒星，就是歐洲一種古老巫術祭祀儀式的圖案，顯然這圖騰圖案不屬於古文明，更不屬於中美洲任何一個族群，這應該是近代的製品。」

我發現賈力教授的手抖震得比剛才更厲害。

「會不會是邪教組織？」

「也有可能……啊……啊啊……你……我勸你最好不要惹它……啊啊……啊……我感到很邪惡，啊……有一股血腥的詛咒……」賈力教授面上流露出痛苦的神情，一手按著胸口，一手伸入衣袋裡像找些什麼。

「教授，你不舒服嗎？韋文博士……韋文博士請快進來，教授有點不對勁！」我呼喚著站在門外等候的韋文博士。

只見賈力教授臉色陣紅陣白，樣子痛得扭曲，連手上的血印圖案也被抓得皺起。

「教授……教授……發生什麼事？韋文博士，教授有心臟病嗎？」我趕緊問。

只見韋文博士從袋口裡拿出一瓶咖啡色小罐，再倒出一粒白色圓形小藥丸準備餵給賈力教授。

「我……沒……沒事！我很累，韋……韋文……今日……就……就到此為止。」賈力教授吃過韋文博士給的藥丸後，氣若游絲地說。

我本想繼續追問下去，但此時褲袋內的手機突然震動，手機螢幕顯示是霍恩的來電。

我只好將賈力教授交予韋文博士照料，然後暫時離開會議室接聽來電。

「什麼？好！我立即趕來醫院，妳吩附隊員在醫院集合，還有，在我來到前，千萬不要讓達智亂來。妳快點找黎君夏警司，我十分鐘後到。」

掛斷後，我回到會議室見過賈力教授，得悉他暫時無礙，便立即禮貌道別，然後第一時間跑回到停在校外的車子。因為剛才來電的探員跟我說，待在醫院就醫的芷琪出了意外。

是一場無法解釋的意外。

「該死……怎麼會這樣，今早醫生才跟我說芷琪仍然昏迷不醒，怎麼會突然甦醒過來，還發了瘋的襲擊醫院裡的人？」

突然一股心寒的感覺直湧腦門，同時腦海閃過在總部向我瘋狂施襲的同僚，我彷彿再次聽到同僚當日困在喉頭的詭異叫聲。

嗄嗄……嗄嗄……

但恐怖的影像經已不自覺地套上芷琪的模樣。

我搖了搖頭掃除雜念，我知道現在已經不容我細想，當我坐上老搭檔豐田AE86跑車後，便趕緊踏著油門絕塵而去。

剛駛離停車場時，我發現對面那輛紅色法拉利很眼熟，不，是坐在法拉利裡面的司機，他臉上的胎記我好像似曾相識。

車掠過而去，我終於才想起來。「那紅色胎記……是明軒？」

與我失聯很久的兒時玩伴賈明軒？

但我這輛跑車並沒有因此而停下，因為我還是擔心芷琪。

我有很不好的預感。

「啪！」

雙手傳來劇痛。

「媽的！竟然這時出現。」我忍著痛，緊握著跑車的方向盤。

我猛踏油門，引擎咆哮。

「轟……」

大學外，一輛白色跑車載著「極惡刑警」絕塵而去。

五·訣別〔司徒凌宇〕

1

置身在公路飛馳的白色跑車內，車速已超越一小時一百二十公里，同時到達這輛ＡＥ86改造強化後的極限。無奈引擎發出轟隆轟隆的咆哮，絲毫掩飾不了我焦躁不安的心情。

十分鐘的車程，穿過長長的東區走廊高架天橋，身邊車輛的燈光不斷交替閃動，我與座駕幻化作一道白虹，在公路上不斷穿梭，完全沒有考慮執法者的操守，更把自己的生命置諸度外。

芷琪固然重要，而我更擔心的是詠芝。

從剛才霍恩傳來的現場視訊影像看到，救護員一個接一個把血淋淋的傷者抬出醫院，在染滿血漬的純白制服下，沒有一個傷者的肢體是完整的，更甚者，我看見其中一個男醫生的半邊頭顱被扯開，還隱約看到腦葉在跳動。

是芷琪做的嗎？不可能……她雖然格鬥技了得，但還不至於可以徒手撕殺、肢解，何況……

她並不殘忍。

霍恩透過視像通訊告訴我，剛才有刑警在現場附近見過詠芝，後來更有人發現她偷偷溜進了醫院內。霍恩嘗試把醫院各層監視器的錄影影像，接駁到我車內的液晶螢幕裡……該死的！影像雖然模糊不清，但從髮飾、身形，還有那推門的姿勢，我肯定走進醫院的毫無疑問就是詠芝。

詠芝為什麼要走入現場？心頭湧起一陣悖動不安的焦慮感覺。

「不……不要……」

詠芝，妳無論如何也要等我來，妳不可以出事……

妳等我，等我！

「轟隆……轟隆……」跑車的引擎繼續放肆咆哮。

晚上八點十四分，西區醫院外。

一道劃破空氣的煞車聲響起，打開車門，迎面湧來一陣令人作嘔的濃烈血腥味，沒錯，整棟醫院已被這陣血味籠罩。

我走近前方警崗位置，傷者的痛苦呻吟聲此起彼落，我感到一股比總部慘案那晚更邪惡的氣息在蠕動。

我竟然感到害怕，手不自主地抖震……

抖震？這雙手為什麼這時候抖震，是來索命嗎？不要……我不要如此……任何人犧牲我都不要。

「司徒，七死十四傷，死傷者大部分是醫院的職員，其中兩個死者是駐院的警員，死因是被人硬生生扯斷氣管，手法非常兇殘。另外一名死者是第一隊到場支援的機動部隊警員，他在剛才的拯救行動中，為掩護其他警員撤退時落單，最後被兇徒從四樓拋下馬路傷重不治……」

我雖然在聽著，但沒真正聽進霍恩剛才在說什麼，只想知道：「詠芝呢？」

「還……沒找到她……」霍恩遲疑地說。

「誰讓她進去的？難道你們不知道一個手無寸鐵的女子進入現場會有多危險？告訴我！誰讓詠芝

進去的！」我一邊怒斥著，一邊透過眼前接駁醫院內各層監視器的電腦，繼續搜尋詠芝的蹤影。

醫院裡周圍血漬斑斑，斷肢處處，但始終不見詠芝和芷琪的身影。

究竟在哪裡？在哪裡？她們在哪裡？

霍恩雙手輕捏著我的臂膀，試圖令我冷靜下來，說：「沒事的，詠芝未必會有事。」

可以騙誰……這說話可以騙誰？

「究竟誰讓詠芝進去的！」

「現場的同僚說，是……是曾達智讓她進去的。」霍恩道。

什麼？那個狗娘養的「賤達」！

「對！是我讓她進去的。」指揮室外傳來一道挑起我怒火的聲音。

「你這是什麼居心？明知我女朋友手無縛雞之力，還讓她進去送死？」我衝上前揪起曾達智的衣領。

「司徒，大家都是文明人，請尊重自己的身分。不是我命令你女友，是她苦苦哀求要進去的。她說自己要勸服你那發了瘋的隊員孟芷琪，她叫我們給她時間，先不要對孟芷琪動武。既然她執意又那麼有信心，我才勉為其難給她放行，你反過來怪我？白痴！」曾達智一手甩開了我。

「你要是放心不下，大可以進去救她，我有說錯嗎，『極惡刑警』！」他理直氣壯地接著說。

就在劍拔弩張之際，一名重案組C隊探員氣喘喘地跑進指揮室內，只見他神色慌張地說：「已經發現了目標人物。」

「松田和也？」智達精神一振。

「沒錯長官。在醫院附近戒備的狙擊手，發現二樓有松田和也的蹤影。」

什麼？連那頭消聲匿跡一段時間的兇獸也要來湊過熱鬧？

不可能，松田和也絕不知道唯一見過他真面目的芷琪在這醫院裡。上級早已下達命令，為保護芷琪的安全，要封鎖對外一切消息，包括媒體在內，外部人員都不知芷琪藏身之處，更何況松田和也。

莫非……有人洩密。

洩密？採訪車……現場直播……新聞……

我狠盯著「賤達」。

我終於明白是什麼一回事，外面那班消息靈通的媒體是有人刻意安排的，目的是要把這裡的畫面、芷琪發瘋的消息發布出去，引松田和也到這裡自投羅網。

好一招一石二鳥之計，為求達到目的不擇手段，你真是不負「賤達」之名。

「各單位注意！目標人物經已出現，飛虎隊(注)B、C小隊隊長各自帶領小隊攻入現場；另外，場外狙擊手注意，一見任何可疑人物離開醫院範圍，格殺勿論。」曾達智這道命令無疑判了芷琪、詠芝的死刑。

「你……」

心頭的憤怒到達頂點，同時我這「判官之手」出現今天第六次抖震。

很痛……手痛得青筋暴現。

我沒有跟那狗狼養的再爭辯什麼，只管拿走霍恩身上的配槍及後備子彈，準備步出指揮室進入現場救出詠芝她們。

注 飛虎隊，全名特別任務連，簡稱SDU，於一九七四年七月二十三日成立，是香港第一支準軍事化特種警察部隊，隸屬於香港警務處行動處行動部警察機動部隊總部。

「司徒，哥快到了，不如你等他到達後再一起入內救詠芝。」霍恩急道。

「等不及了，替我告訴妳哥，我跟他永遠是最佳搭檔。」我把霍恩的配槍收在腰間，昂然步出指揮室。

「嘿！好一個『極惡刑警』，你急著要送死我也不攔你，但不要妨礙我們捉拿松田和也。」

我沒有理會「賤達」的話，而我清楚知道，此刻，他正在暗笑著。

我心甘情願地墜入他的殺局之中，這步棋下得好。

「賤達」這步一石二鳥……不，應該說是一石三鳥的棋局，既可利用芷琪引出松田和也，又可借助飛虎隊之力收拾殘局、獨領功勞。更重要的是，他利用詠芝跟芷琪的友情，引導詠芝入內，再算準我一定會去救詠芝，布下最後一道殺著，藉機把我除之而後快。

歹毒的計謀，狠毒的心腸。

但我不會死的，至少在救出詠芝她們之前，我不會輕易死去。

我一手推開臨時指揮部的大門，而雙手，瞬間停止了抖震。

我等待著即將開始的悲情對決。

2

對錶，現在是八點四十七分，西區醫院內。

一場關係三條人命的決戰，我只有三十分鐘的時間救人和自救，而面對的，一個是披著人皮的嗜血兇獸松田和也，另一個是希望還保留幾分人性的好友兼隊員孟芷琪。

數錯了嗎？沒有，而且的確是三條人命，詠芝、芷琪、我加起來就是總數三人，很抱歉，我一早排除松田和也是一個人。如果此刻「賤達」在這裡，他也不配被我稱之為人，因為他的「賤」令他嚴重「失格」。

三十分鐘救人計劃是王明逵副處長給我最大的寬容，時間一到，早已待命在醫院外圍的飛虎隊便會全數攻入，然後「格殺勿論」。

但其實此刻什麼也不重要，因為我已經無暇細想。緊握著雙槍的我，踏入醫院後，便感到像是獵物一樣被狠狠地盯著，縱使身經百戰，我的背項瞬間被汗水攻佔，是恐懼的感覺。

突然——「啊啊……啊……」

「什麼叫聲？」

是太緊張而導致幻聽？自踏入這樓層開始，一陣彷彿困在喉頭、痛苦不堪的叫聲，便不斷由遠傳至、環迴盪漾，隱約還有陣陣急促的腳步聲從四周傳來。

儘管感到毛骨悚然，但我沒有選擇餘地，唯有深呼吸一下，壯著膽子走過昏暗不明的病房走廊。

「噠噠……噠噠……噠噠……」

褲管沾上不少黏稠的鮮血，濃烈的血腥味令我感到渾身不自在。

「吵……」

「誰？」空曠的走廊裡四野無人。

「吵……」

「出來！」我感到一個黑影在身後閃過，一種很熟悉的感覺，帶著一股邪惡的味道。

當刻不容細想，我以本能反應作出一百八十度扭腰轉身舉槍自衛。

「砰！砰！」

子彈嵌在後方大鐘下的牆壁內，是我多疑……還是精神緊張下的幻覺？

總之，這兩槍落空了。

「呼……哈……」

「誰？是詠芝嗎？還是芷琪？」

在閃爍的燈光下，我隱約感覺一個身影跑進3B內科病房裡。

「可能是詠芝……那身影應該是個女的。」

我推開3B病房房門，這房的電源早已被截斷，我只靠窗外警方的大射燈依稀辨路，我繼續向前走，身邊不斷傳來微弱的呻吟聲。

「呼……呃……」

我朝著剛才身影消失的方向前進，同時四周的血腥味愈來愈濃烈，再往前走，我發現第三張病床下有一點閃閃發光的東西，俯身拾起，是一枚黃寶石戒指，旁邊還有一灘血跡和兩隻血肉模糊的斷指。

「詠芝?!」我心頭一震。

我確定這枚戒指是屬於詠芝的，這兩隻斷指……不！不會的，我說服自己，還未親眼見到詠芝，我不會相信她遭遇不測。

我不相信，不會相信……

「滴……答答……」

「這是什麼……」

「滴答……滴……」

我感到有些液體滴在我的臉上，我下意識伸手一抹，很腥……是……是血，我本能地舉起手上的槍指向上方戒備。

「滴……」

我終於發現，那血的源頭，突然掛著一具失去生命、被徒手撕開腹腔腸子外露的男病人屍體。

從他凸出充血欲滴的眼球看來，死時應該極度恐慌，死不瞑目。

但我已沒有時間替他的遭遇細想推敲，因為病房唯一的出路都被圍堵了。

「咧……咧咧……啊……」

我倒抽一口涼氣。

面前是四個面容扭曲、肢體不全，披著血淋淋醫護制服的醫護，他們一步一步地靠近我，按情況，他們應該是感覺到我這「異類」而出現。

強烈的恐懼感令我連叫喊的氣力也沒有。

「媽的……」

「砰！砰！砰！砰！砰！砰！砰！砰！砰！」

一連九槍全轟在目標的要害上，只見槍孔流出的不是鮮紅的血液，而是腥臭的瘀黑血水，但他們恍似渾無知覺地繼續向我逼近。

「走……走開！」頃刻間一陣尿意湧至，我舔著乾澀的嘴唇並吼道。

死亡的感覺正籠罩著我，面對著眼前打不死的喪屍，原本早已有心理準備的我，仍被嚇得心膽俱裂。

這刻真的一籌莫展，殺一個悍匪容易，起碼他有知覺、懂得痛和心存恐懼，但這些失去生命的醫護……不！是喪屍，他們絕對不同，就算現在給我ＡＫ47也英雄無用武之地。

在狹小的病房內，我就像被玩弄般只得左閃右避，身上恐怖的傷痕愈來愈多，其中右手上臂還差點被撕去一大塊肉，很痛，的確痛得要死。

呼哈……我好像忘了些什麼……

上次在總部內，我是如何擊斃那屍變警員的？

「哎啊！」在躲避間我被病床絆倒，濺得一臉都是腥臭的污血。

當我趕忙爬起之際，離我最近的斷手女屍一口咬著我的右腿，劇痛感走遍全身，我不斷蹬著雙腳希望擺脫她的糾纏，而其他喪屍被我傷口溢出的鮮血氣味吸引，迅速向我逼近。

頃刻間性命危在旦夕，我慌得出盡全力不斷擊打女屍的頭顱，一時間她身上的腐肉全沾在我的身上。

「嗄嗄……嗄嗄……嗄……」

步近。

「嗄嗄……嗄……」

驚慌。

「嗄嗄……」

我需要自救。

我決定閉上眼。

要相信奇蹟。

「砰！砰！砰！砰！」

空氣間瀰漫著火藥混和腥臭的血腥味，地上躺著四具再也不動的屍體。

「……真的死了嗎？」

雖然從屍體外表看來，我的確又一次不明就裡地擊爆了他們的頭顱，但這是否真的結束了？

「喀拉……喀拉……」

一陣刺耳的金屬摩擦地面聲在身後出現，還未定下神來的我本能回頭一望，你道是誰？松田和也？錯！是這次搜救目標之一——芷琪，那陣刺耳的金屬摩擦聲源自她腳上的鎖鏈。

原本我應該開心的，但當窗外的照射燈掃過芷琪的身軀後，我愣住了，根本不知如何反應。

眼前的芷琪全身傷痕累累，原本漂亮的臉蛋有一道由左眼角到左邊嘴角的刀傷，而頸項、胸前、腹部、四肢有數十個彈孔，這些觸目驚心的傷口還滲著血。

「芷琪……我是淩宇，認得我嗎？」我壓抑著心中的恐懼，一步一步走向芷琪。

四周的燈光一明一暗閃動，氣氛異常詭異。

「嗄……啊……很冷……很……辛苦……」

芷琪跪坐在地上，雙手抱著頭不斷地搖動著，看樣子她真的很痛苦，但我該怎麼做？人是找到了，但完全沒想到會是這般情景。我感到很心痛，眼淚在眼眶裡不停地滾動著。

我走近芷琪，而同時間她伸出一雙手向我示意，她……她需要我……

是的，我沒有忘記，是我連累了她，她一直很需要我。

「嗄……很痛……嗄……啊啊……」

愈步愈近，我看見芷琪的臉留下兩度乾涸了的血淚痕跡，她楚楚可憐的樣子，令我鼓起最大的勇氣把她一抱入懷。

「不用怕……很快便沒事了……」

這分鐘，病房內的空氣恍似靜止著，死寂的氣氛中只剩下一人起伏的呼吸聲。

芷琪的身軀很冷，冷得我全身雞皮疙瘩。

我隨手輕撫著她的長髮，但雙手傳來黏稠的感覺，當我移開貼著她頭顱的手時，竟發現手上黏附著數塊幾乎完全腐爛的皮肉。

「是頭皮？芷琪妳……」

我吃驚地推開懷裡的芷琪，但她死命地抓著我不放。她的力氣很大，把十指指甲深深插入我上臂的肌肉內，我痛極之下發出全身蠻力推開她，她被我推得撞上牆角。

我無視流著血的雙臂，因為一雙空洞而嗜血的眼睛正盯著我。

芷琪……芷琪已經失去理性，只見倒在牆身的她，不斷用尖且鋒利的指甲抓著自己的臉，一條又一條的血痕相繼出現，愈來愈瘋狂的她甚至把皮和肉撕扯下來，更完全沒有停止的意欲，還發出令人膽寒的猙獰笑聲。

「啊啊……啊……」芷琪的叫聲令人心寒。

「住……住手啊！」

失去疼愛的人的感覺好受嗎？

「誰？誰在這裡？」我聽到一把低沉的聲音傳入我耳裡。

很心痛嗎？不想看到親愛的人自虐自殘嗎？你可以幫她解脫的，來！舉起槍吧！

「這……是幻聽嗎？誰跟我在說話？」

我緊抓著手上的雙槍不斷左右環盼，但在內科病房裡除了芷琪和我，根本空無一人。

你不殺她？她可要把你當晚餐啦！嘿嘿……

我轉身一看，只見滿臉血肉模糊的芷琪正噬咬著地上的斷肢。她已經不是人，她更像是電影中的喪屍，沒……沒救了。

「啊……啊啊……」

我還猶疑該怎麼辦之際，只見雙眼翻白的芷琪已慢慢向我移近，我唯有後退，但抓著雙槍的手再次抖震，還有緊接而來青筋暴脹的一下劇痛。

痛，真的很痛……但不夠此刻的心痛。

怕，我怕得要死……但遠不夠即將失去知己的可怕。

我舉著槍對著芷琪，而她正站立在我的前方。這樣的對立，這樣的距離，我想起那年的聖誕前夕，我和她在搏擊場內那次對決。

我忘記了此刻她猙獰恐怖的表情，想起那天她在教場內的倔強眼神，是那年的聖誕，身為教官的我技術性擊倒了她的人，同時她被我的風采攻陷了心防。

可惜，三個人的世界，注定只有兩人相戀、一人苦戀的結局。

「嚓……嚓……」

血花四濺，虎目含淚，我緊緊抱著芷琪的殘軀，任由她在我身上不斷瘋狂地噬咬。

「芷琪……很快便沒事了……」

「不要！」聲音來自病房另一端盡頭。

「砰！砰！砰！砰！砰！砰！砰！」濃濃的血漿噴灑在走廊的天花板上。

無情的七槍，代表永恆的訣別。

我無視全身劇痛的傷口，脫下身上的外衣，蓋在芷琪已稀巴爛的頭顱上。她空洞的眼神仍然盯著我，那分不清輪廓的面容流露出一絲笑意。

是解脫？還是什麼……

警界神槍手竟死於警槍之下，而我這個「極惡刑警」竟再次親手殺死同僚。

我腦裡空白一片……甚至直到詠芝出現眼前，我連半點感覺也沒有。

「為什麼我會狠心開槍？」我自責著的同時，渾然不覺是剛才的那道聲音間接造成此刻的悲劇。

「凌宇！你為什麼要開槍？她是芷琪……她是我們的朋友啊！」詠芝落著淚激動地拍打著我。

我沒有反駁，任由詠芝在我身上發洩。

你以為這樣就結束了嗎？

這道聲音……是剛才鑽入我耳中的聲音。

我轉身看，看到一個熟悉的身影夾雜一股邪惡氣息在身後出現，這時，離飛虎隊攻入醫院還剩下不到五分鐘。

「哈哈……哈啊……」

六・病毒〔司徒凌宇〕

1

科技愈進步的同時，人類愈認為自己掌有控制所有的能力。

當社會的戰爭由過去的刀劍時代，過渡到飛機大炮核彈的大戰時期，再發展至今天的網路侵略防衛戰，人類愈受科技發展保護的同時，愈喪失大自然賦予的動物自衛本能。

人類其實很渺小、很脆弱，掉進海中隨時被大魚果腹，面對殘暴的兇獸也只有逃跑的份。若有天面對敵人時，發現槍炮武器全不管用，那時就只有期望潛藏在體內的獸性，可以激發出來作為自保，否則，除了待宰的份，我想不到還有其他的選擇。

醫院血腥的一役，死亡人數為三十二人，當中包括二十一名醫院人員和住院病人，兩名駐院警員、一名第一時間到場的ＰＴＵ警員，以及七名進行清場的飛虎隊隊員。當然，還有一名被標記為兇徒的死者——芷琪。

民間對當天的慘案有很多不同的揣測，有媒體報導是兩班黑幫在醫院火拼，更有報導寫著，近年消聲匿跡的恐怖大王賓拉登，駕臨香港西區醫院發動恐怖襲擊，但統統都是狗屁不通的亂作報導，只有一份較接近警方消息來源的報紙以「精神病人發病，造成殺戮慘劇」為題，寥寥數語把事件帶過。

這當然是官方的手段，若讓民眾知悉當日的真相，不僅香港本地，甚至世界各地都會引起震撼性的恐慌，到時人心惶惶、世界大亂，試問誰又敢冒這個險。

至少，到現在為止，目擊醫院一役最後十分鐘的，就只有我，以及現在睡在隔壁加護病房裡的詠芝。其餘衝入現場執行「格殺勿論」指令的飛虎隊員，不是被玩弄虐殺，就是被傷重成半死不活的植物人。

換言之，只剩我一個目擊證人。

可惜，無論我怎麼說，上級都不相信有喪屍的存在，只當嫌犯是精神失常，或被神經毒氣之類影響而做出兇殘行為。

而在住院的一個月內，我不停做著同樣的惡夢。

一個難以磨滅的魔鬼惡夢，就在醫院一役最後十分鐘內發生。

「哈啊……啊……」

那時，那邪惡的叫聲夾雜殘暴而貪婪的目光，我不會忘記，他怔怔地看著我身後的詠芝，肆意製造陰沉的恐怖感挑釁我的情緒。

在對峙的一刻，我留意到他手上拿著一束血淋淋的東西。當他走近我時，那東西與地面摩擦造成的尖銳聲令人毛骨悚然。在昏暗的走廊下，我記得隱約看到那是什麼……

是三條脊骨，三條附有人肉、血管的脊骨。

面對這恐怖的情景，詠芝當然本能地叫了出來，而我除了緊緊抓著詠芝，便只有壓抑心裡的恐懼與他繼續對峙。

「哈哈……你應該多謝我替你解決了這些麻煩人！哈……」後來我才明白當中的意思。

就在那時，我聽到背著那魔鬼的走廊後方傳來一陣急促的腳步聲，就趁著他稍一分神回望之際，我強拉著差點暈倒的詠芝往反方向跑，同時轉身發射亂無目標的最後三槍。慘叫聲此起彼落，我後來才知道，是攻進來的飛虎隊員慘遭毒手之聲，而現場又多了四條骨肉相連的脊骨。

與他對峙期間，我清楚感到他有別於之前遇過的所有喪屍，他的邪惡氣息是活的邪惡，而芷琪等人身上發出的是死亡的兇暴，直覺告訴我，他是事件的源頭。

我當時一直沒有回頭看個究竟，只拉著詠芝跑、跑、跑，直至看到前方敞著門的電梯。我們急步走進，然後不斷按著「關門」按鈕。

門徐徐地關上，我看見他的身影急速靠近，我只有不斷地按著按扭，希望奇蹟出現，同時感到詠芝抖震得很厲害。

「啪！」電梯終於關上，暫時阻隔外間瀰漫的濃郁血腥味。

「不用怕，我們快離開這裡了。」我緊緊擁抱著懷中的詠芝。

「叮！」

我望著電梯數字螢幕，數字顯示電梯停留在一樓小兒科病房那層，我正遲疑間，只見電梯門慢慢打開，但不是它自動打開的，而是被外力強行掰開。

在電梯門的隙縫間，我看見一對瘀黑色皮膚的小手伸進來，然後電梯門就被這對小手慢慢撐開。

「軋……軋軋……」

詠芝被嚇得躲在我身後不斷瘋狂叫喊，而我也意識到危機將至——我見到電梯隙縫間一對空洞的眼睛，這對小手的主人把頭伸進電梯來向我們微笑。

一個被打開頭蓋、失去腦袋的小學生。

我根本沒有選擇的餘地，只好本能地踢飛那小孩，但踢飛一個又出現一個，只見電梯隙縫不斷出現一雙又一雙的小手、一顆又一顆恐怖的人頭。

「軋……」

電梯門終於被強行打開了。

一群面容扭曲、失去意識、喊著媽媽的小孩向我們逼近，我手上的兩把槍已沒有多餘的子彈，徬徨無助之間，我眼睜睜看著詠芝被那些小孩拖出電梯外，而我就在電梯內被另一群小孩瘋狂噬咬而無力救援。

「凌宇——」

小孩們就像野獸般不停地向我施襲，而我也慢慢聽不到詠芝的呼救聲。什麼「極惡刑警」，到頭來連自己深愛的女人也保護不了……

「詠芝！」

「砰！砰！砰！砰！砰！砰！砰！砰！」

當我痛極並漸失去意識之際，我聽到一陣槍擊聲，是來自兩把半自動手槍、一支密林。一瞬間，原本圍著我和詠芝的小孩全數爆頭倒下，朦朧間我看見一男一女走近我們，之後我便不支倒地。

後來從霍恩口中得知，當日入內救了我和詠恩的，正是她和她的哥哥——我的摯友霍華。而我也終於知道，為什麼距離飛虎隊攻入明明還有五分鐘的時間，竟然會有飛虎隊員在這裡被那魔鬼幹掉。

原來是「賤達」下令提早攻入醫院執行「格殺勿論」指令，他想藉機除掉我這枚眼中釘，但就無辜葬送了一整隊飛虎隊員。也因為這樣，替我和詠芝製造了逃生的時間，讓霍華兄妹幸運地救了我們。

真諷刺，這次還多虧達智這賤種……

我知道，今生今世也難以忘記那血腥的一夜，那惡夢將會糾纏我一生，除非，我可以手刃那魔鬼……

但我是人，他是魔，說報仇又談何容易。而且，我感覺有點不對勁，為什麼三番兩次他都錯過殺我的機會？他是想玩弄我，還是在嘲笑我的無能……

無論如何，我司徒淩宇當天起誓，窮一生之力都要宰掉你松田和也！

2

這裡是香港特別行政區特設的祕密醫院，這醫院的存在除了特首、保安司和警務處四大巨頭，其餘官員、政客，甚至中央政府最高軍政機關都不會知道。醫院的設置是為著他日發生地區戰爭時，能夠有一所最先進、最隱蔽的醫療機關照顧本港最高領導人的安危，同時作為坐鎮大後方的指揮中心。

至於我，入住這裡治療至今，一步也未踏出到戶外，所以根本不知這裡位於何處何地，更遑論與外界聯繫，找親人來這裡對我慰問一番。

坦白說，我也是在兩天前，即是入住第三週後，才從昏迷中甦醒過來。失血過多、傷勢過重令我昏迷了一段很長時間，而期間不斷做著同一個惡夢。

究竟為什麼要入住這所祕密醫院？至今我仍舊不知原因。

慶幸的是，我每天還可以隔著玻璃看到還昏睡不醒的詠芝。

照顧詠芝的護理師跟我說，詠芝比我傷得更重，她全身超過六成的地方布滿傷口，其中左大腿的大動脈被抓破，若不是霍華兄妹及時趕至，詠芝早已失血過多而死了。

可惜，身體上的傷口可以隨年月過去而癒合，但內心的創傷就可能一生一世也揮之不去。護理師小姐說，詠芝的昏睡情況有點離奇，從腦波的檢查結果看來，她可能不斷重複做著一個惡夢，而潛意識令她鑽入更深的夢裡，不願走回現實。

我沒有回答什麼，因為我清楚知道，只要曾經面對過惡魔，大多數人都會選擇逃避現實。

「司徒，原來你在這裡，今天精神看來不錯啊。」原來是霍恩。

「還可以吧，對了，妳怎麼可以在這裡自由出入？」我問。

「上星期我被調職，出任特首保護行動組副組長，所以有特權進出這所祕密醫院，嗯……今天詠芝怎樣？好了點嗎？」

「大概吧……我也不知道，前天甦醒後到現在還未見到醫生，想詢問詠芝的情況也無法。」

霍恩沒再說什麼，只拍拍我的肩膀以示安慰。

「對呢，『賤達』有沒有受到內部處分？」雖然他的「格殺勿論」命令陰錯陽差地救了我，但我仍對他的卑鄙行為耿耿於懷。

「沒有，還受到上級加獎了，你不是不知道，曾達智一直與上級關係不錯，加上他口才了得，這次行動調動失敗，他完全不用負上責任，而飛虎隊指揮官就只能啞巴吃黃蓮。」霍恩沉著臉道。

「我早預料到。」

「司徒，你究竟和他有什麼過節，為什麼你們像世仇似的？」霍恩問。

「還不是因為妳。」我答。

霍恩愕然，然後沉默不語。

警界一直盛傳曾達智曾經向霍恩展開猛烈追求，只是「襄王有夢，神女無情」，後來霍恩加入重案組A隊成為我的左右手，更與曾達智劃清界線。有人說，曾達智一口咬定我橫刀奪愛、腳踏兩條船，對我懷恨在心，但實情是如何，就只有霍恩本人才知道。

依我看，以曾達智在警界的「賤」名，處事公正嚴明的霍恩根本看不上他。更何況霍恩的哥哥霍華，與曾達智在處理「九如坊大廈少女失蹤案」時早有宿怨，怎麼想霍恩都不會接受他。

儘管外頭替我和曾達智之間的恩怨虛構了「三角情史」，但我從沒有打算分辯，因為就算曾達智不針對我，我也鄙視他的行事和人格，所謂「道不同不相為謀」，跟他這個梁子我注定要結上的。

3

午飯過後，吃過一匙墨綠色帶點苦澀味的藥水，我透過病房內的視訊設備，得悉十五分鐘後將安排與主治醫生會面。我當然十分歡迎，因為我正想向主治醫生詢問詠芝的病情。

等待的時間永遠最磨人，尤其像我這樣性格帶點急躁的人。

下午三點四十分，一位擁有四十二吋長腿的護理師帶我去面見主治醫生，這是我第一次離開祕密醫院三樓到其他地方。由於我和詠芝是住在相連的病房，雖然是兩間獨立診療室，但中間建有一條打通兩房的通道，所以不用步出走廊便可到達另一間病房探望詠芝，也因為這樣，我醒後至今，這是我首次離開自己的病房。

沿著走廊而行，發現這所醫院就像科幻電影裡的場景一樣，周圍牆壁全以類似合成鋼的物質組成，左右兩邊完全看不見病房門的門縫，直至遇見一位像布萊德・彼特身形的男護理師時，我才發現病房的開關，全是利用隱蔽式熱感掌紋掃描器所驅動。

若不是親身經歷，我不相信香港特區政府有這樣高科技的產物。

我跟著長腿護理師一直走，穿過一道又一道長長的走廊，沿途沒有見過任何一個醫護人員以外的病人。其實我心裡明白，這些所謂的醫護人員，同時兼備保安的工作，就像我前面這位長腿護理師，從第一眼我就知道，她有武術底子，還有她的裙下大腿內側藏有一把袖珍型手槍。

我突然想到，坊間傳言美國政府擁有一個凌駕總統特權的高科技危機應變機關，這應該是真的，就以香港這彈丸之地也擁有這種高科技後援基地，美國堂堂大國又怎會比香港遜色。

經過迂迴曲折的走廊，終於到達主治醫生的房外，只見長腿護理師把右手隨意放在牆壁上，然後在熱感掌紋掃描器上出現一個七吋小螢幕，再經過一輪指令式的對話及瞳孔掃描後，大門終於開啟。

那位美麗的長腿護理師沒有隨我入內，離開前還向我報以甜美的笑容。幸好我定力夠，否則就像一些血氣方剛的青年，早已被電得暈頭轉向。

「司徒警官，喜歡我們這裡的護理師嗎？」身後傳來一道輕鬆響亮的男聲。

我轉身一看，不禁全身一震——你道我看到的是誰，原來我的主治醫生，就是當日與賈力教授會面後在大學門外看到的那個人，一個臉上有紅色胎記的男人——我的兒時好友賈明軒。

「他奶奶的，怎麼會是你？你記得我是誰嗎？」

「上次在大學碰面時我沒認出你，後來你被送到這裡，我翻查檔案資料，就知道你是我認識的司徒凌宇。」

「司徒凌宇還有假的嗎？」我笑道。

「你這個號稱『極惡刑警』的司徒凌宇當然不假，但你是不是我兒時的好友司徒凌宇，這還得靠翻查資料了，哈哈！」明軒向我遞上一杯香濃咖啡。

「連我喜歡喝什麼咖啡都知道？」

「沒錯，在特區政府的個人資料庫內，任何人的底蘊都無所遁形的。」明軒笑道。

無所遁形……我突然有一種想法。

「先不說這個，待會才跟你續舊。這次叫你來，是想跟你說明你的身體情況和傅詠芝的病情。」

我點點頭，讓明軒繼續說下去。

「在報告你和傅詠芝的病情前，先簡單告訴你，在你昏迷的這段日子，特區政府生物研究所對近日發生的肢解案，以及多宗血腥慘案的死者進行的研究已經有了結果。」

明軒翻開手上的醫學鑑證報告，續道：「我們發現，所有死者身上都帶有一種相同但不知名的病毒，而這種病毒在人類最初的生物醫學典籍紀錄上都未曾發現，而最令人吃驚的是，這種病毒明顯有兩個變種樣本出現。」

「什麼變種樣本？」我趕緊問。

「先說第一種，第一種病毒樣本在所有肢解案死者的肢體上都有發現到，而經研究後，這類病毒已通過變種後的純化，活躍度相對較低；第二種病毒樣本則在近日『總部暴徒殺人越獄案』死去的警員，以及醫院慘案所有『喪屍化』的死者身上都有找到，這種病毒明顯是前者未變種前的原始形態，活躍度相對較高。」明軒拿出一些電子顯微鏡樣本給我看。

「我們曾經利用白兔進行實驗，發現把第一種病毒注射入白兔後，白兔外表上沒有明顯的異變，但當我們在同一鐵籠放入一隻未接受注射的白兔時，注射病毒的白兔突然變得兇殘和暴躁，尤其當未接受注射的白兔搶食糧食時，受注射的白兔會主動襲擊牠，且力量比未受注射的白兔大了四倍以上。不過，最後受注射的白兔會因虛脫而死亡。」

「那第二種病毒呢？」我追問。

「第二種病毒經測試後，發現兩種結果。首先，我們把病毒注入一隻活生生的白兔內，發現五分鐘後，該白兔會瘋狂噬咬同鐵籠內的白兔，就像肉食性動物在獵食一樣，但與第一種病毒不同，它會令宿主失去自主能力。」

明軒按下滑鼠，在螢幕上看見該次實驗的短片。

「後來，我們的研究員不小心把病毒注入已死的白兔體內，十分鐘後，已死的白兔竟然恢復行動能力……我們可以假設牠重獲了生命，而同時牠像上一個案例一樣，變得兇殘不斷追捕鐵籠內其他動物，由草食動物變為嗜血的兇獸。」

我開始了解總部和醫院兩案的一些端倪。

「那我想問，這種病毒是從哪裡傳入的？」

明軒道：「暫時還未查到，不過可以肯定，總部越獄的松田和也一定帶有這種病毒，而他的病毒很大機率來自第一種病毒，因為據總部錄影帶和你給的口供分析報告看來，松田和也有思考和自主力，更重要的是，他擁有超越人類的獸性力量，所以有百分之七十機率是第一種病毒的攜帶者。」

聽完明軒的話，我陷入沉思。

「如果事實如你所說，根據松田和也和孟芷琪之間的關係，我有個假設。當日孟芷琪曾經被松田和也所傷，在住院期間又突然狂性大發造成嚴重傷亡，依照我的觀察，孟芷琪感染第二種原始病毒的可能性相當高。若松田和也擁有的是已進化的病毒，換句話來說，當第一種病毒重新找到未帶病毒的宿主時，病毒進入宿主體內後，便會退化為原始形態。這樣便可以解釋為什麼孟芷琪、總部已死的同僚會無故屍變向我發動襲擊了。」

「Bingo！你所說的，正是綜合整份研究報告的實際理論。」明軒道。

想到這裡，我突然手心冒汗，道：「詠芝……詠芝將變為另一個芷琪嗎？」

「你終於明白我找你來的意思了。」

只見明軒在螢幕上開啟兩份血液化驗報告，左邊是詠芝的，右邊是芷琪的。

「看到嗎？血液中那些白色反光點就是含病毒的部分。」明軒用滑鼠指出所說的位置。

「照道理，孟芷琪的血液樣本應該和傅詠芝的一樣，但為什麼傅詠芝血液內的病毒濃度會比孟芷琪低十倍？」

明軒問的正是我心中的疑問。

「關鍵在你身上。」明軒道。

「我？」

「對。我們在你的血液樣本上發現一種抗體，這種抗體足以消滅傅詠芝身上帶有的病毒。」明軒神情凝重地說。

「那用我的血液提煉出抗體的話，不是可以用來救詠芝嗎？」

一想到可以救詠芝，我的心情也激盪起來。

「我們在你昏迷期間曾試過這樣做，但失敗了。我們發現，由你的血液提煉出來的抗體，只可以用來抑制詠芝體內的病毒生長，但不足以殺死病毒。要救詠芝，就要找到對付這種病毒的解藥。」明軒凝重地道。

「有多少時間讓我去找解藥？」我焦急地問。

「兩個月。」明軒無奈地說。

「媽的……兩個月哪裡夠？就算讓我逮捕到松田和也，都未必能保證找到解藥。」

「司徒你冷靜一點。你先想想，你有沒有印象之前曾經注射過一些特別的藥物，或接觸過一些特別的動植物？我相信你身上的抗體不是天生的，可能是後天透過類似注射而形成。」

面對明軒的問題，我想了很久也想不出個答案，莫非要眼睜睜看著詠芝變成另一個芷琪？不……絕對不行。

我不斷搜索過去的記憶，再強行重組、分析：「藥物……注射……手術……手術?!莫非是……我這雙手？」

我對於這雙手的來歷一直很模糊，只記得小時候曾經發生交通意外，雙手被一輛私人轎車輾斷，之後得到一位無名氏捐出合適的雙手移植。莫非這雙手原來的主人和這件事有關？

但事情發生了這麼久，要找到當時的資料肯定有難度。

思緒很亂，因為時間已經不多。如明軒所說，我們只有兩個月的時間，期限一到，詠芝便會變成像芷琪那樣失去人性的喪屍。

我不容許這種事發生，無論如何也要救詠芝。

對……松田和也，現在唯一的線索在松田和也身上，找到他，便有望解開一切謎團。

但面對惡魔級的他……我又有何勝算？

想起松田和也，腦海中突然閃過一件看似無關重要的事。我望著臉上長著紅色胎記的明軒道：「當年你突然不辭而別，不是有什麼事吧？」

明軒聳聳肩道：「才沒有呢！當年父親收到美國麻省理工大學的邀請，出任研究院所長一職，因為事出突然，所以才趕不及通知你便離開了香港。」

「研究工作？是關於什麼的？對了，一直也沒機會拜會世伯，他還好嗎？」其實由始至於我還未見過明軒父親一面。

「他身體健康還不錯，就怕他太醉心研究工作，一天到晚去世界各地演講太勞累。他近日也到了香港演講，有興趣我可以介紹父親與你認識。」

到了香港演講的教授？明軒姓賈，莫非……突然我想到一個人。

「你的父親，該不會就是鼎鼎大名的中美洲古文明權威賈力教授吧？」我吃驚地道。

「正是，你也對古文明有研究嗎？」明軒好奇道。

「不，只是跟賈力教授有過一面之緣。」我望著明軒報以一笑打圓場。

在返回病房的途中，我突然想起賈力教授當日見到兇案現場的圖騰時，那恐懼的樣子。

如果明軒的相片出現在國際刑警的資料裡並非巧合，代表賈力教授父子很可能與一連串的肢解案、松田和也的案件有關聯，但看明軒的反應，他應該對當中之事毫不知情。更何況，若他不是身家清白的話，斷不能通過特區政府的內部審查，更別說出入這所祕密醫院工作。

但換個角度看，在祕密醫院擔任醫生兼研究員的明軒，也可能是臥底身分，就因為這所醫院的存在屬於特區最高軍政機密，所以國際刑警查不清他的現況底蘊也不奇怪。

兇案現場的六芒星蛇神圖案，第一宗相類似的案件發生在中美洲墨西哥境內，邪教組織的中美洲神祇傳說背景，再加上賈力教授精於中美洲古文明知識的背景，還有他看到六芒星蛇神圖案的驚恐表情等等，我深信賈力教授父子一定知道一些與此案件有牽連的線索。

「吵！」房門打開，眼前出現一個熟悉的身影。

我說道：「你終於來了，我有事找你幫忙。」

七・情報〔司徒凌宇〕

1

紙終究包不住火，同樣的，星星之火亦足以燎原。

特區政府原本打算採取一系列的措施，務求淡化媒體對松田和也兩宗兇案的關注，但在資訊爆炸的年代，只要事件引起媒體和社會的注意，又豈能輕易被擺脫追蹤。

警察總部一案尚且可以把精神病的帽子套在松田和也身上，並解釋為精神病犯人兇性大發、誘騙警員越獄造成人命傷亡，但醫院屠殺一案呢？一個患有精神病的女探員狂性大發、造成嚴重傷亡，這樣說得通嗎？

住院一個月期間，經過媒體的不斷渲染，松田和也已被塑造為末日惡魔般的化身，在香港、甚至國際社會上引起一波接一波的恐慌，更有國際媒體戲稱他為什麼「末殺者」。

再加上三日前，一份報紙不知從何種途徑，取得了醫院慘案內的現場照片——一條被松田和也活生生從飛虎隊隊員身上抽取出來的血淋淋脊骨，社會上因恐懼引發的動盪一觸即發。

由於媒體大肆強調松田和也的恐怖，更有一些探討末日話題的人士替松田和也扣上末世魔鬼的代號，終於造成連鎖效應。市民擔心成為這隻魔鬼手下的犧牲品，所以一窩蜂擁至商場搶購日用品和糧食，希望短時間內足不出戶的駝鳥對策可以求得自保。

一時間，全城的末日恐懼推至巔峰，而特區政府和警務處也顯得束手無策。

更要命的是，同一時間，一些幫會和罪犯爭相模仿松田和也的犯罪手法，對敵對幫會或受害人採取相同邪教儀式般的殘殺，過後同樣在現場留下松田和也的象徵——六芒星蛇神圖騰圖案。這種嫁禍松田和也的手法，混淆了警方的追查路線，同時令追緝的難度也相對提高。

不僅全香港市民，甚至連全港警察也陷於無助的恐慌中。他們的確很怕，怕不知何時松田和會出現自己身後，然後把五指插入他們背脊再活生生扯出脊骨。這種十級痛苦的死法比亂槍掃射更慘，更有警員私下表示，如果遇見這隻魔鬼，寧願飲彈自我了斷，不給對方生吞活剝的機會。

松田和也，已經成為警隊心中的魔鬼，同時也是黑道中人嗜殺警察的代言人。

警察也是人，面對強大的死亡壓迫感……感到恐懼也無可厚非。

另一邊廂，總部收到最新消息，香港部分鄰近地方國家正計劃封鎖香港對外的海陸交通，彷彿把香港標籤為疫區。說到底，就是怕松田和也偷偷入境，使國內成為殘酷殺戮的戰場。

但這樣做真的有用嗎？我開始擔心事情再鬧下去，中央政府會不會打算學電影那樣，送香港一枚核彈，以七百萬市民的性命跟松田和也同歸於盡……

這雖然是荒謬的想法，但歷史告訴我們，人類一向是荒謬絕倫的物種，所謂犧牲小我完成大我的做法，自有歷史記載以來一點也不稀奇。

2

待在醫院已經一個月，除了平日慣常的檢查和治療外，最頻繁的就是抽血的程序。沒辦法，住在隔壁加護病房、還在昏睡的詠芝，需要我體內血液內的抗體，但依明軒所說，詠芝的情況一天比一天糟，她四肢的皮膚更出現一些輕微屍斑，血液樣本顯示病毒的含量有上升的趨勢。

只剩一個月，無論如何都要找到松田和也，找到他就有機會找到解藥，至少，在他身上或許可以提煉出比我體內血液更強的抗體。

至於我，醫院一役造成的傷勢已經快要康復，而我終於發現，自己一直以來無論身體受到如何嚴重的創傷，只要不致命，傷勢總會比常人康復得更快的原因——因為我擁有奇異的抗體。

我體內的抗體除了可以對抗影響細胞急速異變的病毒，還擁有自我修復能力，所以短短一個月時間，身體受損的部分在藥物雙管齊下的治療下，取得超越醫療常規的效果。

不過這祕密沒有上報中央政府，因為我的主治醫生、兒時好友賈明軒清楚知道，如果我的異常情況被中央得悉，很可能會被捉去中南海做人體實驗，為國捐軀。

祕密醫院就有這種好處，為了令每個進入這所醫院的病人都得到最高的保護，所有診療和研究紀錄都只可以由獨立的主治醫生負責，其他醫生、護理師都不能干涉；而負責的主治醫生只需向祕密醫院的核心小組報告情況，所以明軒暫時還可以替我保守這個祕密。

事實上，除了明軒和霍恩定時會來這裡，我仍被禁止踏出這間病房；這裡更像羈留室而非病房，而我總感覺自己被二十四小時監視著。

「咚！」病房房門的指示燈亮起。

「軋軋……」

我靜心等待的人終於來到。

「找到我要的資料了嗎？」我問。

「差不多都在這裡了，希望對你有幫助吧。」霍恩道。

我一邊拆開霍恩遞來的公文袋，一邊好奇地問：「妳的臉色挺糟的，外面發生什麼事嗎？怎麼一下子憔悴了這麼多？」

霍恩搖搖頭，說：「我有三個壞消息，一個是來自國際的，一個是來自本地的，另一個可能與你有切身關係。」

我皺著眉，說道：「既然三個壞沒個好的，那便照順序說吧，只要不是跟我說那狗娘養的『賤達』升職加薪，便什麼都好。」

「第一個壞消息，剛收到保安局通知，聯合國將於四十八小時後將香港列為『疫區』，到時香港對外海陸空交通將會斷絕，特區政府也會宣布『宵禁』，可以想像香港將會出現開埠以來最大的亂局。」

我大吃一驚，看著霍恩說：「妳確定消息來源嗎？」

霍恩點點頭道：「確定。第二個壞消息，就是我們發現松田和也仍在香港。」

「那應該是好消息吧？」

霍恩指著我手中的公文袋，道：「先看看公文袋中的相片再說吧。」

聽到霍恩的話，我心中湧起一股不祥之兆，隨即在公文袋拿出四張照片。相片內盡是一些恐怖噁心的血淋淋屍體，共同特徵就是「碎塊」、「三角形」、「六芒星蛇皮人像圖騰」，看現場布局我敢百分之百肯定，就是松田和也那惡魔做的。

我將四張相片平放在桌子上比較，發現松田和也的手法進步了，正確來說，是更享受虐殺的樂趣。除了把受害人撕成一塊塊，再組合為血腥的人肉三角形外，還把受害者整塊人皮扯下來掛在那「三角藝術品」的上方，並在人皮上割出那「六芒星蛇皮人像圖騰」。

雖然不是第一次接觸松田和也的「傑作」，但看著這四張相片，我還是感到一陣不寒而慄。

簡直是魔鬼！

「媽的……他愈來愈變態了。」

霍恩說：「經調查後，這四宗兇案有著同一個關聯點，就是受害人都是蛇頭幫的各大首領，換句話說，蛇頭幫已被松田和也在一夜之間瓦解了。」

我聞言一愣，沉默起來。

霍恩續道：「還不止於此，若把剛發生的四宗兇案加上來，由松田和也親自操刀的兇案共有十二宗，模擬他犯案手法的兇案共有二十四宗。現在不僅治安不受控制，市民還將矛頭指向我們，局勢對我們相當不利。」

經霍恩這麼一說，我更想知道最後一個壞消息是什麼。

不待我開口問，霍恩已接著說下去：「至於最後一個壞消息，就是總部高層經過連日會議後，決定將重案組A、B、C三隊合併，而擔任總指揮的……就是你的死對頭曾達智，黎君夏出任副指揮官。」

我臉色立即一沉，說：「媽的！由『賤達』出任指揮官去捉松田和也？那不是要整隊重案組探員去送死嗎？」

「我早料到你有此反應，不過……有黎警司在，我想情況不至於那麼糟……還有，本來由你負責的案件，處長已吩咐曾達智全權接手，換句說話，國際刑警那邊你不需要再跟進了。」

霍恩頓一頓，又說：「劉處長命我通知你，好好放假休息兩個月，警局的事有其他人替你操心。」

這分明就是留職停薪，原本我對劉處長的決定沒有異議，但關乎一班出生入死的同僚安危，就算要把我革職查辦也好，我也不得不管。

我一定要比重案組那邊更早找到松田和也，更何況，還要在剩下的一個月內找到救詠芝的解藥。

「除了這些，我託妳查的東西有結果嗎？」我問。

「有，你那天馬行空式的假設或許真的隱含破案線索。」

霍恩笑說的同時，從手提包裡拿出電腦，螢幕亮開出現一張世界地圖，地圖上閃動的小點，就是世界各地發生同類型肢解案的地方。

「我嘗試聯絡世界各地曾經負責調查肢解案的警官，向他們取得受害人的背景資料和遇害情況，最後經超級電腦分析，發現一些應該很有用的資料。司徒你看！」霍恩開啟分析報告的檔案。

我凝神看著報告，終於發現霍恩所說的破案線索。先不計香港發生的兇案，在十三個案發地點裡，受害人三至七名不等，而其中七成受害者是研究所教授或大學頂尖研究員，而當中四成是考古學家，其餘六成是生物科學、病理學領域的頂尖教授。

剩下三成的受害者，就是一些地下宗教組織或幫會的領袖，其中最弔詭的是，所有涉案的組織和幫會，它們的黨徽均與蛇有關，這正與香港蛇頭幫高層首領接二連三被殺不謀而合。

考古學家、生物科學家、病理學家……病毒……我開始有點眉目。

「在調查的過程中，我照你說的路線圖翻查出入境紀錄和航空公司的乘客紀錄，我可以肯定松田和也是案中的關鍵人物……甚至就是兇手，你看……」

我看著電腦螢幕上的資料，松田和也每次在兇案發生前半年內，會先進入境該國家，然後案發後隔日便乘坐飛機，到下一個緊接著發生兇案的國家。

這種種跡象顯示，松田和也一定脫不了關係，至於犯案動機……如果他每到一處地方只為執行追殺任務，那這回來到香港一定離不開同樣的任務。

松田和也應該是隸屬某一個組織，可以排除他是興之所至的獨行變態殺手。

整個案件已經肯定不是一件單純的追殺案，關鍵應該是詠芝身上的「病毒」。如果大部分的受害者都是研究所的教授，而假設他們也有參與研發這「病毒」的項目，那最終遭到毒手就不難解釋。

理由有二，一是松田和也背後的組織利用完那班教授進行研究後，便來個斬草除根，以防資料外洩；要不，便是那群研究人員發現該「病毒」的破壞力驚人，打算阻止研發計劃繼續，所以慘遭毒手。

至於犯案的地點不斷改變，有可能是那組織早已在世界各地建立研究中心，後來研究所內的教授一個接一個不聽從組織命令而遭毒手；更有可能的是，那個組織的研究所原本只有一處，只是當殺盡所有的教授後，怕引起當地的刑警追查，所以火速在其他地方建立研究根據地，而研究所接連出現一些未知的矛盾，需要一個個毀滅掉，最終又得另尋他地而設。

如果以上推論沒錯，該組織一定已在香港開設一間研究所進行「病毒」研究，但目前我仍百思不得其解的是，那些地下宗教組織和幫會跟松田和也有什麼關係……

難道他們協助研究所進行「病毒」研究？

抑或他們打算利用這些宗教、幫會，把他們的「傑作」推廣出去？

還有……那些宗教和幫會不約而同與「蛇」有關，背後是否隱藏某個原因？

蛇……蛇的人像？我突然想起賈力教授說過，在中美洲古文明中，那個披著蛇皮的神「奎扎科特爾」。

「司徒，我還查到一些可能有用的線索。」霍恩打斷我的思緒。

我輕托著黑色粗框眼鏡，然後點頭示意霍恩繼續。

「是關於賈力教授的。」

「賈力教授？」

霍恩說：「我翻查過賈力教授的資料，發現教授離開日本之後，除短暫在香港生活外，去美國出任教授之前，曾經到墨西哥科札科洛斯停留一段時間。賈力教授曾經在該地一間考古生物研究所參與過一系列的研究項目，而那間研究所，就是後來第一個出現教授被殘殺的研究所。」

若霍恩的資料沒錯，賈力教授跟這一系列案件可能有所關聯。我再度想起拜訪賈力教授那天看到兇案現場圖騰的驚慌表情。

「我知道你在想什麼，告訴你，賈力教授跟這宗案件有很深的淵源。」霍恩道。

「什麼淵源？」我好奇地問。

「還記得你跟我說過，在國際刑警給你的檔案中，有一張你和賈明軒醫生的合照嗎？」

霍恩在公文袋拿出另一張黑白照片，相片背景是一所研究室，是五男二女的研究員合照。只見霍恩指著其中的兩男一女說：「這就是賈力教授，右邊的是他的好友高澤光司教授，前面的是高澤光司的太太石橋由美子博士。」

我沒有答話。我已經知道高澤光司跟賈力的關係，但跟霍恩共事八年，我知道善於搜集情報的她，此刻一定有重大發現，否則不會浪費時間說無謂的話。

「根據國際刑警在日本政府檔案室找到的情報，高澤光司教授一家當年的滅門劫殺案，並不像坊間所說那麼簡單……他們一家是被人用行刑儀式般的手法殺害後，再肢解為碎塊，最後把骨肉堆組成三角形，而現場還留有一個圖騰圖案。」

我一愣，說：「是『六芒星蛇皮人像圖騰』……是松田和也式的屠殺手法。」

「對，不過依時序看來，當年松田和也只有三歲。」霍恩道。

這和我推測的相差不遠。松田和也只是一個工具，他背後一定存在某個恐怖組織，「六芒星蛇皮人像圖騰圖案」很有可能是代表該組織的圖徽，又或者象徵該組織的某個行動。

「我要說的不止這樣，據資料記錄，賈力教授與高澤光司教授於六〇年代一次中美洲的考古計劃中認識，而當年對這個考古項目提供支援的，除了他們之後加入的『東京考古研究所』，就是這間『墨西哥科札科洛斯考古生物研究所』，即照片拍攝的所在地。」

霍恩指著照片續道：「同樣，這間『墨西哥科札科洛斯考古生物研究所』，就是後來賈力教授離開日本後，短暫逗留參與研究工作的地方，也是出現第一宗教授肢解案的所在。」

我開始明白是什麼一回事。

如果霍恩的資料沒錯，照我推斷，高澤教授一家慘遭變態滅門一事，應該與現在發生在全世界十四個地方的肢解案同出一轍，當中同樣涉及研究項目。而依我估計，所謂的研究，應該八九不離十就是詠芝體內的神祕病毒。

再分析手上的資料，高澤教授一案是目前所有肢解案的首樁案例，第二宗出現的肢解案是「墨西哥科札科洛斯考古生物研究所」的教授，兩者同樣與賈力教授有相聯關係；換句話說，在賈力教授身上可能找得到一些重要線索。

不……不止，這段期間賈力教授突然來香港演說，而松田和也同時在這裡現身，種種巧合下的可能性只有兩個，一是賈力教授與松田和也是祕密同伙，此次同來有事共謀；另一個可能是，賈力教授是松田和也的目標……

「這個假設可能很快便可以得到印證。」霍恩聽完我的分析後，一邊在茶几上沖著即溶咖啡，一邊說道。

「何以見得？」

霍恩拿起賈明軒和我的兒時合照，說：「我剛才不是說過，國際刑警正調查賈力教授父子嗎？」

「不要賣關子了，快說。」

「根據調查，高澤教授慘案發生後，包括傭人在內共八死一失蹤，而失蹤的，正是高澤教授的兒子高澤浩一。」

我搶著說：「妳是想說，賈力教授的兒子賈明軒是高澤浩一？」

霍恩把咖啡送到我的面前，說：「不是我的推斷，而是國際刑警方面已經確定，賈明軒就是高澤浩一。他只是賈力教授的養子，但賈明軒應該毫不知情。」

「既然國際刑警得悉這個祕密，松田和也所屬的組織也有可能知道明軒的真正身分。如果這就是賈力教授多年來極力保護的祕密，那松田和也的目標除了賈力教授，就是賈明軒了。」我說。

「就是這樣。」霍恩笑說。

「嗯……等等。」我說。

「怎麼了？」

我凝視著霍恩。「妳怎麼會知道這麼多國際刑警那邊的消息？」

霍恩漠然地道：「別管那麼多，我有我的辦法。」

我忍不住說：「妳又去找那個色鬼嗎？這次他又在妳身上討了多大便宜了？」

一時間氣氛凝住，霍恩和我均別過頭不再說話。我知道，為了這案子，霍恩一定去找了她那個任職國際刑警的前男友。那個比「賤達」不遑多讓的「警界淫魔」。

為了詠芝，與我情同兄妹的霍恩……竟然又再委屈她了。

突然間。「啊啊……啊……」痛……很痛……

我那雙手再次不聽使喚地抖震，這次更夾雜了一陣錐心劇痛，心頭湧起強烈的不安。

「這次又會是誰……」我喃喃道。

同一時間房門打開，只見明軒一臉焦急地走進來。

「快跟我來，傅詠芝出事了。」

八・盒子〔賈力教授〕

1

同夜，香港九龍塘達之路，香港城市大學教學樓某科研室內。

該死的！原來代號「潘朵拉盒子計劃」根本沒有結束，當時日本政府承諾沒收整項研究計劃資料後會盡數銷毀，也只是一堆騙人的廢話。

「潘朵拉盒子計劃」的研究資料竟然輾轉落在一班激進的左翼政客手上，他們天真地以為依靠這計劃就可以光復國家、恢復二次大戰後戰敗國的民族尊嚴，但他們一直都不知道，「潘朵拉盒子計劃」的產物究竟有多恐怖……

只有我——賈力博士，還有高澤光司教授知道盒子裡的祕密足以毀滅世界，因為我和他曾經接觸過遭盒內病毒侵襲的中美洲馬雅族人，很恐怖，很血腥的一夜。

「他」以一人之力，像野獸般屠殺整條村五十條人命，不論男女老少，都被他生吞活剝、撕成碎塊。我親眼見到，他徒手剖開屍體的肋骨，拿出還在跳動的心臟，然後大口大口地撕吃的情景。

我無法忘記他身上的屍味，那兇暴的眼神，令我的精神陷於歇斯底里的狀態。

外面的人不知道，當年共十二人的研究人員，一夜之間有十人失蹤，根本不是遇到什麼大風沙而遇難，真正原因是他們統統不幸成為他的食物、虐殺的對象。

當時我和高澤教授都以為我們必死無疑，但我們幸運地發現大金字塔入口處有道機關，我們深信只要把他引入洞內，再拉下石製手把，就可以將他永久封死在大金字塔內。

終於，經抽生死籤後，由我負責引他進洞，而高澤教授負責看準時機拉下手把。「轟隆」一聲，那已不是人的喪屍終於被鎖死在那金字塔裡，而我和高澤教授也得以倖存而退。

離開馬雅村落的臨時研究基地後，基於學者的好奇心，我們把那個裝有病毒的盒子偷運回日本，然後在「東京考古研究所」提供的研究經費下，展開了「潘朵拉盒子計劃」。

「潘朵拉盒子計劃」這名字其實不是一開始便使用，直至進行動物實驗階段，高澤教授發現那個從木乃伊身邊偷走的盒子，裡面的病毒非常霸道，它擁有迅速改變基因細胞的能力，急速提升生命體的獵食和運動本能，同時令生命體變得非常嗜血，猶如一頭兇獸，所以後來我們叫這計劃為「潘朵拉盒子」。

對，你沒想錯，就是那個希臘傳說故事。

相傳在希臘神話裡，那個好奇而無知的小女孩潘朵拉就因為禁不住眾神的誘惑，把滿載著各種災難、禍害的盒子打開了，不單害死自己的親人、住在鄰近的族友，更把各種禍害降臨人世間。所以計劃一開始我便警惕自己，只要這項研究計劃有什麼差池，盒裡的病毒便有機會對全人類帶來毀滅性的災難，所以我叫這計劃做「潘朵拉盒子」。

可惜，科學研究就是一種中毒極深的行為模式，縱然明知繼續研究下去根本對人類社會的福祉不會有任何得益，但仍然想解拆當中每一個謎團。我甚至曾經與高澤教授有相同的想法，打算利用科學方法支配這種「不服從」的病毒。

但高澤教授終究禁不住名利的誘惑，他一直憧憬著研究成果發布的當天，就是自己得到諾貝爾獎的時刻，名利便會隨之而來。所以到研究後期，他明知這種病毒百害而無一利，卻仍然堅持要研究下去。

我得承認，當時，我始終較他清醒。

終於，經過第八次人體實驗後，當我看見自己親手製造出來的怪物，便決定放棄這個嚴重威脅人類生存的研究計劃，而高澤教授當時也在我面前信誓旦旦地同意中止研究。

之後，我離開「東京考古研究所」，開始從事我另一個愛好——中美洲的歷史考古研究工作。

我滿心以為一切都塵埃落定，但在四年後的某一晚，當我收到高澤教授的死訊，再親身到現場見證那血腥的一幕後，我才發現，高澤教授根本沒放棄「潘朵拉盒子計劃」，而且他還製造出比中美洲屠村的那種喪屍更霸道的病毒品種。

可惜，他終於作法自斃，死於從實驗室逃出的一隻半人半屍實驗品。

高澤教授死後，我用盡所有方法，終於取得有權力的政客幫助，在國會通過終止「潘朵拉盒子計劃」的方案，而代價就是，我必須交出所有關於這項計劃的研究資料，並且要離開日本、遠赴美國，終生不得從事生物科技的研究工作。

我本來以為一切都是值得的，但今天才知道受騙了，原來那表面上支持我的政客，實際上與一家海外生物科技研究公司暗地裡合作。待我離開日本後，那家公司在當時執政的政府支持下，祕密成立一個地下組織，繼續進行「潘朵拉盒子計劃」的研究，準備研發足以毀滅世界的病毒武器。

我還記得，那生物科技研究公司的老闆很年輕，是一位美國商人，名叫「亨利」，活躍日本社交圈的人都簡稱他為「爵士」。

原本，我以為一切都事過境遷，直至半年前才知道，二十多年來他們始終都沒有對我放下戒心，期間還處心積慮地安插一些教授、學生，甚至是鄰居在我身邊遠距離監視。

現在我什麼人都不相信，甚至是我的學生韋文，因為我無意中發現，韋文也是他們派來監視我的人。

這次我來香港，已經沒有想過可以活著離開，我清楚自己就是新聞報導上那個頭號通緝犯松田和也的目標。本來，這次來港的目的只是與明軒見面，但我發現了一個祕密，所以要先找上司徒凌宇的助手霍恩。

如果這祕密被那個人早一步知道，明軒便會有生命危險，因為到目前為止，除了我，沒有人知道明軒是高澤教授的兒子——

高澤浩一。

2

「滴答……滴答……」

辦公桌上的時鐘顯示，現在是晚上八點三十分，獨自坐在大學的辦公室裡的我，心情格外忐忑不安。

這晚外面颳起大風，呼呼作響，望著暗紅的月色，我的心除了牽掛著明軒，就只有想著那個保守了二十多年的祕密。

不知是疑心生暗鬼還是什麼，整晚我不時會突然感到一股無形壓力正向自己靠近。

「怦怦……怦怦……怦怦……」

我的心跳不斷加速，呼吸也變得不順，究竟真是心理作祟，還是有什麼原因影響著我的情緒？

可能是太緊張的緣故……沒事的，還有三十分鐘霍恩刑警便會抵達，到時向她交代一切後，我便趁香港還未被封鎖海陸空交通之前，明天搭機飛返美國，以後再不踏足香港半步。

「嗄嗄——」

什麼聲音？

我隱約聽到房門外的走廊盡頭傳來一陣怪異的聲響，那恍似困在喉頭的怪叫，夾雜著低沉的腳步聲，令人一瞬間只感到雞皮疙瘩。

「噠噠……噠噠……噠噠……噠噠……噠噠……」

我趕緊按下電腦螢幕上的「儲存」功能，然後打上司徒凌宇的電子信箱網址，再選擇發出的時間，最後便按「傳送」把該檔案依時發送給他。到這一刻我無法不作兩手準備，就算霍恩來不及趕到，我仍可以把祕密內容最精要的部分傳給司徒凌宇。

「啪！」

房間的燈光、電腦突然全部熄滅，直覺告訴我，我必須離開這裡。危險……有危險將至，我感到剛才無形的壓力正擠壓著胸口。我隨即拿起辦公桌上的公文袋，趕緊離開這裡。

當我踏出走廊之際，發現整條走廊漆黑一片，隨之而來的是一陣死寂，那邪惡的死亡氣息正慢慢延伸到我這裡。

「噠噠……噠……噠……噠噠……」那陣腳步聲繼續向我接近。

「這味道……是血！」

我嗅到一陣濃烈的血腥味由左邊走廊盡頭不斷湧至，求生本能告訴我必須向反方向走，對……這邊應該沒錯，我記得那裡有電梯可以逃生。

我一邊走，一邊感覺到後面一對布滿血絲的眼睛正死命盯著我。是他……我同時嗅到一陣屍味，就是這陣屍味，我二十年前曾經嗅過的，沒錯……一定是他，他終於也來了。

「啊啊……啊啊……啊……」那聲嘶力竭的叫聲在耳邊不斷迴盪，很近，已經快到了。

我進入電梯後，電梯並沒有因為我的連按而啟動，我只有不斷地按著按鈕，期望幸運之神降臨於我。我轉身一望，只見走廊盡頭出現一個男子身影，他手上正搖晃著一件物件。

他愈走愈近，我終於看到，是一隻人手，一隻還穿著護衛制服的血手。我沒有打算叫喊，因為就算大喊，我知道也沒有人可以救我。

跟當年一樣，他所到之處只會留下死亡的氣息和血腥景象。我很怕，怕得雙腳發麻。

「軋……」

電梯終於到了，電梯門徐徐打開，我二話不說便衝入進去，然後瘋狂按著「關門」鍵。

「噠噠噠噠噠噠噠噠噠……」

「快！快……」我急得頭皮發麻。

「啪！」

電梯門終於關上，但我一點也沒有為剛脫險而興奮，因為在電梯內，我感到背後有雙比剛才更邪惡、更兇暴的眼睛正死命盯著我。

突然，身上一陣絞痛傳來，我右手臂一塊肌肉連皮帶衫被硬生生撕扯下來，那變態的，我痛得雙腳發軟差點暈死過去。

同時間，我發現電梯不再移動……該死，這根本是個局，這變態的一早便在電梯內等我。

不……不可能，我剛才還見他在走廊，為什麼一下子可以走進電梯……

「你……你是誰？」我再望清楚，驚道：「亨……亨利?!你怎麼會在這裡？」我驚叫道。

「……咧……咧咧……咧咧……」他沒有回答，只露出猙獰的食相。

頃刻間，絕望的感覺籠罩著電梯，而我最後一眼看到的，就是那變態的左手背上那暗透著藍色光芒的圖騰圖案，接著所有影像從我眼底消失。

痛！痛啊！

「嘩啊——」我被挖出雙眼，在電梯的地板上抱頭打滾。

接下來，只聽見一聲聲身體每根骨頭被扳斷的慘烈聲，我痛得幾乎快沒有感覺，深深的眼窩中流出濃濃血淚。

就在還有知覺的同時，我感覺到肚內的大腸、小腸、肝臟、胰臟……還有數不清的器官，被重手猛力地扯離我的殘軀。

耳邊還不斷響起那猙獰的笑聲。

五分鐘的凌虐，在我感到一層緊黏著自己頭顱的人皮面孔被扯離的同時，終於在十級痛楚的折磨下，我帶著滿臉恐懼離開人世。

很遺憾，這晚……我始終未能見到霍恩刑警一面。

九·解藥〔司徒凌宇〕

1

時間已經不能再拖，明軒跟我說，我身上的抗體對詠芝的病毒已漸漸失去制衡作用。詠芝確實曾經甦醒過來，但一點也不值得高興，因為種種跡象顯示她正在「屍化」中。在沒有選擇的情況下，我接受明軒的建議，替詠芝做二十四小時循環換血的抑壓療程。

隔著特製的強化玻璃，我看著詠芝被大字型鎖扣在合成鋼架上，四肢分別被插上換血的纖維喉管，雖然用了足以麻醉一頭大象的麻醉劑量，但詠芝仍然瘋了似地在鋼架上掙扎。

「啊……啊啊……」慘嚎聲傳遍醫療室內。

我清楚知道這只是治標不治本，因為病毒的生長速度已超出預期，循環換血也只能把血液內的病毒比例壓抑在六成以下。

令人驚訝的是，換血過程中病毒不斷進化，在顯微鏡下它似乎不甘受控，帶有瘋狂侵略性地要掌控一切，所以不同的藥物和治療方法都只會令它進化得更強悍。

唯有換血、透過不停轉換生存環境令病毒暫時無暇進化，停留在忙於繁殖、補給數量的階段；只有這方法，才可拖延詠芝「屍化」的過程。

四十八小時……依明軒估計，只剩不到四十八小時，如果未能及時找到解藥，我只有忍著眼淚、忍著心痛親手了結詠芝，就好像當日對芷琪那樣。

但就算知道哪裡有解藥又如何，坦白說，面對松田和也，我根本沒有絲毫取勝的把握，尤其想到他那邪惡面容，我打從心底湧出一股強烈的懼意。

我一直以為，只能眼睜睜看著詠芝變成一頭喪屍。

是的，我原本已經認命。

幸好，一通電話重燃了我的希望，但對明軒來說，或許是一場惡夢。

四小時前，同一時間、兩種不同的語調，我分別從明軒、霍恩口中得悉賈力教授已經慘遭毒手，同樣是血腥恐怖的結局，但手法更加兇殘。

據消息指出，行兇者在殺害賈力教授之前，竟活生生把他整副人皮強行抽扯出來，然後釘在行兇現場——大學教學樓電梯內的牆壁上，而那副人皮被發現時還滴著混和血液的脂肪油。

從霍恩傳來的視訊片段看到，行兇者放棄碎塊的恐怖布局，反以凌虐式的手法虐殺賈力教授。

據法醫初步驗判，被脫去人皮的賈力教授，死因是窒息致死，而勒著教授頸部的，竟然是他自己的腸臟。那變態的，竟然想到就地取材，硬生生扯出賈力教授的腸臟再勒斃他。

很噁心的場面，想著賈力教授的死狀，我隱約感到腹部有點麻痛。

從視訊影像看來，我覺得賈力教授臨死前像是在被逼供……難道是為著一個祕密？

無人知曉。

有一點可以肯定，行兇者可能是松田和也，因為在電梯牆上的人皮上，同樣有個以利器在人皮上割出的「六芒星蛇皮人像圖騰」，很明顯，兇手希望我們知道他的身分。

另外，從大學的監視器錄影中，警方終於掌握到松田和也的去向，但我覺得有點不對勁。一直以來，松田和也來去無蹤，今次竟然清楚拍攝到他離開大學時所開的車子，直覺這是「請君入甕」的詭計。但已經沒有選擇餘地，我只剩不到四十八小時，這是最後一次機會找出救詠芝的解藥。縱然那裡滿布機關、陷阱，我也得闖進去，更何況同車上有一人應該比我更想手刃松田和也——賈力教授的兒子，賈明軒。

霍恩從重案組舊部收到消息，松田和也正匿藏郊外一間已廢置的學校內，重案組、飛虎隊已經奉命到場圍剿，而我在明軒的幫助下，順利躲過警員的耳目離開祕密醫院。

很難相信，這所號稱特區政府最後要塞的祕密醫院，保安系統竟這樣九流，我們不消十分鐘便順利離開這裡，與早在醫院外等候我們的霍恩會合。

「轟隆——」

引擎發動，車上三個人懷著相同的目標，向著那魔鬼的所在處前進。

在路上，明軒由始至終沒有多發一言，我想像得到他有多哀痛，看著自己最親的養父被殘殺，就算明知兇手是魔鬼，也想把對方抽出再大卸八塊。

我沒有阻止明軒報仇的打算，正確來說我根本沒法阻止，就算明知那裡可能存在著兇殘嗜血的異物。我可以做的，就只有給他一把手槍，和一盒子彈。

2

晚上十點二十四分，我們一行三人到達情報指示的荒廢學校外。

那裡已停靠著三輛車頂還閃著警燈的警車，還有一輛飛虎隊專用的客貨車。四周竟異常寧靜，不單聽不到人聲，更沒有槍聲，學校範圍內就連一點雜聲都沒有，肅殺的氣氛有點詭異。

我嘗試用飛虎隊車上的通訊裝置聯絡在場警員，但完全不管用。照道理，這裡應該沒有干擾通訊的設備，但我寧願相信他們是真的受到訊號干擾才沒有回覆。

我望著學校的大門，深吸一口氣後，然後跟明軒、霍恩打個眼色，便推門入內，準備展開一場瘋狂的人屍大戰。

在行動之前，我向明軒、霍恩再三叮囑，一會兒千萬不要走失，任何時候都要「三人一體」互相照應。由於明軒不擅於用槍、更不擅體術，所以我決定由霍恩殿後，明軒走在我們之間，而我負責帶頭入內搜索。

「準備好了嗎？」

「準備好了。」

「走吧！」

進入校園範圍後，我環顧四周，發現這所學校屬於殖民地時代興建的維多利亞式建築，所以校園面積非常廣闊，但相對地，校舍樓高只有三層。我相信早我們一步前來的警員，就是以小組滲透的方式在校園搜索松田和也，所以最終一組接一組地落單。

最後，全軍覆沒，被松田和也反過來血腥鎮壓。

一想到這裡，我感到背脊一寒，不禁懷疑自語：「合我們三人之力，真的可以逮捕松田和也嗎？」

明軒和霍恩雖然沉默無語，但從他們堅定的眼神，我知道是時候放下無謂的顧慮。

踏入學校的大堂，放眼四處都是破舊的雜物，還有結了蜘蛛網的一班校董照片。我緊抓著手上的槍，一步一步地向前推進。當經過破舊的校務處時，我突然嗅到一陣熟悉而濃烈的腥臭味。

是屍味……

我試圖推開校務處的木門，發現木門的後方有硬物頂著，而在木門磨砂玻璃的透視下，我看到裡面有三個直立的模糊身影。已經不容細想，就算裡頭的是喪屍也要搏一搏，因為我希望找到生還的同僚。

「砰！」終於，在明軒的協助下，我們把木門撞開了。

那三個直立的身影真身映入我們眼底，沒錯……那屍臭味正是來自他們，是三具被搖掛在牆壁上、失去生命的重案組刑警屍體。

他們死狀恐怖，嚴格來說，他們是被一張椅子狠狠釘在牆壁上，椅子的四腳完全貫穿他們的身體，傷口的血隨椅腳一路流到地上，甚至其中一位同僚的肚子被洞穿，部分內臟更灑落滿地。從那幾張扭曲的面容上，可以看出他們臨死一刻仍感受著強烈的恐懼。

「嗄……嗄嗄……嗄……」

又是那困在喉頭的呻吟聲……同時間，我隱約聽到一陣緩慢而雜亂的腳步聲由遠而至。

不……不是，是由四面八方擁至……

「走……快走！」我喝道。

「啊！」

正當我們打算撤離校務處之際，身後傳來霍恩的一聲驚呼。我轉身一看，發現一具掛在牆上的屍體竟無聲無息地從後襲擊霍恩，與此同時，其他兩具也正蠢蠢欲動。

我無暇細想，本能地舉起手上的槍，向襲擊霍恩的喪屍頭顱猛射。

「砰！砰！砰！砰！」四槍之下襲擊霍恩的喪屍頭顱被轟個稀巴爛，同時也暫解性命之危。

的確，經過多次與喪屍對陣，我深知幹掉他們的方法，就是用子彈怒轟頭顱。但子彈終有用盡之時，我暗忖喪屍數目之多，在還未找到松田和也前，手上的子彈就會被耗盡。

在昏暗不明的燈光下，我奪門而出後，看到校務處兩端的盡頭各有為數三至四隻滿臉鮮血、面目猙獰的喪屍逼近，心想一定是剛才霍恩的驚呼聲引來他們的。

「砰！砰！砰！砰！」「砰！砰！砰！砰！」

定下神的霍恩，以迅雷不及掩耳的速度，解決掉牆上的兩隻喪屍。

但前無去路，後有追兵，我環顧四周，除了離開學校的大門，就只有正中央的樓梯可以逃生。

「咧⋯⋯咧咧⋯⋯」兩端的喪屍愈逼愈近。

我們根本沒有退路，除非找到松田和也，否則我是不會離開的。

在這危急關頭，我跟霍恩他們打個眼色，要他們先從中央的樓梯向上逃生，而我負責殿後。但就在他們衝出校務處的同時，我感到雙手劇烈抖震起來。

「啊⋯⋯」那劇痛的感覺走遍全身，差點連槍也握不住。

是第六次⋯⋯還是第七次？是明軒和霍恩其中一人嗎？

不⋯⋯兩個我都不希望。

我大吼道：「媽的⋯⋯你要玩弄老子，我就偏不從。」

就在明軒他們安全到達樓梯後，我抵著壓力咬緊牙關跑出校務處，然後左右不斷交替射殺那些失去生命氣息的喪屍，一時間血肉橫飛，我內心的驚恐夾雜著複雜而難過的情緒。

那批喪屍根本沒完沒了，他們前仆後繼地逼近，我唯有邊走邊開槍阻檔。三分鐘過後，我這才發現他們的衣飾⋯⋯一整隊的飛虎隊成為我的「槍下亡魂」。

我一路退到一樓，那班喪屍亦步亦趨。

「咧咧……咧咧……咧……」

空氣中混雜著的腐臭血腥味與火藥味愈來愈濃烈，我退走到一樓的走廊裡，而這裡左右兩側都是一些教室，透過破毀的玻璃窗，那些殘缺的掛屍、遍地黏稠的鮮血，還有……連著頭皮腦漿的飛虎隊頭套，我感受到同僚被屠殺時的恐懼。

「咔！」子彈耗盡，槍管上冒著陣陣白煙。

在我換子彈的同時，我發現身後的走廊躺著三具腦漿塗地的喪屍，也同時失去明軒他們的蹤影，一定是剛才的一輪衝殺，大家慌不擇路走散了。

當我打算回頭找明軒他們時，突然，一股強大的壓迫感湧來。

「哈哈……哈哈……」

「是他……」

「哈哈……嘿嘿……」

「真的是你！」

我感到身後有一個黑影高速移動，很快，快得連我也看不到他的樣子，但我清楚知道那黑影就是「松田和也」。

多次的交手下，我已記得他的氣息。這次，我決不容許他再從我手底下逃掉。

3

三樓走廊的燈光全滅，氣氛暗帶著詭異，經過每一道房門，我的心房都劇烈跳動一下。

「嗄嗄……嗄……」

「砰！砰！砰！」

「嗄嗄……」

「哎……可惡……」

「砰！砰！」

在追趕松田和也的同時，走廊的暗處不斷湧現喪屍，我一邊應付之餘，身上的傷口不斷滲血，我感到一陣暈眩，是失血過多的徵兆，但無論如何，仍無阻我追趕松田和也的決心。

就在一追一逐之間，我來到這所學校大禮堂上層的觀眾席，同時失去松田和也的蹤影。

憑我多年來賴以捉賊的獸性觸覺，我知道松田和也仍在這個大禮堂內，而我也嗅到一陣濃烈的異味飄散在空氣中。

但奇怪的是，這不是屍臭味，而是鮮血的味道……莫非霍恩他們遭遇不測？

「噠噠噠噠噠噠噠噠噠噠噠……」

我慌了，我不顧一切地朝著那陣血腥味的方向跑去，直至跑到上層觀眾席向下望，終於在禮堂的台前發現兩個身影，一個是黎君夏，另一個是曾達智。

當我凝神望著台前將發生的事情時，我發現他們身後站著一個人，是……是松田和也！我暗忖他究竟在玩什麼把戲……我閃過一個念頭，他一定在玩什麼變態玩意。

而接下來的五秒景象，我一生一世都難以忘記。

「黎警司……對不起，兩個只能活一個，我不想死，請原諒我。」只聽到曾達智哭喪的聲音說。

「不！」我大聲喝道。

「砰！」的一聲，只見黎君夏的頭顱噴出一束血花，然後緩緩倒在地上。

我無法相信曾達智的「賤」竟然可以到達如斯地步，他為了自己安危竟然親手殺害同僚，這是人的劣根性嗎？還是人類根本就是邪惡之源……

我無法理解，但我可以選擇格殺這個人中敗類。

憤怒的情緒暴升至頂點。

同時間，禮堂響徹松田和也詭異的邪惡笑聲。

我承認，現在的我已經失去理智，當跑到禮堂下層時，松田和也同時用那雙兇暴的眼睛緊盯著我，好像在示意好戲還在上演，不容我插手。

無疑地，我被他的目光所震懾，但仍是舉起手上的槍，瞄準那個人渣「賤達」。

意想不到的一幕出現眼前，只見強烈的恐懼在曾達智的臉上流露出來，面容扭曲的他頃刻連呼救聲也喊不出來，而松田和也不知何時手上多了一束東西。

「是氣管，這樣你就不用再聽他那討厭的聲音。」松田和也望著我，猙獰地笑著。

不知為何，看著曾達智被松田和也重手殘虐，反而有種心涼的感覺。我不知這算不算變態，或者心裡早就希望這個敗類有慘痛的收場。

但這感覺很快便消失，因為嗜血的松田和也，竟然在我面前徒手扯開曾達智的頭顱，再把他那血淋淋的腦袋抽出在手中把玩著。

「啊……」

這一切只在十秒內發生，失去腦袋的曾達智現在才出現「極痛」的感覺，只見他痛得不斷用手抓著空空如也的項上，同時鮮紅血漿灑遍整個禮堂，那痛苦的慘嚎聲在禮堂裡不斷迴盪。

我完全不能反應，只能愣愣地站在這裡看向曾達智，直至他全身猛烈抽搐數下，然後……不動。

「哈哈……好玩嗎？哈……這就是一場報應遊戲。」松田和也道。

望著曾達智、黎君夏的屍體，我想起詠芝，她也是松田和也手下的受害者之一。

「解藥在哪裡？」我舉著槍，遠距離瞄準松田和也的眉心。

「哈……什麼解藥？」松田和也道。

「還裝蒜！快給我屍化病毒的解藥！」我怒吼。

「哈哈……要救人嗎？你有命離開這裡再說吧！」

一瞬間，松田和也化作一道黑影向我撲來，我本能地向後急退，然後朝他開了三槍。

第一回合，慘敗。我感到手臂上傳來劇痛，是一整片肉被撕扯掉，而松田和也胸口則中了無關痛癢的三槍。

我忍著痛楚，準備第二回合，同時是最終的決勝局，因為我深知手上的槍只剩下四顆子彈。

我死命地盯著他，他正咀嚼著我身上的那塊肉。

「哈……好吃……下次吃哪部分好呢？哈哈……」

松田和也的激將法對我全不管用，我已經豁了出去，只有殺了他，我和詠芝才有機會，如果接下來的一槍失敗了，就只好認命。

「哈哈……我想，你的腦袋一定比那懦弱的傢伙好吃得多……」

「是嗎？那你來拿吧！」我語氣雖硬，但被他盯著腦袋時，頭皮還是發麻的。

「我不客氣了……」

語畢，松田和也再次化作一道黑影向我撲來。這次我選擇闔上眼，我要賭一次命，就用我這對

「判官之手」配合的「幸運槍擊術」來一次命運對決。

「砰！砰！砰！砰！」

四槍耗盡。

「啊——」一聲慘叫。

然後，一陣劇痛，我昏了過去。

「你輸了！哈哈……嘔……！」

4

我已記不起自己昏睡了多久，只知醒來時，松田和也這個存在已經在地球上消失了。眼前所見，除了黎君夏和曾達智的屍體，就只剩下面前一堆噁心的綠色液體加零星碎骨。

霍恩告訴我，那堆綠色液體正是松田和也。

後來才知道，原來松田和也是作法自斃。

因為我身上的抗體正是他體內病毒的剋星，所以當松田和也一時嘴饞生吞我身上的肉塊時，最終像吃了「化屍毒粉」一樣把自己消滅了。

芷琪……我終於替妳報仇雪恨。

儘管如此，松田和也雖然被我間接消滅了，但我一點也不高興，因為我被一個人出賣了……是賈明軒。原來賈明軒和松田和也是一伙的，他表面上是特區政府生物科技研究所的醫生，實際上是那開發喪屍病毒組織的幕後黑手，更是松田和也的操控者。

當日被松田和也擊昏後，若不是霍華趕到，傷重的我早已被暗藏一處的賈明軒一槍了結。

可惜的是，原本被霍華用槍柄重擊得血流滿面的賈明軒，竟想到用詐昏來騙倒正替我急救的霍華，使計逃離現場，最後不知去向。

話說回來，能夠解開一切謎團，我還得多謝死去的賈力教授。若沒有他死前寄給我的郵件，讓我甦醒後讀到，我根本永遠不知道賈明軒設局殺我的原因，更不能確定他是高澤光司的兒子。

所有事情都是賈明軒精心安排，從詠芝受傷入院到發現我擁有抗體開始，他根本清楚知道我身上的抗體是可以拯救詠芝的，但為了除去我這個唯一可以剋制病毒的人，他編了個「取解藥」的故事引我去對付松田和也，好藉機安排松田和殺死我。

「難怪他會不怕死地堅持跟我去醫院，還說什麼義氣，我一直就覺得奇怪。」

當然，那個什麼「怕我擁有抗體之事被中央知道後，會被送到中南海做實驗」，也是一派胡言，目的是不想被國家知道我擁有抗體一事，從而發展出可對抗他手上病毒的解藥，最終破壞他的好事。

幸好，我身上的抗體不僅陰錯陽差地除去松田和也，最後還救回垂危的詠芝，更重要的是，瓦解了以明軒為首、紮根在香港的邪惡組織。

我並不偉大，但一次的傷重可以換來解除威脅世界的恐怖計劃，怎麼算也是值得的。

當然，事已至此，賈力教授口中二〇一二年十二月二十三日「奎扎科特爾」重臨世界的末日論，我想最終也不會實現。

這是我的假設。

我當時天真的假設。

「凌宇，想得這麼入神，還在想那個松田和也嗎？」是霍恩，在辦公室只剩下我和她時，她總喜歡直接叫我凌宇。這是一種親人的關係，也是我所默許。

在我眼中，無論眼前的霍恩變得如何能幹，她還是我的妹子，那個被我和霍華拖著走過大街小巷、紮著馬尾的小妹。

「妳總是能猜到我心裡所想，」我擱下松田和也的檔案，轉個話題：「有幫我找到妳哥嗎？」

「有，但他說經此一役要好好休息，叫我們放他一馬。」霍恩望望手錶，續笑道：「他現在應該經已登機了，大約四小時後會跟嫂子到達北海道賞雪。」

「真羨慕。」我想起詠芝。

霍恩明白我心思，說道：「等你女朋友康復後，也可以請個長假期去陪她輕鬆一下，別老是想著桌子上的案子，壞人總是抓不完的。」

我下意識地撫著那雙手臂，望著牆上那面「除暴安民」的錦旗，道：「但願我這雙手不會再出現任何預警吧。」

「要再來一杯咖啡嗎？」霍恩拿起辦公桌上我的那咖啡杯，不待我回答便轉身拋下一句：「或許這是你與生俱來的命。」

「命？」我伸直手，望著自己一雙前臂那格格不入的膚色。「至少這雙手臂就不是與生俱來。」

霍恩轉身望著我，問：「你還有做那個夢嗎？」

「夢？」

「對，」她指著我一雙前臂，道：「那個哥也知道，你從小就做著的惡夢。」

被霍恩一提，我記起那個分不清誰是主角的惡夢，那個似乎關係著我雙手祕密的惡夢。

霍恩看見我的默然，已知道我的回答，便沒有再問，逕自拿著咖啡杯離開我的辦公室。我望著窗外似乎快要打雷的天空，不知怎地，我並沒有因為松田和也的伏誅而感到輕鬆，反之，有種風雨欲來的感覺。

我摸著手背粗糙的皮膚，腦海中不期然浮現夢裡那個「男人」。

他給我的感覺，疑幻，似真。

但無論如何，我記得那個夢的開端，就在一九八六年的十月。

那年，我剛遇上交通意外；意外中，我失去一雙前臂，而從那天開始，眼前這雙手就跟我的身軀接上，從此形影不離。

沒錯，就是這雙「判官之手」。

十・移植〔謎之男〕

凡事總有因果。

沒人能逃過因果的牽絆制約，你不能，我不能，就算是「極惡刑警」也不能。

香港，時值一九八六年十月，這是司徒凌宇命運的轉捩點。

那不是一場夢，而是貨真價實出現過的，一切源於那個男人，一個影響司徒凌宇一生的男人。

「呼哈……呼呼……該死，哈……」

站在大街暗處的男人，從袋口中拿出火機點燃著身上最後一根香菸，一口又一口的尼古丁抑壓著他身上每一寸劇痛的神經。

那男人已經不知道自己進行了多少個晝夜的逃亡旅程，身上的疤痕愈來愈多的同時，他發現每次新傷口痊癒的速度也愈來愈快。他知道自己刻意遺忘的「力量」正慢慢擺脫枷鎖，逐漸全面甦醒過來。

痛？對……痛楚的感覺仍在，焦慮和恐懼的觸感也懂得自由地走遍全身，但這僅僅是他偽裝為人的一個指標吧。

「呼……」

是習慣？還是什麼……菸草的芳郁、尼古丁的氣味他漸漸聞不到，換來的，是對血腥的氣味愈來愈敏感，每次經過賣生肉的店鋪時，他都不由自主地死盯著那些血淋淋的新鮮豬肉、牛肉。

但那些東西都漸漸不能滿足他。近日，他發現自己重新愛上獵食會走動的東西，他試著壓抑嗜血的慾望，只向住所附近的鄰家寵物下手，但漸漸地，連這些都滿足不了他。他終於按捺不住，幹了踏足地球以來的第一次勾當。

他盯上了「他」，「他」是近一個月肆虐公共屋邨的戀童癖色魔。

他不費吹灰之力就把「他」神不知鬼不覺下獵捕回家，他把「他」吊大廳中心，無視「他」瘋狂的掙扎和暴凸的恐懼眼神；他終於可以不用忍受那蟻咬般的心癮，望著眼前的「他」，他嚐到一生中第一次毫無保留的嗜血大餐。

「對不起……我實在對不起你……」他撫著微微鼓起的肚腹，帶點內疚，又不忘替自己辯解：「但怎麼也算替人類社會除去一惡，算是一件美事，你怪不得我。要怪，就怪那個喚醒我本性的亨利。」

他舔舐嘴角殘留的鮮血，無法不承認，那正被吸收進血管內的鮮血，的確比醫院偷來的血漿更新鮮甜美。所以他不捨得一次就喝盡「他」身上的鮮血，選擇把「他」改吊在屋內的廚房裡，準備慢慢享用。

直至「他」腐爛發出臭味前。

他殘忍？他泯滅人性？

對……他根本毫無人性可言，但相較起那日，他在那冷冰冰的實驗室內，在半昏迷的狀態下，被一班瘋狂的長老用盡方法想狠狠想割下他一雙手臂。

他覺得，至少比起那些同族長老，他根本不殘忍。

而他的人性，就在那刻起被完全磨滅得煙消雲散、點滴不存。

他還記得，那場手術是在完全沒有任何麻醉下進行，那種掠奪靈魂的扭曲痛苦非人所能感受；他清楚記得他們要毀掉他，就只為了他的一雙手。

從那天開始，他僅有的人性標籤慢慢被撕去，死不了的下場換來的，是一條又一條在前臂上迅速癒合的恐怖疤痕，還有，那對終於完完全全被他支配的鬼手。

一對在興奮時血脈曲張、血管滲透著詭異紫光的鬼手。

往後的日子，他既是獵食者，亦是被狩獵的目標。

派來追殺他的殺手，一次比一次強，人數一次比一次多，縱使他擁有頂尖的鬼手異能，但也感到疲於奔命。試想像，一日二十四小時每一分鐘無不在戒備，連好好休息的機會也沒有，就算有吞天滅地的本領，最終也會累死街頭。

就好像今日，原本以為天衣無縫的計劃，殊不知，還是引來一批批殺手跟蹤，繼而瘋狂刺殺。

「呼……那班該死的傢伙應該遠去了吧！」他從黑暗的巷子裡偷偷向外張望，然後望望手錶，距離與船家約定的時間還有一個小時，誤點的話，他就不能順利偷渡離開香港。

就在他的五感確定沒有危險時，他決定盡快離開這裡，向著香港島至東那海域的方向逃走。沒有聽錯，他的確是逃走。他自己也苦笑，自從渾身赤裸地逃離那地下囚室、穿越時空大門來到這裡重新開始，除了最初短暫的日子容他躲藏在黑暗當中，之後他就不斷過著逃亡的生活。

他一直心忖，如果一對一的戰鬥，他根本不怕他那幾位「兄弟姊妹」，尤其是那個毫無教養的老粗羅托斯……但此刻一對三的形勢，他知道是萬萬敵不過的。

尤其當中，有他一直非常敬畏的大姊——阿爾瑪。

「颯颯……」「颯颯……」「颯颯……」

在淡黃月色的襯托下，數個起落間，他輕易跳上二十八層樓高的大樓屋頂。他別無選擇，只能以最短最快的路線趕到東端海岸碼頭。他選擇從東區走廊高速公路的路線走，但可惡的是，在剛才的獵捕激戰中，他的左腳小腿不慎受了一下烈火重擊，他心知道脛骨應該碎裂了。

形勢的確不妙，不能再等兩小時的自癒時間，他必須爭分奪秒地逃命。

「颯颯……」

「呼……」

他展開如風一般的身法逃命。

「颯颯……」

「呼……」

按道理，比風馳著的法拉利跑車車速還快的他，沒理由會被「獵人」追上。

「颯颯……颯颯颯颯……」

「呼……呼……」

但事實並非如此，他意識到危機將至，身後那三道黑影如影隨形壓至，那三股氣息，一點也不簡單……是散發著「憤怒」、「色慾」、「驕傲」的原罪氣息，大大掩蓋他身上散發出來但漸趨衰弱的「貪食」氣息，他知道死神再度盯上了自己。

「完了！」他莫名湧出難以解釋的絕望感。

「背叛，便只有死！」一聲怒吼從他身後衝擊耳內。

「哈哈……」在他飛躍時，一道比他還快的蝙蝠身影，突然從下突入，瞬間抓住他的下肢。

「亨利？」他大驚之下在半空中失速下墜。

「轟！」

一個碩大的拳頭趁他減速下追至，猛然轟在他的背上，一下灼燒的劇痛感覺在他背脊迅速蔓延全身。

他做夢也想不到，就這短短的數秒間，自己竟然毫無還手之力，然後眼前一黑，便像斷線風箏般從十八樓的外牆直插地上。他那濃濃鮮血不斷從眼耳口鼻噴出……他無法從暈眩的感覺中恢復過來。

「呃！」

在快昏厥之前，他看到自己的一排肋骨從胸膛詭譎地凸出來。

接著，他發現可以清楚看到自己血淋淋的頸項肌肉組織。

慢慢……他開始失焦，那痛楚的感覺慢慢散去，只遺留視網膜內最後的一個影像——

一個渾身傷痕、失去頭顱的軀體在血泊中顫抖著。

四小時之後，東區醫院某手術室門外，手術中的燈箱剛巧熄滅，一個成功接受雙手前臂移植手術的少年，從手術室中被護理師推出，準備送往加護病房進行全天候的醫療看護。

然後，在手術室中，有兩位資深的外科醫生滿臉疲態地步出。

其中一位戴著圓框金絲眼鏡的中年醫生脫下口罩，跟身旁的年輕女醫生說：「這少年也算幸運，雙手被貨車輾得稀巴爛，本應該終生殘廢，殊不知竟然這麼湊巧，醫院剛收到一具完全符合他移植要求的屍體，之後能不能康復就看他自己了。」

那年輕女醫生脫下口罩、手術帽，長長的烏黑秀髮垂下，她伸了個懶腰，道：「他康復的關鍵，就看那些接好的神經組織是否能黏合生長在一起。」說到這裡，她似想起了什麼，問身旁的醫生：「剛才在接神經的過程中，你有沒有看見那點點紫光？」

「什麼紫光？」

「當兩組神經黏合的一瞬間，在縫合的接口出現的閃爍紫光。」她說話的語氣，似乎是目睹連自己也不敢肯定的異象。

「是不是手術過程太久，妳雙眼疲倦生出的錯覺？」那男醫生走到飲料機旁，仔細挑選可以讓他補充體力的飲料。

「或許是吧。」她不置可否。

這時，手術室的大門再次被推開，一具被白布覆蓋的屍體被護理師推出來，準備送往地下室的停屍間。

「黃護理師，辛苦妳了。」

「不辛苦，這也是工作一部分。」黃護理師把屍體推入另一部向下的電梯。

電梯門快將關閉之時，她忍不住說：「那個叫司徒凌宇的病人一雙手可以接上，真是醫學上的奇蹟呢！甘醫生、陸醫生，你們的醫術的確神乎奇技。」

之後，電梯門關上。

姓甘的和姓陸的醫生揮手作別，就各自回到自己的辦公室休息，而那具屍體，在數十秒的高溫間，化作一縷輕煙。

一切看似變回沉寂。

殊不知，那個「他」的靈魂意識並沒有熄滅，更被無意間轉移至那雙手。

而那年的他，司徒凌宇，十五歲，一段殘酷的未來正因這雙手而展開。

第二章

殺神者

十一・祕警〔霍華〕

1

正義和邪惡，從來就彷彿跌落在天秤的一左一右之上，互相牽引，互相制衡。它們無法完全消滅對方，當一方強大時，弱小的一方就只會靜靜地躲在一旁伺機待發。

正邪的戰爭，在歷史上、神話中彼彼皆是，也是如此周而復始，循環不息……

但有沒有人可以告訴我，什麼是正義？什麼是邪惡？當我自以為執行公義之時，我會不會被魔鬼利用，反過來成為劊子手？

如果這世界上真的有末日審判，那個審判者到底憑什麼說自己是正義？憑什麼指斥另一方是邪惡？一切真的源自於原罪？又或是世人都被主流歷史所矇騙？

一切未知，但過去，總會為未來作出啟示。

▲

二〇〇八年七月，香港灣仔警局內。

當人慣於活在安逸之中，對周遭事物的警戒心就會漸漸蕩然無存。

這句話，是一位同在警界打滾的好朋友司徒凌宇，時刻叮囑我的。而我一直沒有忘記，因為我清楚明白到，自步出學院掛上警章的一刻開始，身邊樹立的敵人只會愈來愈來多，真相、謊言只會令人感到愈迷惘混亂。

一個好警察，名氣愈響，能力愈高，黑道中人就更想把你除之而後快，而曾經被你逮捕的死對頭更可能悄悄藏在暗處，等待最佳時機把你送下黃泉洩心頭之恨。

至於那些看似站在同一陣線的同僚，別說笑了，你沒看那部香港賣座電影《無間道》嗎？是真的……你壓根不會知道，身邊那班與你出生入死的同僚，哪個已被人收賣了，哪個又是黑幫派入警隊做無間臥底的。

更可惡的是，你永遠不會知道，那些看似道貌岸然的同僚，何時會為了一己私利出賣你，把你當晚的任務透露給目標人物，然後被反來個請君入甕、一網打盡，不明不白地葬送一班為民請命的熱血警察。

昔日那個警界之恥曾達智，就是其中的佼佼者。

你說……究竟正義何價？是不是真的道高一呎，魔高一丈？

罷了，我想我真的瘋了，這種正邪之間的潛規則我又不是不知道，我竟傻得對著手上這堆快要被我翻得爛掉的資料自言自語起來，而身邊的同僚更被我那些摸不著腦袋的話，嚇得不敢走近。

霍華啊霍華……你究竟在做什麼？

你不是應該跑出警局替你的好友伸張正義嗎？你不是應該替你最疼愛的妹子霍恩報仇雪恨嗎？你怎麼這麼沒用，只會一籌莫展地呆坐在警局裡，不斷翻著這堆沒用的案件資料？

但……我還可以怎麼做？

任我想破腦袋也不明白，被譽為當今警界最優秀的兩位警官，司徒凌宇和我的妹子霍恩，連同十五名美國海軍陸戰隊的退役軍人，怎麼會在一夜間全數落單……

根據國際刑警傳來的資料，在過去數月，他們派去英國倫敦偵查此案的探員，不是被離奇殺害、只剩一堆燒焦得難以辨認的屍首，就是不明不白地憑空消失，成為永遠的失蹤人口。

兩個月過去了，案情不僅膠著，據國際刑警總部的相關人士透露，鑑於案情特殊，除了傷亡數字不斷上升令他們飽受壓力之外，更懷疑國際刑警內部有人洩露行動機密，所以在未清楚敵方底蘊前，他們決定暫停派員跟進偵查。

內奸……真的是內奸嗎？若真是如此，那凌宇一行人在倫敦被突襲一案，根本不是單純的犯罪，更令已調任國際刑警的「極惡刑警」司徒凌宇落單。除了如黑手黨之類龐大的黑勢力組織，又或是國際恐怖襲擊，我想不出有何者何單位可以做到。

更何況，若你看過那些現場拍下的恐怖血腥相片，那慘烈程度比戰場上的有過之而無不及，一時間，腦海浮現多年前那個曾短暫肆虐香港的邪教組織。只有那些「東西」才可以辦到……

那些令人化為嗜血喪屍的病毒，還有……那個已死的半人半屍「松田和也」。

但這不可能，當年那個邪教組織的香港分部，已被凌宇連同國際刑警連根拔起，至於那些令人變為喪屍的病毒，更隨著對抗疫苗出現後，已無法構成任何威脅，除非是那個死雜種高澤浩一……但他已失蹤了很久，就算還活著，那日受我那一重擊，即使不死也是半條命，所以不可能是他……

「痛啊！頭痛得要死……」我輕揉著太陽穴。

最可恨的是，生還者就只剩下還在醫院昏迷不醒的霍恩，其餘一行十五人都成為血肉模糊或殘缺不全的屍體……對……我沒有漏數，是十五人，當中不包括我的好友司徒凌宇和他的太太傅詠芝。

他們自案發後就在倫敦失蹤了，據現場的血液鑑證分析報告，案發時他們有出現在現場，還因受傷而留下血液樣本，但至於怎麼會失去蹤影，就連國際刑警那邊也毫無頭緒。

暫時得出的結論是，他們可能已落入敵人手上，而唯一得悉真相的人，也許就只剩仍躺在加護病房、受嚴密保護的霍恩。

至於她當時是怎樣逃脫的，到現在還是一個謎，而令人最痛心的是，霍恩在已倒塌的教堂瓦礫下被發現時，整條還握著槍的右臂已報廢了……

那慘不忍睹的傷勢，右臂上的皮膚、肌肉被高溫燒得差不多成為焦炭，而外露的手臂骨骼更在傷口處爆裂開來；她手掌上那把被燒得完全變形的手槍，竟與掌心的皮膚黏在一起無法分開。

經過專家分析，那種高溫武器據估計可以釋出五百度以上高溫，而最詭異的是，專家、醫生都沒法解釋，為什麼火陷沒有在霍恩身上蔓延開來，只獨燒毀了她一條臂膀。

很難想像，那是怎樣的十級痛楚。

更令人不解的是，霍恩竟可以逃出死神的魔掌，當中是否存在某種訊息……

「嘟嘟嘟！嘟嘟嘟……」辦公桌上的電話響起，打破了我的思緒。我知道螢幕上顯示的內線號碼是誰，是港島西區指揮官廖承志警司。

「重案組高級督察霍華，找我有事？」我直接問向電話裡的廖承志。

「立即停止一切有關司徒凌宇失蹤一案的調查行動，還有，十分鐘後到一樓大廳等我，有一個人要見你。」電話裡的廖承志語調顯得有點焦急。

「是誰？」我狐疑著。

「別問這麼多，這是命令！」他流露不耐煩的語氣。

「知道了，長官！」

「咔——」對方掛上了電話，我雖然充滿了疑竇，但上級的命令在紀律部隊中，就只有默從。

我趕緊披上皺成一團的大衣，拿起配槍，喝過杯內還剩一口的咖啡，急忙離開重案組房間。到達警署大廳後，我發現一輛警車已在警局外等候著，而廖承志就坐在後座上。他對我招招手示意我上車，然後引擎發動。

晚上十點三十分，一輛警車不按編制駛離警署。

在車上，廖承志沒有與我交談，只吩咐我沿途帶上一個密不透光的眼罩，還有交出手上的腕錶和手機給他暫時保管。

我沒有多問半句，因為這安排就是要讓我無法得知一會兒到達的地方究竟在何處。雖然被司徒一案弄得心神不定，但我還是保持三分理智，而我覺得，接下來到達的地方應該和他們一案有關。

2

警車疾速而駛，途中車身傳來震盪的感覺，想必現在正經過山區小徑等地方，難道目的地藏身於山林之間？但香港又哪來這樣一片隱蔽的荒郊之地？

「嘎——」

不知過了多久，感覺到警車停了下來，引擎亦隨之熄滅。廖承志並沒有示意我拿下眼罩，只叫人挽著我的臂膀離開車子，再帶我向未知的地方而去。

坦白說，我終於明白為什麼有人說失去視覺的人，其他四感的能力會相應提升。

因為此刻的我正是一個實例，雖然看不見，但憑四周傳來的腳步聲和溫度推測，我應該身處在一個金屬空間內。愈往裡面走，室內的氣溫愈來愈低，我感覺如置身在一所實驗室中，不禁冷得雞皮疙瘩起來。

「嘟！」前面響起一聲電子儀器的鳴叫，繼而颳起一陣由左而右的風，一道門快速地開啟了。

「霍華，你可以拿下眼罩了。」廖承志吩咐著。

當我拿下眼罩後，雙眼還未適應四周驟然增強的光線，前方的影像一片模糊。待十秒過後，視力終於回復正常，而廖承志就站在我的右邊，前方擺放著一張似乎由反光物料製成的長型會議桌，左右兩邊站著一身白色裝束的男女。

「霍探員，歡迎來到國際刑警祕警處亞洲總部。」聲音來自會議桌最前方，那幅巨大投射螢幕內的一位中年男人。

「國際刑警祕警處？我怎麼從來不知國際刑警有這組織存在？」

「世界之大，你不知道的東西還多著，來，請坐。先自我介紹，我是祕警處亞洲區特別行動組高級指揮官戴月辛，右邊那位是科學研究小隊組長加賀博士，左邊這位是他的助手也是博士的千金，加賀美幸子；其餘的都是這裡的研究員。」

我定過神來，目光掃視面前一眾人等，並分別點頭示好，然後跟廖承志一同坐在會議桌末席。我問：「你們帶我來這裡，不會單單只要我終止調查司徒凌宇的案件吧？有什麼事不妨直說。」

那姓戴的沒有回答我，反倒指示加賀博士：「可以開始了。」

加賀博士向美幸子打個眼色，接著房裡的燈全數熄滅，然後眾人面前的會議桌分別投射出一個二十一吋的虛擬螢幕。螢幕裡開始播放出一些像電視天線被干擾而顯像不清的影像。

根據經驗，這是第一視角的影像，畫面搖晃不定……等等，但這種感覺，不像是定點錄影或手持拍攝器材的追蹤攝影，反而更像是由雙眼直接接收影像的效果，究竟是什麼一回事？

「各位請留意接下來發生的事……」加賀博士一臉凝重地說。

只見畫面上出現四個身穿黑色西裝的剽悍金髮男子，畫面雖然模糊不清，但仍可見他們身處在一片凌亂的窄巷裡。從他們的肢體語言可知，現場情況一定非常惡劣，他們握著槍的手都在抖震著，臉上流露出慌張的神情外，部分人身上還有不少觸目驚心的傷口。

就在此時，前方閃過一道熾眼的紅光，只數秒間，原本還活生生的四個剽悍男子，竟不約而同全身著火，而那種火燒得很猛很烈，我隔著螢幕也彷彿嗅到那陣濃烈的燒焦味。

「啊——」影片中傳出的聲聲慘叫在會議室內迴盪。

還不止於此，只見其中一個全身著火的男子，奮不顧身一邊擋在那道紅光之前，一邊向後揮手示意其他同伴先離去，但恐怖的事緊接出現，不知怎地，那渾身著火的男人竟被某種怪力狠狠撕成兩半，剩下的三人也未能倖免。

一瞬間現場肢離破碎，內臟散落四周，血花遍地，畫面何其殘忍。

鏡頭不斷急速後退，右邊隱約可見一隻纖細的手舉起來，朝著那團閃爍的火光開槍，一槍、兩槍、三槍……子彈全數沒入火裡。

接下來畫面晃了一下，待影像清晰之際，只見一隻比正常男子雙手大兩倍的巨手突然出現，緊緊抓住那開槍的手，就在不到幾秒的時間內，那隻拿槍的手便燃起比剛才更猛烈的火，是紫藍色的火焰，而那隻手被瞬間燒得扭曲變形。

一道熟悉的痛苦尖叫聲傳入耳中。

「那聲音……那個銀手環……是霍恩……天殺的那被火包圍的男人究竟是什麼人？」我失去理智

地大喝。

那男人並沒有放手的打算，而畫面變得愈來愈模糊不清，就在訊號終斷的前一刻，畫面停留在一個隱約可見、滿臉鬍子的中年男子身上。

他那輕蔑的笑容，還有，他左邊面上隱約可見的刺青……很眼熟……是蛇……是披著蛇皮的人像圖騰。

「是『奎扎科特爾』教派，伏擊霍恩一行人的一定是那教派的雜種！」

「啪！」投射螢幕的影像凝住，而會議室內的燈重新亮起。

在我打算發問之際，那個姓戴的率先開口：「你說得沒錯，她是你的妹子霍恩，畫面裡被燒死的四人，是美國海軍陸戰隊的退役軍人，也是司徒凌宇在倫敦分局的下屬。」

「你們找到事發經過的錄影？」我急欲知道真相。

「答對一半。」戴月辛道。

「不要再賣關子！」我咆哮著。

「加賀博士，請解釋一下。」

「霍探員，你看到的，的確是案發的錄影，我們很幸運找到這有力的罪證，但你看到的，不是現場監視器的錄影帶，而是記錄在令妹腦海裡的殘留記憶。」加賀博士一邊說，一邊按下面前的鍵盤。

「殘留記憶？等等……你們對我妹子做了什麼手腳？你們把她當實驗品？」我氣得雙手抖震。

「霍探員請別誤會，我們沒有把令妹當成實驗品，只是一星期前，祕警處的專家從令妹的腦波掃描中發現，自從事發至今，令妹的腦波呈不隱定的波動狀態。經我們的儀器解讀後，發現她不斷做著同一個惡夢，而這個惡夢就是剛才你看到霍恩被襲的那數分鐘。」

加賀博士按下另一個按鍵，螢幕上出現一張不明所以的數據圖，只見他續道：「令妹之所以到現在還昏迷不醒，其中一個原因，是她擺脫不了遇襲時所見的恐怖情景，所以潛意識被困在夢境裡。而當她愈想逃避，就會鑽進愈深的意識世界，這才久久未能甦醒過來。」

「那怎麼辦？難道她一輩子都會這樣？」我問。

「很難說……可以幫她甦醒過來的人，除了她自己，別無他人。」加賀博士道。

「但我請你來的原因並不止於此。」戴月辛頓一頓續道：「根據剛才的影像，加上我們祕警處收集得來的情報顯示，襲擊霍恩和司徒凌宇一行人的，並不是簡單的犯罪組織。我們幾乎可以肯定，他們就是近年活躍於全球的神祕邪教──即是你剛才說的『奎扎科特爾』教派，或人稱『末日蛇教』的組織。而襲擊他們的，應該就是該教派位於歐洲分部的領袖，綽號『維京人』的羅托斯。」

「羅托斯？」我驚愕。

美幸子道：「據祕警處多年來針對『奎扎科特爾』教派的調查，該教在七大洲共有七個分部，而每個分部的領袖都由內部俗稱『護法團』的神祕人物主持。他們雖然分布七大洲，但其實分工極為明確，每個分部各自統領全球不同的犯罪活動，而這個羅托斯就是教內負責暗殺任務的首領。」

語畢，美幸子按下桌面上的按鍵，液晶螢幕顯示出兩張男子的相片。左邊那個滿臉紅色鬍子的，不用說就是那個殺千刀羅托斯；而右邊那個梳著一個雞冠頭，左邊嘴角向上微彎露出一臉淫笑的男人，樣子極其討厭，應該是該教派的另一號人物。

美幸子續道：「左邊那個就是擁有七呎二吋、三百八十磅身軀，曾經奪得四次世界摔角大賽冠軍，人稱『維京人』的羅托斯。而右邊那個，是近日犧牲一整隊中國飛龍特攻隊，差點就逮捕到的亞洲分部首領，人稱『鬼手傑克』的魔頭。」

戴月辛插嘴：「這個『鬼手傑克』協助教派控制亞洲區內所有色情事業，據可靠消息，數年前肆虐香港那個『松田和也』，就是他的左右手，我們懷疑那些變種病毒也是由他那分部負責研發的。」

什麼教派？什麼分部？我愈聽便愈覺得此事不簡單，這個「奎扎科特爾」教派似乎並不只是單純的邪教組織……

「霍探員，關於這宗案件，很難三言兩語向你說明白，我們之所以向香港警方要求你停止一切偵查行動，除了怕你壞了大事，也是擔心你將會成為該教派的下一個目標。」

聽戴月辛的語氣並不似作假，但為何我會成為他們下一個目標？

他續道：「霍恩搜集到該教派的一個重要情報，而你是她的哥哥，我們擔心他們會以為情報在你手裡，所以轉移目標對付你。」

「什麼情報？」我問。

「是關於地球存亡的一個祕密，我們暫時不便向你透露太多，只能說，霍恩得到這個情報後，原本打算會合身在倫敦的司徒凌宇，然後準備動身返回祕警處總部。誰料，該教派竟派出他們的暗殺王牌羅托斯前來狙殺，這更足以證明，霍恩手上的資料對該教派是何等重要。」

「那現在資料到了哪裡？重回到那傢伙手上嗎？」我緊張地問。

「沒有。」

我舒了口氣。

「資料還在霍恩手上，但我們需要你的協助。」戴月辛臉色愈來愈凝重。

我感覺此事不尋常，轉過臉望向一直默不作聲的廖承志，只見他開口道：「你是霍恩世上唯一親人，他們希望得到你的允許，讓霍恩參與一個極其危險的實驗。」

「什麼實驗？我絕不容許霍恩再受到傷害！」我激動地拍打桌面。

「為了地球全人類的安危著想，我們希望你可以簽署同意書，暫時借出霍恩的記憶給我們，因為那些重要資料，就儲存在霍恩的大腦裡。」

「要怎麼借出記憶？你不是跟我開玩笑吧！還有，這個小小教派要如何危及全球安全？你們說得太誇張了吧。」我感到愈來愈困惑。

戴月辛並沒有回答，只向身旁的加賀博士點頭示意。此時，原本顯示著戴月辛影像的螢幕，出現另一個小視窗，戴月辛的頭像縮至左上角，而螢幕中央出現一個地球模樣的掃描圖，其中，在南美洲中部呈現一片紅色波紋的東西，中央位置有一個圓點在閃動著。

「霍探員，詳細的科學理論我就不多說了，簡而言之，科學家發現在美洲有一股不尋常的能量正不斷膨脹，而巧合的是，該能量的釋出點正是『奎扎科特爾』教派總部的所在地『墨西哥灣』。我們有理由相信，該教派的科學研究分部正進行一次危及全球的恐怖計劃，而霍恩有可能是解救此次地球浩劫的一把關鍵鑰匙。」

「太誇張了吧，竟然說到地球末日浩劫？你憑什麼要我相信你說的話？」我問。

「就憑你親眼見到那次屍化病毒襲港的恐怖，你的好友、令妹也加入我們祕警處對付該邪惡教派等等，這些都足以說服你協助我們的計劃吧？更何況……先別說世界末日，你不是想對付那個羅托斯嗎？你不是想救回好友司徒凌宇嗎？如何，還猶疑什麼？」戴月辛道。

猶疑的原因，不是懷疑他說的東西，而是在想，若答應讓祕警處抽取霍恩腦裡的資料，究竟會對霍恩造成什麼傷害……我十分清楚，那些口口聲聲說為國家、為世界安全著想的人，就最懂得必要時犧牲一干小人物。

「可不可以先告訴我，你要對霍恩進行什麼手術？」我望著加賀博士。

加賀博士按下按鈕切換螢幕畫面，面前的螢幕轉換成另一幅影像。是病房……那是霍恩所在的加護病房。

加賀博士道：「我們會在祕警處挑選一位與霍恩腦波相合的祕警，然後通過簡單的手術，將兩者的腦磁場結合在一起，最後這位祕警便能讀取霍恩腦裡的資料。就像電腦插上USB隨身碟讀取資料那麼簡單。」

「就這麼簡單？」我狐疑。

「是。」

「那不如安排我做這項手術吧！」

「不可以。」加賀博士斷然拒絕。

「為什麼？」

「我知道你想手刃仇人，但你不是最佳人選。」加賀博士續道：「若強行讓腦波不相合的人進行這項手術，最終可能因排斥而令手術中的兩人永遠沉睡不醒。」

我還想開口反駁的同時，會議室的電動門突然開啟，我望著走進來的那人，一時間忘記了要說下去的那句話。

「妳來了。」戴月辛轉而對我說：「她就是這任務的最佳人選。」

「各位好——」一道爽朗的聲音傳入耳中。

「我叫翟靜。」

三小時後，讀取記憶實驗開始，此時，司徒凌宇仍然杳無音訊。

十二・突襲〔司徒凌宇〕

1

時光逆轉，二〇〇六年，「霍恩遇襲」半小時後，英國倫敦 Apple Market 街頭露天咖啡座。

這裡人群如常熙來攘往，半點沒有緊張肅殺的氣氛，除了一人例外，就是我司徒凌宇。

憑著祕警處精湛的易容師幫助，到現在為止，相信除了霍恩，還沒有人認得出滿臉皺紋、留著一把鬈鬍的中年男子就是司徒凌宇。

話說回來，我已獨坐在這露天咖啡座半小時，紅酒也已喝過兩杯，雖然看似悠閒自得，但在面無表情的易容下，其實心裡愈來愈變得焦急，除了手指不斷有節奏地敲打木桌面，雙眼更一直不時注視著手上的腕錶。

已經是下午三點四十五分。

過了約定時間的十五分鐘，記憶中，霍恩執勤以來從未遲到，更何況這次的任務非比尋常。以她謹慎守時的性格，應該比平日更準時到達，事不尋常……莫非途中出了什麼亂子？

不可能的，與霍恩隨行的是一行十五人美國海軍陸戰隊的退役軍人，他們都是一等一的搏擊、獵殺好手，擅長反追蹤和街頭巷戰，加上這次任務連倫敦祕警處分部高層都所知不多，洩密的機會怎麼想都沒有。

但……為什麼此刻我會如此心緒不寧？

我望著廣場四周，面前雖充斥著遊人的歡笑臉容，但我一點都感受不到愉悅，反之，有種壓抑心頭、令人意志消沉的感覺在四周不斷擴散……

很鬱悶……很難受……令人想大喊大叫盡情發洩一番。

是我太過敏感？還是什麼？

「先生，要再來一杯紅酒嗎？」我微笑地婉拒服務生的好意，同時輕撫著手背上微微曲張的青筋。

我不得不承認，此刻真的心急如焚，也期望這雙手的預警能力不要發揮作用。我答應過霍華，會好好照顧他的妹子，他這才放心讓霍恩加入祕警處。

坦白說，若此次任務成功，不單祕警處可以掌握「奎扎科特爾」教派的總部所在地，更重要的是，連他們引以自豪的護法團名單，連同一直暗地裡支持他們活動的財團資料均有可能一一曝光，屆時就可以來個一網打盡，徹底將這個邪惡組織連根拔起。

但這也是後話，問題是……霍恩究竟是否一路平安？

為排解心中的不安感，我唯有繼續故作輕鬆，一邊輕搖手上的酒杯，一邊打量著四周市集，然後把最後一口帶有黑胡椒味的紅酒緩緩灌進喉頭，希望藉酒精舒緩一下緊繃情緒。

「滴答……滴答……」秒針又轉動了五圈。

霍恩始終沒出現，而手機仍是未能聯絡上。若照原定的計劃，當事情敗露之後，我應該裝作若無其事盡快撤離，然後回到倫敦分部再派員支援。但這次有點不同，直覺告訴我應該在這裡多等片刻，答案自然會出現。

「咕嚕……」手上的紅酒已經喝盡，原本人來人往的 Apple Market 隨著廣場前的小丑表演完結後，人潮漸漸散去。

就在這時，放在餐桌上的手機響起，來電顯示是詠芝。

「喂！我是凌宇，我還在工作，要晚一點才能回家，妳先和岳父、岳母去飯店餐廳吃個晚飯，我晚一點再去找妳。嗯……沒錯，我在Apple Market，不用擔心，很快便回去。嗯……」

掛斷後，當重新注視廣場之際，我發現前方有五個身形剽悍的男子向我走近，瞧他們幹練的目光、健碩的身形及腰間突出應該是手槍的東西，五人應當非善類。待他們再走近一點，我稍微放下戒心，因為其中一位是我認識的人，他就是分部聘請的前美國海軍陸戰隊僱傭兵隊長唐納。

「有聯絡上霍探員嗎？」我向唐納問。

他沒有回答，只怔怔地看著我，然後生硬地問：「你是司徒凌宇？」

望著他那森寒的目光，我突然感到背脊一涼，隨之而來的，是手上突然極速傳來一連七下的抽搐痛楚。我暗叫不妙：「完了……莫非……」

在我還來不及反應的當下，其餘四個僱兵已迅速向我靠攏過來，同一時間，我發現雙手的痛楚並沒有像平日那樣預警過後便平復，反而抽搐的情況愈來愈嚴重，雙手不停抖震……

甚至隱約看到掌心透出點點淺紫色的詭譎光芒。

「究竟是怎麼回事？雙手突然不受控……」我暗暗叫苦，同時環顧四周，尋找能全身而退的路線。

就在這時，手上的手機接收到一個簡訊，我看螢幕顯示後不禁面容變色——

凌宇，你在哪裡啊？我現在人就在Apple Market，驚喜嗎？開心嗎？

我左顧右盼，終於發現一副熟悉不過的面孔就在與我不到十呎的距離，而說時遲那時快，以唐納為首的五個僱兵，竟像瘋了般拔出腰間配槍，指向我的頭顱。

我根本沒有選擇餘地，直覺告訴我，他們已經不是我的戰友，是失去理智的掠食者，而我就是他們的獵物……

「砰！砰！砰！砰！砰！砰！砰！砰！砰！砰！」我頭也不回，奮力從腰間拔出配槍，單憑直覺一連擊出十槍。

圍在我四周的僱兵竟詭異地不閃不避，而我擊出的子彈除打飛他們的配槍，部分更擊入他們的體內。血自傷口汩汩流出，其中一槍更轟爆唐納的右眼窩，子彈穿過後腦，在臉上留下血肉模糊的血洞。

突如其來的巨變，令廣場上的人爭相走避，尖叫聲、驚呼聲此起彼落。

但僱兵們完全沒有停下來的跡象，更無視身上的痛楚。這畫面勾起我不快的回憶，他們一定是中了那邪教的道。更恐怖的是，我分不清那種發自他們喉頭的低鳴怪叫，究竟是因痛楚而呻吟，還是為快獵殺到獵物而興奮嘶叫。

他們向著我愈步愈趨……我清楚知道，眼前的是有別於昔日遇上的那種喪屍，他們有意識，只是沒有痛楚。

但我顧不得自己的安危，更顧不得眼前的僱兵究竟是生是死，因為我身後還有詠芝，她保護不了自己，我不可以讓她受到傷害……而我，只有一瞬間的制敵時間。

「嘎嘎——」他們向我張牙舞爪地撲來。

我沒有理會他們，只拚命地向身後早已嚇得腿軟的詠芝奔去，而廣場上爭相走避的群眾亦短暫地阻擋住這班怪物，替我爭取幾分逃跑的空間。

原本滿布歡笑聲的Apple Market瞬間變為人間煉獄，我應該感謝廣場上的犧牲者，因為要不是他們的尖叫聲吸引著已喪失理智的僱兵，我也不能爭取機會走近詠芝。

雖然這樣說很自私，但……這是現實。

不到一分鐘時間，廣場已徹徹底底變成屠宰場，那班偓兵不單捉著走避不及的市民噬咬，有的更狠狠地把嬌滴滴的少女一分為二，任那內臟、脂肪流遍滿地。

當下我來不及細想，便一手抱起軟癱在地上的詠芝疾衝，而被我挾在腰間的她則不停地掙扎。對了……我差點忘記，詠芝當然認不出易容後的我。

「冷靜點，我是淩宇……」我繼續朝地下鐵路的方向狂奔。

「淩宇？」

詠芝終於認出我的聲音，只見她緊緊抓著我的臂膀，而我鼓起最大的力氣急奔，希望能暫時擺脫那班逐漸屍化的偓兵追趕。

「噠噠……噠噠……噠噠……」

「吵吵……吵吵……」

在後方？

我回頭一望，那班傭兵的蹤影已經不見了……但直覺告訴我，有東西正向我靠近。

左？右？不！

是上方！

我抬頭望，突然一個巨大的黑影襲至，我抱著詠芝連人帶滾地跌在一旁。

當定下神來之際，我這才看到剛才跌下來的東西是什麼……是一團肉醬……是四肢被強行扭合為一塊肉球的物體，肉球中央依稀可見一小撮頭髮，等等……那手指戴著的戒指……是剛才招呼我的男服務生。

面對這團血肉模糊的東西，身旁的詠芝已忍不住乾嘔起來，而我則狠狠盯著前方窄巷的黑影……不是一個，是兩個。

走在前面的，是已經人不似人、鬼不似鬼的唐納，而跟在後面的是一個拿著拐杖，微彎著腰的身體披上一件黑色斗篷，內裡穿著一身黑色衣衫長裙的老婦。她渾身散發著一團黑色的氣芒……

那種感覺……是絕望……是剛才廣場上剎那間感受到的絕望感，而它更漸漸籠罩著廣場的整個上空！

「咳咳……嘿……」她正輕蔑地望著我。

是幻覺，一定是幻覺。

等等……莫非我一早就被敵人識穿身分？那不代表我早就被人反監視了嗎？不可能的……糟了！

那霍恩的處境……

「啪！」劇痛的感覺由雙手傳入大腦。

「啊！怎麼會這樣……」我慘叫著。

「凌……凌宇……你的手……你的手在發光！」詠芝驚叫道。

「嘿！果然沒有錯，你就是那個背叛者的繼承人，這真是意外收穫，難怪自從踏入廣場開始，我這雙手便一直發出共鳴聲，原來是重遇故人，嘿……妙啊！長老們一定會非常高興……嘿嘿！」只見那老婦伸出她一直藏在斗篷內的手。

是一雙閃爍著黑芒的手。

我看著自己暗透著紫色光芒的雙手暗叫不妙，我這雙自十五歲便接上的手，當中的預警能力似乎竟與「奎扎科特爾」教派有關。但此刻已不容細想，因為那瘋狂的屍化唐納已向我亦步亦趨，他的目光一直盯著我身後的詠芝。

他舔著嘴角上黏稠的黑血，一臉肌餓的模樣令人反胃。

雖然我被絕望的氛圍籠罩，意志有點渙散，但經驗告訴我還未到絕境，我還有一次的機會讓詠芝逃走。根據過往與這些喪屍交手的經驗，只要我能準確轟爆這個唐納的腦袋，然後衝上前纏著那個老婦，至少可以替詠芝爭取到一點逃走的時間。

但問題是……

詠芝還有沒有逃走的力氣。

「蠢材！終日只想著吃吃吃……誰叫你去對付那個女的，快給我解決那個男的！快去！」那老婦喝道。

已屍化的唐納竟似聽得懂那老婦的指令，瞬間疾衝向我！我承認，我完全低估了他的反應。一陣濃烈的屍臭在身邊飛過，伴隨著是詠芝高喊的叫聲。

他要對付的是詠芝？不！

兩秒，就電光石火的兩秒時間，廣場上就只剩下急促的喘氣，和微弱的呻吟聲……

唐納完了。詠芝暈了過去。

而我則詭異地用左手從後挾著唐納的頸項，架起他龐大的身軀，而右手則深深插入他的後腦，抓著裡頭那熱烘烘還在跳動的東西，是腦袋……血汩汩地從手臂流到身上，混雜濃烈的腥臭味。

唐納失去生命的軀體仍本能地抖震，而此刻我的腦海一片空白，想不起剛才究竟是怎麼回事……

「嚓嘞……」我把手抽出，放下唐納的屍體。

「嘿嘿，幹得好，這才是護法團應有的表現，嘿嘿……看來我喚醒了你雙手的力量，但比起死去的他，你還差得很遠，嘿嘿……」那老婦輕蔑的笑聲實在令人討厭。

「妳……」

「但一切都到此為止！」只見老婦突收起笑意、目露兇光，與剛才判若兩人。

剎那間，眼前出現一個又一個的老婦，是幻覺……還是她的速度快得只剩下殘影。在驚疑間，我發覺她已離我不到一呎的距離。

「死吧！」

一陣教人絕望的腥風撲來，我的意識陷於朦朧，鬥志也潰散了，腦海就像倒帶般突然閃過一幕幕往事……是要死了嗎？一切都完了？

不！不可以！還有詠芝，若詠芝落入他們手上，一定比死更難受。他們一定會把她交給那個變態傑克手下的那些色情組織，不可以……不！不！不可以！

「啊——」

我鼓起僅有的力量抗衡，雙手狠狠地扣著那老婦暗發著黑芒的雙手，原本不存厚望的一擊，竟出現難以置信的畫面——只見兩雙交纏著的手竟逐漸變得晶瑩剔透，就像突然結晶化一般。

「怎麼會這樣？」那老婦驚叫。

眼前的均勢逐被打破，而我開始陷入半無意識的狀態之中，口中只不斷地喚著「詠芝」。但想不到的是，佔上優勢的並不是那老婦，反而是我的一雙紫手，那道紫色光芒竟不斷蠶食著對方，彷彿貪婪地想吞食一切。

但這已經不再是我，我感到雙手另有其人在操控著。

「啊啊啊啊啊！」老婦悽厲的叫聲在四周迴盪，但我完全不能自主，更遑論撒手。

看來一切都完了，想不到我司徒淩宇要命喪於此……我不甘心。

紫色和黑色的光芒在不斷迴旋交纏，而黑色的光芒漸有種掩蓋紫色光芒的勢頭。就在我這雙「判官之手」快要抵受不住，結晶化的表面陸續出現龜裂時，我感到腦門上一陣熾熱高溫突襲而至，一時間豪光大盛，只感到有個高熱的東西把我們糾纏著的兩雙手強行分開。

「轟隆——」地上爆出一個十呎深坑，空氣中飄散著陣陣的烤肉味，四周揚起一片沙塵。

我渾身虛脫地跌坐在地，身邊的詠芝仍在。但危機還未解除，只見沙塵飛揚的空氣中，一個碩大無比的身軀由遠而近，那股熾熱的霸氣，與剛才老婦的絕望氣息截然不同。

但我相信他們是一夥的，因為他正攙扶起虛弱不堪的老婦，看來……這次真的劫數難逃……

我開始感到無力，虛弱地望著早已軟癱在地昏迷不醒的詠芝，喃喃道：「我對不起妳……」

「你就是司徒凌宇？」那臉上長滿粗糙鬍鬚、滿布傷痕的巨漢，一口咬著根骨頭一邊道。

我沒有回答的必要，只希望雙手快點回復知覺。

「羅托斯，快替我殺了這小子……咳咳……」

那巨漢輕蔑地瞟了我一眼，轉過去對老婦說：「嘿嘿……差點陰溝裡翻船吧。我們早說好用幻術讓他們自相殘殺，妳就要一意孤行去跟他這雙手較量，妳忘了那已死的傢伙外號叫『貪食』嗎？他有鯨吞一切的能力，若完全甦醒過來可惹不得。」

老婦推開那巨漢，怒道：「咳……那你還不趁他未甦醒前去幹掉他，在老娘耳邊說什麼廢話！」

「好吧！難得今天已殺了十個，就讓我一把火燒了他，就像剛才燒他的同伴那樣。聽著那些骨頭被燒得『劈啪劈啪』地爆開，加上那把嬌嫩的痛苦呻吟聲，簡直渾身興奮得高潮迭起，嘿嘿……來！小伙子，陪你爺爺開心一下吧！」

聽著他剛才的話，我腦裡空白一片……什麼同伴……什麼嬌嫩呻吟聲……莫非是霍恩？莫非這傢伙剛狙擊了霍恩一行人？

我望著剛才的深坑。沒錯，雖然已燒得焦黑，但我仍能分辨出那是人的前臂骨，剛才把我們強行分開的東西，正是人的前臂骨！

十人……剛才唐納被屍化的小隊剛好是五人，另外隨霍恩出發的僱傭兵還有四人，加上她剛好十人……天殺的！這傢伙殺了霍恩！

「你殺了霍恩！啊——」我執起身邊的手槍，向羅托斯亂槍發射。

「砰！砰！砰！砰！砰！砰！砰！」七槍命中目標。

但全都起不了作用，手搶射出的子彈被羅托斯那雙燒得通紅的手全數隔擋，子彈在掌心完全融化。羅托斯笑道：「小子，你就只懂得用這種小玩意嗎？嘿嘿……」

語畢，只見紅光一閃，那傢伙竟瞬間站在我的面前，並一手按著我的腦門，那股怪力把我壓得跪在地上，天靈蓋傳來一陣熾熱的高溫痛楚。

羅托斯手底開始發力，我的腦殼被抓得喀喀作響。我拚命捉著他的手腕，嘗試用剩餘的力氣與他抗衡。此時羅托斯向老婦道：「阿爾瑪，我這就把他的腦袋燒滾了，待會扭開他的腦殼讓妳看看那沸騰的模樣，好不好？」

「咳咳……最好替我把他折磨得不似人形，以洩我心頭之恨，咳咳……」

「你們這班魔鬼——」我怒吼道。

老婦聞言怒道：「閉嘴！咳咳……我們不是魔鬼，『奎扎科特爾』大神是正義的大神，是祂吩咐我們，來毀滅你們這些邪神的後裔，你們才是流著『泰茲咯提波卡』邪惡血液的一群！咳……咳咳……殺殺殺！大神即將重臨大地，統統把你們殺掉！」

「什麼大神？什麼邪惡？啊……你們這班邪教信徒在妖言惑眾，不要給我機會，我一定會幹掉你們！徹徹底底地幹掉你們！」

阿爾瑪笑道：「你再也沒有機會了。」

只見黑芒再次大盛，黑影晃過之際，那老婦的手已插進我的胸口。

我感覺到她那雙手的指甲慢慢挺進我的肋骨之間，但沒有痛楚，只有一股絕望的感覺由胸腔湧至大腦……

「凌宇……」耳邊傳來一聲微弱的叫聲。

是詠芝……還有霍恩……他媽的！要死就一起死吧！

一念至此，我不知哪裡來的力氣，只感到渾身透出淡淡的紫芒。我一手捉著羅托斯熾熱的巨手，另一手反緊扣著老婦已沒入胸膛的前臂。

在失去意識之前，我仍記得他們臉上流露的驚恐表情，但已無法分辨身體是否已抵受不了突如其來的能量衝擊，而變得四分五裂，我只感到很痛……好痛……靈魂像被扯離原有的身軀。

而我，最後還望著地上昏迷不醒的詠芝，可悲的是，這次也是最後一次見到她。

「轟隆隆——」

一聲沖天巨響，在倫敦的上空綻放出揉合著紫黑紅三色詭異的光芒，而我則從爆炸中消失。這次爆炸，官方後來以極端恐怖主義組織在廣場放置殺傷力強大的炸彈、造成恐襲傷亡為由，藉此便把真相隱瞞過去。

而我，司徒凌宇失蹤後，也順理成章成為這次導致巨大傷亡事故的替死鬼，替一眾祕警處的高層承擔一切責任；對他們而言，一個已死的人無法自辯，而我在祕警處的檔案，也隨之被人暗地裡銷毀。

但無人猜到的是，我將會從地獄的國度裡浴火重生。

所有曾經傷害我的人，都要為這一切付出代價。

2

有人說，人將死，會不自覺回憶起往事，此際，瀕死的我想起離港赴任前的一個傍晚……

霍華向我遞來一罐啤酒，問：「你決定了嗎？」

「已成功通過倫敦那邊的面試，只待完成一些例行體檢便可起程。」語畢，我大口大口喝著啤酒，一屁股坐在警察總部頂樓的護欄上，雙腳在半空中懸空搖晃，而霍華就坐在我的身邊。

「那詠芝呢？你會帶她一起去倫敦執勤嗎？」霍華以一貫懶洋洋的語氣問。

「我會帶詠芝一起去倫敦，待一切穩定後，也許再接她的父母一起到那裡居住。」

霍華似乎預期我會這樣回答，便道：「是因為那個承諾嗎？所以無論你去到哪裡，你都要帶著詠芝保護她、照顧她，對嗎？」

「是。」

「但這次不同，你可能會連累她……」

我不置可否，因為無論如何，我都不會留詠芝一人在香港，因為她身上的屍化病毒會有復發的可能，而我在她身邊，就好像一個移動式的血清庫。

「對了……正邪究竟如何分界？」霍華有意無意地換了個話題。

「哦？」

霍華伸一伸懶腰說：「我看過你給我的資料，那個『奎扎科特爾』教派雖然在世界各地做著犯罪勾當，但他們信奉的墨西哥傳說大神『奎扎科特爾』也不是真的那麼壞啊。」

「是嗎？」我喝罷手上那罐啤酒，再打開身邊的另一罐。

「真有趣，那個總是披著蛇皮的大神，竟然在傳說中教人種菜種樹，又教人讀書識字，最諷刺的是，後來把祂趕入絕路的，竟然是嗜血好戰的『泰茲喀提波卡』一族，你說是不是很有趣？」霍華把喝盡的啤酒罐一手拋進警局後山的山林。

我沒有回答，只怔怔地望著夕陽。

「正義的先祖竟孕育邪惡的後代，現世的人類竟流有嗜血惡魔的血液，你說這還不荒謬？哈哈，我在想，如果那個『奎扎科特爾』復活，你說會不會被那些邪教後裔氣死？」

我一手把啤酒罐捏扁，然後丟往後山方向，道：「或許從來都沒有正邪之分，每個人都只為保護自己心愛的人而活吧。」

「那你找到要保護的人了嗎？」霍華笑問。

「找到了，那你呢？」我轉身望著他問。

「當然是我最疼愛的妹子。」

我們相顧而笑，在夕陽裡各自伸出用以保護摯愛的拳頭，互擊一下。

「我們就為屬於自己的正義而戰。」

這句話，也是我臨別香港前，最後跟霍華說的一句話。

十三·異域〔司徒凌宇〕

1

我究竟睡了多久？

「呃啊……」

被火炙的痛楚感覺蔓延全身，我感到全身上下的皮膚好像被抽乾水分一樣，沒有一處皮膚不是龜裂過來，而嘴唇也乾燥得裂開滲血。尤其是一雙手，不單止連舉起來也感到乏力，甚至我感覺到內裡空洞洞似的，很不真實。

該怎麼說？

對！就好像所有力氣被掏空，只剩下一副空空如也的皮囊，裡頭沒有骨、沒有肉、更沒有血，究竟是怎麼一回事？

還有，這裡是什麼地方？我……我又是誰？怎麼連一點印象也沒有？

口渴的感覺很難受，哪裡有水可以給我喝上一口？喉嚨很乾……很痛苦……

你睡夠了嗎？

「誰？誰在那裡說話？為什麼鬼鬼祟祟不敢見人？給我出來！」

廢物！我一直在你身邊，只是你察覺不到。看你這副窩囊相，枉你還叫什麼『極惡刑警』，簡直徒具虛名。

「不……我不是廢物……什麼『刑警』……你說什麼？不是這樣的……」

哼，你這廢物就給我承認吧！若不是那兩隻老妖怪的衝擊力量令我甦醒，我看你此刻已經是被四分五裂的死屍了，還可以張開嘴巴跟我說話？嘿嘿，瞧你這副德性……真可憐，竟還大言不慚地說要保護最愛的人，白痴！你在他們面前連自保的力量也沒有，學人逞英雄？下輩子吧！

「你究竟在說什麼？什麼老妖怪，什麼力量？這裡是什麼地方？為什麼我一點都想不起來？告訴我……我究竟是誰？啊——」我緊按著痛得要死的頭吼叫。

哦？難道那傢伙的一擊令你失憶了？嘿嘿……這樣也好……

「好？好什麼？啊……」

腦袋的痛楚愈來愈厲害，我痛得緊抱頭顱在地上打滾，指甲深深地插入頭皮裡，但都不足以抵銷那劇痛感。我簡直恨不得可以抓破腦袋擺脫這副皮囊。

嘿……瞧你這麼痛苦，不如我們就來個交易吧！

「你一定是魔鬼！我不要……不要……不要啊！」我開始感到四周的氣溫愈來愈冷，陰寒的感覺加上漆黑一片的環境，我懷疑自己是不是已經死了。

難道這裡是地獄？

不是地獄，是比地獄更恐怖十倍的世界……

「你怎麼會聽到我內心說話？你懂讀心術？」我大吃一驚。

哼！我才不用那種低檔次的方法解讀你，我們在一起這麼多年，你在想什麼，我又怎會不知？

我愈聽便愈迷惘，大叫道：「誰跟你在一起？你到底是什麼臭東西？怎麼不敢出來見我？」

嘿嘿……臭小子，我就是你，你就是我，我存在於任何一處地方，任何地方都找得著我。還說什麼廢話？快！我們快來做一個交易。

「嗚……什麼交易？」

一個十分划算的交易，我幫你釋放力量去抗衡他們，讓你替好友報仇。

「報仇？他們是誰？我為什麼要報仇？」

那聲音沒有理會我的提問，仍是自說自話。

嘿嘿……你聽著，交易的條件很簡單，就是把我帶回到聖堂。

「什麼聖堂？等等……啊……我要報什麼仇？『老妖怪』又是誰？我又是誰？我要去找誰報仇？」

當我試圖回想昏迷前的事情時，頭不但痛，就連全身的神經也群起造反一樣，彷彿不願我回憶從前。

很痛……很痛……痛得我不斷用頭撞擊地下。

十秒……二十秒……劇痛持續了一分鐘，恍惚間，腦袋被高溫煎沸一樣，燙得宛如酷刑……比死更難受。

「夠……夠了！我不再想，不再想下去了，停……停啊……不要再痛了！」

唉，可憐的孩子，難道你忘記傅詠芝了嗎？

「傅詠芝？很耳熟……很親切的感覺，她又是誰？為什麼我突然有種難以言喻的不捨感？」我不自覺地流下眼淚。

你轉身看看，這就是拒絕跟我交易的下場……

我轉身一望，原本漆黑一片的空間出現一雙白滑的小腿，然後究竟是我適應了四周黑暗的環境，還是一切都是幻象？只見原本只有一雙腿的影像，漸漸從下而上浮現出一個赤裸裸的女人身影。

看著她的臉，我竟然有種想把她一抱入懷的衝動，但我最終沒有這樣做，因為我很害怕，怕得全身僵直在原地不能動彈。眼前那女人全身浴血，身上血肉模糊的傷口部分還溢出黑色的濃血，她原本理應漂亮的臉蛋被刮出一條觸目驚心的傷痕……

她流著兩行血淚，她的嘴角在微動，她在對我說話，但我聽不到她說些什麼……

那扣在雙腳足踝上的腳鐐，把她原本白嫩的肌膚都弄破了，傷口還深得露出脛骨上的白骨。很殘忍，是誰那麼狠心用這般殘忍的手段去對付一個弱質女人？

不跟我合作，好戲還在後頭，嘿嘿……

「住手啊！」我喝道。

只見女人身上突然多出無數貪婪又污穢的血手，「它們」肆意撫弄女人的軀體，那不堪入目的情況，我不忍再看下去，

「啪啦……」血花四濺。

我驚叫：「不要！」

其中一隻血手……「它」竟暴虐地鑽入女人左胸近肋骨的細嫩肌肉上，那長長的指甲……那枯骨似的指骨，深深地插入軀體裡，那混和著油脂的鮮血灑滿一地，女人臉上不再是恐懼，她瞪大血紅的雙眼發出淒厲叫聲。

我感覺得到她在恨我……

我試圖撲上前，但沒用，無論怎麼做，都無法縮減我們之間的距離。

「咔嘞——」

一顆濕漉漉還在「怦怦、怦怦」跳動的心臟竟被徒手掏出，一陣真實得令人發狂的血腥味湧至。

「凌宇……」女人發出微弱的呻吟聲，眼神漸漸失去焦點，但我無法阻止，因為那些血手瞬間便把女人拖進黑暗之中。

然後，影像消失……殆盡。

「啊啊啊啊啊啊啊啊啊——」我莫名崩潰了，無意識地喊出一個名字：「詠芝！」

最後，一切回復寂靜。

你是在喊詠芝？

「回答我，這個叫詠芝的女人跟我有什麼關係？為什麼我會這麼難過的……」四周盪漾著我絕望的慘嚎。

但那道聲音沒有再回答我。

「好……我跟你交易！我答應你的條件，你告訴我一切，告訴我是誰，詠芝是誰，我帶你去你要去的地方，聖堂……我們就去聖堂吧！快出來，你出來啊！嗚……我不要……我不要這樣……」我忘記腦門上的痛楚，陷入歇斯底里的狀態。

突然，一下刺眼耀目的光芒闖入眼簾，我睜開滿布血絲的雙眼，一陣令人作嘔的氣味湧入鼻腔，在尋回意識之際，我發現自己竟躺在一條滿是垃圾污水的臭渠旁。

我究竟身在何處？

「啊——」渾身再次傳來劇烈的痛楚，原來不是作夢，我應該受了很嚴重的內傷，但仍然暈頭轉向的我，真的一點也記不起昏睡前究竟發生什麼事。

而最令我不安的是，我開始發覺四周的建築、環境，甚至是氣氛，都在告訴我，我來到一個陌生的國度。

我心忖：難道，這又是另一場仍未甦醒的循環惡夢？

「噠噠……噠噠……」一陣沉重的腳步聲從身後傳至。

我回頭，一雙詭異的大眼睛，正目不轉睛地盯著我……

2

已經甦醒了一日一夜。

難道真的是詭夢連場？

那些兇暴的血手，那血淋淋的女人身影，那道不見其形的詭譎聲音，雖然都讓我猶有餘悸，但它們始終是我意識裡的東西，我姑且可以說服自己一切都不是真實的。

但眼前看到、觸到、感覺到的東西呢？難道我還可以騙自己這都是夢的一部分嗎？

可以……除非我願意承認，一覺醒來五感接收到所有事物，都只是另一場惡夢：我還未甦醒，我還被夢魘纏著，所以像不斷輪迴般，反覆落入一場又一場不能自拔的惡夢中。

可惜，我還是說服不了自己。

眼前所見到的，所觸摸到的，所嗅到的，都是如此真實的存在。我甚至狠狠地摑了自己一巴掌，那熱熾熾的痛楚都足以證明，一切並非夢境，我已落入一處陌生的異域中。

不明所以？對……連我自己都不明所以。

雖然我失憶了，但我對曾經生活過的地方，還是有依稀的印象；我敢肯定，這裡並不是我所熟悉的地方，至少不是二十一世紀的地球。

那些只有三、四層樓高的樓房，統統被熏得漆黑一片的牆身，地上那鋪著瀝青的石磚……坦白說，很像是電影《福爾摩斯》中，十八世紀末那種被工廠排出來的煤礦灰燼覆蓋的倫敦。

但這裡不是倫敦，我更沒有穿過霍金所說的時光蟲洞回到過去；直覺告訴我，這裡更像是快遭逢末日的世界……

原本我也以為那些樓房的牆身，一定是被工業污染物所熏黑，但這鬼地方根本沒有工廠，那些飄盪在空氣中的塵粒其實是火山灰的殘留物，而天空上那團霧鎖般的厚雲，實際上是火山爆發造成的火山塵。

我不知道這裡離爆發的地點有多遠，反正知道也無用處，因為「他」告訴我，這世界所有的火山，無論是休眠的，還是活的，甚至曾經被認定為死的，如今全都活躍起來，一個接一個爆發，摧毀一座座曾經文明的城市。

至於我曾經誤會是污染大氣的元兇——工廠，「他」跟我說，這世界可供發展工業的資源，早已在一百年前莫名被耗盡，現存的人，都只靠他們神派來的「使者」供應食物維生。

可以活下來的，都是體格強健、經過進化，早已適應惡劣環境的優等人種，而人口銳減唯一的好處，就是少了人爭食物資源，至於那些食物究竟從何而來，「使者」沒說，人民也不會提出疑問。

「他」說，能夠生存已是萬幸。

至少，原本一家五口的「他」，在父母兄弟相繼死亡後，對生活已沒有多大的奢望。

我再沒有多問，因為我還要像「他」一樣生存下去，而要生存，就只有接受當下的環境。所以我終於面對現實，接受自己莫名其妙來到了異域，只有這樣，我才不會被潛意識逼得發瘋，不斷追問「為什麼」。

也只有這樣，我才可以啃下那乾得不能再乾、硬得不能再硬的「石化麵包」，喝下那混濁得帶咖啡色又有點泥味的「飲用水」。

雖然很難下嚥，但我還是心存感激，因為這點食物已是「他」辛苦儲下的食糧。「他」的慷慨，我暫時無法報答，但受人滴水之恩，定當湧泉相報，他日我一定會好好補償他。

但前提是……如果我還有命活下去。

因為勉強治好了飢餓，換來的卻是不斷地腹瀉。

「軋……」木門推開了。

「身體好點沒有？」望著「他」那雙比正常人圓得發亮的大眼，我心底還是不禁發毛。

「謝謝你的麵包，總算有了點力氣。」說罷，我繼續鯨吞著手上害我拉肚子的麵包。

「慢慢吃吧，明天便是『使者』每月一次蒞臨說教的日子，屆時就可以領取到新一批食物了。」我偷偷瞟了「他」一眼，敏銳的洞察力告訴我，當「他」說著「使者」二字時，語調帶著三分不屑加七分無奈。

我試探著他，問：「那個『使者』是什麼人？為什麼你們都追隨著他？」

「才沒有！」看來「他」被我挑起了情緒，但很快便冷靜下來，續道：「我只是需要食物維生才去廣場，沒有追隨不追隨『使者』這回事。」

「他」突然激動的情緒令我愣了一下，原本還想再發問，怎料「他」有意無意地轉換話題，反問我：「你這人也挺怪的，醒來那麼久卻對我是誰也不太在意，你是傻，還是別有所圖？告訴你，我這裡什麼值錢的東西也沒有，除了那些還算能吃的食物外，就只剩下我條賤命。」

我假裝不明所以，只裝傻地繼續低下頭吃那剩下的半塊麵包，實際上是怕「他」繼續追問我的來歷。要再次勾起腦袋的劇痛，我是千萬個不願意。

出乎意料地，「他」沒有強迫我透露任何關於身世的祕密，反而一五一十把自己的背景告訴了我。我聽著眼前這位皮膚白皙又身材魁梧，長著一雙大眼睛且約莫十五、六歲的大男孩，憑我的直覺，「他」的話沒有夾雜半點謊言。

只是「他」那散發著陰霾抑鬱的眼神告訴我，在「他」看似單純性格的背後，一定埋藏著令人憂傷的過去。話說回來，眼前這個大男孩名叫「賽門」，而這個看似有別於我原來世界的地方，也同樣叫作「地球」。

從與賽門的對答中，我愈來愈覺得這個「地球」很特別，先不說從窗外四周破敗的環境與我生活的世界截然不同，這裡的社會結構也十分特別。

這世界並沒有類似「政府」、「國會」的組織，更沒有四分五裂、各懷鬼胎的「國家」，只有一個宗教領袖。管理人民的組織就是宗教，情況類似於中古時期政教合一的歐洲，不同的是，這裡只有教權，並沒有王權。

我撫著手腕上剛結疤的傷口問：「你們信奉的是什麼神？」

賽門從書櫃拿出一本殘舊的羊皮書，然後小心翼翼地展開當中的摺頁，向我解釋：「這羊皮書是父親做研究時找到的，小時候他就告訴我，我們這裡的子民正等待一個引領我們去取回原本屬於我們大地的神。祂的出現，可以令我們重新振作、再次強大。傳說記載，到時大神會引領我們通過紅光缺口，到達另一個擁有美好環境的世界，祂麾下的精兵會帶領我們，把彼岸邪惡的『泰茲喀提波卡』後裔驅逐，解除我們一族滅頂之險。」

「那個大神出現了嗎？」我好像想起什麼……

「不知道……但這裡所有的人都相信，大神可以帶領他們走出困境。而你也看見，這世界已不再適合人類居住，所以宗教信仰變得愈來愈狂熱，甚至……趨於瘋狂。」賽門淡然地道。

「怎樣瘋狂？」

「那班『使者』為讓所有人都相信，大神可以帶領他們擺脫末日、救贖他們，每隔一段時間就抓來一些異世界的人到宗教廣場，公開宣示他們的罪行，然後透過『使者』口中的神蹟力量，使異世界的人承認自己的罪孽，最後……進行血祭。」

「血祭？」我內心湧起一陣寒意。

賽門強忍內心的激動，續道：「不止異世界的人，一些不順從他們的人都會被捉去宗教廣場獻給大神。起初還有人敢站出來指斥他們，但當這世界愈來愈糟，『使者』們又恩威並施之下，已再無人敢反抗他們，只有變得默從。」

我不發一言，因為從賽門帶著傷悲的語調中，我知道他還有話要說。

賽門掉下眼淚道：「我爸爸就是被他們抓去血祭而死的。」

「什麼？」

「爸爸曾經說過，大神『奎扎科特爾』是一位仁慈又睿智的大神，祂熱愛和平，討厭戰爭，更反對人類進行血祭、人祭的儀式。這番話後來傳到『使者』那裡，他們說爸爸辱沒大神的旨意，散播謠言迷惑人心，所以抓了他去血祭……」

我想起夢中那個「詠芝」，難過的感覺又油然而生……她究竟是誰？

而她跟我是什麼關係？

「啊啊啊——」一試圖回想往事，腦袋又劇痛起來。

「來喝杯水，是不是身上的傷口還未康復？」賽門問。

我強忍著痛楚勉強回答：「不……沒大礙的，只是每當我試圖回想關於自己身世時，腦袋便會痛得很……哎……」

「這也難怪，當我在後巷發現你時，你除了渾身都是傷痕，腦袋還有五個凹陷的小洞，其中一個傷口還被洞穿了。我當時還以為你必死無疑，怎知數日後，不單你身上大大小小的傷口，連你頭殼上的血洞也漸漸癒合。能夠受此重擊大難不死已屬萬幸，有一點後遺症也很合理。」

我喝過賽門遞來的一杯水，虛弱地答不上話。此時，頭殼的痛楚再次慢慢褪去，同時，我發現雙手背上的筋脈透出淡淡的紫光。

「咦？真奇怪，在你昏迷不醒期間，每次當你痛得不停翻滾時，雙手就會泛起紫色的光，你是有異能嗎？」賽門好奇地盯著我那對膚色不匹配的手。

「不知道……我連自己是誰都不知道。對了，你不怕我嗎？你不擔心我就是『使者』口中異世界的人？」我倚著牆身虛弱地問。

正當賽門準備回答之際，屋外傳來一連串急促的步伐聲。賽門臉色一變，而我暗覺氣氛有異，說時遲那時快，大門瞬間被人粗暴拍打著。

賽門慌張地指著睡床的下方，道：「快！快躲進地下室裡……」

「砰！」大門被狠狠地踢開。

在我還來不及反應時，只見兩名身穿白色長袍，留著一束長鬍子，與賽門長有相似輪廓的兇悍男子衝入屋內，手上拿著一張手繪畫像，指著我說——

「就是你！」

十四・狂熱〔司徒凌宇〕

1

「砰！砰！砰！」

強弱實在太懸殊了。

姑且不論此刻的我是否渾身是傷，又或是局部失憶令我忘記如何防衛，單憑還未喪失的感覺告訴我，我必須承認徹底失敗了。

在這個異世界裡，我就如一隻被豢養的迷你吉娃娃，縱然可以高聲吠叫，但現在無力反撲的我，弱小得只能是被待宰的份。

十秒，僅短短的十秒鐘，那帶頭的白長袍年輕男子已無故在我身上轟上重重的三拳，那三拳分別擊在鼻梁、心坎和小腹的位置，無論任何一擊，都教我無力反抗，甚至連站起來也顯得乏力。

實在很厲害，身體的記憶告訴我，這個面帶笑容的青年一定是搏擊高手，那擊在鼻梁的一拳更令我眼冒金星、短暫失去意識，轟在心坎的重拳則斷絕我回氣的時機，而最後小腹的一拳更把我僅餘的力氣打散。

想不到，竟然有人可以這麼輕易且直接地擊潰我的反擊意識……

痛……真的很痛。

我整個人被轟得陷入身後的木頭衣櫃，那折斷的木塊部分還深深刺入背脊的肌肉裡，血汩汩地流滿一地，而舊患未癒再添新傷的我，此刻連舉起一根指頭的力量都沒有。

「呼……哈哈……」我痛得大口大口吸入空氣，竭力地睜開眼望著前方兩個白色的朦朧身影。

「砰！砰！……砰！」是誰在反抗？

「啊——」是賽門，是他的慘叫聲。

雖然我與賽門只是萍水相逢，但他好歹是我的救命恩人，更何況，此事毫無疑問是衝我而來，我不可以連累賽門。

我奮力聚起僅餘的力氣，希望從被轟得破爛的櫃子裡脫身，無奈除了身上傳來被碎木刺破皮膚的痛楚，怎麼樣都無法脫困。那傢伙的拳真的很重，簡直狠狠地把我和衣櫃合二為一……

「住手……住手！不關他的事……」我虛弱地喊道。

突然，一個龐大的黑影再次向我臉部襲來，痛極的我連帶碎牙地噴出鮮血，意識漸漸陷於半昏迷狀態。但還沒結束，我的頭顱被人揪了起來，朦朧間我看見一個刺青圖案，是紋在對方前臂下方的一個青色刺青。

是蛇……不！是蛇人，它背後還有一顆六芒星圖案。

我好像想起什麼……是圖騰……還有那一臉猙獰的人偶是……不……還有……我想起那滿地鮮血的斷肢，還有伏在我肩上、太陽穴流著濃濃鮮血的孟芷琪……是芷琪，我記得是芷琪，她死在我的槍下，是我擊殺她的，不！這不是我願意的……啊啊啊啊啊……

腦袋的劇痛把我帶回現實，那兩個原本一臉兇暴的男人罷手後，臉上迅速恢復平靜的情緒，與剛才判若兩人。賽門頹然地伏在地上，瞧他仍痛苦地抽搐，至少代表他還未被虐打致死。

臉上有刀疤的中年男人指著我們說：「把他們都帶去廣場吧。」

「嘻嘻……不是殺無赦嗎？」另一個說話時肌肉抽搐得似笑非笑的青年，別過臉問。

「這臭小子夠膽包庇異世界的孽種，我們就把他帶去宗教廣場來個殺雞儆猴，要其他人都別要妄想窩藏這些餘孽。還有，明天『使者』親臨廣場，我們把這人送給『使者』親自發落吧！我看挺精彩的，嘿嘿……」刀疤男露出不懷好意的笑聲。

「明天是哪一位『使者』親臨？」那青年問。

「不是一位，是兩位。」刀疤男一手把痛極暈去的賽門托在肩上。

青年露出一臉孤疑的表情，續問：「哦？是什麼事要勞煩教中兩位『使者』一齊現身？」

「還不是為了肅清那班膽敢闖入這世界的邪惡後裔。」那刀疤男瞟了我一眼，然後向我走來。

青年見狀讓開身位讓他走近，那傢伙竟單手捉住我的衣領，狠狠地發力要把我從衣櫃裡強拉出來。

「喀嘞喀嘞……喀嘞……」傷口的劇痛刺激著我每個感官細胞，我無力反抗，只痛苦地呻吟著。

我實在被卡得太緊，只見刀疤男埋怨著：「卡得這麼緊，要花點力氣才行。」語畢，那刀疤男不理我的死活，鼓足力氣硬要把我扯出木櫃。

「喀嘞喀嘞喀嘞喀嘞喀嘞喀嘞喀嘞……啪！」碎木遍地。

我痛得死去活來，軟癱在地上不能動彈，只聽到刀疤男續道：「落在『迦南』手上，算這兩個小子倒楣，嘿嘿……不知她這次又有什麼新玩法來整頓這批雜種？」

「嘻嘻……是那個傳聞中美艷得令人一見傾心的『迦南』嗎？明天竟有幸見到她，我等這機會很久了。嘻嘻……」

刀疤男白了青年一眼。「你這個白痴，若被『迦南』看上了，你就真的『有幸』了，嘿嘿……但可惜就算你想也沒機會，因為明天那個『維京人』羅托斯會跟『淑女』迦南一同現身。」

「嘿嘿……有什麼關係？難道那老粗一把年紀還學人暗戀少女？」我依稀聽到他們在屋內不知在找什麼。

「少女？嘿嘿……你這小子真色迷心竅，別說我沒提醒你，你剛才這番話別被羅托斯聽到，否則我保證不到三秒，你就會灰飛煙滅。」

「呵呵……」屋內迴盪著那青年的淫邪笑聲。

刀疤男沒有再回話，只專心地在屋內搜索。不久，只見他低聲道：「找到了，應該是這本書。」

一下顛簸的感覺，我感覺到刀疤男把我抓起再放到肩上。此時，原本站在後方的青年撲向屋外，高聲喝道：「誰在屋外鬼鬼祟祟？」

然後，一陣短兵相接的打鬥聲，還有……槍聲。幾分鐘後，空氣中再次滲著濃烈的血腥味，然後門外傳來一陣沉重的腳步聲。

「都解決了嗎？」刀疤男冷冷地問。

「見鬼了，剛才躲在屋外的異世界孽種竟然是個女的，早知如此就不要這麼快下殺手扭斷她的頭，嘻嘻……應該脫掉她的衣服，再慢慢折磨她，聽著她的呻吟聲才是一種享受，嘻嘻……浪費了真可惜，可惜啊。」

雖然我傷重得不能動彈，但那青年變態的語氣仍令我感到憤怒。

只見刀疤男語帶不屑地道：「走吧！你這傢伙跟傑克一樣變態……」

「呵……這是我的榮幸。」

當刀疤男轉身離去時，被扛在肩上的我，終於再次與那變態青年四目相交，一股油然而生的怒火湧現，我真想恢復力氣把這傢伙轟斃……

「嘻嘻……你的眼神很討厭唷！」

「哎啊——」面額傳來一下重擊。

我眼前一黑，再次不省人事。

2

在我生活的那個地球歷史上，曾經歷一場又一場大大小小的戰爭。

有人說，人的私心利慾是引發戰爭的本源，人為了求生而不惜付出流血代價，是戰爭的催化劑，但這都不足為懼。無論是前者還是後者，當勝利的一方取得某階段的利益之後，干戈就會漸漸平息，戰爭之火自然會暫時熄滅，然後靜待下一個合久必分的循環。

但有種戰爭例外，它不是單純的利慾之戰，更不會隨戰事結束而獲得真正的和平；只要敵對的意識形態仍然一息尚存，就只會繼續抗爭，直至對方一族的血脈真真正正一個不留，遺留的思想在歷史洪流下灰飛煙滅，另一方才願意放下失去理智的屠刀。

很可怕，但這不是虛構，更不是幻想，而是事實。

這種戰爭古已有之，更不時被套上「正邪之戰」的光環，又或是以「捍衛宗教」為藉口，發動一波又一波毫不理智，又絕對兇狠的屠殺。近至二次大戰西德納粹獨裁者希特勒屠殺猶太人是如此，遠至中世紀歐洲把新教徒、異教徒送上斷頭台也是如此。又或者，近代掀起的恐怖主義、恐怖襲擊背後，也無非是兩個擁有不同宗教背景世界的潛藏角力。

沒有絕對的正義，更沒有絕對的邪惡。

敵對的一方，對方任何舉動都帶有魔鬼的色彩；反之，與你站在同一陣線上的，就算雙手染滿血腥，手槍的子彈錯誤擊殺無數的敵對婦孺，你都可以換來英雄的稱號，冠上「正義」的光環。

很荒謬嗎？的確荒謬……我從前不相信正邪之間存在灰色地帶，更相信在社會的法規下，執法者堅守、維護的必定是正義的全部。但我必須承認，此刻我開始動搖，我開始迷惘，更對何謂「正義」、「邪惡」的定義變得模糊不清。

一切，都是賽門在牢房告訴我的。他單純而誠懇的眼神，令我相信他說的一切，而更因為相信，我才失去生存信念的重心。究竟……在這個陌生的地球上，眼前這些手段血腥兇殘的蛇神「奎扎科特爾」後裔，他們的所作所為是「正」，還是「邪」？

幸好這兩晚，失手被擒的我們並沒有被囚在牢房內施以酷刑，他們更沒有拷問我的來歷，彷彿早已知道我的一切。坦白說，我曾有一刻衝動想反過來問他們，我究竟是誰，但最終當然識趣地沒有傻得去問。

但這兩晚並沒有白過，我發現賽門就像一部異世界的歷史百科，他告訴我這裡的一切，更告訴我這班身穿白袍的男子究竟是什麼來歷。

「奎扎科特爾」，這個在我記憶中有點印象的名字，原來並非單純只是這世界的宗教大神，更是他們的祖先。至於祂何時在這世界出現，賽門說，他父親窮盡一生之力也未能得知，只知道祂不是在這裡出生。傳說祂被另一端世界的邪惡族群打敗，所以帶著一族人來到這裡，再次生根發展。

那些在街上隨處可見、披著蛇皮又頭插羽毛的圖騰神像，都是「奎扎科特爾」大神的象徵，因為祂受萬民景仰，所以四處都可見到人民替祂聳立神像紀念。至於那顆六芒星，賽門說其實跟「奎扎科特爾」傳說形象毫無關係，它只是一個教派的圖徽，而那個教派的教徒，就是那些身穿白袍、隨意把人擊殺的男人們。

「這個教派主宰著這裡的一切，雖然手段兇殘，但無可否認，他們的所作所為都是為這世界的人而做。然而父親大人的手稿裡寫著，他們用意雖好，但如果『奎扎科特爾』大神還在的話，一定不容許這班惡徒存在。」賽門道。

我一臉不解地望著他。

「『奎扎科特爾』大神是光明之神、和平之神，最討厭血腥武力，父親大人從最古老的典藉找到一本記載大神的語錄，裡面盡是慈祥的慰問、導人向善的話語。父親大人不相信殺絕異世界人類是『奎扎科特爾』大神的旨意，咳咳……」賽門激動的情緒牽動內傷，吐出一口濃血。

我向他遞上剛才送來的一碗水，問：「所以你父親便被殺了？」

賽門接過那碗水慢慢吞嚥，然後搖搖頭，雙眼閃過一絲哀傷道：「我連父親也未見過，媽媽說父親在我未出生前就被抓走，我是遺腹子。」

「那他們為什麼要抓你？」我問。

「他們想得到父親的羊皮手稿，裡頭記錄著『奎扎科特爾』大神的傳說，就是剛才跟你說的故事。」

「但就只一個傳說，用不著這麼緊張吧。」

「自從媽媽生下我不久，便終日帶著我們三姊弟逃避追捕。後來聽媽媽說，哥哥、姊姊接二連三被人拐殺，但媽媽也顧不得這麼多，只能繼續帶我四處逃亡。最後，在五年前媽媽也死於傳染病……咳咳……就算只剩下我一人，他們始終都不肯放過我。你知道嗎？我連領取食物時也怕被人認出來……」賽門忍不住地流出眼淚。

他拭拭淚續道：「我知道他們這麼緊張，是害怕人們認清『奎扎科特爾』大神的真正模樣；他們害怕父親手上的羊皮手稿，揭露他們向人民灌輸的邪惡信念！『奎扎科特爾』大神根本沒有叫他們去滅世，也沒有說過要用殘酷手段殺害異世界的人類，一切藉口都是為掩飾他們的惡行，假藉大神的旨意，彰顯充斥歪理的『正義』！」

我開始明白是什麼一回事……

他頓一頓，待心情平復後吐出一句：「但一切都沒辦法扭轉，這世界已嚴重傾軋，或許他們某程度上是對的，但我絕不認同他們的手段。」

「嗯。」我知道他還沒說完。

「這世界是真的已經沒救了，他們說末日正在倒數，不久的將來，也許是數年後，這裡的地軸便會南北倒轉，天災會愈來愈劇烈。但就算沒有天災，這世界已沒有太多資源供我們生存，也因為這樣，我們更需要仰賴教派的供應，這裡的人才會愈來愈深信『使者』所說的話。他們說，只要毀滅異世界的人類，停止他們肆意透支貫通兩座星球資源的行為，最後奪去他們生存的地方，我們才有救。」

我大吃一驚。

賽門說完深深嘆息，再說出一句：「無法阻止了……可惜終究守不住父親的那本手稿。」

「手稿裡還有其他重要的內容嗎？」我問。

「有記錄著通往異世界的方法。」

我感覺他父親的身分似乎不簡單，便問：「為什麼你父親知道這麼多東西？」

賽門仍是搖搖頭，一臉茫然。

就在此時，黑暗的牢房外傳來一道聲音：「因為你父親就是我們教派從前的長老，他叛教，所以活該在世上消失。」

我抬頭望去，憑著牢房那點微弱的燭光，我認出是那個把我們活捉至此的刀疤男。他不知何時站在牢房外，手上拿著一條滿布鐵鏽的鑰匙。他身後站著一群人，中間三個列隊而站的，穿著一身破爛的衣衫、滿身的傷痕和頹糜的神情，相信是和我們一樣被活捉回來的階下囚；而在兩側，則站著兩個與刀疤男同樣身穿白色長袍的男子。

「他們是一伙的，他們押解的就是『異世界的人』。」賽門低聲說。

雖然我對賽門的話感興趣，但更好奇刀疤男剛才說賽門的父親是長老是什麼一回事。我故意問：「什麼事非要殺他不可？你們不是很尊敬長老嗎？」

刀疤男冷笑道：「嘿嘿……想套我話嗎？別來這一套。」

「我也有知情的權利。」賽門堅定地說。

突然，昏暗的牢房走廊盡頭傳來一道高八度的少女聲：「臭小子，你的樣子真的很像『他』，尤其那一雙眼。你和長老的樣子跟大神真有七分相似，難怪人家都說你們一族是純種。」

我循著聲音的源頭看，只見一個身高將近六呎、身材姣好，穿著一身紫色性感緊身皮衣的女人走過來。見她一臉艷妝，年齡約莫三十，與她那像是十六歲的少女嗓音格格不入，乍聽下有些毛骨悚然。

望著她那妖艷的眼神，我有種被吸懾著的感覺，她的視線彷彿穿過視神經、穿透入我的血液、骨髓，進入我的腦袋，尋找我的記憶。

最後，她把絕望的感覺注入我的身體，令我失去生存慾望。

突然，手背傳來一下劇痛，我恢復了神智。

「迦南小姐。」一眾白袍男人單膝跪地迎接那個叫迦南的女人，當中包括雙眼閃過恐懼的刀疤男。

「還在等什麼？把他們都押出去，待會除了這小子，其他人都可以不理，任由廣場上的群眾處置吧。」迦南指著賽門道。

刀疤男點點頭，隨即一手抓起扣在我和賽門手上的鐵鍊，然後使勁把我們拖離地面，率先帶我們離開牢房。

3

「噠噠……噠噠……」

走出濕滑而昏暗的牢房隧道，一陣強光迎面襲來，好不容易才適應光線的逆差，回頭所見，原來牢房位處於這座半圓形廣場的地牢內。

這個廣場有一座足球場面積這麼大，兩側都有一些類似希臘的圓形石柱；前方有個半圓型石台，而在我的後方，則聳立著一座神像，披著蛇皮、頭插羽毛，毫無疑問就是賽門他們口中的「奎扎科特爾」大神。

圍在廣場的群眾與祂的外貌輪廓很相似，但都不及賽門；祂的那雙大眼、臉型，還有最神似的是眼神，彷彿賽門就是大神的轉生，唯一不同的，是賽門身上絲毫沒有一點大神的威嚴。

「咦，等等……」仔細一看，那尊神像好像有點不對勁……

在一臉正氣的面貌外，那神情……怎麼流露著不甘、不忿似的，愈看愈覺心驚，甚至隱約滲透出邪惡。怎麼會這樣……祂究竟是「正」，還是「邪」？

愈看愈困惑。

突然，廣場上的群眾傳來一陣沸騰的怒吼，而目標是我身後的迦南……不！是被迦南身後白袍男人押著的兩男一女，瞧他們的打扮，跟這裡的人一點也不同，樣貌更有種熟悉感。

一定沒錯！他們跟我都是賽門口中「異世界」的人。

瞧他們一身慘不忍睹的傷痕，比我身上所受的更恐怖十倍，其中一個傷重男子已陷入半昏迷狀態，而他的右邊斷手只剩下少許皮肉連接著。剩下那對男女也好不了多少，只能說，他們身上沒有一處完整的皮膚，在那些已乾涸的傷口血塊下更長著膿瘡，溢出一陣腐爛味。

從他們三人身上唯一找到的相同處，是恐懼。他們雖然沒有哼出一聲，但雙眼流露出的神情是騙不了人的，很難想像他們經歷了怎樣的嚴刑拷問。

「嘻嘻……那個女的胸脯挺大啊！啐啐……太浪費了。」不知何時，那個把我擊暈的變態青年已在刀疤男身旁出現，那張淫穢的嘴臉仍是教人作嘔。

語畢，只見他把目光轉向穿得性感的迦南身上打量，刀疤男道：「我勸你還是收起你那對淫眼，至少可以保命多一會，別忘了自己的身分。」

變態青年毫不在意，只聳聳肩，便繼續笑吟吟地淫視迦南。

或許是姣婆遇著脂粉客（注），只見迦南發現變態青年的目光後，不但沒有生氣，還露出一臉享受的神情，更不堪入目的是，她不知廉恥地用手輕托著豐腴的胸脯，試圖去挑起對方的慾火。

此情此景，那些白袍男子和台下群眾中的男人都被迦南所挑動，除了刀疤男。他由始至終沒有正視迦南一眼，甚至眼底裡流露出恐懼多於享受的神情。

氣氛愈來愈詭異。

廣場開始四處發出一陣低鳴聲。

場內的氣溫突然升高，那種炙熱感有種把廣場上的慾念統統蒸發的勢頭。只見刀疤男面如死灰，迦南的臉上也迅速收起淫邪的神色，而身旁的賽門則渾身發抖，低聲地說：「是羅托斯。」

羅托斯？這名字很熟悉……這種火燒感我好像在哪裡感受過……

「啊——」雙手突然傳來數下的劇痛，隨著這痛感爆發，我好像想起某些事情……

羅托斯……火燒……羅托斯……羅托斯……羅托斯……羅托斯……

「啊啊啊——」腦袋傳來比雙手更痛的痛楚，許多影像在腦海湧現，其中曾在記憶出現過的女子身影，再次令我生起牽掛的感覺。她究竟是誰？莫非與這個羅托斯有關？

「砰」的一聲巨響，把我再次拉回現實。

接下來，廣場上原來群眾的叫聲戛然而止，大家的視線都集中在刀疤男……身旁的位置，但大部分人都像我一樣愣住了，而跪在地上不遠處的女囚犯更嚇得失禁起來。

那個剛才還在挑逗迦南的變態青年死了。

青年全身被迅速燒得劈里啪啦作響，他那顆頭顱……不……已經不能稱之為頭顱的東西，正逐漸融化，唯獨兩顆眼珠，它們竟懸浮在半空中……

不！是青年那雙滿布紅絲的眼珠，竟被兩隻粗大的手指狠狠叉著，所以才沒有掉到地上。那隻手的主人就是令變態青年焚燒的元兇，他愜意地從變態青年的後腦插入，再叉著一對眼珠，然後在腦袋裡有技巧地放火。

「劈里啪啦……」

注 姣婆遇著脂粉客，廣州話歇後語，意思指一拍即合，有貶義成分。

他刻意留下那對死不瞑目的眼珠。

火愈燒愈烈，半分鐘後，只剩下一堆灰燼，然後「劈啪」一聲，僅餘的一對眼珠被碩大的巨掌擠壓成一堆稀巴爛的肉泥。

羅托斯，用一雙憤怒的眼睛，盯著廣場上所有剛才與迦南有剎那情慾交流的男人。

難怪刀疤男三番兩次勸那傢伙別打迦南的主意，原來這個老粗羅托斯是迦南的相好。這個迦南也算惡毒，明知羅托斯會在此時現身，仍肆意挑逗廣場上的男人，分明是想挑起羅托斯的嫉妒心，縱使知道變態青年會有這樣的下場。

我不齒迦南的行為，一直狠狠地盯著她，而她也回了我一眼，嘴角露出輕蔑的淫笑。

「呵呵呵，怎麼這麼晚才現身，等得人心癢癢。」迦南一手挽著羅托斯狀甚親熱，一邊從容不迫化解現場緊張的氣氛。

「啪！」羅托斯踏著面前的屍灰，一手摟著迦南的纖腰道：「怎麼還不依指示，處決這些『異世界』的孽種？」

「等你嘛！做什麼事都那麼猴急，慢慢來，好好享受不可以嗎？」迦南一言一語都不經意地散發著春心盪漾的媚態，羅托斯狀甚受用。

接著，她在羅托斯身邊耳語一番後，便走到廣場前，向原本鴉雀無聲的群眾開始演說。同一時間，我發現身邊已陷於半昏迷狀態的異界男人，腰間有塊東西反射出刺眼的強光，仔細一看是枚徽章，那凸出的金屬圖案……我腦海閃出一個熟悉但又不知所以的名字……

祕警處。

演說完畢，廣場上再次人聲沸騰起來，並漸漸化作震耳欲聾的叫囂聲，人群竟瘋狂地同聲呼喚著同一個名字——「奎扎科特爾」。那些青筋暴現的表情，顯示出他們已喪失理智，而那撕破喉嚨的吼叫，加上廣場圓形的設計，激響起強烈的回音，直讓石台上待宰的人心膽俱裂。

然而接下來的一切變化不是來自迦南，更不是那個兇暴的羅托斯。不知何時，我身後的蛇神神像竟出現詭譎變化，它手掌上的六芒星圖案，散發出妖艷的綠色光芒，而這種光照耀著整個上空，更令全場的人都為之興奮，包括賽門。

雖然他沒有叫囂，但眼底仍流露出興奮難耐的神采。

「血祭開始！」其中一個白袍老者，指著我們身處的石台喊叫。

「什麼？這裡是祭台？」

「啪啪啪……」手掌末端，再次傳來三次雷擊般的劇烈痛楚。

十五・陷阱〔司徒凌宇〕

廣場的群眾愈聚愈多，有些擠不進來的，就算冒險攀上附近幾近倒塌的建築物也在所不惜；毫無疑問，他們是受到蛇神神像發出的詭異綠色光芒所吸引。

這是期待以久的神蹟？還是他們受號召而來，想一睹迦南口中的血祭場面？

不管如何，我唯一深信的是，這個廣場不久之後，就會變成一片血海，而被鐵鍊鎖著的一干人等，包括我在內，都有機會成為現場所有咆哮中異世界教徒的點心。

很明顯的，身邊那傷痕累累的兩男一女已喪失求生的意志，而賽門更不用說，自從神像手掌發出光芒後，他就變得呆愣不知所以，唯剩我在求生本能驅使下，仍希望尋找生路突圍而出。

但成功的機會微乎其微，就算不計擁有異能的羅托斯、迦南，站在他們身後還有刀疤男及一群可以輕易擊倒我的白袍男子。再者，廣場下的群眾已陷於瘋狂，他們咧著嘴恨不得咬破我們喉嚨的模樣，就算可以擺脫迦南等人，在這異世界的天底下，根本難有我們容身之所。

難道我真的劫數難逃？

我不甘心！

廣場上的迦南揮動雙手示意眾人肅靜，短短幾秒間，廣場再次變得鴉雀無聲。只見迦南好整以暇地走到廣場中心，輕輕把手袖拉高，露出一對皮膚白滑細嫩得與年齡不相稱的手臂。

廣場上的人都屏息以待。

就在這時，廣場地面突然傳來一陣震動，但廣場上的群眾並沒有慌張，臉上反而流露興奮的神情。令人吃驚的事隨之發生，只見身後的神像發出的綠光，竟自動聚集在迦南高舉著的雙手手掌上，而最詭異的是，她一雙手竟漸漸起了異變。

原本細嫩的肌膚漸漸結晶化，而皮層的色素開始逐漸褪去，肌肉下的血管、神經、流動中的血液都變得清晰可見。迦南身上閃耀著晶瑩耀眼的白光，與此同時，她前方的地面慢慢升起一個平台……不……是個神像，一個雙手放在腹前、捧著盤子模樣的神像。

一陣毛骨悚然爬滿全身……

當神像最終完全屹立在廣場時，迦南高聲喊道：「邪惡的異世界孽種把我們一族趕至這荒涼的星球，不僅讓『奎扎科特爾』大神的後裔受著苦難，更無止境地破壞大自然的法則，不斷貪婪地開發、抽取兩個世界共同擁有的資源，令我們失去賴以生存的事物，更令維持原本兩個世界平衡的地心之火失衡，引發一場場的天災，讓我們的子民受盡災禍。我們的世界已步入末日倒數，告訴我，這是不是我們活該受的苦？」

「不！」群眾齊心怒吼。

「那我們應該怎麼做？」迦南問。

「殺死他們！」「挖他們的心臟獻給大神！」「殺殺殺殺殺殺殺！」「血祭！把他們血祭！」廣場的群眾再次陷於瘋狂。

豈料，迦南竟說出一句意想不到的話：「不可！」

現場的群眾愣住了，除了羅托斯。他站在一旁露出一抹得意的神情，同時，他的目光轉移牢牢地著我。被他盯著，我頭皮不禁發麻。

「我們的大神是仁慈的大神，祂討厭血腥，更討厭紛爭，所以我們不可以用這雙手進行血祭！」迦南朗聲道。

「那應該怎麼做？難道要放過他們？」台下一個男人吼叫。

「不！大神絕不容許我們再次縱容邪惡。數千年前，大神就因為一時心軟，令邪惡得以滋生，所以大神指示，血祭一定要進行，但不需要染污我們聖潔的手。邪惡的心臟，理應由邪惡的手去挖出來，嘿嘿……」迦南轉身望著身後那個還沒暈倒的男囚犯。

那名被迦南森寒目光盯得發麻的男子突然發難，他鼓起僅有的餘力衝向迦南。我知道，他寧死也不想做迦南的殺人傀儡。

「砰！」一聲擊烈的撞擊聲，接著一輪不絕的嚎叫：「啊啊啊啊啊！」

只見迦南那對變得透明的雙手發出一陣白光，而那名手腳被鎖上鐵鍊的男子就這樣一頭栽在白光上，弄得頭破血流。但他沒有倒下，因為他連倒下的自主能力都沒有，他被緊緊黏附在白光上。

同時，迦南雙手內原本清晰可見的血紅色血管，漸漸變為墨綠色，而那些墨綠血液正沿血管蔓延至十指末端上，再穿過白光、滲透至那男囚犯頭上。

一聲聲慘叫下，男人臉上浮現綠色又不斷蠕動的大小血管，整個面容彷彿被套在一張綠網裡，十分恐怖。毛骨悚然的叫聲響徹廣場。

只見迦南笑道：「哈哈……『泰茲喀提波卡』的後裔，就用你那污穢不堪的血手把邪惡的心臟挖取出來，獻給天地的大神，求祂寬恕，求祂延續世界的生命，求祂推遲末日的降臨吧！」

廣場的群眾、台上的羅托斯、白袍男子等一起吼叫，只見那個完全被迦南征服的男子，失心瘋地撕碎胸前的衣衫，露出壯實而健碩的胸膛。

我腦海閃過一個影像，莫非他要……

不，我錯了。

「啊——」他不是挖出自己的心臟，而是失心瘋地把自己的同伴——那個早已嚇得失禁的女子，一手抱至那個神像的盤子上；不知哪來的兇暴力氣，他竟徒手撕破那女子肋骨位置的肌肉，絲毫不理同伴痛得如殺豬般的叫聲，一手插入傷口裡……挖……挖……挖挖挖。

「喀嘞！喀嘞！喀嘞！」

那女子雙眼暴凸。

「喀嘞喀嘞喀嘞喀嘞喀嘞喀嘞喀嘞喀嘞……」

直至挖出一顆鮮血淋漓還在跳動的心臟還不罷手，他用嘴咬斷連接在心臟上的血管，那濃而黏稠的鮮血噴向他全身時，他發出野獸的低鳴怪叫。

廣場上的群眾興奮得舉臂疾呼，而那瞳孔張得不能再大的女子，身體還在發抖，但誰都知道她已經沒救。她一定到死也不相信，自己會死在同伴手裡……

叫囂聲此起彼落，那瘋了的男子把心臟放在祭台位置，然後走到迦南身邊恭敬地站著，但從他失焦的眼神看來，他也沒救了。

跪在廣場的我，早已被眼前一幕幕血腥的情景弄得胃液翻滾，想吐但又吐不出來。恐怖的祭祀儀式還未結束，迦南竟再向那個「血祭傀儡」示意繼續，而下一個遭毒手的，就是他另一個男同伴。

但過程並不像前一個那樣……是比徒手挖心更血腥十倍的血祭儀式，我根本無法像廣場上那些群眾般興奮……

我還有良知，還有人性，我快要崩潰了。

「啊——」另一道悽厲的叫聲在迴盪著。

五分鐘？還是十分鐘？我不知道過了多久，只見原來完好無缺的男子，如今竟已被扯去四肢，而最噁心的是……他……他那瘋了的同伴竟剝下他的皮膚，然後套在自己身上！

面對這種慘況，我再也忍不住吐出在胃內翻騰的胃體，跪在地上喃喃道：「停……住手！夠了……」

血腥味籠罩著整個廣場，而油脂混雜著鮮血，一路滴滴答答地從瘋了的男子身上流到地上，四周的人愈來愈瘋狂，而被剝下皮膚扯去四肢的男子，淌在一地鮮血的殘軀終於停止翻滾抖顫，擺脫他極度恐怖的最後人生。

迦南望著她一手促成的「傑作」不斷大笑，而隱約間，我發現那手刃同伴的男子雙眼閃過一絲痛苦哀傷。難道他還沒喪失意志？難道剛才他是有意識地目睹，自己用極殘酷的手段殺害同伴嗎？若真是這樣……此刻他充滿罪疚感的心一定把他折磨得痛不欲生。那天殺的迦南，簡直比用烈火殺人的羅托斯更變態萬倍！

「不……不是這樣的，『奎扎科特爾』大神不會縱容子民這樣……」

不知賽門是否被嚇瘋了，但我無暇理會他的話，因為死神的魔掌已向我伸過來。

只見那個穿著人皮、滴著鮮血如行屍走肉的男子向我步步靠近，臉上出現極不協調的表情……他咧嘴而笑，但雙眼流露著悲痛快崩潰的情緒。

完了……他那雙使出全力、筋骨「啪嘞啪嘞」作響的手，已狠狠抓住我的臂膀，撕裂的痛楚感覺走遍全身，他想徒手把我撕開兩半。雙手鎖上鐵鍊的我根本無力反抗，瞬間被抽離地面等待死神的降臨。

痛楚令我眼前漸黑，腦海閃過「死亡」二字。

「我不甘心！」

不甘心嗎？

「是誰？」

還會有誰？我早勸你跟我作交易，你就是不聽，不然你也不會淪落至此，嘿嘿……

「我還能怎樣？我連自己是誰都不知道，我可以做什麼？」

我可以幫你，只要你肯讓我佔據你的身體。

「不可以！」

你甘心讓這些魔鬼殘害眾生嗎？

「呃啊——」很痛，我感到快要被撕成碎片。

白痴！還等什麼？快答應我，快釋放我吧！吼……

「我……」

突然間——「砰！砰！砰！」廣場上響起三下槍聲。

原本抓著我的蠻力鬆脫，我全身疼痛得無以復加、癱軟跌坐地上。待稍稍恢復意識之際，我發現廣場的形勢急轉直下，而剛才差點把我撕開的男人竟詭異地含笑死了。

是因擺脫傀儡身分獲得解脫而笑？還是為自己弒殺同伴得以贖罪而無憾？

我不知道。

我看到他含笑的嘴角，看不見他充滿情緒的眼神，因為他的上額被轟得稀巴爛了。是剛才的三下槍響，同時把我從鬼門關拉回來。

是她，一個披著綠色斗篷的高䠷身影出現在眼前，她高舉著的銀色半自動手槍槍筒還在冒煙，而在她身邊站著兩個身形剽悍、同樣舉槍的男人。從他們盯著迦南那雙帶著怨恨的眼睛，我感受得到，他們是滿腔怒火，恨不得把迦南等人碎屍萬段。

很明顯，剛才被虐殺的一干男女應該是他們的同伴。

原本我以為眼前劍拔弩張的形勢，相信不止我，所有人都會為之訝異，但是，羅托斯笑了……迦南也笑了……

甚至以刀疤男為首的一班白袍男子都放聲而笑。

我終於明白，這是一個局，他們的目標不獨是要處死我們向群眾彰顯威信，他們更要迫這班漏網之魚現身。

陷阱，是陷阱！他們竟然利用台上的一干人等來個請君入甕……逼他們現身！

在我惘然不知所以之時，羅托斯向著舉槍的女子冷笑道：「果然如迦南所料，為救這個廢物，你們一定會傾巢而出。」他說時輕蔑地指著我。

「所以我才叫你不要動他分毫，嘻嘻……」迦南得意洋洋地笑道。

「你……你認識我？」我問那個舉槍的女子。

「是，我們專程來帶你回去的。」她的目光始終沒離開我身後迦南等人。

「小妹妹，到現在還要逞強？對了，在妳臨死前，可否告訴我妳的名字？」迦南手扠著腰慢步上前。

「我叫翟靜。」女子說完，低頭向我笑道：「司徒凌宇，還有力氣和我一起戰鬥嗎？」

「我叫司徒凌宇？」我問翟靜。

「除了你，還有誰？」她牢牢地鎖定迦南，續問：「準備好了嗎？」

「準備好了。」在此生死關頭，我堅定回答。

之後，廣場裡寫下於「奎扎科特爾」教派中口耳相傳的傳奇一幕。

十六・逃生〔司徒凌宇〕

1

如果天時、地利、人和是衡量勝利的不二法門，那我可以坦白告訴你，此刻我和翟靜一方的形勢絕對是岌岌可危。

不是嗎？

在異世界裡，陌生的環境和敵對種族人數上的差距，早已令我們失去地理和人和兩大優勢。至於天時，看現下情況，怎麼也想不到有什麼有利因素可以幫到我們。

更不幸的是，三分鐘，就只短短的三分鐘短兵相接的時間，我方已從原來的四人，只剩下我、翟靜和她同行的一位男子，還有……地上一具滿布子彈孔的死屍。

顯然，站得遠遠的迦南並不滿意這個結果，她眉頭鎖得更緊，而身旁原本一直袖手旁觀的羅托斯，也正摩拳擦掌蠢蠢欲動。

也難怪，雖然我方仍然深陷危機當中，但過去三分鐘內，以刀疤男為首的一眾白袍男子，竟沒頭沒腦地被翟靜和她隨行的同伴，以新式武器一一迅速解決掉。

除了稍微幸運的刀疤男，他及時警覺所以發狠勁捉著翟靜的同伴，以背脊當盾牌擋去那些彷彿有生命力的子彈；其餘四個白袍男子，都被擊得滿身子彈孔，原本純白色的長袍被染得一片通紅。

此一驟變，廣場瞬間變得鴉雀無聲，而原本圍在四周看熱鬧的群眾怕殃及池魚，都鳥散離去，剩下想親睹決鬥的，都只敢站得老遠，或索性走到附近的建築物內偷偷伸首窺看。

明哲保身，總好過死得不明不白。

「拿著，子彈都裝有熱能追蹤裝置。」翟靜把插在腰間另一把半自動手槍遞給我，笑道：「你不會連開槍的方法也忘了吧？」

我沒有答話，只接過手槍回以苦笑。是真的，我實在不敢肯定自己究竟還懂不懂得開槍。

此時，只見滿臉怒容的羅托斯踏步上前，準備親自收拾殘局，但不料迦南竟揮手阻止，然後喚刀疤男來她身旁，溫柔地道：「想將功贖罪嗎？」

刀疤男半跪在迦南面前，回答：「我願意為教犧牲。」

迦南道：「大神與你同在。」

語畢，只見迦南把手放在刀疤男的頭上，雙手再次綻放出奪魄的白光。

隨著白光大盛，眼前的刀疤男竟出現異化……有別於剛才失手被擒的男子那種異化，刀疤男並沒有發瘋，仍然有自我意識，而眼前的一幕，令我們忘了應舉槍、先發制人。

約十秒後，白光褪去，刀疤男再次出現在眼前，但他已經不能稱之為人。他臉上原本已夠恐怖的刀疤高高隆起，活像一條張牙舞爪的蜈蚣。我嗅到一種似曾相識的氣味，是屍臭……我又想起某些遺忘的片段，望著刀疤男異變的身軀，隱約記得自己曾與擁有這種屍臭氣味的人交手。

「松田和也？」我脫口而出。

「什麼？」翟靜被我突如其來的叫喊弄得分心。

「小心！他來了！」

一道黑影快速閃身而至，我慌亂間憑感覺開了兩槍，差不多同一時間右邊肩膀傳來一下劇痛，很快……刀疤男的動作比之前快了三倍以上。翟靜原本握著的手槍亦被擊飛，她臉色陣紅陣白不發一言，只凝神盯著面前的刀疤男。

刀疤男一擊之後並沒有再追擊，而待我驚魂稍定之際，我愣住了……

廣場上的迦南和羅托斯發出陣陣恥笑聲。

就在剛才一晃眼間，刀疤男不只抓去我肩上一大塊肉，還奪去一樣東西……他手上多了一顆還滴著血的人頭，翟靜的最後一個同伴，竟無聲無息地被了結了。

他甚至連自己怎麼死、何時死的也不知道……他雙眼暴凸，死不瞑目。

「啪！」

那失去頭顱的軀體維持了站姿一陣子，這才摔在地上，頸項上的傷口噴出大量鮮血。

「投降吧！」迦南笑道。

翟靜沒有理會，向我問：「剛才你射出了兩槍嗎？」

「對。」

她笑道：「很好。」

我循著翟靜的視線方向望去，是子彈孔，原來我剛發出的兩槍都打在刀疤男身上，其中一顆子彈擊中他喉嚨，另一顆打在他左胸上。

但他並沒有被擊斃，我望著翟靜不明所以。

「傳聞司徒凌宇擁有『幸運槍擊術』，看來傳聞所言非虛。」翟靜好整似暇地望著手錶，續道：

「時間到，爆炸吧！」

緊接著兩聲巨響，原本還自鳴得意的刀疤男竟瞬間面容扭曲，他的頭顱和左臂連帶的部分胸腔肌肉，皆被炸飛離原來的身軀，血肉模糊的刀疤男同樣完了。

我終於明白是什麼回事，難怪翟靜會這麼冷靜，原來這槍的子彈威力竟不下於散彈槍，而且更會自爆。但我不明白，翟靜親睹自己的同伴被殺，竟可以如此冷靜？

「玩夠了吧！別忘了黑寡婦上次在倫敦怎樣差點陰溝裡翻船，趁這小子的力量還未甦醒，讓我把他幹掉！」羅托斯不再理會迦南，踏步向我走近。

「隨便你吧。」迦南道。

雖然我幸運地解決了刀疤男，但面對眼前的「維京人」羅托斯，我絲毫沒有一點自信，尤其望著他雙眼，我內心有種難以言喻的恐懼。本能告訴我，這人曾經與我對上，還把我修理得很慘。

至於翟靜，我發現她不斷地打量四周，還分神注視著腕上的手錶，對愈步愈近的羅托斯似乎毫不在意。

「司徒凌宇，我就送你一程，你女人在地獄等著你呢！」羅托斯吼道。

女人？什麼女人？

我勉強躲過羅托斯一記重拳，向他還了三槍，但子槍都被他的巨掌擋住，子彈爆炸的威力對他一點作用也沒有。

我望著羅托斯兇暴的模樣，腦海再次閃過夢中那女子的身影……然後更多更多的影像在腦海中翻滾，倫敦咖啡座……那渾身散發絕望氣息的老婦……還有那個什麼唐納……霍恩？

凌宇……

這道聲音，是詠芝。

她在叫我……

「啊——」一想起名叫詠芝的女人，腦袋的劇痛令我再次忘記自己身處在危險的對峙中。

「去死吧！」羅托斯的巨掌再一次按著我腦袋的舊患，一陣熟悉的灸熱高溫急湧而至，我睜大的雙眼見到翟靜向我撲來，她唸唸有詞，但高壓熱力令我耳朵產生耳鳴現象，聽不到她說什麼。

我以為自己死定了。

幸好天無絕人之路，廣場四周突然發生劇烈的震動……是地震！

「轟隆！」四周的建築物在左右搖晃，這股地震威力之大，令擁有近乎魔鬼能力的羅托斯和迦南也嚇得面容失色。

廣場上的圓形巨柱紛紛斷裂，而聳立在後方的蛇神神像更出現深深的裂痕，呼救聲、慘叫聲此起彼落、由遠而近，驟眼所見廣場外圍原本已搖搖欲墜的樓房全被移為平地。

我環顧四周，不見賽門的蹤影。

賽門呢？

「轟隆轟隆轟隆——」

地震沒有停下來的徵兆，而遠方更傳來猛烈的爆炸聲，那點火光……是火山，是離這裡目測八百公里的火山爆發。

「快走！」翟靜捉著我的手示意趁他們荒亂之際逃走。

看她一臉鎮靜，難道一切都在她掌握之內？不可能吧……

「這火山爆發來得正好。」翟靜邊跑邊看著手錶上的紅點。

我現在才發現，那並不是普通的手錶，乍看更像是雷達。我問：「妳一早就預料到了？」

翟靜沒有回答，臉上反而流露出驚恐神情，我從她的瞳孔倒影看見一個人，是他，羅托斯那傢伙不知何時竟追上我們……他正飛身向我背脊蓄拳待發。

來不及閃避了。

羅托斯怒吼：「嘿……死吧！」

「不！」

「砰！」

那帶著火硝味的重拳狠狠擊在背脊之上，但那不是我的背脊，是翟靜……她在千鈞一髮之際，竟側身替我擋了羅托斯那一拳。

翟靜奪腔而出的鮮血全噴在我的臉上，我瞬間怒火而上，怎麼可以讓一個女子為我擋拳！

我沒有選擇餘地，舉起手中的手槍，近距離朝羅托斯的頭顱怒轟。

「砰！砰！砰！砰！砰！砰！」

這次沒有遺漏，六發子槍全擊在羅托斯的臉上。

「轟隆轟隆轟隆轟隆轟隆轟隆——」

子彈強大的爆炸衝擊力，加上羅托斯剛才出拳所引發出的巨大氣流，我和翟靜就像斷線風箏般，被拋落身後剛決堤的急流之中。

瞬間沒頂。

2

火山爆發持續了七日，七級以上的地震亦斷斷續續出現，天空被一片火山灰塵掩蓋；氣候變得愈來愈不穩定，暴雨成災，到處都見到異世界的災民流離失所。

我不知道現在身處的位置，只知一覺醒來就在一處泥沼之中，而身受重傷、面如死灰的翟靜就躺在不遠處。

雨愈下愈大，滴在皮膚上的雨水令原本暴露在空氣中的傷口更添痛楚，是酸雨……我分辨不出這些酸雨是源自火山灰的影響，還是另有他因……只知道廣場一役可以全身而退，除了是以鮮血換來的機會，就是我們都命不該絕。

是天意，就算像我這種一直不信天命的人，對這次的僥倖，縱萬般不願，也只能說是天意。

只是這次天意的受益一方明顯向我方傾倒，否則以我和翟靜的凡人之軀，又怎能奇蹟般擺脫羅托斯、迦南一干人等的魔掌。如果這世界真的受賽門口中那位「奎扎科特爾」大神庇佑，我想羅托斯他們一定會感到疑惑。

究竟這場突如其來、弄得天崩地裂的地震，對他們來說有什麼額外的啟示？

是大神不認同他們的邪惡手段？還是放我們一馬，只為部署下一波更意想不到的陰謀？

而此刻我最擔心的，是躺在我懷中發著高燒、昏迷不醒的翟靜。她原本不需要受此重創，若不是為了我，她不用把背脊全賣給了羅托斯，給他一個絕佳機會狠狠轟下去。

都是我的錯，原本以她的能力，絕對可以全身而退。她為什麼這麼傻？難道單單為了「任務」二字，就值得犧牲自己保全他人嗎？

我知道雖然換了是我，我也會這樣做，但此刻我實在內疚得很，寧願受羅托斯一擊的是自己，而不是這個萍水相逢的人。尤其她是一個女子，要女人為我犧牲，我覺得自己很沒種。

「哎……好熱……啊……好熱啊……」昏迷中的翟靜把乾澀的嘴唇咬得滲出血。

在這間暫時棲身的破屋內，沒有急救用品，更沒有床褥披鋪，看著她一臉痛苦，我別無選擇，唯有脫下自己的上衣，把它摺成一個臨時枕頭，再小心翼翼地把翟靜面朝下地趴在那裡，然後替她檢查背部的傷勢。

坦白說，我不是醫生，但心想若翟靜被重轟的地方有傷口出血或斷骨的情況，好歹也可以用一些包紮外傷的方法減輕她的痛楚。

話說回來，翟靜穿著的衣服物料很奇怪，外表看來很薄很貼身，就如游泳選手參加比賽時所穿的鯊魚皮泳衣，而衣服物料又滑不溜手，有種密不透風的作用。

是高科技保護衣……我想它更有超強的卸勁作用，不然，硬受羅托斯一擊縱不死也得脊骨斷裂。

當萬事俱備之際，我深呼吸一下，然後戰戰兢兢地沿著後頸，一直拉下翟靜那件緊身保護衣上的金屬拉鏈。我不是怕自己有非分之想，我所擔心的，是不知道她身上的傷口有沒有黏附在拉鏈上，若一不小心再令她受傷，我會更感內疚。

「嚓——」拉鏈徐徐拉下，露出翟靜雙肩白嫩的皮膚。

我繼續往下拉，當拉鏈拉至腰部近股骨的位置時，我愣住了……一個兩倍拳頭大的拳印觸目驚心地出現在眼前，是羅托斯重拳造成的！

只見那拳印附近的肌肉一片通紅，而中央位置則瘀青一片……不！看仔細一點，不是瘀青，是像燒焦般，我還嗅到一陣烤肉味，而那無形火彷彿向四周的肌肉蔓延，乍聽下還傳出毛骨悚然的「啪嘞啪嘞」燒炙聲。

我暗忖，再這樣下去翟靜一定會死，我想像到那股無形火由傷口再蔓延全身，然後把她燒成焦炭的模樣，一種比當場格殺更殘酷萬倍的酷刑。

那天殺的羅托斯，如果我有殺你的力量，一定狠狠把你這魔頭挫骨揚灰，要你受盡痛苦而死！但現在我可以怎麼做？難道就只能在這裡目睹翟靜被這詭火折磨至死？

「不！不可以這樣……不可以發生這種事！」我焦急得不斷用力搥打地面，希望發洩心中的怒火，可惜，儘管雙手指骨上的皮膚都被擦破，仍不能抵銷心裡的內疚感。

「哎……」翟靜痛得身體抽搐起來，手足無措的我唯有抱起渾身發燙的她，把她擁入懷中，希望這樣做她會感覺舒服一點。

接著奇怪的事發生，我感覺到懷中的翟靜體溫不斷下降，而原本火燙般的膚色漸漸褪了下來，她的表情告訴我，傷勢已一下得到舒緩。

究竟發生什麼事？

在我滿心疑竇之際，原本右手觸及她背脊受重擊的地方，那無形火竟似有停止蔓延的趨勢。我立即把翟靜翻過來查看她背後的傷勢，詭異的事隨即發生……

那無形火不是停止蔓延，而是被某些東西阻止蔓延開來，而那些東西竟似有生命般把無形火逐漸吞食。雞皮疙瘩的感覺充斥感官神經，因為我發現那些東西……竟然是我的血！

那沾在翟靜背脊上的血，是從我擦破的拳頭流出來的，我的血竟把羅托斯轟出來的無形火吞滅。

霎時間，翟靜背脊傷處宛如變成另一個戰場。我不敢相信眼前的事實，揉一揉雙眼再望，沒看錯，真的是一場詭異的攻防戰。

但很快，無形火又佔盡上風，把原來大口吞滅它們的血液都蒸發掉，翟靜不禁低聲痛苦呻吟。

當下我沒有細想，也不容我半點猶疑，俗語說「死馬當活馬醫」，我隨手挑起身邊看似最鋒利的碎石，咬著牙關，狠狠地在前臂近動脈處割開一處大約兩吋長的傷口，讓血汩汩地湧出來。

「呃……」很痛，但絕對比不上翟靜所受的痛楚。

我把前臂的傷口放在翟靜背脊傷處上，讓鮮血慢慢引流，但想不到，這個救援行動會差點掉了我的小命。

就在鮮血接觸到翟靜傷處那股無形火時，我感到一陣天旋地轉，是失血過多的徵兆。我的那些血竟似有生命般急速從傷口湧出，撲擊那股無形火。

我感到它們有吞噬一切的能力，但我暗叫不妙，因為再這樣下去，在還未保證能救回翟靜之前，我便會因失血過多而死。

莫非這就叫出師未捷身後死？我的意識愈來愈模糊。

不！我不可以就此死掉……啊……停……停止……快停止……

我嘗試阻止血液再流，但沒用，模糊間，我看見一道飢餓的紫光跟兇暴的紅光交纏，紅光漸漸暗淡，而紫光幻化出一張網把僅餘的紅光套住，然後慢慢收縮，就像一口把紅光吞進肚內消化……再毀滅。

就在紅光耗盡之時，我感到自己有如墜入冰窖，很冷……很冷，最後失去僅有的意識，昏倒在地……

3

「滴答……滴答……滴答……」

是鐘擺的聲音嗎？

「滴答……滴答……」

怎麼這裡漆黑一片伸手不見五指？喊出去的聲音有如泥牛入海一去不回？

「滴答……」

我司徒凌宇究竟身在何處？難道我真的死了？還是又一場循環惡夢？

不！我不要！不要再做這種惡夢下去，我要醒過來，醒來啊！不要再這樣折磨我！

「鐺！」一下響亮的金屬撞擊聲，剛才恍似鐘擺的聲音戛然而止。

哼！臭小子……浪費你爺爺這樣多時間。

「誰？」我回頭望。

我說你是該死的臭小子。

「我？不……你是誰？你在哪裡？」我掩蓋不了內心的恐懼。

嘿嘿……我不是說過，我存在於任何一處地方，任何地方都找得著我嗎？

「你……你是死神嗎？我是不是死了？你是來把我勾魂奪魂的？」

呸！你老爺子我才不稀罕做什麼死神，不過你這臭小子真差點連累我提早向閻羅王報到。

「我不明白你在說什麼……」

如果你一早肯跟我交易，你根本不用怕那兩個臭傢伙，尤其是那個紅鬍子羅托斯，他算老幾，你老爺子我一口便可把他吞噬了。

「你……你一直在窺視我？」我問。

不是我窺視著你，而是我本是你，你本屬我，我們兩個二十三年前早已連在一起，所以沒我允許，你不可以死。

二十三年前？莫非就是這雙手？

嘿嘿……總算不再傻下去。

「你聽得見我內心的話？你究竟是什麼人？告訴我是什麼一回事，怎麼這雙手會有預警危險的能力？為什麼它會為我身邊的人帶來一次又一次的不幸？」我對昔日發生的事還有點記憶。

因為你背負宿命，六百萬人當中就偏選中你繼承我的鬼手，一切都是命，怨不得人，也只有你，才可以阻止即將發生的世界末日。

「末日？我不明白你說什麼，你……你不是要我做什麼救世者吧？荒謬！放過我好嗎？」我對著空氣吼叫。

嘿嘿……可以嗎？命運巨輪既已選擇你，任何人都不可改變；大神既選中你，你就要完成使命。臭小子，我已經解放你雙手的力量，你也要依承諾把我帶回聖堂，完成我未完的使命。

「什麼承諾？我何時答應過你？」一股不祥之兆令我頭皮發麻。

你不是要救回那個女子嗎？嘿嘿……我幫你吞滅了那傢伙的鬼火，就已經完成我們之間的契約。告訴你，宿命已選中你，無論如何你都不能逃避，去聖堂是唯一的選擇。

「不！我不要！」

你的固執只會令更多人為你犧牲，若不想這樣，就只得接受宿命，也只有這樣，你才會變得更強，嘿嘿……司徒凌宇，別忘了你的身分，你是『極惡刑警』啊！嘿嘿……

「什麼『極惡刑警』？你說什麼？」

嘿嘿嘿嘿嘿嘿……

那傢伙討厭的回音在黑暗中盪漾著，而四周的空氣突然變得很冷，我感到一股寒意……好冷……我只能緊緊地抱著自己雙臂取暖，那突如其來的低溫令我漸漸失去意識。

我軟癱在地上任由氣力逐漸地流失，此時，前方出現一點光，是一點帶暖的光，我無意識地張開雙臂把那點光緊抱入懷，而那點光緩緩地把我包裹著。

一股暖流走遍全身，在虛空中，我彷彿嗅到一股處女芳香，還有肌膚緊貼的暖意，然後身上原來的傷痛似突然痊癒過來。

我感到眼皮很重，很重，很重……終於，不省人事。

不知過了多久，待我恢復意識時，睜眼一看，發覺四周仍是如常，我仍身處在跟翟靜避難的破屋內。但翟靜呢？我不是摟著她一起睡著了嗎？

這墨綠色的斗篷……是她的，怎麼會披在我身上？

我在屋內四處看，都不見翟靜的身影，莫非她被抓了？不可能……若真的如此，我又怎可能獨善其身……

在驚疑間，我感覺到腰間被一硬物頂著，是什麼……是槍？

「你為什麼要這樣做？」是翟靜。

此時，我還未發現右前臂傷口癒合處多了個若隱若現的圖案——我最討厭的「六芒星」。

然後，破屋內傳出一下輕微的爆炸聲……

十七・難民〔司徒凌宇〕

1

自從蛇神廣場那場大地震後，異世界就變得愈來愈危險、愈來愈不適合人類居住。

抬頭望去，天空被一片望不到邊際的火山灰所掩蓋，而那場持續七日的大地震雖然告一段落，但偶爾出現的四級以上地震，仍足以大範圍摧毀原本殘破不堪的樓房建築。

放眼所見，每天從磚頭、瓦礫中挖掘出來的屍體多不勝數，甚至到最後，這裡的人都放棄了發掘工作，任由親人的遺骸在殘門破瓦中暴曬……然後腐爛。

我心裡明白，這不是冷血，只是面對巨大的自然災害及龐大的傷亡情況，他們都顯得無能為力。環顧四周，到處瀰漫著屍臭的氣味，被一片愁雲慘霧的氣氛籠罩著，我感到心有戚戚然。

坦白說，雖然羅托斯、迦南一干「奎扎科特爾」教派的信徒手段兇殘、十惡不赦，但連日內發現，他們的同族並不如他們那般嗜血。在災難當前，無論是一般民眾，還是身穿白色長袍的教派中人，都無分你我互相幫忙。他們臉上流露自然的關切之情，這不單單是民族團結的表現，更似是源自於人性本善的情感。

是「互愛」。

我開始感到迷惘，究竟異世界的人類是邪惡的化身、嗜血的魔鬼？

還是如迦南所說，他們只是被迫走上絕路，所以才以最血腥的手段嚴懲破壞世界的元兇？但……就算如此，也不需要用這麼多殘虐的手段去對付敵人吧？乾脆在後腦開一槍，或使勁地在脖子扭一下，來個一乾二淨、一了百了不好嗎？犯不著用那個血祭儀式延長敵人的痛苦和恐懼。

一想到廣場上被虐殺的一千男女，一想到羅托斯、迦南變態的笑聲，心中的怒火又再次燃起。更何況，較早前從翟靜口中得知，那班在廣場上被虐殺的男女，原來也是她的同伴，都是被委派來異世界救我的祕警處特警。

毫無疑問，他們都是因我而死……還死得那麼痛苦、那麼恐怖……

我實在難以釋懷……我發誓，就算我不憎恨異世界的人類，但終此一生，我司徒凌宇一定要手刃這教派的狂徒長老，替慘死的特警們報仇雪恨。

對，我已經從翟靜身上知道，原來……我的名字就是司徒凌宇。

「軋……」破屋的木門打開，迎面而來是一位形跡佝僂的老婦。

我並沒有流露驚訝，因為我對她並不陌生，她就是運用高明易容術喬裝外出的翟靜。只見她雙手抱著一些狀似麵包的糧食，我就知道她的易容成功了，她徹底騙過外面負責分派發食物的「奎扎科特爾」信徒。

都說翟靜好本事，除了精湛的易容化妝術，她更精於變聲技巧。當初見她傷勢剛康復，本不想她外出涉險，但得悉她這門絕技後，也只能讓她代勞去換領食物。

「身體好點沒？」翟靜向我遞來一個硬似石頭的麵包。

我苦笑說：「好多了，身上的傷已痊癒得七、八成了，就只剩大腿上這傷口，這次癒合時間比想像中還慢……」

我瞥見翟靜臉上掠過一抹內疚神色，我知道她在想什麼，連忙轉個話題，問：「外面的環境怎樣？情況還很緊張嗎？」

翟靜轉身一邊卸妝，一邊道：「外面的情況還很混亂，四周都是難民，剛在等候食物時聽到身邊的人說，在這裡以東的一個城鎮正爆發疫情，差不多全鎮的人都死了，都是腐爛的屍體引起的。」

我啃著麵包道：「也難怪，這場地震持續這麼久，破壞力又那麼驚人，我們昨晚也差點被餘震弄塌下來的橫梁擊中，不死也算命大。但妳說城東的城鎮有疫情傳播，那這裡早晚也會淪陷。市內的民眾應該已經開始騷動，紛紛收拾行李離開這裡吧？」

「對，外面的局勢的確有點混亂。」翟靜脫下那個灰白色的假髮。

「可惜我的腳傷還未痊癒，否則就可趁混亂逃離迦南的勢力範圍，直達聖堂……」我撫著大腿的傷口。

「對不起。」翟靜道。

我驚覺自己又說錯話，翟靜一定以為我還在責怪她……

是的，我大腿上的槍傷正是翟靜開槍弄傷的，但那個誤會根本無可厚非。試問天下間有哪個女子，可以接受自己一覺醒來竟半裸上身，還被一個陌生男人摟著？

更何況那個男人是她救回的，恩將仇報、乘人之危……真的死一百次也不夠，所以我明白翟靜當刻失去理智、怒衝心頭的行為。

坦白說，如果我是翟靜，恐怕會比她還更不冷靜，可能不止舉槍射那人的大腿，更可能不給對方解釋的機會，直接向他腦袋轟上一槍。更甚者，我可能還會在他睡夢中時便一槍送他上路。一想至此，我也不禁抹一把汗。

所以我不怪翟靜，至少她氣極之下只是向我轟了一槍，而這槍也幸好是近距離發射，子彈還未在肌肉內爆炸便已穿透而出，否則我這條腿早已不保。

到時別說要手刃羅托斯一干人等，若只剩下一條腿，那便注定連逃離這個鬼地方都不可能，翟靜的拯救任務也變得無疾而終。

翟靜畢竟是受過嚴格訓練的祕警處特警，一槍過後她便冷靜下來，然後像審犯人一樣，聽著我交代前因後果，而她背脊急速痊癒的傷勢、我前臂還未癒合的傷口就是最好的證據。

經一輪辯解後，我逐漸明白是什麼一回事。原來翟靜中了羅托斯重擊後，記憶只停留在她翻身擋在我身前的畫面，之後發生的事隨著她昏迷不醒，便一概不知，所以對我們墜下急流逃脫、我抱著她到破屋療傷等過程均毫無記憶。

不管如何，一切誤會總算冰釋前嫌，而翟靜遭受的致命傷也痊癒了。至於我，我猜測可能是為救翟靜以致失血過多，所以手臂上的傷口和大腿上的槍傷癒合速度，比我初來異世界時的自我治癒時間還慢。

雖然如此，照我估計這些傷都不礙事，再過兩天，我便可以回復八成以上的活動能力，屆時就可以跟翟靜離開這個危險地帶，去下一站……

「兩日後，我們向聖堂出發。」我指著從翟靜手錶中，投射到土牆的虛擬地圖。

「你確定那裡是聖堂？」翟靜一臉疑惑。

我回頭望著翟靜，道：「很難三言兩語向妳解釋，連我自己也不知道為什麼，總之我很確定地圖上那部分，就是『奎扎科特爾』教派的核心地帶『聖堂』。」

翟靜沒有追問，我也就不再解釋下去。說真的，我很難告訴翟靜當中的原委，若坦白跟她說，我一覺醒來便發現自己多了一重記憶，而這個記憶偏偏就是指出聖堂的所在，她會相信嗎？

我感覺到，自己身體突然似多了一個靈魂存在，而這個靈魂潛伏著的，「他」沒有打算跑出來騷擾我，更沒有霸佔我軀體的意圖，只是要我帶「他」去聖堂，所以釋放部分記憶給我依循而行。

「他」潛伏在我雙手內，去聖堂是讓我獲得力量、拯救翟靜的契約一部分。

雖然不願意，但潛意識告訴我，我必須要守信，而且直覺告訴我，「他」有對付羅托斯一黨的方法……希望直覺沒有騙我。

「那這兩天你好好休養，我知道『奎扎科特爾』教派稍後會有一輛專車來到這裡接走難民，待我再查探清楚，如果路線一致，我們便能搭便車離開這裡。」翟靜關閉手錶上的地圖裝置。

「嗯，好。」

「對了，我給你的資料，有幫你記起什麼嗎？」翟靜邊說，邊卸下身上的武裝。

我點點頭再報以微笑。是的……多虧翟靜，是她讓我知道自己姓名，是她令我重新開始認識自己在香港警界、國際刑警祕警處不平凡的底蘊。

翟靜告訴我，我叫司徒凌宇，今年三十八歲，在未加入祕警處工作之前，曾出任香港警察總部重案組A隊的指揮官一職。最響噹噹的戰績是，當職十五年內勇破二十三宗大案，親手逮捕當時十大通緝榜上頭六位的變態惡人，所以黑白兩道尊稱我為「極惡刑警」。

除此之外，警界傳聞，我擁有一對可以預警危險，但又可以害死同伴的「判官之手」，所以我這個「極惡刑警」在警界中朋友不多，同伴更怕與我一起執行危險任務……司徒凌宇是警界一個傳奇，也是一個獨行俠。

而有關我和祕警處的關係，一切都要從二〇〇六年，即距今兩年前說起……

根據祕警處「2308」檔案記錄，我在上述年份接手調查肆虐香港的邪教組織犯罪活動，而該組織就是「奎扎科特爾」教派在香港的分支。在那次行動，我不單瓦解該組織在香港剛萌芽的犯罪勢力，更重要的是，我親手消滅了該教派計劃在香港發動生化襲擊的關鍵人物──松田和也。

此後，紀錄顯示，基於我曾有對付「奎扎科特爾」教派生化武器──「屍化人」的經驗，所以屢次獲得國際刑警的邀請，參與對付該教派的行動。而多年前在香港最後一次任務，我聯同好友霍華兄妹成功搗破亞洲分部首領「鬼手傑克」，意圖偷運拐帶少女出國賣淫的計劃；逮捕人員中涉及教派高層，我們成功瓦解當時該教於亞洲的收入來源，也令「鬼手傑克」暫時消聲匿跡。

一連串傑出的表現，令我得到國際刑警祕警處的青睞，離開多年來熟悉的警察崗位，加入倫敦祕警處分部，專責調查「奎扎科特爾」教派在全球的犯罪活動，尤其針對該教派全球的毒品據點。

在倫敦出事之前，總部收到祕警處派到該教的臥底消息，他搜集到該教一個非常重要，甚至可以說關乎人類存亡的情報，所以便派我去接頭，而我也找上了好搭檔霍恩參與。

豈料，「螳螂捕蟬，黃雀在後」，霍恩和我竟不幸被該教暗殺組織頭目「維京人」羅托斯盯上，雙雙落單，之後發生的事便不多談，總之不知就裡就來到了這個異世界。

「不過你可以放心，你那搭檔霍恩沒有生命危險，只是一隻手報銷了。能夠在羅托斯手下而不死，都算她走運。」翟靜道。

雖然我對霍恩仍舊一點印象也沒有，但聽到她生命無礙，也不禁心中一寬。

我續問：「可以告訴我多一點關於祕警處的事嗎？」

翟靜沒有拒絕，她向我詳細道來之時，我望著她雙眼，我發覺……她的神態好像一個人……一個永遠對我不離不棄，無論任何任務也在我身邊輔助我、支持我的人……

有她在身邊，我會很放心；有她一起行動，我會如虎添翼。

那個人……她……她是誰？雖然叫不出她的名字，但此刻的翟靜……感覺與她很相似……

「你沒事吧？怎麼怔怔地看著我？」翟靜打破沉寂的氣氛。

「沒……沒事，妳繼續吧！」被翟靜望著，耳根不禁紅了起來。

翟靜沒有為意，繼續說著祕警處的工作。據她表示，我們生活的地球其實並不如一般人看到的那麼簡單，在和平、安逸的背後，潛藏著一班伺機而動的人類敵人，而他們的勢力、力量比想像中龐大，甚至近二十年，他們陸陸續續吞併世界各地的犯罪組織，偶有不從的，便遭沒頂之劫。

他們更懂得利用宗教手段去攏絡、迷惑人心，以密集的洗腦儀式廣集信眾，短短時間內，他們已在七大洲擁有龐大的架構組織，甚至部分分支更把勢力伸展到當地政府及財經界。

各國政府見事態嚴重，便在國際刑警組織之上成立「祕警處」，招募各國警隊精英入伍對付他們，就像一支聯合國警界精英部隊，而他們要對付的組織，就是異世界的統治者「奎扎科特爾」教派。

隨著祕警處特警不斷派出臥底深入調查，終於初步了解到「奎扎科特爾」教派組織架構。資料顯示，該教派由七個分部組成，而每個分部由一名長老統領，他們分別於七大洲紮根，其中剛與我們對上的羅托斯就是歐洲分部的長老，這嗜殺的傢伙負責暗殺工作，歷史上不知有多少政客名人的死都與那傢伙有關。

至於亞洲分部的長老，就是我曾經在香港對上過的「鬼手傑克」，他主管教派於全球的色情業務，可惜上次瓦解他分部時他不在香港，錯過逮捕他的機會。

翟靜表示，現存祕警處檔案當中，已知的七大洲分部長老除上述兩人外，就只知道統領非洲分部、綽號「黑寡婦」的神祕女人，還有就是那個負責經營全球毒品生意、美洲分部長老「迦南」。其餘四位長老則是長期神龍見首不見尾，暫時還沒有資料提供。

「至於教派的首領目前仍是個謎，但無論如何，根據霍恩以性命換取的資料所得，這個教派正準備策劃一場驚天動地的恐怖陰謀……發動時間將會是二〇一二年十二月二十三日。」翟靜頓一頓，續道：「正是馬雅人預言世界末日的那一天。」

聽完翟靜的話，我陷入沉默。

是馬雅人預言末日的日期？這當中有什麼隱含之意？或者他們只是單純利用該日子作反動號召？突然，我想起賽門口中「奎扎科特爾」大神和「泰茲喀提波卡」大戰過後，「奎扎科特爾」離開前說過，祂會再捲土重來，難道就是翟靜指的這天？但祂會再生為人？還是只是被教徒利用的宗教藉口？

不明白的地方實在太多，但要尋找線索又毫無頭緒……

「霍恩還有留下其他資料嗎？」我凝視著翟靜問。

「沒有，霍恩所有的資料都在這裡……」翟靜指著她的大陽穴，續道：「除了這個日期外，電腦並沒有匯入其他資料。」

「匯入？什麼匯入？我不太明白。」我問。

翟靜道：「放心，我不是科幻片裡的機器人，只是霍恩遇襲後一直昏迷，祕警處科學家利用最新的解拆腦波科技，把霍恩的遇襲前後的記憶『匯出』，再輸入我的腦中，所以我才知道這些資料，也得悉關於你的一些往事……」

「除了妳剛剛說的，還有其他的嗎？」我突然對重新認識自己感到興趣。

翟靜一臉凝重地問：「你還記得傅詠芝嗎？」

「這個名字……印象很模糊，好像認識她，但又說不出她是誰。」我只好這樣回答。

「她是公立醫院的急診醫生，也是你司徒凌宇的妻子。」翟靜道。

語畢，我良久沒有說話，心中閃過一絲難過，我竟然連妻子都記不起來……

「她失蹤了。」

「什麼？」我驚愕。

「她跟你在倫敦遇襲後便失蹤了。」翟靜頓一頓，續道：「我們懷疑她……可能已經遇害。」

聽到翟靜所言，我說不出話來，不是因為聽到詠芝遇害的消息，而是……我發現自己聽到妻子遇害，除了感到驚愕，竟然一點傷感的情緒也沒有。

我這是冷血嗎？竟然連丁點記憶、感受也沒有，我討厭這種感覺，我討厭自己，感到很難受、很自責……不可能這樣，我應該很難過才對……

不！就算我忘記了對傅詠芝的感情，但她與我有鋼鐵一般的緊密關係，我一定要為她報仇，一定要！羅托斯……我司徒凌宇發誓，一定要你們一派血債血償，彌補被奪去一切記憶的仇恨！

接下來這晚，翟靜沒再和我說什麼，而我也久久未能入眠，不斷試圖在腦裡尋找詠芝的記憶，但始終徒勞無功，心情愈發沮喪之餘，手上的圖騰圖案隨著我思潮起伏……若隱若現。

2

兩日後，在一個聚集上百人的城門前，我和翟靜易容後混在其中，打算一會兒離開這個瀕臨爆發瘟疫的城鎮。

「這裡就是接載難民離開的地方嗎？」我輕聲問。

化了一個異世界少年妝容的翟靜點點頭，不斷左顧右盼小心戒備著。望著她易容後的模樣和一舉手一投足的動態，不得不佩服她這方面的技能。在她精湛的易容技術下，我化身為異世界的中年男人，加上穿起翟靜偷來的衣服，乍看之下，我倆還真與異世界的難民無異。

等著等著，時間一分一秒地過去，城門前聚集的人群愈來愈多，有老有少，更有許多地震時受傷的傷者。當然，也有為數不少的白袍教徒，他們的出現，除了協助登記難民上車外，我深信他們也在搜查我們的蹤影。

自從廣場一役後，搜捕我們的白袍教徒便愈來愈多，而在街巷中也不時張貼著通緝我們的傳單。正如翟靜說，沒想到兩個平日在官兵捉賊遊戲中擔當正派角色的祕警，今日竟風水輪流轉，反過來被壞人追捕，情況就只差還未被趕狗入窮巷而已。

站在城門前的人群裡，我當然一刻也沒有鬆懈，而原定二十分鐘前到達接載難民的專車，仍沒有出現，四周的難民開始有點躁動。

也難怪，混雜著火山灰的空氣，的確令擠在一起的難民感覺呼吸困難，但仍沒有人趁機搗亂，這也不得不讚他們的忍耐力驚人。

我心想，換了是我原先世界的人類，在這種環境下，就算沒出現騷亂，也一定會有人大聲叫罵推撞。這讓我更加懷疑，異世界人類的品性究竟是屬於邪惡族類，還是比我們更純良？

我還是無法參透⋯⋯

「司徒⋯⋯好像有點不對勁，你看那裡！」

我沿著翟靜的視線方向望去，發現離這裡不遠處一個像哨站的地方，有一家五口正與三個白袍教徒爭執著，情況還愈鬧愈大。圍在四周的群眾一反常態地暴叫起來，那三個白袍教徒甚至更反過來被人群圍堵。究竟發生什麼事？

印象中，這裡的人民對他們尊崇的宗教使徒一向懷著敬畏的心，絲毫沒有半點反抗的意識，瞧人群愈來愈激動的情緒，似乎正發生一些超出他們忍耐的事情。

「我們過去看看！」翟靜比我更早一步跑了出去了解究竟。

就在我們還未擠到前方之時，突然一聲吼叫，然後前方的人群瞬間向兩邊散去，我和翟靜立刻止步，站在一旁靜觀其變。

此時，在人群中央出現一個身形巨大的白袍教徒，他比之前遇過那個刀疤男還要大上兩倍，只見他一手抓著那家人當中狀似父親的一個中年男人，無視那兩個在他身旁哭喊的小孩和女人……還有個垂垂老矣、一臉病容的老婦。看那情況，再過不久他就會把男人活活掐死。

「不要……」我拉著本想衝出去制止巨漢的翟靜，示意她不要衝動。

因為這裡敵眾我寡容易洩露身分，而以現實情況看來，我們也無力插手「異世界的家事」。昨晚我們點算過，翟靜帶來異世界的武器，就只剩下兩把槍和約三十發的特殊子彈，理智告訴我，若想活命回到原來的地方，此時唯有狠心點——不強出頭。

但這裡實在離白袍巨漢他們太遠，我完全聽不到他們的對話，只見圍在巨漢身邊的女人和老婦不斷跪拜著，而身邊的群眾見狀也不敢多作聲。

一番擾攘後，當我以為那中年男人必死無疑之時，只見白袍巨漢一手把他擲在地上，然後瞧他嘴形說了幾句話後便轉身離去。四周的人群鴉雀無聲，垂下頭繼續排隊向前登記，沒人敢向那家人伸出援手。

此時，遠方突然揚起漫天沙塵，當我還以為是新的沙塵暴又來時，原來是一行數十輛接載難民的專車到達。人群陸陸續續登上專車，而我也拉著翟靜趕上人群離去。幸好，翟靜的易容術順利騙過那班負責檢查的白袍教徒，坦白說，我緊張到出了一身冷汗。

這些用以接載難民的異世界的車輛，與地球的公車相似，不同的是，車身比一般公車更長，裡面沒設座位，車上的難民都擠擁地席地而坐。

數十分鐘後，引擎發動，我乘坐的這輛專車開始駛離城鎮，向一個未知終站的地方進發。但想不到，就在即將離開這裡時，我發現車外竟還有一群難民還未上車。

「怎麼會這樣？」翟靜忍不住喊出來。

那些留在原地的難民，我很確定他們不是因為輪不到而被迫等下一次接送，而是……而是他們都被遺棄了！

放眼所見，那群約有五十多人，都是一些垂垂老矣或傷殘的難民……莫非他們都是因為這樣而被遺棄的？

同一時間，我發現車內部分難民流露著依依不捨的神情，他們凝望著車外的人群，我感受得到，那是與親人訣別的情緒。

此時，在人群中，我發現剛才的一家五口也都沒有上車離去。腦海浮現一個念頭，他們一定是不忍心捨下自己的親人，而決定共同進退……

但為什麼要這樣？我不明白……

埋藏在沒有表情的假面下，起伏的情緒令眉角不自覺抽搐，緊握的雙拳抖震起來。

十八・危機〔司徒凌宇〕

1

離開原來的城鎮，一行數十輛押送難民的專車已走了超過二十小時，透過車窗外望，途經的地方都顯得一片荒涼，不要說人影，天上地下甚至連動物的蹤影也沒有。

這種感覺，就彷彿這世界剛歷劫重生一樣，難道之前發生的那場地震威力，真的造成如此廣泛的破壞嗎？但似乎不盡然……直覺告訴我，地震只是自然災害的一部分，沿途所見的地方應該是經歷了更多的天然災禍，才會變得這麼荒涼……

甚至不帶一點生命氣息。

專車愈走愈遠，對連目的地也不知道就糊里糊塗上車的我們，除了只為離開疫鎮，就別無他圖，至於這專車最終能否戴著我們去到記憶中的聖堂，我此刻連想也不敢想。

簡單來說，就是見機行事。

行駛中的專車傳來的震動愈來愈強烈，但不是因為路面太凹凸不平所致，元兇是車外突如其來颳起的沙塵暴。

只見車外的沙塵暴愈颳愈猛，心想要不是駕駛這輛專車的司機早已訓練有素，不然在一片黑壓壓的沙塵暴裡行駛而不翻車出意外，真是難上加難。

時間一分一秒地溜走，坐在顛簸的專車裡，我和翟靜也像身邊的難民一樣，疲倦得互相倚著稍事休息，暗暗希望專車能盡快突破這陣沙塵暴，重見天空。

看著闔上眼半睡半醒的翟靜，我心裡再次浮現出一種奇異感，是似曾相識……久別重逢的心跳感。但我清楚知道，這感覺不是源於翟靜，因為在朦朧間，我那雙眼雖望著翟靜，但腦海浮現的是另一個女子的影像。

「啪啦……啪啦……啪啦……」

車外的碎沙石不斷敲打著裝上強化玻璃的車窗，一輛緊接一輛行走的專車穿過一團團的沙塵暴，我感覺得到外面的氣溫從原來暴熱高溫突然急速下降，令車窗外開始結起薄霜，就像在沙漠中早晚的氣候，有頗大的溫差。

面對此情況，車內的人不管是否相識，都互相緊緊地靠著取暖，而我，也把睡著的翟靜一抱入懷讓她好好安睡。的確，在這段期間，翟靜為了讓我這個尚未康復的病人得到休息，每晚都讓我先睡並通宵在破屋內戒備著，所以這次我也樂得反過來讓她好好一睡。

再者，我始終對車內那兩個隨隊的白袍教徒保持警戒，從上車一刻開始都不時小心翼翼留意著他們一舉一動，生怕我們的易容會被揭露而被迫分開。

「啪啦……啪啦……」

車子繼續顛簸地全速前進，窗外流動著的影像亦變得逐漸模糊一片。不知為何，我愈來愈感到焦慮不安……

不知過了多久，雙手傳來一陣熱燙感，然後連續三下輕微的抽搐，我被突如其來的痛楚弄得輕吟了一聲。

此時，右邊有人輕拍著我，道：「小兄弟，是肚子餓嗎？這裡有些乾糧，拿去吃吧。」

我回頭望去，是一位異世界的中年婦人，她向我遞來一塊手掌般大的麥餅。往腳下望，她身邊正圍著三個好夢正酣的小孩子，瞧他們的模樣，應該正做著一場好夢。

我轉身禮貌地道謝：「不用客氣，妳把食物都留給孩子吧。」

「不要緊，我這裡還有食物，足夠我們母子吃上幾天。你就拿去吃吧，沒力氣又怎麼能繼續上路呢？」她笑道。

我不便再推拒，微笑道：「那便謝謝妳了。」

我隨手把麥餅一分為二，將剩下的半塊收在衣內留給翟靜。我邊吃著，邊跟那母親聊：「你們都是為了避開那場瘟疫而上車的嗎？」

「我們原本住在城東那邊的小鎮，自從瘟疫爆發以來，便輾轉逃難來到這裡，得到使者送來的食物接濟，以為可以暫且在城裡生活，怎知一場地震……唉，這三個苦命孩子的父親，就這樣被倒塌的樓牆壓死了。之後又收到消息，說瘟疫快蔓延到這座城，所以便帶著孩子搭上這車……我不知道之後的生活究竟會怎麼樣，只希望孩子可以平安度過此劫……」

聽著那母親所言，再望向那三個孩子，我生起一陣憐憫之心。

接著，我問：「那妳知道這專車是去哪裡嗎？」

「我也不太清楚，好像是去最近的一個聖堂……」

我心忖，難道就是我們要去的那個地方？

「哦？你不知道嗎？」她一臉疑惑。

我答道：「我和弟弟見四周的人都擠在城門前，就猜想應該城內將有事情發生，所以顧不得這麼多，便跟隨大家上車，所以其實並不清楚這車會去哪裡。」

「也難怪，現在這種事時常發生……」她道。

我沒再說什麼，便一邊吃著餅，一邊靜靜聽著她說自己的故事。

眼前這位母親叫安娜，據她回憶，她在年輕時，這世界根本就不像現在般動盪、荒涼，她和丈夫所住的小鎮，環境就似我的家鄉地球裡，位於歐洲大陸瑞士的近郊草原。

他們鎮內的人自給自足，從來沒有戰爭，那裡的人也不喜爭鬥，就算偶爾出現爭執，都會找鎮上那些白袍教徒訟裁，敗了的人只會心悅成服，大家生活得安穩快樂。

直至數年前，天災不斷發生，到處農作物欠收，初期教派也有派員不斷前來接濟，可惜長窮難顧，這世界就似快要整個崩壞一樣，災害愈來愈多，所以鎮上的人都開始往外求生，但更多的是一去不返。留守家鄉的也好不了多少，不是成為飢民，就是染疫死去，原來的樂土已不復存在。

從她口中更得知，這世界之所以沒有發展太多的工業，人們一直過著純樸的生活，樂天知命，一切都歸功於他們信奉的「奎扎科特爾」教派教義。

他們自出生開始，便一直追隨著這個教派，而教中的要義，就是要他們互愛，要把愛不止推恩至人與人之間，更要愛一切有生命之物，最後發展至愛萬物、愛宇宙。所以就算近年天災疫症不斷，他們都只會互相守望相助，沒有爆發動亂，更不會互相殘殺起來。

他們深信，「奎扎科特爾」大神會如傳說中所述，帶他們離開災禍困苦，所以使者要他們搭上專車，他們沒有多問一句便聚在城門一起離去；使者說要去聖堂，他們也只會遵從前往。

至於他們口中的聖堂到底是什麼？安娜只含糊地說那裡是教徒朝聖之地，但究竟是否為我要去的那個「聖堂」，就她口中僅有的資料我也難以判斷。

更何況聽她所言，我心中反而有個疑問。如果依她所說，這裡的人對使者的種種安排都言聽計從，那為什麼剛在城門時，有人會反抗教派的安排，寧願選擇留下，也不願遺下年紀老邁的親人乘專車離去？

我試著換個提問方式問安娜，只見她輕嘆一聲，然後告訴我，他們最重視的是「愛」，要他們捨下親人離去當然萬萬不能，但使者之命他們又從來不會違抗，所以他們才會有一刻憤怒，但最終也唯有服從。

安娜深信，使者一定會有所安排，「奎扎科特爾」大神一定一視同仁，不會遺棄自己子民於不顧。

我心裡清楚知道，這只是她一廂情願，不……應該說是他們難民的一廂情願。依我看，剛才沒有被接離開的人，應該已被教派放棄……讓他們在疫區自生自滅。

絕不可能有生還機會。

但我仍不解的是，為何這些純樸又熱愛和平的人民，和教派裡殘忍又暴戾的教徒截然不同……

愈來愈多的不解，充斥在腦袋裡揮之不去。

2

「嘎——」

一下急速的煞車聲傳至，原本高速行駛的專車突然停駛，而車裡熟睡中的人群也被弄醒過來，包括在我懷中睡著的翟靜。

「啪啪啪啪！」

很痛！

比剛才更強烈的痛楚，沿手掌擴散至手指末端神經，怎會如此地痛？我開始記起，自己過去應該感受過這種痛楚！一股熟悉且討厭的不祥之兆湧上心頭，不安加戰慄的情緒令心臟劇烈跳動起來……

「怦怦怦怦怦怦怦怦怦怦……」

「凌宇，你沒事吧？」翟靜問。

「不知道該怎麼說……危險……我感覺到有股侵襲性的力量正包圍著我們……它正縮窄與我們的距離，而且速度很快！」我緊張地轉身望向車窗外，但外面颳起的沙塵暴弄得視野模糊不清。

不止我，連車內兩個白袍教徒均感覺氣氛有異，連忙跑到車前查看，而身經百戰的翟靜也開始不安，緊張地輕握著長袍下的手槍。

緊張的氣氛一下在車內擴散，人群中開始出現一陣小騷動。人類原始的本能反應，危機將至。

就在恐懼氣氛蔓延之際，車外的沙塵暴詭異地逐漸退去，而原本一行十多輛的難民專車，竟只剩下包括我們在內的三輛，其餘走在我們前後的專車都突然失去蹤影。

面對此情此景，車內的人群漸漸不敢作聲，而部分婦孺更怕得顫抖起來，唯有互相靠在一起，肩並肩、手握手，希望把不安的情緒盡量安穩下來。

至於我和翟靜，則背靠背，準備面對突如其來的危險。

四周一下子變得死寂，除了還在發動的引擎聲響，車裡頭就只有眾人起伏不定的呼吸聲和心臟怦怦的急速跳動聲。

突然，一位站在車頭、身形瘦削的白袍教徒高呼：「來了！是那群叛變的屍化軍團！」

然後，車內的三位白袍教徒迅速離開車廂，急跑至離這車十呎外的前車位置。

但說時遲，那時快，那三位白袍教徒還未來得及跑到之際，一道龐大的黑影竟以迅雷不及掩耳的速度把前車完全吞沒！

沒有錯，是吞沒！那黑壓壓的一群東西竟在蠶食那架專車。

震撼的感覺充斥心頭，同時只見前車車廂內衝出兩道人影，是車上另外兩個白袍教徒。這刻我終於看清，車外那些東西是人……不！是似人的怪物！

他們外形與人類有八成相似，但身上的肌肉看上去沒有一絲彈性，甚至連皮下脂肪也沒有，就只剩下皮膚緊緊地黏在骨骼上，而血管、神經之類的東西則在表皮隆隆鼓起，看得人雞皮疙瘩。

連同剛才三個白袍教徒，他們以一敵百的姿態與那些怪物展開戰鬥，而那些數不清的怪物愈湧愈多。自踏入異世界後，除了廣場一役，我還是初此見到這班白袍教徒一面倒地陷於劣勢。

沒辦法，除了人數上實在太懸殊，觀戰下來，我發現那班怪物的實力亦在一般人類之上，更重要的是他們更瘋狂、行動更敏捷。我吃驚地發覺，他們似乎感受不到疼痛。

除非被打得頭顱掉落，否則他們稍一喘息便又撲上撕殺。

在這些怪物面前，異世界的平民就像待宰的動物，根本沒有反抗的能力。那為數眾多的怪物咬破車窗、弄破一個缺口後，便洶湧地進入車內。

慘叫聲由遠而至、此起彼落，而前方的專車玻璃也漸漸被車上群眾噴出的鮮血所覆蓋，車內的群眾被嚇得心膽俱裂之餘，安娜的三個孩子更害怕得失聲大哭。

「凌宇，該怎麼辦？」當此劇變，平日處變不驚的翟靜也漸失冷靜。

「我們……」還未說完，車下突然傳來一陣震動。

該死！難道下方也有？

我來不及向翟靜示警，戰鬥本能告訴我，必須盡快離開車廂。前車可鑑，若被這些怪物來個困獸鬥，那無論我們有多強，都只會被對方的人海戰術所吞沒。

我不敢細想，本能反應下抱起安娜的兩個孩子，鼓足力氣踢開車門，再連爬帶滾般撤離專車。而身邊的翟靜與我同一心思，一手抄起安娜剩下的一個孩子，另一手抓著安娜的手逃離那裡。

「啊！」一聲慘叫聲。

是翟靜？

我回頭看，不！是安娜！

天啊！怎……怎麼會這樣！我用手掩著孩子的眼睛，自己則不忍看到眼前血淋淋的殘酷情景……只見翟靜在那些怪物撕破車底金屬地板、湧入之際，雖成功把安娜的孩子從車廂救出，但安娜……她就只剩下一半軀體可以逃離車廂……

翟靜震驚地不知如何反應，她身邊的孩子則嚇得雙目空洞地望著只剩半截身軀的媽媽。

那血肉模糊的斷肢實在慘不忍睹，在剛才電光石火間，安娜竟被那些怪物捉著下肢，在與翟靜的角力中被齊腰扯斷了。

她暴凸的眼珠，那跌滿一地腥臭的內臟，還有那外露折斷的脊骨……兩秒後，翟靜終於吐了出來。但可怕的畫面還未結束……

就只瞬間，原本還充滿生命氣息的車廂已變為血池煉獄，慘叫聲震耳欲聾，當中遇夾雜著令人毛骨悚然的折骨、噬咬和咀嚼聲。

我一手連抱帶拖拉著安娜那兩個孩子，另一手捉著翟靜把她拖離現場。我不想讓孩子們再看下去……車上那些怪物正瘋狂地爭奪安娜被撕下的下半身，而伏屍地上的上半身，不消一會已有兩隻怪物撲至享用。

「啊啊啊啊啊啊啊——」銳利的叫聲響徹四周。

我強拉著翟靜她們退至老遠，同時，我發現這班為數約二、三十人的屍化軍團，正聚在一起，準備撲殺那些滿身傷痕、還在勉強反擊的白袍教徒。

不消一會，原本九人的白袍教徒，便只剩下最強的三人，其餘六人已被大卸八塊，成為屍化軍團血淋淋的食物。可惜強弱之勢不能逆轉，現場的怪物只死了三分之一。

此時，手背再次傳來連續兩下劇痛，有危機！我終於想起，這是預告危機的訊號！

接著我感到背後一陣涼意，而站在我面前的翟靜也臉色一變。

「在後面！」翟靜迅速拔出長袍下的手槍，而我頭也不回抱著身邊的孩子向前飛撲。

「砰砰砰……轟隆！」

身後響起三下炸裂子彈的爆炸聲，空氣中滲著濃濃的血腥味。

當我翻身定下神之時，翟靜已在我的身旁。她握槍的手仍在戒備，待煙霧散去之後，眼前的一幕足以令我後悔一生……

在剛才的一刻，翟靜為了替我解圍，竟忘了保護身邊安娜的孩子，而那怪物就趁虛而入，把矛頭轉向那弱小的生命上。

一幅恐怖而血腥的畫面出現在面前，那感受不到痛癢的怪物，半邊臉龐和整隻左手都已被子彈炸飛，但竟仍然不死……還吃得津津有味……

很噁心……他竟咬破那孩子的腦殼，再吸吮著當中的腦漿，而最噁心的是，那腦漿並沒有吞進他的肚內，只在他那被炸開的口腔和破爛不堪的食道內汩汩流出。

「滴滴……滴滴……」

鮮紅色的血灑滿一地，在我身邊的孩子目睹恐怖的過程，已不支地昏死過去。這也好，至少不用被往後可能更恐怖的場面嚇倒。

小孩屍身濃濃的血腥味，吸引著其他還未搶得獵物的怪物。他們紛紛向著我和翟靜靠攏過來，而從翟靜面如死灰的神色中看得出，她戰慄到極點的情緒令她瀕臨崩潰邊緣。

但奇怪的是，我一點懼意也沒有，相反地，嘴角更無意識地流露出一陣笑意……我感覺到原有的怒火已化為烏有，取以代之，是一種飢餓的感覺……

而這種感覺，令我生出前所未有的勇氣，還有……殺意！

把他們都吞食掉！

「要怎麼吞食？」我舔著嘴角的血，喃喃地道。

隨你高興，只要讓他們親嚐那小孩被宰殺時經歷的恐怖就好……

「為什麼要這樣做？」我問。

不要問，去！快去吞食他們！殺殺殺！啊——

我貪婪地望著眼前的一班嗜血的怪物，雙手無意識地發出陣陣耀目紫光的同時，手臂下方竟浮現出一個圖騰……是我最討厭的六芒星。

「司徒……凌宇！」

我沒有理會翟靜的驚叫聲，更沒理會遠處快支撐不住的兩個白衣教徒在高呼什麼。

「噠噠……噠噠……」

我一步一步靠近那個還在吸吮著腦漿的怪物。

「咧咧……咧咧……」

我手上耀目的紫光終於吸引他的注意，他拋下全身乾癟的小孩屍體，剩下的一隻眼睛牢牢緊盯著我，而我沒有停下腳步，繼續向他走近。

與他只剩下十步距離……

「吵——」他終於按捺不住向我發動攻擊。

「嚓嘞！」

一秒，紫光一閃即逝。

「啊——」翟靜的驚呼聲。

然後，地上出現一團僅僅還有輪廓的肉團，而在兩呎身後，恐怖地癱躺著一副還黏著碎肉和部分血管的人型骨架。

他死了，被我雙手的力量狠狠地弄得骨肉分離，瞧他還黏附在皮囊上的眼球神態看來，他至死還不敢相信會發生這種事，而痛楚仍在這副驟然失去生命的皮囊下蔓延。

但這還不夠，我想起剛才小孩慘死的模樣，還有安娜被殘酷分屍撕食的慘況，雙手原本已暗淡的紫光再次愈燒愈烈。我壓抑不了足以吞食所有的飢餓感覺，更壓抑不了心底不知是屬於我還是「他」的怒火！

炙熱的紫光沿雙手蔓延全身，我遍體生痛的同時，腦海快速閃過一幕幕似曾相識的片段……

嘿嘿……我這就還給你記憶，還有……我的記憶……

「啊啊啊……我記起來了，我是司徒凌宇，我是祕警，詠芝……霍恩……我終於想起一切，還有……」我按著頭顱，腦海閃過一段不屬我的過去。迦南？傑克？教派……聖堂……蛇神……末日……

七宗罪……

「啊啊啊啊啊啊——」我痛苦地仰天長嘯。

然後，我釋出的洶湧殺意引得場內所有怪物的注視，他們不約而同向我高速襲來，甚至放下原本還在戰鬥的白袍教徒。

他們聚合成一團黑壓壓的東西，乍看彷彿是一隻足以毀滅天地的魔鬼。他們要毀滅的目標是我，因為我釋出讓他們討厭的紫光。

但一切都在我計算之內，看著他們衝至，我笑了，由衷地笑了。

我示意翟靜躲在我的身後，然後鼓起最大的力氣，把發光得耀眼的一對晶瑩剔透紫手高舉——我知道該怎麼做，因為我與這雙手原來的主人已經融合在一起。

「啊啊啊啊啊——」我要鯨吞天地！

一陣澎湃的紫光照亮整個布滿火山灰塵的天空，一瞬間，把急擁而至的無數怪物盡數吸扯，雙手的經脈不斷膨脹收縮，它在急速消化……最後一切都淨化成虛空，原本數分鐘前還在張牙舞爪的怪物們，隨紫光消散，消失於大氣之中。

那班兇殘的「屍化軍團」終於被消滅掉，而我雙手表面上的經脈、血管、筋絡還在微微起伏流動，彷彿仍在消化那些生命體。擊出全力的我隨即陷入脫力狀態，雙膝無力跪在地上。

「凌宇！」翟靜呼叫著我，我看見她朦朧的輪廓撲上前擁著我，在我的肩上放聲哭了出來。

還以為面前的危機已暫且解除……但殊不知場內還有一個身穿白袍、渾身是血不懷好意的傢伙，朝我們緩緩走近。

十九・實驗〔翟靜〕

1

當戰鬥結束，意識鬆懈之際，危機往往一觸即發。

如果沒有司徒凌宇，我想現在躺在血泊中失去氣息的，不是那個原本殺氣騰騰的白袍教徒，而是我……這個被剛才一輪血腥異變擊潰心神的祕警——翟靜。

我必須承認，我把這次從異世界拯救司徒凌宇的任務看得太簡單……我一心以為，擁有周詳的計劃、可靠的同伴、精良先進的武器，就算進入從未接觸過的異界國度，我都可以輕鬆完成任務，然後全身而退。

但一切都是美麗的誤會，我們對自己的科技水準太有自信，對科學家所謂的精密計算太過倚賴，所以造成今日的結果。

事實證明，我們對異世界所知的太少，就算解拆得了昏迷中的霍恩腦裡資料，都只能算對「奎扎科特爾」教派多一點皮毛了解，或者直接點說，充其量只是得到如何通往異世界的線索而已。

雖然出發前，加賀博士運用祕警處的超級電腦，對我們將會面對的襲擊和危險進行分析，替眾人擬定不同的群戰策略，或者個人對戰方式，但始終只是虛擬的模擬數據，根本和實際情況是兩碼子的事。所以，出發到異世界執行任務的祕警，從起初三組共三十人，到最後只剩下我一個。

他們都被異世界的敵人盡殲，還死得異常恐怖，死前更受盡極級痛苦。

起初我還挺得住，因為早在出發前，我們已不斷重覆感受從霍恩腦裡收集到的遇襲記憶，試圖感受恐怖，試圖接受比戰場還要血肉模糊的場面，試圖令自己變得麻木。

我們這群簽下生死狀的祕警，早已有豁出生命、犧牲自己的打算，所以縱然見到同伴被虐殺，挺身為著保護司徒凌宇而身死，也絲毫沒有半點退縮和後悔，心中只謹記「任務至上」這四字。

當然，身為祕警，我們不會去問，究竟為什麼為了一個司徒凌宇，寧可犧牲這麼多人也在所不惜。因為我們深信，祕警處一切的決定，都是為著人類世界的福祉而行。

更重要的是，身為執行任務的祕警，只要完成任務便足矣，解釋、理由統統都不比「服從」重要。

但經歷剛才難民專車受襲一役，我再也壓抑不了情緒……

不要誤會，不是那些手段兇殘、嗜血食人的怪物令我失去還擊的自信，而是我開始懷疑，異世界的人類，究竟是否如最高指令所示，是屬於邪惡族群，對我們原來的世界構成極大的威脅，所以應該予以徹底的消滅。

又或者簡單來說……要把他們「滅族」。

我不知道，至少我感受得到，安娜母子四人根本沒有一點邪惡味道，甚至是專車上的眾人，他們都沒有流露出要被人非殺不可的惡行。

更甚者，剛才那班怪物在屠殺專車上的群眾時，真正的邪惡應該是他們，而不是被殺得毫無招架之力的平民百姓。

看著安娜慘死，看著可憐的孩子被當食物般吃掉，還有那兩個不堪刺激被嚇傻的小兄弟，我腦海只感到混亂一片，情緒瞬時崩潰……

但這些都不是我失去舉槍動力的理由，真正衝擊我的，是剛才那班白袍教徒明知不敵，仍奮勇對抗怪物的表現。

他們究竟是冷血無情的魔鬼？還是一直以來都只是抱著非我族類其心必貳，在各為其主下，才向我們施以殘酷手段？

我很迷惘……這也差點令我失了性命。

要不是司徒凌宇鼓起餘勇，以迅雷不及掩耳的速度格殺了那個準備向我們施襲的白袍教徒，我想自己現在根本無暇這般胡思亂想下去。

不論如何，我們終是得救了。

我所指的，不僅是免於成為那班怪物的點心，而是我、司徒凌宇和兩個小孩都被隨後而來的難民專車接走，離開這片了無人煙、只剩一堆堆肢離屍塊的人間煉獄。

上車後，雖然暫時脫離險境，但我仍然感到迷惘，因為我開始分不清楚，坐在旁邊閉上眼沉思的「他」，究竟是我認識的「司徒凌宇」，還是另一個擁有足以吞滅天地力量的陌生男人？

唯一可以肯定的是，經歷剛才一役，他已回復原來的記憶，無論表情、神態，都像我在祕警處認識既冷峻又沉默的司徒凌宇，那個在異世界剛接觸到無助、不知所措的他已消失得無影無蹤。

專車繼續向前駛，把我們逐漸帶離沙塵暴。

「轆轆……轆轆……」

五輛難民專車繼續向異世界人口中的「聖堂」前進，而這車的白袍教徒也相信我們所說，那班怪物是被之前的教徒奮力殲滅，所以我們才得以倖存。理由雖然牽強，而我也不清楚他們是否有所懷疑，但就如司徒凌宇所說，既來之則安之，先離開這片鬼地方，之後的事就隨機應變。

望著這個男人的背影，心裡再次湧現出親切感。是安心，是信賴，彷彿好像跟他認識了很久，一起經歷了多次出生入死。

但我想這感覺不是我的，它屬於另一個主人。

是霍恩。這感覺一定是源自霍恩。

我心忖，難道祕警處除了植入她的記憶，就連她的感覺也一併植入了？

想著想著，我不禁把臉龐伏在……凌宇堅碩的背肌上，任由他微暖的體溫，帶我悄悄進入夢鄉。

▲

不知過了多久，身旁的凌宇輕拍我的臂膀把我弄醒，原來難民專車車隊不知何時已進入一個大城當中，而橫顧四周的群眾，他們的臉上也展現難得的從容。

「就是這裡。」凌宇輕聲道。

我望著車外問：「這裡是聖堂？」

凌宇道：「我感覺得到，『他』要到的地方就是這裡。」

「他？」

「我這雙手原來的主人……」

我低頭望去，發現凌宇那雙被麻布長袖遮蓋的手，透出閃爍不定的淡淡紫光，難道「它」因為回到聖堂而感到興奮？但不知為何，我心裡突然湧起難以言喻的不安感。

「想不到誤打誤撞，竟讓我們成功來到這個地方。」凌宇拉下長袍掩蓋雙臂那道紫光，然後向我續道：「妳手上的儀器有反應嗎？有沒有接收到祕警處那邊發出的訊號？」

「為什麼這樣問？」我一臉不解地查看著腕上的手錶。

「是直覺，強烈的直覺告訴我，這裡可能是一個關鍵的地方。」凌宇肯定地說。

我沒有追問下去的必要，因為錶上暗藏通訊儀器的裝置顯示，真如凌宇說的一樣，出現一點紅色的訊號燈，而錶版顯示的距離，應該在城內以東一公里處……

我沿著該方向望去，差點忍不住脫口喊了出來。

是一座堡壘，不……應該說，是一座建於山上、宛如中世紀歐洲龐大堡壘群的建築，而前方隱約可見聳立著一尊碩大無比的雕像。雖然離那裡有一段距離，但照它的外形看來，那插在頭上的羽毛，還有纏在身上令人看得望而生畏的巨蛇，毫無疑問，應該就是白袍教徒信奉的蛇神──「奎扎科特爾」大神。

換言之，那裡很有可能就是凌宇終日掛在嘴邊的「聖堂」。

「發出訊號了嗎？」凌宇一邊戒備著，一邊問。

我搖搖頭，反覆按著手上的儀器按鈕，錶版上只繼續顯示原來的紅點，而依加賀博士所言，若儀器成功發出訊號時，錶版上會顯示出綠點才對。

結論可能有兩個，一是祕警處接收不到訊號，二是儀器損壞了，所以根本連訊號也發送不了。可惜除了精於槍擊術和易容術，修理這麼精密的儀器並不是我的專長，所以無論任何原因，結果都只有一個，就是加賀博士他們不知道我們已到達預定的地點。

換句說話，我們無法依照祕警處預設的計劃，當收到他們發出的訊息、到預定地後，再透過訊號通知他們打開連接兩個世界的缺口，讓我和凌宇回到原來的世界。

一切都完了……

我們將會被困在這個世界，永遠也不能回去，直至老死。

當我感到絕望沮喪之時，凌宇似看穿我在想什麼，他低聲說：「還有另一個方法。」

「哦？」

「既然羅托斯一干信徒可以到我們那世界作惡，就一定有方法從這世界回去。『他』告訴我，一切答案就在這聖堂內……放心，我不會把妳一個人留在這裡，我們一定可以回去。」凌宇抓著我的手說。

「嗯。」

「但在此前，我還要再找一個人。」

「軋……」專車在一檯圓形建築物前停下。

「誰？」

我站起來準備下車，凌宇在我耳邊沉聲道：「一個叫傅詠芝的女子。」

2

車上的難民一個接一個離開專車，在白袍教徒帶領下，進入面前只有六層樓高的圓形建築物之內。我繼續緊貼在凌宇身後，半步不離，但當經過那白袍教徒身旁時，背脊不期然冒出一陣冷汗。

也許是害怕我們被識破……我不知道……只知道心跳得很快。

幸好在易容術的掩飾下，沒有人發現到我的緊張神態，否則必定令人生疑，唯獨是身旁的凌宇，他似乎感受到我的情緒，所以時不時向我傳來關切的眼神。

「噠噠……噠噠……噠噠……」

跟著人群一直往前走，放眼所見，這檯建築物果然表裡如一。原以為外觀甚似羅馬競技場的建築物，內裡應該混合著一些高科技的結構或金屬物料，豈料，從我踏入這裡第一步起，到一直沿樓梯直上，四周都是由磚泥鋪砌而成，無論怎麼看，都不像是擁有先進科技的基地。

坦白說，我心裡有點疑惑。

我心想，如果這裡盡是一些高科技的東西，那便更有可能讓我們找到這教派用以傳送教徒去地球的儀器，現在看來似乎天不從人願，我不免有些沮喪。

「等等。」

我被突如其來的叫聲嚇了一跳，回頭一望，發現身後那教徒的白色長袍下的手，正緊握著手槍。只見他舉起手指著左方，道：「這裡只容許婦孺通過，你往那邊走。」

原來，到達第四層後，所有男人便必須跟婦孺分開走，不管來時是一家人還是一對愛侶，總之不可以違抗指示。

凌宇沒有轉身查看，或許他知道我必定會跟上來。我當然不欲在此生事，點點頭後便繼續往前走。而在臨行前發現，那些難民對這個安排並沒有什麼異議，好像教派安排的他們都只會服從，除了那些還未懂事的小孩子在喚著「爸爸、爸爸」外，一切彷彿都理所當然。

至於安娜那兩個被嚇得失心瘋的孩子，也只是痴痴傻傻地跟著前方的女子繼續往上走。這刻分別後，我就再也沒見過他們，心裡希望已死的安娜會保佑她的一對孩子……直到永遠。

「噠噠……噠噠……噠噠……」

再往前走，經過一道弧型走廊，周遭的燈光變得昏暗，但隨之而來是一道此起彼落的喝采聲，好奇心大作的我急步跑上前看個究竟。當愈走近通道出口時，一陣熟悉的味道愈來愈濃烈……是鮮血的味道。

一道強光刺來，我感覺眼前一黑，一時間目不能視。約莫兩、三秒過後，當我適應這強光時，我才發現剛才那道光，原來是來自設置在廣場四周的強力聚光燈。

再往下望，我簡直不敢相信自己的眼睛。原來那陣血腥味，是來自一處空間的場中，兩個正殺得興起的男人。他們無視傷口不斷噴出的鮮血，更無視身上愈來愈多的傷痕，兩人均殺紅了眼。我知道除非一方倒下，否則他們絕不會罷手。

這是一種至死方休的格鬥，令我想起古羅馬時代的格鬥士……咦？圓型建築……把一群男人都聚集在這裡，莫非「奎扎科特爾」教派真的在模仿昔日羅馬競技場內舉行的血腥格鬥比賽？

正當我滿心疑竇之時，廣場上那兩人的戰鬥也進入了決定性的階段。我發現，他們擁有的武力並非常人可及，那一拳一腳足以轟得石碎地裂的力量，和那些白袍教徒十分相似。

之前多次交手時，那些擁有超強體質和格鬥術的教徒全身都被長袍包裹著，如今親眼看到他們近乎赤裸的格鬥，可以清楚看到他們力量鼓起時，那身賁張的肌肉。難怪我們一班祕警初到異世界時，連堪稱祕警界中格鬥術最厲害的彼德上尉，都被他們輕易扭斷四肢秒殺。

根本是不同等級的生物……

「啪嘞……」場中響起清澈的骨碎聲。

只見那滿臉鬍子、擁有摔角手身形的男子，面窩深深地凹陷進去，那血肉模糊的拳印裡，完全分不清五官，他的整個面骨被徹底擊得粉碎。

「砰！」他碩大的身軀倒在地上，渾身肌肉還微抖著，凹陷的傷口不斷噴著鮮血。我可以確定，他已經沒救了。

空氣中滲透著令人欲嘔的血腥味，而那個削瘦得像鋼條的勝利者，不斷發出令人毛骨悚然的怪叫。此情此景，不單是我，就連周遭剛進入格鬥場親睹戰果的難民們，都感到不慄而寒。

「咧咧咧咧咧咧咧咧咧咧——」

「啊——」是站我身後的小伙子在尖叫。

「嘞！」勝利者隨手扭斷戰敗者的頭顱。

我感到很想吐。

站在身邊的凌宇用手碰了碰我的背項，在我耳邊說：「我終於明白了。」

「明白什麼？」我一臉不解地問。

凌宇還來不及回答，場中央就出現一個熟悉的身影，而原本還在興奮嘶叫的勝利者瞬間噤若寒蟬，四周的燈光不約而同射向那道身影。

一個無時無刻渾身散發著殺氣的男人。

羅托斯，虐殺一班祕警同僚的共犯，就算化了灰我也認得。

只見站在場中央的羅托斯道：「有沒有人可以告訴我，這世界為什麼會滅亡？」

場內沒有人敢出聲。

「是那班狗娘養的雜種破壞我們的世界！令我們飽嘗天災人禍，令我們下一代瀕臨滅族邊緣，告訴我，這是誰的錯？」

良久，場內響起零星的叫聲：「是那班『泰茲喀提波卡』後裔的錯！」

「是那班貪婪又兇殘的人造成的！」

「我們根本不該受這種苦！」

「殺死他們！」

受羅托斯煽動，圍在格鬥場周遭的上百名難民開始情緒激動，怒罵、叫囂聲此起彼落，漸漸煽動成一股不能熄滅的憤怒之火。

不安的情緒在擴散，而身邊的凌宇則目不轉睛地盯著場中的羅托斯。

此時，廣場上空突然投射出一個虛擬螢幕，吸引場中眾人的視線。但當我凝神望去時，接下來數分鐘出現的畫面，重新勾起我原本已暫忘的傷痛，更令我有股想不顧一切衝進格鬥場，把羅托斯殺死的衝動……

畫面上的主角，是一班與我衝入異世界執勤的祕警。

整個畫面充滿血腥，那猙獰的笑聲，那暴虐的手段，那宛如野獸般毫無人性的嗜血表情，還有受害人一張張帶有恐懼的面孔、淒厲的慘叫，都牽動著場中每一人的情緒和憤怒。

只有凌宇和我，跟場中所有人散發出不同的情緒，我們的憤怒，夾雜著鄙視、厭惡。

那天殺的羅托斯，天殺的「奎扎科特爾」教派，竟找人扮成我那些已死的同僚，然後用盡一切不堪入目的手段，要他們虐殺、強暴那些無辜的平民，還裝出一臉享受，活像在進行遊戲一樣。

他們要誣衊我們，挑起異世界人民的仇敵情緒，甚至不惜犧牲他們的平民性命……

那狗娘養的用心之毒，比蛇蠍更甚！

畫面播到這裡戛然而止，所有人的目光都不約而同注視著場中的羅托斯；不知何時，他身邊竟多了一個男人，一個穿著祕警特製保護緊身衣的人，看他臉上那道疤痕……是彼德上尉！

是已死的彼德上尉！

他不是已被人腰斬，落得死無全屍嗎？等等……我明白……我終於明白他們要幹什麼了！天殺的，我不容許他們這麼做！

就在我按捺不住準備拔出手槍之際，一隻粗糙的手把我按住。是淩宇，他向我示意不要衝動。

此時，場中每個異世界的人都興奮莫名，在震耳欲聾的叫囂聲中，只見剛才在格鬥比賽中得到勝利的男子，竟一手揪著那個扮作彼德上尉的男人頭髮，然後廣場傳出一聲慘叫。

「喀嘞——」

他硬生生扯斷扮作彼德上尉的男子頭顱，而最恐怖的是……他竟連那條長長的脊骨也一併抽出。

他望著自己一手造成的恐怖傑作，興奮地自鳴怪叫，那彷彿困在喉頭的叫聲，瞬間響徹整個格鬥場。

「啊啊啊啊啊啊啊啊啊啊啊啊——」

我感覺到淩宇怒了，他雙手竟發出淡淡的紫光。

同一時間，場中的羅托斯那雙手竟同樣泛起光芒，是奪目的紅光……

只見羅托斯高舉那雙紅手，亢奮地吼道：「要對付邪惡後裔就要擁有力量，來吧，大神的子民，就讓我們感受大神的恩澤，運用祂賦予的神力，把我們變強，然後保衛我們的家園，驅逐邪惡後裔，把被邪惡後裔奪去的一切，包括土地、空氣、資源……統統都物歸原主，我們要他們一個不留！」

場館內群眾的瘋狂情緒被推至頂點，甚至近乎失控地步。望著身邊一張張被憤怒掩蓋理智的臉，在易容假面下，我心底不禁發毛。

此時，站在身旁的淩宇突然拉著我的手，趁人群混亂之際閃身而出，在另一邊沒有守衛看守的通道迅速離去。

「噠噠……噠噠……」

「我們要去哪裡？」我問。

「不知道，但我感覺得到，有東西在呼喚著我……」凌宇那雙手的紫光變得比剛才更亮。

我沒有追問下去，形勢發展至此，除了相信凌宇，已經別無他法。

穿過一道又一道昏暗的走廊，向著下層的方向走去。我發覺凌宇對周遭的環境似乎十分熟悉，甚至哪裡有門、哪裡無路可走都一清二楚，所以至今還未遇上任何白袍守衛。

「很接近了……快到了，要再快一點……呼呼……」凌宇愈跑愈快，望著他不顧一切的神態，我覺得眼前的他好像變成另一個人。

「呼哈……」我喘著氣，快要追不上凌宇。

同時間，我心裡計算著，雖然四邊是密不透風的石牆，但以腳程看來，我們已跑了超過四層樓……不！應該快跑了六層的樓梯了。

咦……等等……六層？這建築物從外表看不過四層而已，代表我們是深入地底的樓層？

「凌宇！等等……」

他頭也不回地只喊道：「快！跟緊點……快到了！」

我只能繼續喘著氣跟在背後。

愈往下走，階梯便愈顯得狹小，四周的燈光只依靠牆上每隔二十階才有的一盞小燈泡，昏昏暗暗下跑來也得步步為營，但凌宇就好像有夜視能力般，把我逐漸拋在腦後。

「軋……」

是開門聲？難道凌宇找到出口？

當我跑到樓梯盡頭，再轉入一道燈光閃爍不定的走廊時，我發現凌宇竟停下站在不遠處。好奇心大作下，我沒有猶疑，一個箭步跑到那裡看個究竟。

「這……這是什麼地方……」我不敢相信自己的眼睛，因為這房裡頭竟放著一個又一個令人毛骨悚然的巨大玻璃瓶，而每個瓶的上方均有一條肉色管子連接至後方那台儀器上，而瓶裡面浸著一個個赤裸的男子，活像電影裡的實驗室場景。

凌宇面色變得凝重，說道：「是培育室。」

「什麼培育室？」

「是教派用作改造戰士的地方。」凌宇似在搜索著什麼。

我想起剛才格鬥場上的對戰情景，續問：「你怎麼會知道？」

凌宇指著自己的腦袋，道：「不知道，但我敢肯定這裡是培育室……而且十分危險。」

「十分危險？」

凌宇沒有回答，只繼續在巨大玻璃瓶之間來回穿梭。

我望著其中一個培育瓶內的赤裸男人，感覺和常人並沒有兩樣，只是……他好像沒有絲毫生命氣息。我問凌宇：「你說呼喚你的就是這些東西？」

「不是。」凌宇道。

我一臉疑惑地轉身望著他，暗道：「難道是傅詠芝？」

此時，凌宇突然高喊：「找到了！」

當我跑到他跟前時，眼前玻璃瓶內裝著的，不是女人，而是一個赤裸的少年，很眼熟……好像在哪裡見過？

「站開一點。」凌宇把我輕輕推開後，再把一雙散發著淡紫色光芒的手按在玻璃上。

不消一分鐘，玻璃竟被凌宇的一雙手融化掉，瓶內粉紅色的培養液則流瀉在地。

「幸好還來得及，再晚一點，等那液體全變為綠色，賽門便沒救了。」凌宇一邊說，一邊脫去身上的長袍，披在那個叫賽門的少年身上，然後把他扛在肩上轉身便走。

就在這時，身後那台儀器突然鳴叫，我暗叫不妙的同時，更壞的情況竟瞬間發生。

只見那些玻璃瓶內的液體迅速退去，不用說，誰也想到接下來會發生什麼事……

「走！」凌宇喝道。

一道危險訊息突入大腦，我二話不說便跟在凌宇身後拔腿便跑。逃出培育室後，身後傳來一連串玻璃爆破聲，還有……一道熟悉的屍臭氣味。

十秒……不！比十秒更快，我感覺一道黑影已向我撲來，我不及細想，便從長袍內拔出手槍轉身開火！

「砰砰！」

命中目標。

我驚叫道：「屍化人？」

二十・殺神〔翟靜〕

1

「轟隆——轟隆——」

那射向面門的致命子彈穿過眼窩，在眼前的赤裸巨漢的腦內迅速爆破，他整顆腦袋瞬間被炸裂子彈炸個稀巴爛，噴出來的血液染污了我的長袍，但危機並沒有立即解除。

只見那渾身屍臭的赤裸巨漢倒下後，後面再撲出一個身形瘦削的高個子，他咧著血盆大口，死命地向我揮拳。由於距離實在太近，拳速又快，我來不及舉槍自衛，唯有使出近身拳術應付。

「嚓！」我勉強閃過，被他直拳擦過的臉只感割肉生痛。

那高個子絲毫沒有緩手的跡象，我把心一橫，決定來個後發先至，希望能盡快解決他。

只見對方一個右直拳向我打來，我側身避過之餘，本能地以右手輕扣著他的手腕，然後一招四兩撥千斤把他扯近身旁，再猛然突入，以拿槍的左手肘向上，擊向他出拳的手肘位置。

「啪嘞！」我巧妙利用桿杆原理，那傢伙前臂的手肘應聲四十五度折斷。

但我來不及高興，因為他竟無視傷勢，瘋狂地以一個左勾拳向著我胸膛重轟，我被轟得離地之餘，手槍也未拿穩地掉在地上。

「啊——」好痛……我咳出一口夾雜胃酸的鮮血，然後跪在地上久久無法站起身。

但最恐怖的是，剛才被我一招弄斷手肘的他，竟詭異地把已變形的右手用力托回正常位置……這根本不是人……是人的話怎麼能夠忍受這種痛楚。

我剛才的一擊並非是只把他的手肘脫臼，他這樣做只會讓斷骨倒刺入肌肉中。但他一點痛苦的表情也沒有，只咧著嘴不斷大笑，似乎很享受痛苦帶來的快感。

望著他扭曲變形的右手，我感到一股寒意。

我暗忖這次死定了，因為除了面前那個無視傷痛的男人，我發現他身後出現一個又一個黑影，是從培育室出來、一臉飢餓的屍化人，他們身上均散發著濃烈的腐爛氣味……

失去手槍的我不甘心坐以待斃，抱著玉石俱焚的決心，伸手探入長袍內，打算掏出身上唯一一顆手榴彈引爆，心想為凌宇爭取多一分鐘逃走時間，自己也算完成任務、功成身退。

這種捨身成仁的想法，我想……好像很久以前就一直盤踞在我的腦中。

在電光石火之間，那班嗜血的屍化人已撲到我面前，而我把手榴彈的保險拔了下來——我寧願炸個粉身碎骨，也不想成為他們的晚餐，更不想變成他們那種的模樣。

當我抱著必死想法之際，突然，我感到手裡一空，然後一股外力把我向後甩了出去。我看到前方出現一道身影，是凌宇！他竟然去而復返，還把我手上的手榴彈奪去。

等等……他想幹什麼？

「砰！」我撞上走廊盡頭那道牆，凌宇則沒入那群屍化人的屍海裡。

「不！不要啊——」我驚叫道。

「轟隆！」

手榴彈爆炸，一陣巨大的氣流把我震倒在一旁，而那震耳欲聾的巨響過後，一股令人作嘔的血腥味湧至，充斥四周的灰塵令視線一片模糊。凌宇究竟是生是死？

「噠噠……噠噠……」

在白濛濛的灰塵中，我隱約看見一道身影向我步近，難道是凌宇？

但錯了，他不是凌宇，是一個從培育室走出來的屍化人。只見對方浴血的身軀被炸掉一雙手，身上更沒有一處皮膚是完整的，但這並沒有使他喊痛，反而牢牢地盯著我走近。

臉上露出飢餓的神情……

而我，就連舉起一隻手指頭都顯得無力。

「也罷，任務失敗，看來就要到此為止……」

「吃吃吃吃……」他向我愈走愈近。

我討厭這異世界怪物發出的怪聲，感覺他們把我徹底地當成食物。

我闔上眼，接受最後的死亡時刻。

「噗！」一道帶著微溫的液體噴在我的臉上。

很腥臭！我張開眼，是血？我……我簡直不敢相信眼前看到的，是凌宇……他竟沒有被炸死！

但……不！他究竟還是不是我認識的凌宇……

那個被炸掉雙臂的屍化人，竟被渾身是血的凌宇一手插穿喉嚨，然後再被凌宇咬破頸上的大動脈，剛才那些血，就是從這傢伙的傷口噴出來的。

凌宇舔著嘴邊的血，道：「不好吃，這傢伙的血臭得很。」

我來不及答話，只見凌宇一手把那傢伙甩在一旁，然後拾起地上的手槍，再走到我身邊把我一手抱起，笑道：「看來要找個地方卸妝了，這塊假面皮被炸得破破爛爛，很不舒服。」

語畢，凌宇抱著我，向剛才他遁走的方向離去。

此時，走廊上的煙塵開始慢慢散去，我回頭一望，發現剛才那條被炸得滿目瘡痍的走廊，除了滿壁黏附著血肉外，被炸個稀巴爛的斷肢、首級更是布滿一地。雖然自踏入異世界後，我早習慣面對血腥，但一想到自己差點便成為其中的屍骸，心裡也不禁發毛。

至於凌宇何以不死，我心想，與他那一對異能紫手不無關係，而更甚者，我感覺他除了力量遞增外，性格似乎也在不斷改變。是無情，也帶點殘忍……

雖然他不顧一切救了我，但眼前的司徒凌宇，似乎變得更嗜血起來，令我開始感到陌生，更加添心底的不安。

我抬頭望著凌宇道：「我們現在還可以去哪裡？」

「不知道，但我相信他。」凌宇抱著我繼續高速地跑，而前方躺著一個少年，是賽門。

凌宇並沒有停下腳步，只一手抄起還在昏迷不醒的賽門，然後用另一隻手把我扣在腰間，臉不紅、氣不喘地繼續奔跑。

同一時間，我感覺有一股暖流從凌宇雙手湧進我的胸腔，令原本劇痛難擋的傷口有所好轉。我驚訝那雙看似詭異的紫手，除了殺敵，它竟還有這種異能。

究竟是什麼一回事？

2

經過迂迴曲折的走廊，推過一道又一道原本藏在石牆裡的暗門，凌宇彷彿重臨舊地一樣，腦裡默想著心裡的地圖，帶我們暫時逃避狙擊。

雖然如此，我還是沒有多問，因為四周雖不見敵蹤，但凌宇帶我們逃走的這條路線，沿途都經過不少奇形怪狀的機關，我怕令凌宇稍一分神，一行三人便落得死無全屍。

不過說也奇怪，經過凌宇雙手釋出的暖流，我感到胸腔疑似斷裂的肋骨不再傳來痛楚，甚至大口大口呼吸時，也沒有剛才那痛得要命的感覺。

雖然我不知道這是否叫作傷勢痊癒，但至少可以肯定，凌宇這雙手的異能，除了祕警檔案中記錄的「預警能力」外，今天應該加上「鎮痛」或者「治癒」異能。

坦白說，若不是有感覺到有這種奇效，我也不會被一個跟自己毫無感情關係的男人觸碰自己的胸脯，而且還要這麼久……我又回想起在破屋裡時，昏迷期間與凌相見的情景，耳根不禁發熱。

凌宇跨過一道突然低陷、布滿破碎刀刃的地基後，領我們走到一處走廊盡頭。只見他把我和賽門輕輕放下，然後走到那面石牆前，把一雙發著淡紫色光芒的手放在牆身上。

我心忖：難道他打算像在培育室一樣，把這道石牆融掉？

接著地面、四壁傳來一陣震動，面前那道牆不見了，但並不是融掉，而是像被逐步分解般，憑空消失了。

凌宇走過來抱起賽門，然後向我笑道：「還要我再抱妳進去嗎？」

被他突然一問，不知怎地我竟尷尬得臉紅起來，別過臉答：「不用，我自己走就可以了。」

我跟在凌宇身後入內，嘗試適應裡頭昏暗的環境，接著，我愣住了。我初時只以為那面牆後，應該是另一條逃走的通道，但想不到，我們現在身處的地方，竟然是一個巨大的圓型廣場……

不！不只是廣場，而是祭壇！

屹立在眼前的廣場建築、擺設，跟我在祕警處檔案室看過在墨西哥猶加敦半島奇真伊札古城的戰士廟很相似，那些低矮柱子支撐著的，是用來舉行祭祀儀式的祭壇，而前方那個躺在地上曲弓著雙腿的神像，跟在廣場一役看到的簡直一模一樣。

祂一雙眼睛遠眺著遠方，雙手放在那平闊的腹部上，那裡正是用來盛放被挖出的人心，而那神像是延緩世界末日來臨的祭典儀式用的。當走近再看時，我發現神像腹前的盤子上，竟還殘留著一些久遠的乾涸血跡。

霎時間，這裡彷彿充斥著絕望的情緒，我似乎聽到當日那些被挖去心臟的人慘嚎的叫聲，和成千上萬瘋狂失控的群眾叫囂聲……

在快失陷於祭壇殘留的精神力之際，我感覺到有人從身邊經過，把我從虛幻中抽回現實。是凌宇，他那雙散發著紫光的手，驅散掉圍在我身邊的亡魂意念。

凌宇放下賽門，我則緊跟在他背後。我們繞過祭壇神像，再越過群柱，發現背後竟有一條僅足以容納一人通過的祕道，我沒有猶疑繼續向前走，而凌宇一雙透著紫光的手就似引路明燈。

走了約莫數分鐘，我們終於穿過那道漆黑的窄巷祕道，一陣強光湧入眼眶，令我暫時目不能視。待視力恢復正常後，我被眼前的景物嚇住了。我沒有想到，通過那道窄巷後，會來到一個比剛才規模更大上兩倍的廣場，而廣場中央更聳立著一尊二十呎高的雕像。

雕像身上披有一條兇猛的大蛇，頭上插著羽毛，還有，掌心刻劃著六芒星圖案……這分明就是白袍教徒尊崇的「奎扎科特爾」大神！

但當我走近細看時，卻愈發感覺不對勁。祂外表雖然和剛進入城裡見過的大神雕像無異，但祂的神態、姿勢，竟令我感覺到一絲哀痛。祂不像一般神像那樣，昂然屹立在廣場的中央，反而是坐在一個類似王座的地方上，雙手緊緊地抱著垂下的頭顱，臉上呈現痛苦扭曲的表情。

望著祂，腦裡突然湧現無數雜亂的負面情緒，是嫉妒、哀傷、焦慮……還有憤怒，它們相互交織在一起令我感到很噁心難受，而我知道，一切都源於眼前這尊巨大的神像。

我感覺到它雙眼透射出邪惡的味道，但同時感到一種難以言喻的痛苦。是懊悔？不……應該是悔恨。究竟是什麼一回事？

我轉身望著凌宇，發現他像入定般凝望著四周的石牆，我走近一看，發現石牆上刻有一些凹凸不平的圖案，而這些圖紋更刻滿整個廣場的石壁。更仔細看，這些石刻很像古老的象形文字，但可惜我不是考古學家，更不是精於古文字學的學者，所以根本不明所以。

但瞧凌宇看得這麼入神，莫非他知道如何解讀這些圖案？

凌宇彷彿看穿了我的心思，道：「不要用這種眼神看著我，這些是異世界的古文字，我相信就連這一代的人都不懂知道如何解讀，更何況是我。」

「那你為什麼知道，這些是異世界的古文字？」我追問。

凌宇頓了一頓，若有所思地說：「我好像曾經來過這裡，卻不完全記得發生過什麼事……只感覺很親切，但同時也很難過，好像……好像這裡曾發生一件對我很重要的事。」

我愈來愈覺得糊塗，問：「是不是你一直所指的『他』來過這裡，而不是你？」

凌宇沒有回答。

我追問：「那這裡是什麼地方？」

「是聖堂。」凌宇沉聲道。

我怔了一怔，但見他一臉困惑，我也不好再追問下去。此時，我們身後突傳出一陣腳步聲。

「難道敵人這麼快就追來了？」我緊張地從長袍下拿出手槍，對通往這裡的唯一出入口戒備著。

身旁的凌宇按下我的槍身，道：「放鬆點，是賽門。」

凌宇所言不差，步入廣場的，是剛剛被凌宇留在前個地方的少年賽門，只見他披著凌宇所給的長袍掩蔽赤裸的身體，然後慢慢步入廣場中。他臉色已回復紅潤，不似剛從培育瓶出來時那般蒼白。

但奇怪的是，他步入廣場後，竟沒有跟我們說過半句話，更沒有看凌宇一眼。但他不是傲慢，更不似失憶，只是被四周牆壁上的石刻所吸引。

只見賽門這小子不斷用手指來回感受牆壁上的圖案紋理，同時嘴裡唸唸有詞，我本想走上前向他問個究竟，但站在身邊的凌宇揮手示意我不要動作，我唯有繼續靜觀其變。

賽門的表情變得愈來愈怪異，他時而眉頭深鎖，時而雙眼流露出悲傷的神情，到後來，臉色更變得一陣紅一陣白，觸摸著石刻的手不自覺地抖震起來。

此情此景，凌宇竟吐出一句令人吃驚的話：「好奇怪……我感覺到他不再是賽門了。」

「什麼？」我不敢相信自己的耳朵。

「應該說，不再是我認識的賽門。」凌宇臉色凝重起來。

我還是不明所以，但拿著槍的手已本能地在戒備。

數秒後，賽門突然失控地高喊：「我終於明白了！原來是這樣，我終於明白為什麼大神竟變得這麼暴戾，為什麼教派的人會變得這般兇殘……這般嗜血！一切……一切都是他的錯，我明白大神的痛苦，我真的明白了！」

只見賽門走到「奎扎科特爾」神像前跪下、雙手合十，然後續道：「大神抱憾終生，是因為錯信『泰茲喀提波卡』。原本在那一戰裡，大神已經勝券在握，若不是那個狡猾陰險的小人詐降悔過，大神也不會給他一個機會，最後更被他捲土重來、設局陷害。我族因而遭受滅頂之禍，劫後餘生的祖先更要隨大神被放逐到這裡。」

賽面激動地哭了出來。原來石壁上那些石刻，是記載著「奎扎科特爾」和「泰茲喀提波卡」的一段戰爭歷史。但據我所知的現存資料，並沒有什麼「被出賣」或是「被放逐」的故事。

以現存的資料所知，有關「奎扎科特爾」大神傳說的結局，只記載著「奎扎科特爾」一族不敵崇尚殘酷血祭的「泰茲喀提波卡」一族，最後「奎扎科特爾」大神在現今墨西哥灣海面揚帆離去。

假若真如賽門所說，那當年一戰就不單涉及「奎扎科特爾」和「泰茲喀提波卡」兩方，是代表著兩種不同文化底蘊的部族之戰，而結果更不是個人戰敗榮辱，是影響全族存亡的結局。

難怪賽門會這麼激動，我望著這可憐的孩子，竟感到有些莫名難過。

我把手槍插回腰間槍套，然後走近他身邊打算出言安慰，誰知賽門的情緒突然再次激動起來。他轉身用雙手緊抓著我說：「是妳……是你們這些邪惡後裔的祖先害的。大神雖然表面上教導我們要互相相愛、愛護萬物，但實際上則長年累月看著自己的子民活在困苦的地方而不斷自責，內心的痛苦無以復加，無時無刻想回到原來的地方復仇，把沒有天災的地方都奪過來給予子民。但善良的枷鎖令祂一次又一次放棄這念頭，因為祂不忍血洗無辜的異族平民，哪怕是『泰茲喀提波卡』的後裔，祂都不忍見他們被滅絕……」

賽門把我推倒在地，失去理智的他指著我厲聲道：「所以大神在晚年一直活在善惡之間，每日受著萬般矛盾痛苦的煎熬。終於，大神在臨終前，因為害怕體內日益膨脹的惡念擴散，感染到身邊的親信……甚至是全族的子民，所以把自己獨困在這裡度過餘生。這些壁畫都是大神臨死前用意念刻劃而成，是血的控訴，很痛苦……我感到有如千萬根針同時刺入心坎，我感受到大神的痛苦……放過我……快放過我啊！」

「砰砰砰！」青筋暴現的賽門發狂地轉身把頭撞在神像上。

他想自我了結嗎？不！一定是圍繞在周遭的絕望意念太強，令賽門承受不住才打算自結解脫。

此時，只見身邊一直一言不發的凌宇閃身而出，一手按在賽門的後腦，然後廣場上散發著耀眼而溫暖的紫光，中和著那股纏繞在四周的絕望氣息，而賽門則漸漸安靜地閉目，昏睡過去。

正當我打算跑過去查探時，突然一股前所未有的恐懼感襲至……不……是整個廣場都被此懼意籠罩，當中還夾雜著濃烈的殺意。

面前凌宇那雙原本已褪去紫光的手，就像有所共鳴一樣，綻放出比之前任何一次激戰都奪目的光芒。他的手瞬間變得晶瑩剔透，連裡頭流動中的血液都清晰可見。我感受到凌宇急速上升的戰意。

「是誰？」我拔出手槍指著唯一的出口。

但錯了，敵人並不在那裡出現，那股充滿壓迫感的力量來自上方。

「天空？」我抬頭望。

廣場上空的玻璃天幕突然爆破，一團被熊熊火光包圍的碩大身影從天而降，那熟悉的面孔，那雙令人生畏、燒得通紅的手……是「維京人」羅托斯！

羅托斯竟無聲無息找到我們，還以這麼氣焰囂跋的出場方式落在我們面前。我氣得不顧一切舉槍遠距離向羅托斯發射。

「砰砰砰砰砰砰砰砰砰砰──」

「不！」凌宇大叫。

一連十發子彈像有生命般割破空氣，直取羅托斯眉心、咽喉、心坎等致命地方，我心忖這傢伙縱有天大的本領，也不可能把它們全數擋下，只要其中一、兩顆命中，就算鐵鑄的身體也必受重創。

「轟隆轟隆轟隆轟隆轟隆轟隆轟隆轟隆——」

八顆炸裂子彈迅速爆破，但我來不及開心，便驚覺死神驟來。

只見兩道劃破黑夜的紅光，竟從羅托斯那邊呈左右弧型的方向襲至，但速度實在太快，我根本來不及反應，只有坐以待斃的份。

正當以為必死無疑之時，一道紫光擋在我身前。

「轟隆轟隆——」

是炸裂子彈的爆炸聲，我受不住強烈的衝擊氣流飛跌到兩呎外，四周揚起一片灰塵，空氣中飄著濃烈的火藥味。

待驚魂稍定之際，我抬頭望，看見廣場上兩個充滿殺氣的男人在對峙著，他們把散發著兩種不同色調的手橫擱在胸前，手上不斷冒煙，彼此的雙手竟都可以抵銷足以炸穿八吋鋼板的子彈威力。

站在我身前的是凌宇，而與他對峙著的……應該還是羅托斯？

但我開始懷疑自己有沒有看錯。眼前那個男人，無論身形和殺氣都與昔日對上的羅托斯無異，但樣貌與剛才現身時完全不同……不能說是醜，除了五官還勉強可分辨外，他整副容貌只可以用「爛」來形容。

是一副面目恐怖又可憎的破爛容貌。

除此之外，剛才發出的子彈竟未能對他造成致命傷害，我大感驚詫之際，發現羅托斯竟一直狠狠地盯著我，那種眼神，是恨不得把我挫骨揚灰的恨意。

只見他指著我，道：「這些小玩意對我用第二次已起不了作用，可惜這副假臉還是抵受不住子彈爆炸的衝擊毀了，哼！暫且先留妳一條小命，待我把這叛徒的雙手收回，我就要把妳的臉皮撕下以報毀容之仇。」

我想起來了……在之前廣場一役中，他迎面中了我六發子彈，臉被炸了個稀巴爛。

難怪他用那麼狠毒的眼神盯著我。

「好好照顧賽門，羅托斯就交給我。」

語畢，凌宇慢慢走近羅托斯面前，道：「你把那個女的捉去了哪裡？」

「你說那個之前跟在你身邊，長得挺標緻的女人嗎？」羅托斯咧著嘴笑道：「好像死了吧。」

「死了？」凌宇沉聲問。

「不……好像死不了，又好像離死不遠，哎啊！我一定是被那臭婊子的子彈轟傻了，不好意思，我記不起來了，哈哈……」

凌宇瞪著眼道：「是真的記不起來？」

「哼！你算老幾？不要以為殺幾個外面的雜種就很了不起，我實在討厭你這種眼神，令我想起一個我極為討厭的人！」羅托斯與凌宇只剩一個身位之隔。

「是嗎？」凌宇突然笑了，笑聲響徹整個廣場。

羅托斯惱羞成怒之下，終於按捺不住向凌宇揮拳，道：「去死吧！」

戰況一觸即發，原本站在廣場中央的兩人，竟同時間以肉眼難辨的速度互相轟擊，一時間只見紫色和紅色的光影在交纏穿梭，一下又一下震耳欲聾的互轟巨響下，我根本分不清究竟哪個佔了上風……

就如羅托斯所言，凌宇果然變強了，但我仍替他擔心。

不出所料，凌宇漸漸被羅托斯的快拳壓得節節敗退，而興奮莫名的羅托斯完全沒有慢下來的跡象，他那揮如雨下的西洋拳擊法配合靈活的跳躍步法，我發現羅托斯並不是單純以力取勝，他更擁有高超的格鬥技巧。

直拳、勾拳、閃光拳、螺旋拳交替使用，令凌宇擅長的跆拳道腿技根本連衣角都沾不上，只勉強鼓起雙手的力量，硬吃下羅托斯的重拳。

「啪嘞！」凌宇右邊腰間近胸骨的位置，傳來一聲清脆的斷骨聲。

凌宇忍痛踢出一記一百八十度旋轉後踢，但羅托斯竟詭異地消失了，然後在凌宇身後突然閃出，一雙手牢牢地箍著凌宇腰間，接著廣場上傳來一聲恐怖巨響——

「砰！」那傢伙竟出其不意來個後摔，凌宇被轟得暈頭轉向的同時，地面承受不住強大的衝擊而紛紛龜裂。

羅托斯瘋狂地笑著，他蔑視著躺在地上不堪一擊的凌宇，只見他伸出那隻晶瑩剔透的紅手，打算把凌宇揪起來。

在千鈞一髮之際，我原本打算立即射出剩下三枚子彈，但我停住了，因為我發現，已呈敗相的凌宇竟露出一抹詭譎笑容。

在我猶疑間，羅托斯已一手揪著凌宇的長袍把他整個人高高舉起。只見他雙手原來紅色的火焰，竟變為紫藍色的火……望著這種顏色的火光，我竟感到前所未有的恐懼。

我記得……我親身體驗過這種火焰，那高溫火焰瞬間把手臂上的皮膚、肌肉、筋骼、血管燒得灰飛煙滅，那種恐怖的感覺比痛楚更令人崩潰……整條手臂就這樣被燒掉……我無法忘記羅托斯輕蔑的笑聲。

「啊……不要……好痛——」我生出幻覺，但那痛感卻是真真實實的。

等等……怎麼會這樣，我的手還完好無缺……啊！對，那手臂不是我的，是霍恩的，啊……但我為何會感覺到火燒的痛楚？我感到很混亂，為什麼自己會感到害怕？為什麼那傢伙的笑聲會在我耳邊徘徊不散？

腦海一片混亂之際，廣場中央的戰況發生劇變，一聲夾雜著驚訝和痛苦的嚎叫聲令我清醒過來。但我不敢相信眼前的事實，想必羅托斯自己也不相信，只見原本佔盡優勢的他，竟被凌宇反壓制住……

他那雙擁有燒盡天下一切萬物的手，竟被凌宇反過來狠狠扣住手腕，一臉痛苦的他更跪倒在地上，口中不再是輕蔑的笑聲，而是痛苦的低吟。

「嘿嘿……你還是像當年一樣輕敵大意。」凌宇的聲音變得沙啞低沉。

「嗚——」羅托斯痛得不斷冒汗，奮力抗衡凌宇雙手驟然暴增的力量。

「他跟我說，只要能夠把你殺掉，他將不惜任何代價，甚至放棄靈魂，把這副身軀都讓給我，嘿嘿……你的死也鑾有價值吧！」

「你是誰？」羅托斯吃力地問。

「一個已死的人，也是這雙手的主人，嘿嘿……你，還，記，得，我，嗎？我的好兄弟……」

「你……」羅托斯痛得面容扭曲起來。

我望著凌宇的背影，他身上漸漸釋出一個影子，一個足以吞噬整個世界的貪食惡相。

想不到，另一隻潛藏的魔鬼竟趁機破殼而出……

二十一・始末〔項月〕

1

「哈哈……很驚訝吧？我等了這機會很久，嘿……你很喜歡用火，今日我就要你引火自焚，感受曾經被你凌虐的人的絕望！」

沒錯，我不是司徒凌宇，我叫項月，是這雙手的真正主人。

望著眼前的羅托斯，我回憶起一段不為太多人知的過去。

不知不覺，已過了四十多年……

羅托斯，雖然你忘記了我這個兒時玩伴，但我由始至於都沒有忘記過你，更沒有忘記過其他五位兄弟姊妹。

當年，我們一班為數眾多的小孩，被教派挑選為「七使者」的候選人，接受嚴格的精神和肉體訓練，每天過著與外間隔絕的非人生活，為的是肩負拯救我族未來的偉大使命，同時為即將承受大神恩賜力量作好準備。

你還記得嗎？

當年雖然我們年紀還小，羅托斯你和傑克總喜歡問，為什麼身邊一起接受訓練的孩子一個接一個消失不見，是不是他們不乖，所以被教中長老抓去懲罰。當時我沒有告訴你，其實我曾經親眼看到，一輛輛載滿小孩屍體的拖車，每晚在訓練場的後門被偷偷運出。

他們不是不乖，只是受不了地獄式的訓練……不……是地獄式的折磨，一個接一個死掉。

猶記得當年我還沾沾自喜，心底狂妄地嘲笑著那些死去的可憐孩子，與其弱小得在這裡獻世，不如早早死掉更划算。我絲毫沒有一點難過，只覺得弱肉強食的世界就該如此，而這也是大長老一直諄諄告誡的聖訓。

我有什麼錯？

直至後來，我曾經跟小華偷偷離開訓練場，出去接觸外面的世界，我們終於發現，外面世界的人、外面世界的價值觀，統統與大長老的聖訓背道而馳，那一刻，我們頓感惘然若失。

後來，教派的人把我和小華捉回去，更把我們各自囚禁在叫天不應、叫地不聞的牢房裡，一關便關上了一年之久。我記得，那年我剛好十五歲。

原本我以為，一生一世都要在那個污穢不堪的牢房裡度過餘生，怎料那天……我和小華跟大家被長老們帶到一個廣場上，親眼看見無數血淋淋的人祭。

那些被掏出心臟的人此起彼落的慘叫聲，四肢不斷亂揮直至氣絕的情景，把當時的我嚇得目瞪口呆，而身邊的小華更害怕得失禁。但長老們無視一切，他們把挖出來的心臟放在我們手上，我還記得那令人反胃的黏稠感，還有……還未停止的心跳聲。

「怦怦……怦怦……怦怦……」

之後，我們一行十數個少男少女被安排進入一個黑漆漆的通道，一個接一個小心翼翼地走，雙手仍捧著那個不斷滲著鮮血、微微抖動的微溫心臟。

終於走出黑暗的通道，我們來到一個廣闊的廣場。我還記得，當晚那個圓圓的月亮，正高高掛在屋頂那道玻璃夜幕外。斜斜的月色被烏雲掩蓋了七分，昏暗的月光令廣場上倍添詭異氣氛，而小華終於怕得忍不住哭了出來。

我記得，當時羅托斯你還不屑地哼了一聲。

時間一分一秒過去，廣場上除了呼吸聲，廣場外圍簡直死寂得可以。而原本掩蓋著月色的烏雲逐漸散開，明亮的月色開始灑落在廣場的那尊石像上……是「奎扎科特爾」大神的神像。

廣場開始籠罩著一種氣息，我無法忘記，那是徹徹底底的絕望，還有夾雜著由悲痛產生出的各種負面情緒，而最詭異的是，我們手上的心臟竟瞬間萎縮、枯竭，好像被吸乾了所有養分。

廣場上有些承受不了那洶湧澎湃絕望情緒的青年，紛紛口吐白沫倒臥在地上，抽搐數下便絕了氣息，而另一些縱使承受得了，也都青筋盡露、神情一臉痛苦。

除了廣場上包括我在內的七個人，我們雖然被眼前的驚天異象所懾，但身體並沒有被擊倒。

「項月哥！這是什麼？」小華喊叫。

神像竟散發出七色光芒，光芒似有生命力般在廣場上亂竄，然後，它們在廣場上空不斷盤旋著，似在四處張望準備覓食一樣。我不安的感覺瀰漫全身。

說時遲那時快，那七色光芒竟俯衝向地上的眾人。當刻廣場迴盪著慘烈的哀嚎，因為在七色光芒不斷穿透著廣場上的青年時，一些人竟詭異地一瞬間急速收縮膨脹再爆破，落得死無全屍。

但我來不及害怕，因為一道紫色的光芒已盯上我，同一時間，我看見身邊的小華渾身散發著黃色的光芒，他的身體已被入侵。

此時此刻，我已經沒法再照顧小華，因為那道紫色的光芒已迅速把我吞沒，我感覺到它在我皮膚各個毛細孔上竄入，再於身體裡擴散開來。

起初我感覺渾身像被凌遲刀割一樣，緊接而來是千針齊扎，最後只感到一陣冰火交融的劇痛感……實在很痛，痛得快要靈魂出竅。

我不斷無意識地呼天喊地，然後……然後……我變了……往後的人生就此改變……

不知過了多久，我總算捱過去，感覺到身體上的毛細孔無限地擴大，一股前所未有的力量充斥全身經絡。同時，我感覺到很飢餓，一種很想吞食所有生命體的慾望，在腦海蔓延開來……

「吃吃吃吃吃……我要把所有東西都吃掉！啊——」

一聲叫喊下，我終於重回現實。當我睜開眼環顧四周之時，我發現，場中就只剩下包括我在內的七名男女，他們就是往後為地球帶來血色恐怖的「維京人」羅托斯、「鬼手」傑克、「淑女」迦南、「黑寡婦」阿爾瑪、「爵士」亨利，還有原本以為捱不過去的小華……「娃娃臉」小華。

他們加上我——「食家」項月，終於被大神冥冥中欽點為「奎扎科特爾」教派的七護法，也是下一代的長老人選。但事實上，除了我們七人和送我們進入廣場的長老們，整個教派根本無人知道「奎扎科特爾」大神神像釋出的七色光芒，根本和傳說中仁慈的大神所持的理念背道而馳。

傳說中的「奎扎科特爾」大神是智慧之神，更是仁慈、鼓勵友愛、反對血腥暴力的大神。

但那七色光芒，所代表的是七種邪惡意念，包括「色慾」、「貪婪」、「憤怒」、「懶惰」、「驕傲」、「嫉妒」和「貪食」，是人類世界的萬惡源頭，宗教稱之為「七宗罪」。它們就是由「奎扎科特爾」大神晚年痛不欲生的絕望，以及悔恨情緒衍生出來的七種滅世力量。

它們挑選最適合寄生的七個生命體，再慢慢融合，最後執行大長老口中大神賦予的使命——於特定的日子，重臨舊地，把原屬於祂的大地一一重奪過來，最終盡數殲滅那些邪惡後裔，以彌補祂一直以來的遺憾。

那天開始，大長老便根據我們的屬性和能力，分別指派不同的任務。當中沉迷色慾、尤好女色的「鬼手」傑克，首先被指派到另一邊世界，替教派開拓色情事業，表面上是替教派賺錢，但實際上是令道德日漸敗亡的「泰茲喀提波卡」後裔更沉迷「色慾」世界，使該族喪失戰鬥意志。

但傑克那傢伙根本控制不了日益膨脹的「色慾」力量。據聞，他曾經趁大長老不在時，偷偷穿越時空回到昔日的倫敦，犯下多宗殘忍血腥的妓女姦殺案，還被人冠以「Jack The Ripper」的代號。幸好之後大長老發覺此事，派阿爾瑪和羅托斯把傑克抓回到這裡，否則他便要壞了大事，被當時的倫敦警探所布下的天羅地網活捉。

雖然如此，傑克那傢伙還不時喜歡在大家面前炫耀他在倫敦所做的變態作為，時而說怎樣享受肢解妓女，時而說怎樣活生生掏出人家的內臟。除了那個擁有「貪婪」力量的「爵士」亨利與他臭味相投外，其他人都對他嗤之以鼻、敬以遠之。

尤其終日被傑克色迷迷盯著的迦南，她最討厭傑克的所作所為，而羅托斯更因迷戀迦南的關係，私下與傑克武鬥多次。結果雖然是個謎，但我相信擁有「憤怒」之火的羅托斯一定贏多輸少。

日子一天一天過去，繼承「嫉妒」的迦南、「驕傲」的阿爾瑪，都分別被委派重要任務，只剩我和小華一直被教派閒置，只被委派捉一些異世界人回廣場，供他們進行「屍化軍團」的進化實驗。

小華當然毫不介意，因為這正符合他「懶惰」的屬性，但我可不同，當我見著羅托斯每次成功完成教派委派的刺殺任務後，都有種難以言喻的失落感。

就因為我的「貪食」，內心渴望吞食一切生命的慾望令我痛不欲生，因為我不能吞食自己的同族，只有被委派到另一邊世界執行任務，我才可以有機會吞食新鮮的鮮血和嫩肉。

終於，我沉不住氣打算找大長老理論，而就在那晚，我在大長老寢室外聽到一個驚人的祕密……

一個關乎我們七人的祕密。

2

原來，我們根本不是「奎扎科特爾」大神的族裔，之所以能夠繼承「奎扎科特爾」大神釋出的七宗罪邪惡力量，是因為我們流著的血，根本就是源於嗜血的「泰茲喀提波卡」。

我還記得最初聽到這個真相時，心裡的震撼真的無以復加，但瞬間便回復冷靜。我要知道更多的真相，還有……此刻絕不可以心浮氣躁，否則露出馬腳便會有生命危險，唯有繼續靜靜地躲在大長老寢室的窗台暗角處……靜觀其變。

坦白說，到死那一刻，我仍未知曉大長老當日究竟跟誰在說話，但可以肯定的是，大長老所說的句句屬實……他說不單我們七人，甚至訓練場內與我們一起生活、一起成長的孩子們，統統都是「泰茲喀提波卡」的後裔，他們在另一邊的世界拐帶擁有潛能的小孩，然後當成自己的孩子悉心撫養。

只有這樣，才可以一圓他們的心願。

「操你媽的！原來我是被拐帶的孤兒。」

在此之前，大長老曾經利用他們族裔的青年，帶到廣場希望得到大神眷顧，但不幸地，他們都落得爆體慘死的下場。直至有一日，大長老把心一橫，圈養了我們那些異族孩童，而在祭祀大神當晚，他便把挑選過的兩族孩子都帶到大神面前。

結果，一班「奎扎科特爾」族裔的青年率先抵受不住龐大的絕望意念，在廣場先後暴斃，而僅剩的「泰茲喀提波卡」族裔青年，就只有我們七人死裡逃生，成功僥倖得到「七宗罪」的邪惡力量。

這真相實在太震撼……也令我感到很迷惘……如果我不是「奎扎科特爾」的族裔，那麼過去被我吞食過的人……曾經被我捉回廣場進行實驗的男女……我不就是殺害同族的劊子手嗎？

「啊啊啊啊……我究竟做了什麼？我究竟是誰？」

我感覺自己被逼瘋了。往後數月，我一直稱病躲在寢室足不出門，我真的很害怕……怕教派再派我去屠殺自己的同族，我真的不知該怎麼做……

內疚、矛盾、疑惑……令我變得精神恍惚。終於有一天來了一個不速之客，是小華，他是我最好的朋友。

原本我沒有打算跟小華透露半點有關大長老說的祕密，但小華那小鬼竟似看穿我的心事一樣，不斷旁敲側擊，最後我相信小華不會出賣我，所以便把當晚聽到的都向他全盤托出。

我還記得當日他的表情，跟我當初聽到那祕密時反應一模一樣，都是一臉愕然不敢置信。然後我們沉默片刻，最後彼此協議暫時保守祕密後，小華便離房而去。

大約半年後，我還記得剛過二十五歲生日的那天，大長老突然派阿爾瑪設局把我逮捕，她悄悄地在飯食裡注入無色無味的混合病毒，不但讓我昏迷了三天三夜，更令我失去力氣、異能，然後把我囚禁在大神廣場下，那不見天日的囚室裡。

大長老這一著真的用心歹毒，他不僅安排一直待我如親生弟弟的阿爾瑪出手，令我猝不及防。更卑鄙是，他心知我擁有對危險、殺氣的預警能力，所以若是派羅托斯、傑克或亨利任何一人，都會輕易被我看穿，只有性格陰沉、不輕易動怒的阿爾瑪，才擁有把我一擊就擒的能力。

落單以後，大長老不斷派人對我嚴刑拷問，更曾叫兇暴的羅托斯把我燒得遍體通紅。但我寧死不屈，堅決否認我知悉任何祕密。因為我清楚知道，如果大長老得悉我已了解眾人的身世，我一定會死得更早、更快，甚至死無全屍。

但可惜我錯了……

大長老雖然無法從我口中套出什麼話，但他仍決定把我「毀了」。

還記得那天，外面剛經歷一場暴雨，地下囚室差點被淹得沒頂，大長老派出四名白袍教徒把我押送到一處滿是儀器的實驗室內。我雖然心知不妙，但渾身無力的我根本連丁點反抗能力都沒有，只能滿心恐懼地被綁在一個金屬鋼架上。

他們拿出鋒利的手術刀、電鋸，還有高壓電流發動機……

當時我心想，難道他們又在玩什麼變態玩意想逼我招供？

但我又錯了，他們要進行一場大手術，一場對我不施以任何麻醉而進行的手術……他們不是要殺我，而是要我的一雙手！

「啊啊啊啊啊啊——」

我抵受不住那刀割的痛楚，實驗室充斥著我悽厲的慘叫聲。他們用盡一切方法、一切工具，希望切下我一雙手；手術刀斷了一把又一把，後來連電鋸也動用了，都未能成功除下我那雙手。

縱然弄得血花四濺、遍地鮮血，我那雙手似乎驚覺危險而產生出淡淡紫光抗衡外力，再加上它的癒合速度實在太快，那些白袍教徒表面上根本奈何不了我。

但實情並非如此，隨著大量鮮血流失、體力急速下降，我知道，保護我的力量總有一刻會殆盡，這雙手仍會被切下來……雖然我始終不知，他們為什麼要切下我這雙手，而不狠狠地直接殺掉我。

終於，他們無計可施下還是選擇放棄，虛弱不堪的我被押回地下囚室裡。我的那雙手，布滿了一條又一條迅速癒合的恐怖疤痕；而從那刻起，我終於感到一股恨意，恨不得可以立即恢復力量把他們盡數吞掉！

但我深知這只是妄想，因為就算讓我逃脫，我也敵不過阿爾瑪他們六人聯手的圍捕。我深信……這次自己大限已到。

殊不知，這世界還是有義氣存在。是小華，他竟冒著生命危險，利用他的力量幻化成大長老的模樣，偷偷把我救走，更在神不知鬼不覺的情況下，替我打開通往異世界的通道，助我逃離這裡。臨行前，他千叮萬囑我以後要隱性埋名，千萬不要露出馬腳，否則隨時會被大長老派往異世界的臥底發現行蹤，招來殺身之禍。

後來，我輾轉來到異世界其中一個繁榮的城市香港，在那裡落地生根，化身為一名教師，過著一般人的生活，也漸漸遺忘寄存在身體的「貪食」力量和滅世宿命。

就這樣又過了數年，原本我以為與教派的恩怨可以告一段落，然而，命運的巨輪啟動後，身處其中的一枚齒輪，又怎能不被它帶動……

那晚，我在下班途中，再次遇上那批易容的白袍教徒，他們在拐殺人類。原本我可以置之不理，但在這裡生活多年，我早已融入這個社區，更與這裡的人類產生感情，所以我再次祭起力量，把一千白袍教徒盡數吞食掉。

誰料……這完全是魯莽的決定，就因為這一閃而逝的力量展示，竟吸引了一個兇徒，就是後來在世界各地多次散布新型致命傳染病毒的「爵士」亨利。

甫一交手，他便揭穿我的身分，而一對一的對戰之下，幾乎可以肯定，除了羅托斯可以與我一搏之外，根本沒有人可以把我擊倒。加上我擁有足以剋制其他六人異能的「禁鎖」力量，這晚，亨利就被我轟得落荒而逃。

可惜重啟「貪食」力量，令我那久遺的嗜血念頭再次湧現。起初，我還只是偷偷潛入醫院偷取血漿充飢，但後來實在無法忍受那宛若蟻咬的感覺，我選擇向那些十惡不赦的惡徒設陷阱，把他們當為食物吊在家中慢慢享用。

雖然如此，對於雙手再次染滿血腥，我內心其實絕不好過。

日子一日又一日地過，那晚的勝利並沒有令我掉以輕心，因為我知道行蹤敗露的後果，就是引來更多教派殺手的追擊。終於，在我打算偷渡離開香港到菲律賓暫避的當晚，大長老竟派出羅托斯、傑克和阿爾瑪三人向我狙擊。

他們聯手的攻勢實在厲害，阿爾瑪先以她擅長的幻術攻擊，替其他兩人營造有利的對戰場景。我記得交手之初，我眼前竟出現無數個真實交替的傑克，他虛虛實實地瘋狂攻擊，令我渾身是傷，而他們也算準我的自癒能力會大耗力量，所以一開戰便採取消耗戰。待我力量開始下降時，兇暴的羅托斯鼓起他那對閃爍著紅色火焰的巨拳，向我連環重轟過來。

我無力招架，在邊打邊逃的情況下，終於在跨過香港島那東區走廊的橋面，被他們合力擊殺。

傑克他們想不到，肉體上失去生命氣息的我，其實在「貪食」力量的庇蔭下，靈魂之火根本沒有熄滅，反而轉移寄存在一雙手上，而在機緣巧合下，這雙手最後移植到一個叫司徒凌宇的少年身上。

二十年後，命運的安排，此人在香港對上「奎扎科特爾」教派分部那些變種屍化人，令「貪食」的力量跟他貫通。而早前在倫敦的對戰，嘿嘿……我要感謝阿爾瑪和羅托斯，他們不單把我喚醒，更把我帶回了這裡，讓我得以重遊舊地。

你說，是不是很巧合，是不是很離奇？

「喂，我有沒有說錯啊……羅托斯？」

二十二・回歸〔翟靜〕

1

聖堂四周綻放出的紫光，已徹底掩蓋住羅托斯雙手釋放出的炙熱紅光。

告訴你，我沒有發瘋，更沒有說謊！眼前的凌宇已不再是凌宇。

他除了樣貌輪廓仍然是司徒凌宇，渾身散發的兇暴和猙獰氣勢都告訴我，他已被另一頭衝破地獄、回來復仇的惡魔，徹徹底底地攻陷了！

不消五分鐘，聖堂上原本兩股勢均力敵的力量，形勢迅速向一方傾軋，是凌宇……不知哪裡來的力量，他竟把一直以無敵姿態出現的羅托斯完全壓倒過來。

空氣中那陣燒焦味愈來愈濃烈，羅托斯雖然強撐著不哼一聲，但瞧他痛苦至一臉扭曲的神情，和被凌宇雙手扣著不斷冒煙的手腕，任誰都知道他只是在苦苦支撐。

坦白說……我實在不敢相信自己的眼睛。

「轟——」

一股兇猛的互拚力量向聖堂四方八面激射。

我和不斷喃喃自語的賽門，被震得飛撞在刻滿象形文字的石壁上，而場中凌宇和羅托斯的較勁已進入最後白熱化階段。他們的力量令四周捲起一道又一道不規律的暴風，以花崗岩建成的聖堂地台也因承受不住巨大的壓力，向外不斷龜裂開來。

我勉強倚牆站立，專注地盯著場中的激鬥，沒餘力照顧兩呎以外的賽門。

廣場紫光大盛，紅光漸漸衰微，原本握拳竭力抗衡的羅托斯，雙臂已軟癱下來，他那暴瞪著的雙眼不斷慘血……不止如此，還有耳朵、鼻孔都流出濃濃的黑血。敗象已定的他，此刻連鬆手的主動權也喪失，就像一隻等待被宰割的喪家之犬。

凌宇笑了，他猙獰的笑聲充斥整個聖堂，我彷彿看見一隻張牙舞爪的惡魔在聖堂上空振臂高呼。

只見他向羅托斯道：「你說忘記把那女的抓到哪裡，那你應該還記得，那個被你燒去一隻手臂的女祕警吧？」

羅托斯臉色大變，豆大的汗水在臉上冒出，似乎已想像到等等即將發生的恐怖情景。

「嘿嘿……你那源於『憤怒』的力量的確很霸道，但當年若不是你們聯手，就憑你，豈能殺得了我？」凌宇說時，伸出舌頭舔著嘴角乾涸的血。

「你是項月？」羅托斯咳出一口血道。

「可能是，也可能不是。」凌宇別過臉向著我說：「喂！妳有看過一個活生生的人，雙手偏偏被燒餘白骨但又斷不了，掛在身軀上左搖右擺的模樣嗎？」

「不！等等——」羅托斯終於喊出來求饒。

凌宇沒待我回答，扣著羅托斯的雙手突然釋出耀眼的紫光，它迅速而貪婪地滲入羅托斯雙手的經絡、血管當中，構成一張詭異的紫色網紋。

還沒結束……那張紫色網紋竟在不斷向內收縮，把那傢伙雙手的肌肉不斷壓榨，更恐怖的是，它竟把羅托斯釋出抗衡紫光的高溫火焰全困於內，就像悶烤手臂般……那炭燒味、悽厲的叫聲……

一分鐘左右，羅托斯那雙殺人無數的鬼手，竟被自己的高溫火陷燒得只剩下一雙白骨，而那火竟恰好只燒去那傢伙一雙前臂便熄滅。凌宇終於放開他的手，而羅托斯也被那極端痛楚折磨得在地上瘋狂滾動，那彷如殺豬的慘叫聲響徹聖堂內。

凌宇沒再理會羅托斯，他向我走近，然後用散發淡淡紫光的手輕握著我的手，在我耳邊道：「我已替妳報了仇，他今生今世沒法再害人了。」

我頓了一頓，終於領會他所說的，是替霍恩報了斷臂之仇。雖然我不是霍恩，但不知為何，我竟心裡頓覺一寬，同時間驚覺……難道剛才凌宇感應到我憶起霍恩被羅托斯燒去一臂的經歷，所以才用這麼殘忍的方式去折磨他嗎？

不知怎地，我心裡感覺有些暖意……但又有一點苦澀……

他所做的，是為了霍恩，還是為了……？

不！我怎麼會在這刻想這些無聊事？我來異世界是執行任務，這個司徒凌宇根本和我沒有半點關係……不可能的！我怎麼會對他產生這種奇怪感覺……

突然，整個聖堂劇烈震動起來，這股震動比剛才凌宇戰鬥所引發的力量更強，部分石壁、石柱更是承受不住而出現裂痕，甚至聖堂中央那尊神像都被震得左搖右晃。

「是地震？」我發現連身邊的凌宇都臉色一變。

在我還驚疑間，聖堂外傳來漸似擴大的騷動叫喊，還夾雜著愈來愈激烈的婦孺哭喊聲。

「究竟發生什麼事？」我問。

「是天譴！」

賽門一邊摸著石壁上的象形文字，一邊歇斯底里地高喊：「一定是你們濫用力量造成的惡果……

等等……這些是……我明白了！我終於明白打通通道的方法，是心臟！原來只要將那個心臟移植到邪惡後裔的身上，待它茁壯成長後，再結合『憤怒』、『驕傲』、『貪食』、『色慾』、『懶惰』、『嫉妒』、『貪婪』七種力量，就可以打通兩個地方，『他』將會是鑰匙……其他的都不再重要，大神的目的不是滅世，是………是融合啊！」

我滿心疑竇地望著賽門：「融合？」

賽門喃喃地道：「是融合，只要那『鑰匙』在預定的日子甦醒過來，連同大神一早預計的天象異變，通道就會永久打開，到時我們就可以離開這個天災頻仍的鬼地方……」

「夠了！」聖堂唯一的出口突然出現三個黑影。

我認得剛才的聲音，是迦南，她就站在其中。在她左邊站著的是一個外形佝僂、披著黑色長斗篷的老婦，而右邊那個是拿著棒棒糖、一臉天真的男童。

他們散發著的鬥氣令我不敢掉以輕心，尤其那個老婦，自她現身後，聖堂內便湧現一股令人窒息、喪失戰意的絕望感。至於那個一臉懶洋洋的男孩，他步入聖堂後，凌宇的視線一直沒有離開過他，而男孩也對我視而不見，只一直盯著凌宇。

就像兩個老朋友對望一樣。

而我，雖然明知跟他們完全不同級數，一旦開戰根本就沒有我的份，但仍緊抓著還剩三發子彈的手槍。垂死一擊也好，同歸於盡也好，總好過毫無戒備下被他們秒殺掉。

我發現迦南一雙不懷好意的眼睛狠狠地盯著賽門，我想她應該惱恨賽門剛才揭穿石壁上的祕密，而凌宇似乎也發現了，只見他率先側身擋在我們身前，再次祭起雙手的力量，準備隨時一戰。

「咳咳……你真幸運，貓有九條命，而你竟可以兩次大難不死，咳咳……但這次沒這麼好運了。

無論你是那個討厭的地球祕警，還是那個叛徒項月，除了死，你今日別無他路，咳咳……」那佝僂老婦伸出一對暗透著黑芒的手，慢慢向凌宇走近。

此時，軟癱在地上的羅托斯吼叫道：「迦南！阿爾瑪！嗚……快替我殺了他，他把我一雙手毀了，殺死他！殺殺殺……嗚……」

迦南瞟了他一眼，轉身望著凌宇道：「如果知道他是那個老不死的轉生，我一早就在廣場幹掉他，絕不讓他有完全甦醒的機會。」

迦南一手想撥去身邊男孩手上的棒棒糖，被那男孩巧妙避開，她不耐地向男孩喝斥：「還在吃糖，快祭起你的力量，一打三的局面，這老不死的絕不可能是我們的對手。」

那男孩懶洋洋地抬起頭望著迦南，他既沒有生氣，也沒有說些什麼，只見他舔了最後一口棒棒糖後，便隨之面露可惜地丟掉它。他雙手接著泛起耀眼的金黃色光芒，加上那老婦、迦南，還有凌宇，聖堂上霎眼間交織出四種奪目的色彩。

面對圍剿之勢，凌宇非但沒有退縮，相反地，他再次笑了，是相當有自信的笑容。

彷彿一切都在他掌握之內……

但問題是，這次不再是一對一的戰鬥，凌宇……又或者那個「項月」究竟有何勝算？

「上次是阿爾瑪聯同傑克、羅托斯，今次組合換了是迦南、小華，有趣有趣，想不到大家這麼器重我，來吧！看看我這次又會否陰溝裡翻船？嘿嘿……」

語畢，凌宇疾衝向阿爾瑪。難道他想先發制人，解決這個散發著絕望氣息的老傢伙？

同一時間，站在不遠處的迦南和小華有所行動，他們不約而同地聯手從後夾擊凌宇。我不及細想，扣下手槍的扳機，向他們發射出兩顆子彈。

「轟隆轟隆——」

子彈爆炸的威力揚起聖堂地上的灰塵，一時間我不知剛才的突擊有沒有成功，但就在這時，我感覺到身後有人影接近，本能反應下迅速轉身舉槍戒備。

黑影一晃。

「砰！」腹部瞬間傳來一下劇痛，是重拳，我被人轟飛離地。

我掩著腹部中拳的位置半跪地上，接著面頰傳來兩下劇痛。我已經分不清敵人的位置，暈頭轉向之下被擊飛至神像底下。

僅僅五秒時間，我竟然已敗下陣來。面對那班白袍教徒我還有力拚的可能，但此刻面對傳說中「奎扎科特爾」教派的七護法，我竟連幫凌宇擾敵的機會也沒有。

「還想活命的話，給我乖乖躺在這裡。」是小華，剛才突襲我的，是這個原本一臉懶洋洋的男孩。

他竟然沒有取我性命，更沒有繼續向我攻擊，只令我失去戰鬥的能力，然後便轉身加入迦南一伙圍攻凌宇。

情況愈來愈不妙，或者應該說，由始至終凌宇根本都沒有勝出的可能……要打破眼前合攻的攻擊，除非凌宇可以突破那閃耀黑色光芒的攻勢。

若羅托斯擁有最兇暴的火陷，那眼前這個像巫婆又滿臉皺紋的阿爾瑪所擁有的，就是令人分不清真偽的幻覺力量。

她飄浮在半空的身影，竟分裂出數十個與她一模一樣的東西，更厲害的是，凌宇轟在她分身上的重拳，竟完全沒有造成半點傷害。相反地，她那些分身根本不能稱為之分身，因為每個分身在凌宇身上劃出的爪痕，都是貨真價實的傷口。

而那些傷口，竟不斷冒出黑色的煙……凌宇臉色愈發難看。

我明白了！她是要虛耗凌宇的力量，她知道凌宇有自動癒合能力，所以利用眾多的分身不斷在凌宇身上製造傷口。

如此卑鄙！

但更麻煩的事情終於出現，廣場入口竟湧現五個瘋狂失控的屍化人，他們咧著血盆大口，目標是廣場上與阿爾瑪激戰中的凌宇。

是迦南……她在廣場一役曾使出控制思想異能，此刻竟從遠處召喚來這些屍化人夾擊凌宇。

但凌宇沒有迴避，他再次笑了，似乎在享受著戰鬥的過程，儘管他已漸呈敗象。

那班屍化人始終只是迦南力量操控下的傀儡，在凌宇眼中根本不值一提，但有他們的加入，凌宇仍得分心應付，而這正中阿爾瑪下懷。

面對寡不敵眾的形勢，凌宇果斷地在屍化人之間來回穿梭，他把雙手祭起的紫色光球推入屍化人的肚內，能量在肚內極速收縮再膨脹。

「砰砰砰砰砰！」

迦南操控著的屍化人一瞬間被轟得爆肚而亡，但還來不及高興，危機已無聲無息地來到……

「嚓嘞！」

一雙黑色的手無情地從後穿過凌宇的胸膛，那又尖又長的指甲滴著汩汩鮮血，還勾著少許皮肉。

阿爾瑪笑了。

凌宇面露痛苦的表情。

迦南見機不可失，立即縱身而起，閃身至動彈不得的凌宇身前，把她一雙透明得晶瑩剔透的鬼手，重擊在凌宇頭顱兩側太陽穴上。

「啊……」凌宇五官抵受不住重擊滲出血來。

「凌宇——」我拖著無力的身軀，爬向遠處那把手槍的位置。

但遠水救不了近火，聖堂的上空黑白兩種光芒已把凌宇原來的紫光掩蓋，只見迦南那雙透明鬼手再次產生異變，她那原本流著紅色血液的血管，竟漸漸變為綠色，而這些綠血慢慢從指尖釋出，湧向凌宇的頭顱內。

羅托斯興奮地叫道：「是迦南的拿手好戲……哈哈，不一會這老鬼就會被病毒控制成為屍化人，哈哈……」

「不！」我驚叫道。

凌宇並沒打算坐以待斃，只見他一手抓著穿透他胸前的一雙手掌，一手扣著迦南準備釋出病毒的鬼手，然後暴喝一聲，身上散發著前所未見的強大紫光。

是賭命的時刻。

羅托斯遠遠地道：「沒用的，想重施回技禁鎖著阿爾瑪、迦南的力量？哈哈……太遲……」

「嚓嘞！」一下清脆的斷骨聲。

羅托斯瞪著暴突的眼球，再也發不出令人討厭的叫聲，因為他的脖子被扭斷了。

我想他連做夢也想不到，扭斷他脖子的，竟然是一直以來他最嗤之以鼻、懦弱無能的小華。

聖堂上的劇變並未使激鬥中的三人分心，凌宇的力量漸漸被迦南兩人聯手壓倒。

此時，凌宇竟自言自語起來：「嗚……小子，算你爺爺倒楣，看來我們非要二合為一不可，否則『貪食』的終極力量始終發揮不來……吃吃……來吧！你爺爺我就吃虧一點，把力量全送給你，唯一條件……吃吃……你要替爺爺爭一口氣，不分種族，尋找真正的正義……來……我們把力量提升！」

語畢，只見凌宇不止一雙手，瞬間渾身透出耀眼的紫光，把整個人包圍，然後原本佔盡上風的阿爾瑪兩人，竟流露出驚訝而恐慌的表情。

他們不約而同鼓起最大的力量想抽身離去，但凌宇則死命地把他們扣著，紫黑白三色詭異的光芒牽引出星空異象，聖堂的上空竟出現一個不斷擴張的黑色漩渦。

漩渦中央隱約釋出一股逐漸強大的吸力，把周遭的東西捲起、再吸入其中。

「吱吱……吱吱……」力量還在相互交拼，一滴滴的血水珠從凌宇皮膚上的毛細孔冒出，他的身體已超出負苛。

在他面前的迦南更不好過，過度透支力量的後遺症，令她一下子急速衰老了五十歲，原本那個可愛的少女模樣，竟變為老態龍鍾的婦人。

至於凌宇身後的阿爾瑪，竟像瘋了似地繼續輸出能量。從她怨毒的眼神看來，她有非致凌宇於死地不可的理由。

「凌宇……停啊！」我急得哭出眼淚來。

凌宇望著我回以一個微笑，我終於感覺到他是凌宇，不再是剛才兇悍的項月。

「啊——」凌宇暴喝一聲。

紫光大盛，但也漸漸被黑芒所掩蓋……我發現凌宇的意識似乎開始變得模糊。

突然，一股雄渾而充沛的力量打破凌宇三人之間的角力，那股金黃色的光芒……是小華，他竟幻化出羅托斯巨大的身軀，以碩大無朋的雙手，硬生生拔出插在凌宇胸前的黑色鬼手，同時扣著迦南已支撐不住、快枯乾的手臂。

凌宇虛脫地跌在我的面前，我把還剩一發子彈的手搶插回槍套內，然後抱起虛弱的凌宇一探氣息，心感一寬……還沒死，但他胸口那血肉模糊的血洞，仍讓人心驚不已……

我抬頭望著那三個糾纏在一起的敵人，只見阿爾瑪既驚且怒地問：「小華，你……你在做什麼？」

小華問非所答地道：「為什麼我們總是要打打殺殺？大家和平共處不可以嗎？」

「你這個不知所謂的廢物，這裡輪到你來教訓我嗎？」阿爾瑪始終掙脫不了小華的拑制。

「大神不像你們這般嗜血……」小華牽引著三股力量，不斷加強那黑色漩渦的能量。

「放肆！」阿爾瑪祭起更強的黑芒。

「三十四年前，懦弱的我錯信大長老的話出賣項月，令他客死異鄉，今日我不會再讓悲劇重演！」

小華望著我們兩人，喝道：「相信自己，捍衛心中的正義！要找出傑克，他是關鍵……走吧！這漩渦就是短暫的通道。」

「轟隆隆——」

一聲巨響過後，小華釋出的力量牽引著其餘兩股力量，衝向天空中的漩渦，把漩渦的吸力以幾何級數提升。凌宇似乎有所領悟般，鼓起僅餘的力氣，祭起紫色的光芒包裹住我們，然後抱著我衝向吸力強大的漩渦中。

五秒內，漩渦的恐怖吸力把我們捲進深處，而遠方透著微弱的光芒一閃即逝。通道的入口關閉。

我隱約在耳邊聽到凌宇喚了一聲……「詠芝」。

2

身處在伸手不見五指的空間裡，周遭的時間突然變得很慢很慢……身體在急速旋轉的同時，似乎有多股引力在四方八面把我拉扯、擠壓，我痛極之下，昏厥了過去。

當我重奪意識之時，全身肌肉感覺好像被撕裂般，渾身無力的我大口大口吸入新鮮空氣，希望盡快調節身體機能。

驚魂稍定，我發現此刻身處的地方已不再是異世界，那些公共建築、街道閃爍中的紅綠燈，還有遠方那個公共泳池……我想起來了！這裡是香港，這裡是我從警察學校初出茅蘆後，第一個駐守的地方——觀塘，位於香港東九龍區，而此處正是當中的一個公營住宅翠屏邨。

真不敢相信，世事原來真有這麼巧。

咦……等等……凌宇呢？他不是拖我一起跳入通道離開異世界嗎？怎麼他不在我身邊？

莫非出了什麼差錯令他回不了這裡？

不……不會的，沒有他力量的導引，我絕不可能回到地球……難道我們通過那通道時失散了？又或者他的回歸點與我不同？

「啊——」一聲慘叫聲從遠處傳來，是道男聲，但不是凌宇的。

在刑警的正義感驅使下，我無視渾身是痛的傷勢，竭力地從公屋後巷跑出來，循著剛才的慘叫聲方向一探究竟。

當我愈走愈近之時，感覺有點不安，這氣味……是血……很濃烈的血腥味！是從公園那邊飄來的，難道一回到地球便讓我遇到命案？

我拖著傷疲之軀走進公園，經過一條流水小徑之後，看到昏暗的燈光下有三條人影。其中一人伏在地上一動也不動，另外一人跪在地上不斷磕頭，而在他們前方站著一個身形彪悍、穿著一身血衣的男子。

那背影……那感覺……是……凌宇?!

那背向著我的男子伸出右手，放在正磕頭的男子頭上。我感覺到一股似曾相識的邪惡氣息在四周擴散，是「貪食」，是寄居在凌宇身體的「貪食」力量，這感覺不會錯！

凌宇他想做什麼？難道他控制不了自己……他想……

「住……住手！」我向凌宇叫道。

凌宇無視我的勸阻，那個原本還在不斷磕頭的男子則露出極度恐慌的神情，因為眼前出現的詭異畫面，任誰看見都必定嚇到心膽俱裂，頃刻喪失求生慾望。

那是一張飢餓的臉孔……它竟從凌宇散發著紫光的掌心釋出，然後露出血盆大口，貪婪地把跪在地上的男子從頭到腳一口吞掉！

一滴不漏，屍骨全無。

「你瘋了嗎？你怎麼可以像羅托斯他們那樣濫殺人類，還……還吃起人來？」我衝到凌宇身後，拔出腰間還剩一發子彈的手槍，指著他的後腦。

只見凌宇垂下手，指著草叢那邊說：「告訴我，我們究竟是不是真的如他們所說……流著邪惡的血，是惡魔的後裔？」

我循著他所指的方向望，呆住了……我終於明白為什麼……

草叢裡，躺著一個內褲被拉到小腿位置，上衣連胸罩被高扯至掩著面孔的妙齡少女。瞧她一動也不動的身軀、頸上緊綁著的絲襪，還有大腿間的鮮血，就算不是被殺掉，也必定被這些禽獸弄得生不如死。我感受得到她無助的絕望感。

「妳說，他們該不該殺？」凌宇眼神變得空洞，若有所思。

我垂下手上的槍，默然不語。

凌宇再次釋出手上的異能，把另一個躺在地上昏迷不醒的兇徒慢慢吞掉；這次，我清楚聽到那張臉在咀嚼骨頭時的恐怖聲音。

我雖然感到毛骨悚然，但終究沒有阻止。

「你要去哪裡？」我望著凌宇的背影，突然感覺很陌生。

「心臟，我要去找出那個心臟，然後毀了它。」這是凌宇留下的最後一句說話。

之後，我沒有向上級報告這次「食人事件」，而那兩隻禽獸的名字從此寫入警察的失蹤人口檔案，讓「牠們」永遠在人類史冊中消失掉。相信對於他們的家人，還有那個慘遭不幸的女生來說，這是最佳的結局。

在這晚之後，有很長一段時間，我再也沒見過曾經叱吒一時的「極惡刑警」司徒凌宇。

據我所知，他沒有回祕警處報到，也沒人聯絡得上他。曾經有人說，在霍恩入住的醫院見過他的蹤影，也曾經有人說，他已成為另一隻魔鬼，遭黑白兩道追殺。

但無論如何，經此一役，身處在地球一方的人類，已無可避免地即將與異世界的一方展開一場激鬥；同時，祕警處和「奎扎科特爾」教派之間的戰爭正式開打。

至於誰才是邪惡後裔，不要問我，因為我愈來愈感到迷惘……

二〇一二年十二月二十三日，我們就嚴陣以待那天來臨。
看哪一方才是邪惡後裔，然後靜待自私又無知的人類，親手敲起末日喪鐘。

第三章

守護者

二十三・記憶〔騙子〕

1

失去記憶的感覺究竟是什麼樣子？

我不知道。

對於整天表示生活很困苦的人類來說，失去記憶應該是一件樂事，至少他們不會自憐自虐地說著什麼「生無可戀」的話，更不用再費神閱讀那什麼鬼自殺手冊。

當然，我不能否認，對於另一些活得很好的人類來說，掠奪他們的記憶，抹掉他們的過去，也的確是挺殘忍的一件事情。

不論如何，身為殺手組織內首席醫生的我來說，無論是完全抽取目標的記憶，又或者肆意在記憶中加入組織要求的虛擬成分，這一切都只是我的日常任務。

一點也不新鮮，一點也不稀奇，更一點也不殘忍。

每次手術進行的時間，都不會超過十分鐘，而過程更沒有丁點痛楚，最重要的是，目標人物根本不曉得我們曾經在他身上做過什麼，更不會知道已被我抽取了寶貴的「過去」。

既然連失去了什麼都不知道，我想，被我掠奪了記憶的人類，應該要反過來答謝我。因為我讓他們有機會重生，更能專心一意替我為「奎扎科特爾」賣命。你看，擁有更有價值的人生多好！

人生既然有所寄託，我問：「誰敢爭辯這是不好的？」

加上，我所做的一切，無論對那些自尋煩惱的人類而言，又或者我所忠於的教派來說，都是兩全其美的好結果。尤其對於後者，我掠奪出來的人類記憶，經過我的精心提煉後，更分解出各種不同的負面情緒，轉化為能量之後，足以替組織內的殺手提升力量。

我的功績，連一向高傲的「奎扎科特爾」七護法之一——爵士亨利，即我所屬教派的殺手組織首領，也對我刮目相看，更因應我隨時隨地可以轉變身分的專長，替我起了一個外號，「騙子」。

沒錯，我就是位列地球祕警處十大通緝榜第八位的「騙子」，至於為什麼我可以位列十大通緝榜，就得先解釋一下我所屬的殺手組織。

說到這個殺手組織，大家千萬不要問我它叫什麼名字，因為自出娘胎開始，到被編入這個組織成為殺手，我從沒聽過任何一位成員能叫得出它的名字，就連我們的首領爵士亨利也不例外，所以殺手組織就只是「殺手組織」。

至於有沒有人想過替這組織命名？

我不清楚，但至少我們內部沒有成員感興趣。再者，我們從不接外來訂單，更不為錢替人賣命。我們都只服從於一個教派，一個對我們來說好比親生父母的教派——「奎扎科特爾」教派。

像我這種無父無母、自小寄住在教派開設的孤兒院裡的人，一生就只知道要效忠於教派，更要效忠於蛇神。每次接到的殺人命令，都是消滅教派的對立者，而目標人物都被我們用殘虐的手法殺掉，所以組織有沒有名字根本毫不重要。

至少，已死的人不需要知道。

至於我為什麼名列十大通緝榜？

坦白說，並不是我太強，我的殺人手法在組織內也不算頂尖。或許是因為我擁有不斷變換身分的能力，多番滲透人類祕警處偷取機密資訊，一次又一次令他們圍剿教派的行動失敗，再加上擁有一手引以自豪的奪取記憶技術，令「騙子」這個外號成為祕警處的頭痛名字。

至於我的真名……嘿嘿，祕密。

說到這裡，我知道大家一定丈二金剛摸不著頭緒。沒錯，我不是人類，嚴格來說，我不是這世界的人類，而是與地球一貫相通、俗稱異世界的另一邊而來的「奎扎科特爾」教派後裔。

我誕生的目的只有一個，就是反攻「邪惡的泰茲喀提波卡」後裔，消滅那些自以為是的地球人。

話說回來，我精湛的奪取記憶技術一直無往而不利，無論擁有多強意志的人落在我的手裡，腦袋所擁有的記憶，都會被我的力量一瞬間吸進，注滿營養液的試管裡。

那些還存有意識的「記憶」，除了只能在試管內胡亂衝撞外，最終就只能目送自己失去記憶、變得呆滯的軀殼永遠離「他們」而去。

但凡事總有例外，半年前組織送來的一名女子，就徹底打破我對人類「記憶」的看法。我已經多次反覆檢查她的大腦，甚至赤裸裸地檢查她全身每一寸器官的結構，都沒法找出原因，去解釋為什麼她的記憶有再生能力。

不明白？坦白告訴你，我也不明白。

你看實驗室裡那寫著英文縮寫「ＦＷＣ」標籤的櫃內，那一排接一排超過二十瓶的試管，裡面不斷掙扎著的「記憶」全屬同一個人，而「記憶」的內容更是一模一樣。

我原本以為，是那個女子的記憶特別龐大，需要多花些時間去抽取，但其實不然。那一瓶瓶的記憶，是那女子大腦不斷重複而產生出的影像，無論我花多少時間把她的記憶抽得一乾二淨，每隔一段日子，她的大腦總會重新產生出相同的記憶片段，填補腦海被我掏空的部分。

換言之，她的記憶總是揮之不去……

透過記憶影像分解器解碼後，唯一我敢肯定的是，記憶再生的關鍵應該源自於「愛」，當中更蘊含著一股強大得不能解釋的「思念」，令這個女子的記憶洗之不盡。

她所思念的，就是那個兩年前把我的故鄉異世界，弄得天翻地覆的地球刑警司徒凌宇。可惜，她永遠沒有機會再重遇那個男人，雖然我很同情她的遭遇，但作為殺手組織的一份子，我只有忠於教派的命令，一次又一次奪去她頑強再生的記憶……

然後，再賜予她一段段虛擬的仇恨回憶。

而此刻坐在實驗室裡，我不斷重複翻看著她昔日的記憶，等待著的，就是那個被送回去原來世界執行任務的女子；但很奇怪……我竟然開始關心起這個女子；更奇怪的是，看著她昔日與那個「司徒凌宇」的回憶往事，我內心更泛起一種前所未有的不快。

我不想承認，但必須承認，那就是「嫉妒」。

但為什麼我要嫉妒？我不知道，更不想胡亂猜測，因為……這樣事情只會變得很糟很糟。

「嘟！」電腦螢幕打開，傳來一個白袍男子的影像。

「博士，『ＦＷＣ』已經完成任務回來，請來我們這裡進行回收。」

「好的，我稍後就來。」

「啊……等等，博士，我認為你現在就來會比較好。」

「為什麼？」我放下手上的實驗工具，抬頭望著那電腦螢幕問。

「我們發現『ＦＷＣ』的腦波波幅很大，從她不受控的精神狀態看來，再這樣下去，我怕她會被大腦內反覆出現的影像摧毀感官神經。」

「竟有這種怪事？……好吧，我立刻過去。」

得悉「ＦＷＣ」的情況後，不知為何，我的心竟無緣無故撲通撲通地急速亂跳起來。是擔心？不！不……不……我不可以這樣，她永遠只能是我的實驗品而已。

2

十分鐘之後，我步行至位於總部地牢的實驗室。

這裡除了布滿耀眼的碧綠色蛇神石外，四周還充斥著一陣濃烈的氣味，是血腥味……是來自地球那端邪惡人類的血腥味。氣味的源頭是地上剛換下來的一套血衣，它的主人便是剛從地球執行任務回來的「ＦＷＣ」。

「ＦＷＣ」即是「Fu Wing Chi」的簡稱，她就是司徒凌宇的太太，兩年前失陷於異世界的傅詠芝。

此刻，她一絲不掛地暴露在我面前，她閉上眼、緊咬著輕微出血的下唇，雙手環抱著屈膝的雙腳，飄浮在那塊世代相傳、受蛇神祝禱的巨型蛇神石當中；她整個身體受碧綠色的力量包裹，就像一個待產嬰兒浸浴在母親的羊水裡，頭髮散亂地飄浮著，本應是另一種美。

可惜，她的睡容一點也不安詳。我看得出她仍處於極度驚恐的情緒當中，究竟「ＦＷＣ」在地球執行任務期間遭遇到什麼事？地上的血衣又是什麼一回事？

雖然我要她執行祕密任務，但她出發時，我並沒有向她下達任何殺人的指令。

我清楚記得，這趟任務只是安排「ＦＷＣ」回去地球接近司徒凌宇的家人，一是去確認一下司徒凌宇是否尚在地球，二是透過她此趟現身，引出司徒凌宇，然後讓護法們奪回那對屬於前護法「項月」的紫色鬼手。

按道理，她不可能跟任何人交手，而這個看似柔弱的女子也不可能有能力殺人……

但根據她身上血衣得出的化驗報告顯示，那些血漬並不是來自同一個人，血衣上一共有五組不同人類的ＤＮＡ，但就沒有一組是「ＦＷＣ」的。我敢斷定，那些血並不是從「ＦＷＣ」身上流出，也可以推論她在過程中未必曾與人發生激烈的肢體接觸。

真相……我需要知道真相！不單是為了向亨利交代，更重要的是，我要知悉她的一切，她所有東西都是屬於我一個人的。

包括，任何記憶！

對、對、對……要知悉真相其實不難，但就要再委屈她一次，來……我們就來個同步回憶檢溯的好把戲。

「嘿嘿……就委屈一次吧！妳不會介意的……不會介意的，我的寶貝，嘿嘿……就給我妳所有的記憶吧！」

我一邊喃喃自語，一邊從袋裡拿出一塊暗透著綠色光芒的石頭，我輕輕撫摸著它的表面，口中默唸相傳從蛇神奎扎科特爾留下的神咒，而這種神咒是一種引發體內異能的咒語。然後，不止那石頭釋放出碧綠色的光芒，我那雙手的手心更隱約浮現一個圖紋，是代表啟動力量之鑰的六芒星圖紋。

「吱吱……吱吱……」

我感到渾身充滿快要破殼而出的力量，是一種極度貪婪的力量，「它」已經準備好獵食記憶，而這也表示，是時候我可以開始替「ＦＷＣ」進行手術，把她的記憶從腦袋中抽取出來，然後放在試管內讓我看看究竟她經歷過什麼事。

「吱……吱吱……」

我把散發著碧綠色的雙手放在「ＦＷＣ」兩邊的太陽穴上，那貪婪的獵食力量從掌心激射而出，再鑽入她的頭顱內。

「啊……」「ＦＷＣ」被我的力量弄得呻吟起來。

「吱吱吱……」

「嘿嘿！乖……讓我看看妳的記憶，很快，就一點時間而已……」那綠色的力量不斷鑽入她的腦海裡，我開始跟她大腦接軌。

「咦……不……怎麼會這樣。」我試圖增強雙手的能量。

「吱吱吱吱吱吱——」

「不……！不可能，我的力量竟然無法吞食妳的記憶？」

她竟然在拒絕我……不止如此，她甚至擁有抗衡我的力量，在我無往而不利的吞食記憶力量面前，竟自行築起一道牢不可破的防衛圍牆。

「啊……」我把力量催谷至頂峰，雙手青筋亦暴現出來。

「博士，『ＦＷＣ』的腦波讀數出現異常，再這樣下去你會摧毀她的中樞神經！」身邊的實驗室助手驚叫道。

「我豈會輸給人類，她的記憶圍牆已經出現裂縫，我一定可以攻陷它……」

「吱吱吱吱吱……吱吱吱……」

「咦，等等，裂縫？嘿嘿，真是天助我也，既然妳設法築起圍牆阻止我再次奪取妳的記憶，那我就順妳的意不再奪取，嘿嘿……但不代表我會罷手！」

「博士！」

我無視助手的警告，逕自把原來放在「ＦＷＣ」太陽穴的雙手移開，然後左手扣著右手手腕，右手伸出食指按著「ＦＷＣ」的眉心。我決定把力量集中一點，但不為摧毀那道圍牆，而是要穿破圍牆那裡唯一的弱點，那細微得毫不起眼的裂縫。

嘿……別以為我只有獵食記憶的本事，既然妳不識抬舉，我就直接鑽入妳的腦袋，直接窺探妳的記憶，這樣更省下我去解讀妳那抽取出來的記憶密碼。

「來吧！嘿嘿……把妳的記憶全數赤裸裸地呈現在我面前吧！」我喉頭不禁發出陣陣興奮的嘶叫聲。

「凌宇……」

一聽到「ＦＷＣ」喚起這個名字，我登時怒火攻心，猛然不管雙手可承受神石的力量已快到達極限，只顧不斷催鼓、催鼓、再催鼓，直至……

「嘣──」

一聲爆破聲，加上撕心裂肺的痛楚，我整個身軀被急扯入已炸裂的手指頭，那點耀眼綠光之中，所經之處盡是濃裂的血腥味。除了保有清醒的意識，四周的空間盡皆扭曲，不止這樣，連我的四肢也詭異扭曲得不似人形。

成功了！

我知道自己正循著蛇神賦予的大能，進入「ＦＷＣ」的記憶空間。雖然我不能像爵士亨利般隨意鑽進另一個時空，或藉著支配敵人的大腦鑽進記憶空間，但像我們這種二等戰士，只要手執蛇神石，一樣可以擁有護法們的鬼手異能。

雖然力量並不持久，威力更差一大截，開啟力量時更需要依靠神石啟動，但用來對付邪惡的人類仍然綽綽有餘。

「咦……這光……」我在「ＦＷＣ」的記憶空間看到一道強光。

「難道是……嘿……到了！這就是她的記憶圍牆缺口……咦……啊……好痛……怎麼會這樣？四周的空間竟自動向我壓迫過來……不！不要……啊……」

「嗚……」

這哭聲，是「ＦＷＣ」！難道她藉助哭聲來抗斥我這個外來入侵者？

「不會的……到了！」

「砰——」

就在一瞬間，我感到一陣由高處摔下地面的痛感，整個人頭暈目眩起來。我望向正身處的地方，發現四周漆黑一片，究竟是這裡真的一絲光線也沒有？還是我的視力根本未完全適應？

但不打緊，至少我可以清楚確認一點，我成功了！

因為當我的視力漸漸適應後，我發現正身處「ＦＷＣ」的記憶空間，因為四周的顏色仍是彩色，只有我這個從來不曾存在這段記憶裡的外來者，身軀、四肢都變成灰色。

十秒……十秒過後，我漸漸看清四周朦朧的影像，這書架……這床鋪……還有這梳妝台，這裡分明是一間女性的寢室，「ＦＷＣ」刻意收藏的記憶竟然就是這些？

難道這是她在地球那端的閨房？

等等，這相框……那男子很眼熟，對！他就是我們教派的公敵司徒凌宇，但與他親密合照的並不是「ＦＷＣ」。這女人是誰？莫非是那傢伙的情婦？

我不是植入指令，叫「ＦＷＣ」返回司徒凌宇老家調查一下嗎，她怎麼會跑到這裡？究竟是哪裡出錯了？

「咦……這氣味……是血！」一聞到我最喜歡的血腥味，我便顧不得現在究竟身在何處，本能地從這寢室直奔向氣味的源頭。

當我踏出房間之後，發現腳下傳來一陣黏稠感，就像乾涸的糖漿一樣。我蹲下用手指沾了沾，然後放在鼻前一嗅，果然沒有猜錯，是血……已乾涸的血。

我再向兩邊牆身一望，原本應該純白的牆壁上竟有著一個個血掌印，掌形有大有小，已經分辨不到究竟屬於何人。

「噠噠……噠噠……噠噠……」

我沿著地上那條拖得長長的血路前進，愈往前走，耳窩便接收到一些「喀嚓」、「喀嚓」的金屬摩擦聲，血腥味也顯得愈來愈濃。

根據我多年來的殺人經驗，還有剛才「ＦＷＣ」身上的血衣，我已經猜到一二。

「莫非……」

待我走過長廊轉角步入客廳之際，我感到空氣中瀰漫著讓人反胃的腐臭味，而那餐桌的前方正蹲著一個長髮披肩的人，她的右手正出力地前後揮動，而左手則拿著一些東西。

當我打算再行近一點查看時，感覺到腳下有東西絆住我。我垂頭一看，是一隻失去五指的小手掌，就只剩下前臂而已，而從殘缺不堪的傷口看來，兇手並不擅長用刀。

此時，原本前方正聚精會神「辦事」的人，竟彷彿察覺到我的存在，緩緩地把頭顱一百八十度轉向我。雖然她一臉是血，頭髮更凌亂不堪，但憑著她臉上那道剛癒合不久的深長疤痕，她毫無疑問就是「ＦＷＣ」，司徒凌宇一生中最愛的傅詠芝醫生。

她那對失去焦點的眼睛當然看不到我，她接著別過頭繼續揮動手上的刀，利用刀刃一下又一下向著「目標」前後拖動，直至「它」脫離原來的地方。

「咚咚咚……」滾到我的面前。

是一顆人頭，一顆死不瞑目，一臉流露著不解與驚慌的老婦頭顱。

我認得她，她是司徒凌宇的生母，我在司徒凌宇的檔案內見過她。

我終於知道這裡是什麼地方，這裡是「ＦＷＣ」任務的目的地——「司徒凌宇的老家」。

面對眼前的種種，對於我這個殺手來說雖然不覺得恐怖，更不覺得噁心，但我對「ＦＷＣ」在沒有我的指令下，竟然把這裡變為人間煉獄感到好奇，究竟是哪裡出了錯？

「殺……殺……殺……殺死你……我要把你們都殺死！」

「ＦＷＣ」再次抓起身邊另一具已嚥氣的屍體，朝著他的頸項裡手起刀落，把喉嚨狠狠地切斷，而混濁的血水噴得她滿面鮮紅。

正當我想走近窺探「ＦＷＣ」的深層記憶時，她突然停下所有動作，把已切開、還連著一點表皮的頭顱放下，然後整個身子向我轉來。她剛才目無表情的樣子消失，瞬間竟流露出令人心驚的笑意。

但她不是對著我笑，我發現，在我身後竟然出現一個小女孩的身影，「ＦＷＣ」就像飢餓的野獸發現獵物般，慢慢執起那把被斬到有些變鈍的骨刀，然後一步一步地走向已嚇得失禁的小女孩面前。

我不禁說著：「嘿嘿……一場好戲！這就是鬼手傑克終日掛在嘴邊的口頭禪，我終於享受得到這一場好戲唷，他媽的竟這麼好運讓我遇上，嘿嘿……」

但我意想不到的是，在接下來的兩秒，竟出現一個逆轉，「ＦＷＣ」並沒有預期般向那女孩子揮刀，她竟然出其不意地向我迴身斬來！

「吼——」

一聲怒吼之下，我看到自己的頭顱被劈得分家，整個身軀變得粉碎，她竟好像變得有意識地得悉我的存在，更把我用意念轉化的虛擬人形斬得身首異處。

「吼！吼！吼——」

她一邊瘋狂地嘶叫，一邊不停地向著我揮刀，直至我完全退出她的記憶空間。而我最後在記憶裂縫看到的影像，就是她轉身走近那個全身發抖的小女孩身旁，然後只剩下一抹詭異的笑聲。

我無法知道最後的結局，此刻我的身軀再次被吸扯得四肢扭曲不似人形，與之前不同的是，這次我是被後方強大的吸力強行扯離「ＦＷＣ」的記憶空間。

在退出之時，我終於發現一組原來不屬於她的記憶密碼，原來是這樣……我終於明白了！

兩秒，就在轉瞬間，我已經重回總部地牢的實驗室，手上的蛇神石能量耗盡失去光芒，而我的右手也失去了一根指頭，血汩汩地滴在地上。

「博士，怎麼樣？你找到答案了嗎？」

我定過神來之際，抬起頭望著依然昏迷不醒的「ＦＷＣ」，露出興奮的笑容，道：「原來是這樣，我終於明白……我一切都明白了！」

「博士……你明白什麼？」

我沒有理會助手的發問，只是走近「ＦＷＣ」的身旁，抓著她白皙但已染滿血腥的手喃喃道：「是七宗罪的力量，想不到我原本只賦予她一段虛擬的記憶，植入一段司徒凌宇把她拋棄的過去，好讓她心裡記恨，一心一意為著復仇替我找出司徒凌宇的所在。嘿嘿……但萬萬想不到的是，我那個惡作劇……在她的記憶中加插那個司徒凌宇家人偏愛、實則根本不存在的情敵，竟令她心生嫉妒，從絕望中衍生出恐怖的憤怒力量，這就是人類的劣根性……」

「博士，這是不是證明『ＦＷＣ』很愛那個司徒凌宇？」

我刻意忽略助手的話，只管喃喃地說：「想不到啊……想不到啊……她竟然可以把那段虛擬記憶發展開來，有趣有趣！」

「凌宇……」

「什麼？」我驚訝地望著昏迷中的「ＦＷＣ」。

「不……不要……凌宇救我，啊……我殺了你的家人……我殺了小敏！啊——」

「博……博士，她的記憶在急速重組啊！」

「不可能，我已經抽起她原來的記憶，她怎麼可能再生昔日的回憶，再接續剛才的殺人片段！」

「凌宇——」

「夠了！凌宇……凌宇……凌宇個屁！他現在都自身難保，只有我才可以解放妳……」

我走近「ＦＷＣ」面前，然後一手抱著她的腰，把頭栽在她的胸脯上，續道：「妳是屬於我的，今後、永遠都是屬於我的。既然妳忘記不了妳心目中的大英雄，我就徹底地給妳來個解脫。我知道有一個人可以幫到妳，嘿嘿……只要他肯出手，妳的記憶一定一滴不留地被他貪婪的獵食耗盡。」

我轉身跟助手道：「好好給我照料她，我要去找那個人，我知道他一定樂意接受我的建議。」

「莫非是……」

「對，就是那個披著紳士面孔的魔鬼……爵士亨利，然後，我就要司徒凌宇痛苦一生，嘿嘿……嘿嘿……嘿嘿……」

一道獰獰的笑聲在地下實驗室迴盪著。此時，地球那邊的「極惡刑警」即將與「奎扎科特爾」七護法之一的鬼手傑克，展開另一場觸目驚心的戰鬥，而他渾然不知自己所愛的人，已落入萬劫不復的恐怖復仇計劃中。

二十四．故人〔霍華〕

1

距離「極惡刑警」司徒凌宇一家被滅門後三個月，香港警察內部一直陰霾密布，而此案也難得地得到媒體界配合，只在報章上輕輕帶過，所以坊間甚少了解到整起案件的來龍去脈。

不是記者們不感興趣，而是警察當局、媒體記者，甚至黑道中人都清楚感受得到，一股潛伏待發的殺氣正隱然其中……是司徒凌宇，他在案發至今由始至終都沒有現身，而坊間的相類似的滅門兇殺案數字則不斷攀升。

多宗兇殺案中的死者，除了有被確認為「奎扎科特爾」教派的信徒外，部分更是與該教派有生意來往的地區小頭目。而近日，受害者一方竟開始殃及一些針對該教派、讚揚司徒凌宇的媒體記者，甚至是雜誌社高層。

我霍華當然深信，這不是凌宇所為。

但事情發展至此，沒人願意成為下一具血肉模糊的死屍。殺戮的恐怖感已淹蓋了人類那自私自利的好奇心，所以三個月後的今日，社會對那宗恐怖的滅門案均噤若寒蟬。

話雖如此，並不代表正義就此向邪惡低頭，至少於公於私，都有一批警察部的同僚在默默耕耘，希望揪出造成慘劇的兇手，還司徒凌宇一家一個清白。

但大家心裡明白，這絕非易事，因為案發至今，案件一直呈膠著狀態，其原因除了沒有現場人證外，就連最關鍵的物證也沒有。這點，相信接手案件的新界區重案組的警員最清楚，簡直有苦難言。

究竟兇手行兇的利器現在藏於何處？

另外，為什麼當日的大廈無論正門、後門、梯間、走廊等，所有監視錄影機都未能錄下兇手的行蹤？彷彿兇手從未進入過大廈……莫非他懂得飛天遁地？

這並非不可能，沒錯……以「奎扎科特爾」教派的邪能，就算穿越時空犯案也是輕而易舉的事。

曾經跟凌宇在異世界出生入死的祕警翟靜告訴我，英國歷史上最有名的連環肢解兇殺案嫌犯「Jack The Ripper」開膛手傑克，就是「奎扎科特爾」教派內七護法之一的「鬼手傑克」。他之所以可以逃避十八世紀倫敦警方布下的天羅地網，又詭異地在短時間出現在不同地方殘殺妓女，主要原因，就是他擁有扭曲時間和空間的能力。

所謂扭曲時空的能力，簡而言之，就是偉大的物理學家愛因斯坦曾提出過，有關時空旅行的「蟲洞理論」，「鬼手傑克」他以科學家也未曾突破的科學領域，用突破光速的速度穿越時空回到過去。

我怎麼會知道？

我哪裡知道，一切都只是根據科學家提出的時空穿越理論估算出來的。

據翟靜從祕警處所得的資料顯示，並不是所有「奎扎科特爾」教派的教徒都擁有這種邪能，只有少數如護法團和教內的頂尖殺手懂得穿越時空蟲洞，所以我一直懷疑，今次司徒凌宇一家滅門案，兇嫌一定是該教的頂尖人物。

若這推論沒錯，負責調查這宗案件的警員，最好還是一直毫無頭緒下去比較好，至少不用面對那些恐怖的半人半屍，更不用白白犧牲寶貴的性命，成為對方殺戮遊戲中的玩物。

這點，我早已向警方高層報告，更提出不如由我接手調查此案的建議。

我深信，曾經與魔鬼對抗並虎口逃生的人，最適合再次面對惡魔，至少不用在一無所知之下被人任意宰割。而我，這個曾經與「極惡刑警」聯手對抗活死人松田和也，以及他的屍化人部隊的人，是最適合這次行動的領軍人選。

可惜，任我再如何力爭，警隊高層均一一拒絕，原因很簡單，只因我是司徒凌宇的摯友。他們懷疑我霍華並不能秉公辦理，親手把司徒凌宇緝捕歸案！

對，你們沒有聽錯，要把司徒凌宇緝捕歸案。

什麼？你聽得一頭霧水？沒錯，我當初聽到這命令也以為自己聽錯，但警方高層再三強調，司徒凌宇雖然是滅門一案的受害者，但其後引發的連串兇案，令他們不得不把凌宇列入疑兇之列。

更何況，司徒凌宇自從由異世界回來之後，據情報所得，除了性情大變外，更擁有一種毀天滅地的力量。他來無蹤去無影，有說他為了追查妻子傅詠芝的下落而變得兇殘，也有人說他已經被體內的力量侵蝕，成為繼松田和也之外的另一頭惡魔。

但我不信。

我知道凌宇絕不可能成為惡魔。試問一個曾單人匹馬力敵異世界恐怖力量的男人、一個妻子失陷於異世界的丈夫、一個曾經在出發去倫敦祕警處前與我有個約定，誓要一生一世守護著自己最愛之人的男人……

他怎會容忍被魔鬼佔據身體，怎會輕易地把良心交給惡魔蠶食！

不要問我緣由，這是一種對朋友信任的堅執，加上男子漢之間的承諾。所以我決定暗地裡繼續調查凌宇一家被滅門的案件，哪怕之後被上層秋後算帳。

我霍華由始至終都不是一個守規則的人，當年獨力調查九如坊案件如是，就算是四年前，那次得悉凌宇以身犯險闖入被喪屍佔據的醫院營救詠芝，我都義無反顧地偷走警局武器庫內數支槍械，再隻身前往支援凌宇。

雖然事後被內部處分，也被列入永不獲晉升的名單內。但那又如何？既然是生死之交，就有這份隨時犧牲不問緣由的義氣吧！

話說回來，凌宇現在究竟藏身何處？就連霍恩、翟靜等人都聯絡不上他，我相信只要他肯現身，很多事情都會自然水落石出。

「嘟嘟嘟……嘟嘟嘟……」辦公桌上的電話響起，把我從沉思中抽回現實，我看著來電顯示，是一個長途電話。

「喂，重案組高級督察霍華。」我以慣性的口吻作開場白。

「哥，是我，我找到一個很重要的線索。」

來電的是霍恩，她不是已回到倫敦祕警處了嗎，怎麼突然說找到什麼線索？

霍恩未待我答話，便接著說：「原來滅門案還有一個生還者，她是凌宇的侄女司徒婉琪。」

「我手上的資料為何沒有提及？」我隨手翻開辦公桌那堆凌亂的檔案，一邊問。

「因為，就連負責此案件的新界重案組，都應該沒有得悉這個祕密。」霍恩道。

「祕密？」我突然有種不祥感，續問：「難不成凌宇的侄女又跟『奎扎科特爾』教派有關？」

「哥，你猜得一點也沒錯。但這個消息也是最近才從亞洲祕警處的同僚口中得悉。據了解，兇案發生後，凌宇一家七口就只有這個八歲小女孩留下活口，至於兇徒的動機暫時成謎。」

「那為什麼這小女孩的存在，連香港警方也全不知情？」我語帶不滿地道。

「並非不知道，警務處處長和保安局局長是知情的，只是……所有涉及凌宇的案件，無論人和物件，都一併交由祕警處處理……」

「什麼處理？是被一大班科學家當實驗品般分析，再送進實驗室解剖寫成一份又一份的報告嗎？」

「哥……」霍恩要說的話都被我擋了回去，我續道：「且不論這生還者是不是凌宇的親人，告訴我，你們待她如何？」

霍恩語氣帶點無奈，道：「哥，說實話……那個女孩就算交回給你們香港警方，也對破案起不了作用。」

「難道你們這麼沒人性……」

霍恩聽完趕緊道：「不要會錯意，我想說的是，那個女孩根本沒無法想起案發經過，因為她……已經瘋了。」

「瘋了？」我內心一陣抽搐。

「沒錯，我們相信那女孩目擊案發經過，因而承受不住親眼目睹至親被人虐殺，所以嚇得失心瘋了。祕警處的人原意是帶她回去總部給予治療，希望她可以說出案發的過程，可惜，經過嘗試多種方法後，始終未能令她的精神狀態回復正常。」

電話另一邊傳來霍恩一陣嘆息，而我也替這小女孩難過。

突然，我想起一件重要的事，問：「那你們認為這宗滅門案是不是那教派所為？」

「絕對是。」霍恩頓了頓，道：「因為在兇案現場，曾遺留一個以鮮血畫成的三吋乘三吋的六芒星圖案。」

「後來被祕警處的人抹除掉，所以香港警方毫不知情，對不對？」我問。

「可能吧，這個我也不知道。哥，其實我這次聯絡你，除了想告知這小女孩的下落外，更想告訴你一件事……」

聽著霍恩欲言又止，心裡一時間充滿疑竇，只聽霍恩續道：「在案發現場雖然找不到任何兇器，但並不是沒有線索的。我曾經翻查資料，發現警員在現場找到那小女孩時，她手上緊握著一條不屬於她的鉑金手鏈。哥，我現在就傳給你看一看。」

我打開手機內即時收發影像的程式，霍恩傳來一張染血的手鏈照片。「咦？這手鏈怎麼……」

「很眼熟吧！這手鏈跟凌宇結婚當天我們送給他太太詠芝的那條，是不是很像？」霍恩問。

我沉默不語，一時間腦海閃過不同的念頭。

「哥，我想你已猜到我想說的話了。」

的確，我知道霍恩想告訴我，根據現時的證據所得，已經失蹤兩年多的傅詠芝，有可能是這宗滅門案的嫌犯，就算不是，至少她很有可能當時在現場出現過。

但我寧願這不是真的，至少到目前為止，我找不到一個傅詠芝殺人的理由，更不能說服自己，傅詠芝可以把四個成年人、兩個孩童一一殺死，更狠狠地把他們虐殺至死。

「你可以放心，目前那小女孩在祕警處比較安全，但有一點我想說，雖然凌宇是我們最好的朋友，但如果這宗案件涉及那教派，身為妹妹，也想勸你放棄追查，交由祕警處處理。」霍恩頓了頓，嘆了口氣道：「哥，別再讓嫂子擔心了。」

「哥的事妳不用管，有進一步的消息記得要通知我。」接著，我轉個話題問：「對了，妳的手感覺怎樣，已經可以活動自如了嗎？」

「已經可以活動了，祕警處的科學家研究出一種超微型晶片，放在機械手臂內可以自動接通人體內的神經觸點，不單可以像正常手臂般活動自如，還能發揮出超過正常人百分之二百的運動能力，感覺比之前的手臂更好呢。」霍恩笑道。

我知道霍恩怕我擔心，所以裝出不在乎的語氣，但我了解這個外剛內柔的妹妹一向愛美，現在要在她身上裝上一條冷冰冰的機械臂，對她來說，怎樣都不會是一件樂事。

一想至此，我又想起兩年前，霍恩在倫敦執行任務失敗，被「奎扎科特爾」教派七護法之一的羅托斯燒去整條臂膀的恐怖情景。每次想起，除了感到毛骨悚然，更恨自己沒有像凌宇那般的異能，可以親手對抗那班異世界的惡徒。

掛斷手機前，我再三叮囑霍恩替我打聽更多線索。我得承認，近年「奎扎科特爾」教派的崛起，令祕警處隱然成為一個凌駕當地國家警察的全球警備組織，在各國的支援下，擁有著最豐裕的人力資源和開發資金。

像我這種僅僅一地之高級警務人員，辦案時每每有一籌莫展的時候，所以霍恩重回祕警處工作，對我而言也是好的，至少在收集情報上很管用。

「嘟嘟嘟……嘟嘟嘟……」手機再次響起，是我的太太諾藍。

「華，你忘記了今天是什麼日子嗎？」諾藍急著道。

聽著諾藍的話，我再望望日曆，立刻想起今晚有個重要約會。我說：「幸好妳提醒我，差點忘記那個聚會。十五分鐘，我去樓下接妳，妳等我。」

掛斷後，我喝完桌子上那杯還剩一口的咖啡，拿起那皺成一團的大衣，隨意撥整一下蓬鬆的頭髮，便趕赴中環九如坊街坊聖誕晚會參加餐聚。

2

接到諾藍後，我駕駛著剛買回來的 Toyota 七人座車趕赴中環九如坊大廈。說到這輛車，很多同僚都很好奇，以我這麼喜歡開快車的性格，加上愛跑車的性子，怎麼會突然賣掉手上那輛原本擁有二百八十馬力的「FAIRLADY」，反而購入這輛外型像極麵包的車子。

理由很簡單，當人生進入另一階段時，便會多考慮如何配合身邊人的生活。過去駕駛的「FAIRL-ADY」的確挺威風，追截犯人時也較合用，但現在我最重視的已不再是工作。

在我生命中，除了答應過父母要盡力守護妹妹霍恩，最重要的，就是身旁的妻子諾藍。既然這輛麵包車對出入需要輪椅輔助的諾藍更方便，我又何樂而不為。

一念至此，我又再想起諾藍原本是一個活潑又好動的女子，可恨在四年前的一次意外裡，被一個狂徒襲擊至下半身癱瘓，以後再也不能活動自如。

雖然諾藍沒再提起那次意外，當中的對對錯錯亦不需要再深究，但我由始至終都覺得，若非當日我們兩人感情生變，諾藍就不會到酒吧買醉。若不是這樣，諾藍就不會被那狂徒盯上，最後被跟蹤襲擊，一度昏迷不醒，換來半身癱瘓……

諾藍跟我說，最錯的是她自己，她責怪自己的任性，但我始終原諒不了自己。愛一個人就應該好好守護著她，不是嗎？為什麼要到失去時才學懂珍惜？我錯了，但無法重回過去彌補過失，所以只好在未來的日子盡力去補償諾藍。

只要她喜歡的，我都答允；只要是對她好的，我都義無反顧地去做。

所以賣掉那輛「FAIRLADY」算不上什麼，今日就算要我豁出去，以一命換一命去守護諾藍，我都在所不惜。

這除了愛，還包含責任。

想著想著，我不禁緊握司機鄰座上諾藍的那隻小手，她向我報以微笑，然後我踩著油門，繼續駛向九如坊大廈。

▲

「軋——」

車子煞停在九如坊大廈對出的路口，這裡沒有多餘的停車車位，我只好把車停泊在馬路旁，然後在擋風玻璃放上一張寫著「警察辦公，急事請電6888-xxxx霍探員」的紙板。

下車後，我趕緊在車尾箱拿出諾藍的專用輪椅，然後仔細地把諾藍從車頭座位移至輪椅上，一切都準備妥當後，我推著諾藍朝九如坊大廈方向走去。

「藍，今晚的聚會歐先生會到嗎？」我問。

「歐先生應該會到呢！聽銀伯說，他現在的生活也挺好，最近在北京完成一場音樂會，看來他已走出喪妻的傷痛了。」

「嗯，希望如此，歐先生才不過三十出頭，又那麼有音樂天分，一直頹廢下去實在太可惜。」說著，我想起四年前諾藍昏迷期間，自己也曾經歷一段自暴自棄的生活。

才不過五分鐘的時間，我與諾藍一邊走一邊回憶九如坊大廈的種種，不知不覺已來到大廈樓下。

我抬頭望去，雙眼不自覺地凝視著四樓A室位置的陽台，腦海閃過那盆血紅色的玫瑰。不知那屋的女主人有沒有好好栽種它……好好珍惜它。

「華，你看什麼這麼出神？」諾藍隨著我的目光方向望去。

我回頭看著諾藍道：「沒什麼，只是好奇自從我搬離開後，四樓B室究竟有什麼房客入住罷了。」

「是嗎？」諾藍的語氣變得輕柔，續道：「銀伯說，四樓A室的簡小姐前陣子去了歐洲旅行，好像過兩天才會回來，所以這次聚會我們跟她無緣一見了。」

「哦……是嗎？」我掩飾失落道：「那只好等下次吧。」

諾藍聽得出我語帶無奈，一時間我們沒再說什麼。此時，大廈的鐵閘開啟，迎面而來的是大廈管理員銀伯，他的皺紋多了，臉頰也比之前消瘦不少。聽諾藍說，銀伯剛完成治療大腸癌的化療手術，精神雖然沒有以前那麼好，但撿回一命也算萬幸。

「銀伯，好久不見了，大家都到齊了嗎？」我沒有追問銀伯的病情，並不是每個人都想勾起不快的經歷。

「咳咳……霍探員這麼晚啊！要到的都到齊了，來，大家都等著你呢！連已搬出去的雷氏一家都專程回來跟大家見面唷！」銀伯笑道。

「是住在三樓的那家新移民嗎？那孩子今年應該入讀中學了。」說著，我把諾藍的輪椅推到大廈管理處旁，然後小心翼翼地抱起諾藍，銀伯則幫忙把輪椅收好。

諾藍雙手緊抱著我的後頸，而我抱著她步上樓梯，向著今晚的聚會目的地——六樓薛女士的家前進。

3

整棟九如坊大廈今晚變得很熱鬧，大家圍在一起一邊暢談當年住在這裡的趣事，一邊說著這些年來的生活轉變。

作為香港六百萬人的一份子，幾杯下肚情緒高漲，眾人無不對特區政府處理民生不善、市民一世做房奴、孩子沒有將來，還有一國兩制、高度自治愈來愈走樣等問題來個破口大罵。唯一沉默的只有銀伯，或許他剛經歷生死關頭，對世事已看得很開，總算明白命是撿回來，過得一天得一天，沒有什麼好抱怨。

我雖然偶爾也有插嘴痛罵無能政府幾句，但腦裡想著的是另一件事，一件更關乎人類生死存亡的事。是凌宇的滅門慘案？不全是……我滿腦子在想的，反而是霍恩傳來的一封電子信件，裡面是祕警處近年對「奎扎科特爾」教派的搜證。

愈來愈多資料顯示，「奎扎科特爾」教派並不是單純的犯罪組織，犯罪只是一種手段，他們最恐怖的勾當，是廣納信徒，然後向他們灌輸地球將於聖誕節前夕，即二〇一二年十二月二十三日，屆時將有一大神來臨、把邪惡清洗云云。

這還不算最恐怖，最恐怖的是，他們要求信徒以身獻教，到末日當天放棄任何抵抗，只管全心全意去以血贖罪。

這令我聯想起當年西班牙人登陸中美洲發現馬雅民族後，當年的族人就因為覺得西班牙人的樣貌與傳說中的大神相似，便一心以為西班牙人就是傳說所述，回來解放他們的大神，因而對他們言聽計從，甚至放下武器、不做任何抵抗，最終所有戰士、男丁都被西班牙人屠盡的慘劇。

你說兩者不完全一樣嗎？

對，儘管不是一一對應的內容，但仔細想想，心理戰向來都是最有效的戰略。若一個民族甘願放下保衛家園的武器，「奎扎科特爾」教派要實踐「滅世」，根本不是什麼天方夜譚的事。

一想至此，我不禁感到雞皮疙瘩。我走到陽台前，把手上的紅酒一飲而盡，紅酒滑進我的喉頭帶來的短暫刺激，總算平伏我內心剎那間的不安。

突然間。「華——」

「是誰？」我感覺到有人在呼喚我。

「是我。」

這聲音……是他！

我放下手裡的酒杯，一股腦衝出屋外，向後樓梯方向跑去。雖然還未看到他，但我感覺得到聲音來自……頂樓！

「噠噠……噠噠……噠噠……」我踏上大廈後方的鐵梯，經過七樓昔日姓方那敗類的門外，繼續向著頂樓一直跑去。

到達頂樓後，我發現理應扣上鎖頭的閘門已被打開，鋼鎖被棄置一邊，看樣子不是用鑰匙打開，而是外力強行扭開的……但這種破壞力，人類根本辦不到。

我推開閘門，循著呼喚我的聲音源頭走去，經過大廈頂樓的水塔，再矮身穿過荒廢已久的一排排晾衣杆，然後轉個彎終於到達頂樓的另一邊。這裡除了電錶房和兩排大廈天線，還有一個人坐在大廈的護欄上。

那副黑色粗框眼鏡、那向上梳得高揚的髮型，還有那對粗壯的前臂，毫無疑問就是祕警處和「奎扎科特爾」教派一直追蹤的人物——司徒凌宇！

但乍見這位摯友，不知為何，我有種很陌生的感覺，此刻半句話也說不出來。

而凌宇沒有正視著我，他一直望著天上的月亮，然後向我拋來一罐啤酒，道：「記得我臨離開香港去倫敦赴任前，我們就在警察總部頂樓把酒作別嗎？」

「記得。」我隨手掰開啤酒瓶口，大口大口地把啤酒灌進喉頭。

「原來一別已經四年了。」凌宇語帶感嘆地道。

「這四年來你去了哪裡？」我問。

「……」凌宇裝作沒聽見，只繼續喝著手中的啤酒。

「你知道這四年來，我們都急著在找你嗎？霍恩說，祕警處已把你列入緝捕名單，究竟是什麼一回事？還有，你知道是誰殺害你的家人嗎？」

凌宇沒有回答我的問題，只道：「來！跟我繼續喝酒，我們今晚不醉不歸！」

見凌宇滿不在乎的樣子，我心裡實在氣不過去，一個箭步便走到他身旁，抓住他正要舉起喝酒的手。但當我接觸到他的手時，不禁臉色大變，因為這雙手的觸感……只能說不是人類該有的皮膚質地，那粗糙而堅硬的觸感，筋肉充滿力量的感覺，令我不由自主生出一陣恐懼……直衝心頭。

我開始發覺，眼前的凌宇離我愈來愈遠。

只見凌宇道：「我這次回來，有很重要的事情要做，至於我跟『奎扎科特爾』的血海深仇，我知道誰是兇手，也知道是誰指使，但此刻我有更重要的事情要做……」

「咕嚕咕嚕……」

凌宇大口大口喝著手中的啤酒，續道：「華……記住我說的，不要再捲入那教派的戰爭，還有，替我轉告霍恩，這世上根本沒有『正邪之戰』，到頭來所有人都只是別人的棋子。還有，祕警處那些不都全是好人。」

「喀嘞。」凌宇一手把啤酒罐弄扁，然後把它放在護欄上，道：「剩下的日子，我們只管為自己心愛的人而活，守護自己心愛的人，原諒自己所愛的人，一起為愛而活吧！」

我無語，不停思索凌宇的每一句話。

「咔！」

凌宇打開另一罐啤酒，轉身向著我道：「別再說那些掃興的話了。很久沒有和你暢快對飲，來，趁著你我此刻無伴一身輕，今晚我們就喝個不醉不歸！」

我沒有回話，只伸出手中的啤酒跟他碰杯，然後想起在樓下已不勝酒力昏昏入睡的諾藍，還有失蹤已久的詠芝……很想問，但又不忍再問。凌宇究竟有沒有詠芝的消息……

望著凌宇的背影，我感覺到他很孤單。我想起他臨別香港前跟我說的一句話——

我們就為屬於自己的正義而戰。

究竟，此刻凌宇所抱持的正義是什麼？我不知道。

但更意想不到的是，隨著凌宇現身，一雙不懷好意的邪惡眼睛，正在遠處打量著。

惡夢，即將降臨。

二十五・追兇〔霍華〕

1

翌日。

「啊……好痛……」在頂樓被寒風吹了一整晚，我一定受了風寒。

但頭顱傳來的劇痛，怎也抵銷不了我現在滿腦子的疑惑，昨晚凌宇的出現究竟是幻象還是真實？

我無法判斷……

雖然宿醉醒來，四周亂放著的十多個空啤酒罐似告訴我，昨晚我的確跟人在九如坊大廈的頂樓喝個爛醉，還酒醉不醒。但我始終不太相信自己遇見的，是黑白兩道一直找尋的司徒凌宇。

他給我的感覺不像從前，那種冷冰冰感並不能單用冷酷來形容。站在他身旁，我一點也感覺不到他有渴望復仇的怒火，更沒有往昔那股熱血的衝動。

在酒醉迷糊間，我感覺到他整個人變得很深沉，一雙眼睛深邃得令人摸不清猜不透，而那一雙向來有別於常人的「判官之手」，更隱然有股令人窒息的戾氣。

如果他真的是司徒凌宇，我希望他不會成為另一頭嗜血的化身。

中午告別大廈管理員銀伯之後，我從住在九如坊大廈六樓的薛女士那裡接過諾藍，便趕緊送她回家，再到警署上班。

在回家的途中，諾藍顯然不知道昨晚我曾經到過頂樓，當然更不會知道我遇上了凌宇。一路上，她只與高采烈地告訴我九如坊大廈眾人近年的經歷，更說著住在一樓的風水師幫她看過流年生肖運勢等等。

當然，這一切我都聽不進耳裡。

自從凌宇出現後，我那與朋友相聚的興奮感蕩然無存，反而開始有種不安在內心蔓延開來。於是我匆匆送諾藍回到家後，便簡單洗個澡、換件衣服，緊緊擁著諾藍吻別後，便離家趕去警署裡。

我剛收到由港島西區指揮官廖承志警司發出的手機短訊，要求我半小時內到警察總部，出席一個警方高層指定要我參與的聯席會議。

我自然不太明白，以我這個職級不高的高級督察，究竟何德何能需要參與這種高層會議。但我唯有壓抑著滿心的疑竇，踩滿油門，努力在半小時內完成這原定一個多小時的車程。

幸好，我在購買這輛「麵包車」時，相熟的修車師傅早就替我把車改裝，雖然沒有舊搭檔NISSAN「FAIRLADY」跑彎路那麼狠、走直路加速那麼快，但好歹引擎輸出率提升了百分之三十，加上我的飆車技術，要半小時到達警察總部也非難事。

當然，途中闖紅燈、超速是免不了的。

「嘟嘟嘟……嘟嘟嘟……」

就在我聚精會神飆車之際，手機再次響起，是妹子霍恩。

罕見地，這是她三日內第五次打電話給我。

2

下午四點三十分，港島西區警察總部會議室內，氣氛異常肅殺。

會議室內除了我和廖承志，香港警務處的兩大巨頭劉偉成處長和王明逵副處長竟也出席了，而坐在他們旁邊的，是九龍東重案組C隊的指揮官展啟文總督察。

當然，因為是聯席會議，席間還有其他重量級人物，他們分別是坐在我對面、已躍升為祕警處亞洲區特別行動組總指揮官的戴月辛，而坐在他旁邊的是我妹子霍恩；另外，在霍恩相鄰的還有兩位未知身分的男子。

早在會議開始前，霍恩就來電告知，這次會議非常重要，她怕我吊兒郎當錯過會議，所以特意來電提醒。她更在電話中提到，經過深入調查，祕警處已掌握重要線報，發現「奎扎科特爾」教派已在亞洲不同大城市紮根，除了黃、賭、毒之外，更在不同據點建立起祕密實驗室。

這類實驗室表面上從事基因發展的科研項目，實際上進行另類武裝，培育新一代的屍化人。而有關項目更在越南、泰國、柬埔寨、馬來西亞等地得到反對派軍方的庇護。根據情報顯示，部分屍化人更被初步供應給叛軍作為軍事用途。

全球安全情況愈來愈險峻，近日收到可靠情報，「奎扎科特爾」教派更派出教內核心成員到香港及澳門成立分部，圖謀不軌，所以祕警處亞洲分部才如此緊張地進行這次聯席會議，希望在會上與港澳警方高層商討對策。

「各位，這位是澳門警務總監鍾恒宇先生，另外這位是副警司碧格斯先生。」霍恩向我們介紹過後，便關掉會議室的燈光，準備開始播放影像。

此時，我想起兩年前，霍恩失陷倫敦而初次與祕警處會面的情景，便脫口而出：「這次該不會又是用什麼鬼儀器去偷取人家的記憶，播放給我們看吧！」

霍恩聞言一怔，坐在她旁邊的戴月辛則瞟了我一眼。

廖承志沒料到我竟敢在這場合發難，大驚失色下想要說句什麼打圓場之際，坐在我對面的戴月辛冷然地向霍恩打了個眼色，霍恩道：「這次要播放的，是祕警處在泰國分部保安室所錄得的影像，並不是第一手的記憶影像，如果大家沒問題的話，那就開始播放了。」

看著那個討厭的載月辛，原本我還想不顧一切地宣洩不滿，但見霍恩面有難色，加上劉處長他們在場也不好鬧事，我只好強自壓下怒火，看祕警處那班傢伙又在搞什麼鬼。

五秒過後，會議室內那副六十吋的虛擬投射螢幕自動開啟，然後霍恩望著戴月辛，只見他點頭示意，霍恩便開始播放影像。

影像開始播放後，就畫面的像素及拍攝視角來看，這影像應該來自防盜用的監視器，自然比我用在九如坊大廈緝兇的那種厲害得多。

「大家先看看螢幕，接下來的影像各位要有心理準備。」霍恩道。

接下來的二十秒，只見影像拍攝到的保安室，那裡正有四位穿著保安人員制服的彪形大漢，此時鏡頭內一切沒有異樣。四人之中，其中三位保安人員正聚精會神地望著多個電子螢幕，剩下的一位則坐在一旁吃著便當。

「祕警處竟那麼苛刻，連用餐時間也要繼續當值，真是沒人道，哼！」我刻意對姓戴的放話。

沒想到王副處長此時竟厲聲說：「霍華，說夠了沒有?留意螢幕。」

我瞟了姓戴的一眼，目光重回那大型螢幕上。此時影像已播放了三分鐘，而原本正在吃著便當的保安人員似乎用餐完畢，重新投入工作，透過不同的監視器監看著祕警處實驗室內各主要通道的情況。

就在這時，螢幕內出現異常的影像，我愈看，便愈感到似曾相識……是……

「松田和也？」我驚呼著。

不……不是「松田和也」，他早已死於凌宇身上內含對抗病毒的血液，錄影內那個剛吃完飯的保安人員不可能是他，他的相似只在於那驟變的猙獰樣子！

那名保安竟在數秒間產生異變，不止身體、四肢的肌肉變得比原來粗壯，整副骨架還突然拉高了一半，不單把衣衫弄破，連原本包裹著他腳部的皮鞋都被腳指撐破！

就像美國超人漫畫裡，那個會變身的綠色巨人「浩克」。

但我敢確定他不是像「松田和也」那種的等級，應該說，他比「松田和也」還要兇暴，因為僅數秒間，保安室已變成血腥的人間煉獄。

除了那三個毫無還擊之力的保安聲嘶力竭的哀嚎外，更傳來一下接一下骨骼被扳斷的聲音——

「喀嘞……喀嘞……喀嘞……」

還不止，那失去人性的保安，竟對著監視器鏡頭瘋狂地嚎叫，彷彿為製造出眼前三具不似人形的屍體，而興奮地想挑釁那些前來逮捕他的人。

鏡頭下，他轉身繼續扳斷其中擁有肥大身軀的保安脊髓，接著畫面變得腥紅一片……對，整個鏡頭被屍體噴出來的濃血染得通紅，但仍隱約看到那瘋子就像深山黑熊般，狠狠地把他的「獵物」撕下四肢，然後……

捧著那肌肉還有微震的手臂放進入嘴裡，慢慢咀嚼……慢慢品嚐……

還顯得一臉滿足。

如此血腥的畫面，連一向從事刑事偵緝多年的劉處長等人均是一臉噁心，而那個來自澳門的警務總監也不例外。現場就只有我、霍恩、戴月辛，以及那個第一次見面的副警司碧格斯不為所動。

「嗦嗦——」錄影繼續傳來野獸噬咬時的咬合聲。

祕警處的人經常面對這般血腥場面，所以他們不為所動我一點也不稀奇，但那個碧格斯……面對這種「怪物」食人的情景竟仍可以這麼鎮靜，似乎是號人物，直覺告訴我絕不可以小覷他。

雖然如此，他一臉老實的樣子，感覺還算是可靠的同僚，至少沒有那個已死的曾達智那般令人討厭的賤貨嘴臉。

「嗦嗦……嗦嗦……嗦嗦……喀嘞！」

恐怖的殺戮場面繼續上演，那個已完全喪屍化的保安，吃過手臂後竟意猶未盡，背著鏡頭的他只顧低著頭對遮掩住的屍體有所動作。只見錄影內繼續傳來一陣陣毛骨悚然的撕裂聲，然後地上湧現黏稠血水，還夾雜一些撕碎的肉塊。

我開始心想，能否用快速搜尋的方式播放完它。

「喀嘞……喀嘞……嗦嗦……嗦嗦嗦……」

這是什麼聲音？

數十秒過後，他單手捧著一顆血淋淋的東西向鏡頭移近……是顆還在微跳的心臟。

我把視線移向他身後，發現那變得血肉模糊的屍體，竟被他強行打開了胸膛，一排排胸骨、肋骨竟破胸外露。

噁心透頂。接下來的影像我不想再形容，因為那傢伙竟繼續吃著手上還抖動著的「大餐」！

終於，心跳聲驟然消失，影像也到此結束。

並非是錄影播放完畢，而是霍恩暫停了影像，只見她道：「那個突然變成食人怪物襲擊保安的，是已在祕警處任職三年的保安隊長希爾。他殺死保安室內的三人後，便發瘋似地衝出保安室，四處襲擊實驗室內的人，最後被增援的祕警當場格殺。」

「咳咳……那傢伙是『奎扎科特爾』教派派來發動恐怖襲擊的人嗎？」那個被嚇得面無血色的澳門警務總監鍾恒宇問。

「還是偶然接觸到祕警處研發的什麼恐怖病毒，而變成的怪物？」我插嘴。

「祕警處的所有研究都有精密的保安設定，研究中的病毒因人為因素而流出實驗室的機率低於千分之一，霍警官不必過分憂心。」戴月辛語帶不悅地道。

此時，一直沉默的副警司碧格斯對霍恩道：「可否重播希爾走出保安室之前的片段？」

「當然可以。」語畢，霍恩把影像調校回碧格斯所指的片段，畫面所見，那失心瘋的希爾在吃過同僚的屍肉後，便站起來轉身準備步出保安室，第二次看也沒有什麼特別之處。

「好！請停在這裡，然後把畫面對著希爾局部放大。」霍恩照著碧格斯所說，把影像放大。

「就是這裡，大家看到嗎？那希爾的笑意是有意識的，還有，他知道從褲袋中拿出手帕抹掉嘴上的血。」碧格斯頓了一頓，續道：「這可以證明，這傢伙當時是有自我意識，不是突然被病毒入侵而失心瘋殺人，所以跟一般屍化人有所不同。」

沒錯！而且確如碧格斯所言，他和「松田和也」一樣，可以控制病毒的能力同時保有自我意識……莫非希爾是一直潛伏在祕警處的臥底？

「請再重播較早一段希爾吃飯時的錄影。」

眾人均聚精會神等待著，數秒後，畫面重新播放，只見希爾仍舊在吃著便當，我絲毫看不出什麼端倪。

「停！請放大這裡，然後以慢鏡頭播放——」

畫面放大至希爾拿著便當的前臂位置，從畫面中看到，那傢伙左手正捧著便當，同時右手則從衣袋裡拿出某個東西，然後快速地按在左手前臂上。那手法若不以慢鏡頭重看，根本看不出什麼異樣，乍眼看就只是希爾在替自己的前臂搔癢。

就在希爾有所動作後的幾秒間，他迅速蛻變為一隻嗜血的怪物，而接下來的畫面，已沒有再重看的必要。

「莫非那個希爾是『奎扎科特爾』派來的間諜？」廖承志的問題正是在座很多人的疑問。

霍恩道：「理論上不可能。」

「為什麼是理論上？」王副處長問。

「因為所有進入祕警處任職的人，都必須經過長時間的驗證，除了經歷多重測謊，更需要在腦內植入一塊奈米晶片。這塊晶片連接著大腦思維和主要記憶骨幹，若有任何異心或突變，理應逃不過我們超級電腦的監測系統。」

霍恩說完後，望了望戴月辛，只見他開口道：「所以霍恩說『理論上』，而這次的騷亂，就出於超越我們的控制範圍外。」

「那希爾未進入祕警處工作前，他的背景是？」我問。

「是澳門的司法警察。」

聽到霍恩的話，對座的鍾恒宇吃了一驚，趕忙道：「怎麼會是司警人員？會不會搞錯了什麼？」

「沒搞錯，正因為有司法警察的身分，所以擁有比一般人都易於進入祕警處的入場券。」戴月辛續道：「但經過我們調查後，可以肯定，不單澳門司警，連香港警察也應該被滲透進『奎扎科特爾』教派的間諜。」

「你如何這麼肯定？就單憑你們查不到任何原委，便咬定港澳警方有奸細？會不會是你們的超級電腦名過其實？還有，你的理論根本前後矛盾，一下說進入祕警處工作要經過多重測謊，一下又說入職前的工作背景是挑選的依歸。既然這樣，若他們一早是『奎扎科特爾』教派派來的臥底，又怎麼可能沒有一點蛛絲馬跡，還能完全通過你們的測試，除非你們所謂測試太過兒戲吧！」我忍不住向姓戴的連環發炮。

「所以我們說理論上不可能。事實上，經過我們調查後，已在七大洲的分部內拘捕至少二十名的可疑臥底，同時發現，他們的共通點是統統來自亞洲國家的警察部門，而其中有七人是來自澳門司警，兩人是來自香港警察。最令我們吃驚的是……所有被拘捕的探員，均與被擊斃的希爾有一處共通點，就是腦內的奈米晶片都已遭受到破壞。所謂的破壞不是物理性破壞，而是受到一種強烈的腦波干擾，令晶片連接超級電腦的信號……」

「中斷？」我脫口而出。

「不是，是超級電腦接收到虛擬出來的假信號，這種信號能瞞騙過電腦的分析系統，以為那些探員對祕警處忠誠如一，但其實他們的奈米晶片早已停止運作。更甚者，我們發現被拘捕的探員，大腦記憶組織均受到嚴重破壞，暫時還不能斷定是否會有生理影響。」戴月辛喝了一口咖啡，示意霍恩代他繼續說下去。

霍恩道：「根據加賀博士的分析報告指出，大腦記憶受損很可能反映了那些探員被強行植入行動指令，也可能被消滅一些往昔重要的記憶，以便易於執行恐怖襲擊任務。所以，我們有理由相信，那些探員曾受襲並被強行改造。」

「若是這樣，他們的出身根本就是清白的，所以怎麼可能在派去加入祕警處時便已是臥底？」廖承志問。

我點頭支持這論點。

「不，我們所指的臥底，並不是指這些懷疑被教派改造的探員。我們懷疑，在港澳警察部門內，有人洩露祕警處的探員資料給『奎扎科特爾』教派，令他們一個接一個落單。剛才播放的實驗室錄影事故不是單一事件，在近一個月內，亞洲三個不同位置的祕警處實驗室，都出現相似的恐怖襲擊，所以我們絕對有理由懷疑，原本得到保密的資料已被敵方掌握。」霍恩道。

此時，一直沉默不語的展啟文總督察咬斷叼著的巧克力手指餅乾，道：「難不成臥底其實來自祕警處，而不是各地的警隊？」

「有這種可能，」戴月辛冷冷地道：「但機率低於十萬分之一。」

我實在看不過姓戴的嘴臉，原想駁斥回去，但碧格斯突然插嘴：「祕警處從來不需要各地警方的協助，若單純為了臥底事件，祕警處總有方法剷出潛伏在各地的間諜，你們此行應該還有其他事要跟我們說吧。」

戴月辛向碧格斯報以一笑，道：「人稱『狐狸』的碧格斯果然聰明，難怪去年就以最年輕之名升任澳門司警副警司的職務。沒錯，我們的確還有任務跟各位商討，恩，播放B2-14影像。」

就在霍恩準備播放另一段錄影之際，戴月辛煞有介事地望著展啟文道：「我知道你正在調查一個少女援交集團的連環案件，所以接下來的片段你要打起十二分精神看清楚。」

六十吋大螢幕再次投射出影像，這次是另一所實驗室，相較於祕警處……甚至是香港警方的刑事偵緝科化驗室，錄影內的實驗室不止簡陋，還有種彷彿能嗅到霉爛氣味的感覺。

那布滿鐵鏽的解剖床，四周污穢不堪的牆壁，還有地上隱約可見的乾涸血漬，都令人感到那陣作嘔的血腥腐爛味直衝腦門。

但最可怕的還不止如此，只見那解剖床上，竟躺著一個身軀超過六呎的西方男子，他的四肢和整個身軀均被鐵鏈狠狠地綁在床上，見他身上皮膚滲著血絲的傷痕，明顯是因掙扎所造成。

究竟是怎麼回事？這是祕警處審問犯人的過程嗎？

這豈不是濫用私刑？

我沉著氣沒有發問，繼續凝視著螢幕影像。那滿身肌肉的西方男子突然一聲慘嚎，然後只見他四肢的靜脈竟詭異地鼓脹起來，慢慢伸延向心臟的位置。那鼓脹得起伏不定的靜脈，竟像有生命般不斷向心臟地帶蠕動著，而那壯漢的悽厲叫聲響徹整個實驗室。

在座所有人都被眼前的影像所震懾，除了一人。我留意到除了姓戴的和霍恩之外，仍是只有碧格斯一人不為所動。

「嘎——」綁在壯漢身上的鐵鏈眼看就快扯斷掉。

隨著靜脈不斷蠕動，那壯漢的肌肉竟急速地膨脹，僅僅數秒內竟可媲美國影星迪維莊遜巔峰時期的健美身形。

不止如此，他膨脹中的肌肉沒有停下來的跡象，與此同時，一臉痛苦的他竟輕易掙脫緊綁在身上的鐵鏈。但他脫困後並沒有一絲喜悅，緊緊抓著快要破胸而出的心臟，然後蹲在地上不斷痛苦呻吟。

「啊啊啊啊啊啊——」

他痛得不斷敲打地磚。「砰砰砰砰呯砰砰砰砰砰呯砰砰砰砰砰呯砰砰砰呯砰砰砰呯——」

地上的石磚都被一臉猙獰的他輕易擊得粉碎。

這樣仍無法遏止他的痛苦，他開始不斷搥打、狂抓著正詭異曲張的靜脈血管，但情況並沒有像石磚那樣被輕易打破；看那充滿澎湃力量的肌肉，耐撞力應該與攻擊力相等，除了「砰砰砰」的恐怖撞擊聲，還未出現血肉橫飛的情況。

但我……我錯了。

「劈啪！」

我怎麼也想不到，那突如其來的爆裂聲竟是來自心臟……那壯漢的心臟竟在剎那間爆破開來，但最恐怖的是，那壯漢並未立刻失去知覺，仍舊失去理智地搥打自己的身體，恍似已對失去的心臟沒有任何知覺。

三分鐘的暴走，三分鐘的倒數，生命之火終於燃盡。

隨著血汩汩地從胸腔的傷口傾洩出來、流得一滴不留之時，那壯漢不止油盡燈枯，本來膨脹得令人心驚的肌肉，竟如洩氣皮球般一下極速萎縮，最後只剩下一層薄如輕紗的表皮，包裹著脂肪和內裡的骨骼支架。

「嘩——」那姓鍾的澳門警務總監吐得差不多連膽汁都吐出來了，就連劉處長、王副處長等人都露出極度厭惡的神情。

臉色陣紅陣白的展啟文率先開口：「這畫面裡的又是誰？」

「不知道。」霍恩答。

「不知道？那妳放給我們看有什麼意思？消遣我們嗎？」展啟文生氣地說。

「不是，我們的確不知道錄影中那男人的身分，這段影像是我們一位同僚冒死，從『奎扎科特爾』教派設置於柬埔寨首都金邊的祕密實驗室偷運出來的。我們相信，這應該是強化病毒的一次人體試驗。」霍恩道來，不自覺地摸著自己的人造義肢。

「那關我們什麼事？不要再賣什麼爛關子了！」展啟文顯得極不耐煩。

戴月辛道：「我們有理由相信，控制人體實驗室的主腦，與你正在調查的少女援交集團主腦是同一人物，人稱『傑克』，也正是『奎扎科特爾』教派的七護法長老之一。我們從當日被擊斃的希爾身上，化驗出有一種強化細胞力量的病毒潛伏其中，所以我們鎖定『傑克』……不，應該說『鬼手傑克』，是我們的主要對付目標。我們有理由相信，他倚靠賣淫事業而得到的龐大資金，都用在研究強化病毒上，所以我們希望聯合港澳警方，全力緝捕他歸案，所以需要你們手上的情報。」

就在這時，那面六十吋巨型螢幕突然亮起，同時漸漸投射出影像，但看著霍恩驚訝的神情，影像並不是她開啟的。

五秒後，影像漸漸清晰……

「那裡是……是九如坊大廈？怎麼會突然出現這段錄影？」我向霍恩問。

「這並不是錄影，播放系統正閒置中……這影像究竟從何而來？」霍恩顯得有點手足無措。

突然，一道高八度的聲音在會議室內迴盪，但我敢肯定不是來自在座眾人。只聽那聲音道：

敢跟蛇神作對的都要死！嘿嘿……但要死的先不是你們，哈哈……就讓你們身邊最疼愛的人，先感受那恐怖而無助的痛苦感覺吧！

一股不祥之兆直湧心頭。

那麼，就先從你們其中的一位英勇警探開始吧！嘿嘿——

「不！」我驚喊。

「轟隆轟隆轟隆轟隆轟隆轟隆轟隆轟隆轟隆——」

是爆炸！畫面傳來強烈的爆炸火光，一瞬間，紅紅的火舌從九如坊大廈的窗戶噴發開來。

「該死的雜種！」我的心房彷彿停止了跳動。

十秒、二十秒、三十秒……

一陣震耳欲聾的爆炸聲過後，原本七層樓高的九如坊大廈，竟淹沒在混濁的煙塵裡，現場除了瓦礫的崩裂聲外，竟瞬間寂靜下來。

沒有一絲哀嚎……

「這……所有人都死了嗎？」我望著螢幕喃喃地道。

沒有一絲痛苦的悲鳴……

「究竟……究竟是什麼一回事？有人可以告訴我是什麼一回事嗎？啊——」我腦海閃過一個又一個住在九如坊大廈的老朋友身影……

這，只是血腥復仇的序幕，嘿嘿……嘿嘿……

從今天起，這道令人討厭且此生不會忘卻的聲音，在我耳內陰魂不散地迴盪，深深烙印著。

直到那天來臨。

二十六・腦圖〔霍華〕

1

是幻象？是預感？還是遭最尖端的生化科技精神攻擊？

不知道，就算當天在場的王處長、戴月辛等人都選擇沉默以對。

不論如何，在影像播放完畢的同時，九如坊大廈確實一夕間毀於一旦。這可不是說笑的，眼前的種種證據告訴我，那曾經洋溢著溫馨的大廈，是貨真價實在地球地平線上，從七層高樓化作眼前的一堆頹垣敗瓦。

整個過程不是一氣呵成，而是有預謀地分兩次進行，總傷亡人數更是慘不忍睹……一共十八人，包括住在五樓、身體被炸成兩截的音樂家歐先生，他臨死前還死命抱著那個殘舊不堪、如今已被染成腥紅一片的薩克斯風。

至於其他房客？

除了受幸運之神眷顧、住在三樓的雷氏一家，因清晨出發到內地探親而避過一劫，住在一樓銀伯隔壁的風水師傅，因昨晚外出繼續尋找他的畢生宏願「尋龍點穴」而徹夜未歸之外，六樓的薛女士和二樓的王氏夫婦屍首均埋於瓦礫當中。被挖掘出來後，前者引以自豪的芳容被亂石刮毀得不似人形，而那對終日吵架的王氏夫婦，終於同年同月同日死得永不分離、骨肉相黏，下世注定要繼續做對「歡喜冤家」的好情人。

這些九如坊大廈的房客，他們統統都死於第一次爆炸中，但不幸地，他們都只是餌，用來釣正義一方的大魚。

所以，夢魘仍未過去……

爆炸發生後的十數分鐘內，鄰近區域接報的警察、消防隊、醫療隊伍陸續趕到現場，他們冒著沙塵滾滾，頂著四方空氣滲著濃濃的血腥味，不斷在災場搜尋生還者，更徒手挖掘出一具具失去生命又殘缺不全的屍體。

最後，一名消防隊員在一條斷成三截的橫梁下，找到七十多歲一臉茫然、僅雙腿骨折的大廈管理員銀伯。

滿臉都是皺紋的銀伯被救出後，並沒有喊痛，空洞的眼神只怔怔注視著已倒塌的大廈位置，充血的雙眼沒有淚光，只聽到他喉頭發出令人雞皮疙瘩的怪聲。

正當眾人為成功拯救銀伯而士氣大增之際，據後來倖存的消防員口供所述，火場中央突然傳來一陣刺眼的紅光，然後十秒……不，應該只有五秒之內，一股高溫熱力從火場那點紅光激射出來。

最後，「轟轟——」一陣震耳欲聾的巨響席捲火場。

原本塌了大半的九如坊大廈，瞬間消失於中環的地標當中，在灰塵滿布、視野模糊不清間，這棟舊樓徹底變成碎石粉末。一直在火場參與挖掘的十四名搜救人員，無不粉身碎骨，睜著滿布血絲眼眶的頭顱，更飛離至二十呎外，之後得出動警犬才搜尋得到。

無辜執勤身亡的死者固然可悲，但徒具一口氣、奄奄一息的倖存者則更可憐。

他們連痛苦的呻吟聲也發不出來，只剩下被炸裂開來的肌肉在碎石上微微顫抖著，直至鮮血汩汩流乾，待生理反應完全消失，神經的痛感才隨之消散，得到解脫。

坦白說，若不是我所乘坐的警車，在東區走廊被車禍堵塞了一會兒，遲了二十分鐘才到達現場，我相信死者名單上應該會再增添三個警察名字——

高級督察霍華、總督察展啟文、祕警處探員霍恩。

「哥，你不覺得有蹺蹊嗎？」霍恩到達現場後，劈頭就是這句話。

當時我沒有特別在意，還以為霍恩純粹是指爆炸事件與「奎扎科特爾」教派有關，直到我在倒塌的九如坊大廈現場找到一人——一個滿身浴血、雙腳折斷，但臉上沒有絲毫恐慌和痛楚的大廈管理員銀伯。

在醫護人員替他治理期間，我發現銀伯一直目光呆滯地望著頹垣敗瓦的大廈，對於周遭醫護員和警員的查問，他一概沒有反應。接著，銀伯更在我們面前失禁起來，大家都猜想老人家一定被眼前突如其來的災變嚇傻了。

但我的注意力不在此，我被災場那一點「紅」吸引住，是朵血紅玫瑰……是我送給住在四樓A室女生簡嵐的那盆玫瑰。

「咦……等等，那盆血玫瑰旁邊的是什麼？」我留下霍恩照顧銀伯，獨自向那裡走去。

那顏色……那觸感……是……是人的手指，還是女的！難道，那盆血紅玫瑰下還埋著生還者？

「撲通、撲通、撲通——」心房突然亂跳，一陣不祥之兆在意識中湧起。

莫非她回來了，而埋在亂石下的是……

「不可能……」一想到可能是她，思緒突然變得很亂。我二話不說便徒手在血紅玫瑰旁不斷地挖、挖、挖，而遠處的消防隊員見狀，也趕來加入搜救。

在搬開亂石和散滿一地的肉屑同時，我顧不得手指傳來被亂石刮到的劇痛，更不理會身上沾有無數的污血，腦海只心繫著那個曾經與我在九如坊大廈有個短暫曖昧的簡嵐。

對……我愛我的太太諾藍，所以我和簡嵐只能是好友關係，但到此生死關頭，我壓抑不了「失去」的恐懼。我忠於婚姻的承諾，一直竭力抑壓對簡嵐的思念，但我接受不了眼前的屍體是她。

不可以！不可以……我霍華的人，一個都不能少……不能！

「哥——」霍恩在遠處叫喊。

「找……找到了！是女的……真是女的！」我大叫之餘，雙手死命地抓著在碎石堆中露出的手腕，而消防員則繼續快速地移開附近的雜物。

我繼續挖、挖、挖。

挖、挖、挖、挖、挖、挖、挖挖挖——

「啊……」

「呼……喝……」額上的汗珠大豆大豆地滴在瓦礫上。

突然，我感覺手裡一鬆，整個身軀向後跌坐。慌亂間，臉頰被地上的碎玻璃割破流血。但臉頰上的痛，怎麼也填補不了當前內心的震撼。「這……」

我……我手上拿著的，是一隻斷掉的手腕？

是我扯斷的嗎？那斷手傳來的冰冷感覺告訴我，它的主人早已失去了生命的氣息。

「真的死了嗎？不……不要！」

我失理智地爬向埋屍的位置想繼續挖掘，突然，肩頭傳來一下急扯的外力，把我整個身軀向後拉扯回去。我別過頭一看，是展啟文。就一瞬間，血紅玫瑰的位置震來一股高溫熱力，接著傳來巨大的爆炸聲。我整個人被猛烈的氣流吹得老遠，待稍稍清醒時，四周揚起灰濛濛的塵土，還有令人作嘔的血腥味。

展啟文猶有餘悸地與我對望一下，問：「呼……你沒事吧？」

驚魂稍定的我搖頭示意，然後望向剛才爆炸的位置，那個一瞬間化為成人間煉獄的地方，發現剛才陪我一起搜救的消防隊員統統都死了，那慘烈的情況難以用筆墨形容。

是我害了你們。

就在此時，身後傳來一陣低沉而熟悉的聲音：「霍華．要．死……霍華．死……」。

我從瓦礫中爬起來轉身一看，那聲音的主人是在這兩次爆炸中倖存的銀伯，他高舉著的右手有一點紅光在閃爍著。

「遙控炸彈引爆器？」驚魂未定的展啟文脫口而出。

是銀伯？

「你為什麼要這樣做？」我吼道。

「哈哈……哈哈……霍華……哈哈哈哈……霍……華……死！」

2

車窗外的大雨不停地打在擋風玻璃上，在帶點油污的濕滑公路上奔馳的汽車，除了司機要打醒十二分精神外，還要寄望上天投以憐憫之心，不要再妄加詛咒，狠心帶走更多無辜的生命。

「嘩啦嘩啦——」雨並沒停止的跡象。

在滂沱大雨下，我死命地抓著面前的方向盤，但不為是因為怕車子打滑，而是我始終無法從沉重的心情中釋懷。昔日九如坊大廈的種種歡笑，被無情地活埋在大雨下的土石當中，伴隨著悲傷埋藏在瓦礫堆裡。

過去的三日，無論對全港市民，抑或警方而言，都是黑色的三天。

轟動全港的二十二死、三重傷、一失蹤的九如坊大廈爆炸案，已被香港保安局提升為最高戒備級別的國際恐怖襲擊案件，而事情更驚動身處北京的中央政府領導人，據內部消息，近日將會有解放軍高級將領，來港參與祕警處的聯席反恐會議。

屆時，中港澳三地將首次聯同祕警處，展開史無前例反擊「奎扎科特爾」教派的行動。我不知道自己是否還會參與其中，從剛才任職祕警處亞洲總部的翟靜私下來電告知，在九如坊大廈被炸毀後的數日後，情勢已變得比原來複雜。

根據倫敦祕警處總部發出的最新指令，人稱「極惡刑警」的司徒凌宇，即我的好友，已被祕警處列為全球第二號通緝犯，僅次於肆虐全球的「奎扎科特爾」神祕七護法長老。祕警處已向全球分部發出追捕令，更聯絡上各地政府的警察機關、聯合國的國際刑警，務求在最短時間內擒獲司徒凌宇。

毫無疑問，凌宇已成為全球的公敵，不單我，身為祕警的霍恩、翟靜均大感震驚，紛紛從不同途徑希望了解箇中原委。

當然我們打死也不肯相信，一直視「奎扎科特爾」教派為死敵的凌宇，會做出危害人類世界安全的危險舉動。還有失陷異世界的傅詠芝，凌宇無時無刻都想從那邪教手中把她救回來，怎麼想凌宇都只會站在人類這方，傾盡全力對付兇殘無度、奉蛇神為主的邪惡信徒。

「不可能，凌宇不會成為魔鬼的。那傢伙三年前離港去祕警處赴任前，曾答應過我，我們要一起守護自己最愛的人。無論將來變得如何，都不會傷害自己認識的人，九如坊大廈爆炸案不可能跟他有關。」我右手握著方向盤，左手拿著手機跟霍恩通話。

「哥，我也相信凌宇，但從九如坊大廈走廊的監視器錄影內，我們發現一個男子的影像跟凌宇有八成相似，戴警官懷疑爆炸案是凌宇策劃的。」

「但凌宇為什麼要這樣做？九如坊大廈內的老街坊跟我們都是相識的，再者，妳曾經跟凌宇共事，更是他的好搭檔，他為人怎樣妳又不是不清楚。那狗娘養的戴月辛說的算什麼話，凌宇有必要炸毀那裡嗎？對他有什麼好處？他媽的！」我壓抑不住怒氣。

「這個我當然明白，但哥……你冷靜點，祕警處剛從展警官那邊收到情報，近日肆虐香港的援交少女連環殘殺案當中，據部分證人口供及嫌犯側寫顯示，凌宇曾在案發現場中出現……」

「什麼？連展啟文負責的援交少女連環殘殺案都關凌宇的事？難不成凌宇已變成殺人狂魔嗎？他也許看不順眼所以替天行道吧！有什麼問題？」被憤怒沖昏頭的我，顧不得交通號誌已變成紅燈，仍舊一腳狠狠踏下油門，駕駛著車子疾衝上高架橋。

只聽到電話另一邊傳來一聲嘆息後，霍恩徐徐地道：「詳情我不太清楚，但客觀一點來看，我們不排除凌宇已變成了一隻嗜血的惡魔……」

「說什麼屁話？」我語帶不爽地道。

「凌宇那雙不屬於他的手、不屬於他的力量，如果出現反噬，把他原來的良知都吞沒掉，誰也不敢保證……凌宇會不會變成像『奎扎科特爾』教派那些變態護法長老那樣……」霍恩頓一頓，續道：「把阻撓他的生命都肆意摧毀掉。」

我沒有反駁，一時語塞之下只好選擇沉默。聽到霍恩的話，我腦海閃過三年前，她被「奎扎科特爾」教派七護法長老之一羅托斯襲擊，被活生生燒去一臂的經歷。那次恐怖狙擊過後，霍恩雖然大難不死，但除了失去一臂之外，恐怕在她的肉體和精神上都遺留下不可磨滅的烙印。

眾所周知，我妹子霍恩在警隊一向擁有「冰美人」的稱號。一雙修長的鳳眼配以瓜子臉蛋，一頭天生泛著寶藍髮色的頭髮，配上五呎八吋的高䠷纖瘦身形，雖然平日不苟言笑，給人感覺冰冰冷冷，但無損她吸引一眾同僚的艷羨目光。

可惜，就是那天殺的羅托斯，那燒掉一臂蔓延不止的烈火，把霍恩的一頭長髮燒成乾枯，經過八個月的休養後，再生長出來的秀髮竟變得有如灰濛的天空色，而這種顏色，就好比她內心的轉變，經此一役，她內心深處變得陰暗偏執起來。

但最要命的還不止這樣。那變態的羅托斯，竟暗地在霍恩身上注入不能消除的餘火，那火藏匿在霍恩身上，在她皮膚下緩慢、不斷地燃燒著，令霍恩的身軀沒有一處皮膚完好，而飽受燙傷劇痛之餘，通紅的皮膚下更不斷溢出淡淡的血水。她每天只能穿上祕警處特製的保護衣，戴上一副目無表情且做工精巧的人造面具。在虛假的外表下，霍恩比昔日的「冰美人」更讓人感到冰冷……甚至彷彿失去情感。

我相信，若不是有一個復仇的信念支撐著她，她早已忍受不住痛楚的煎熬而自殺了。

也可能這樣，當她從異世界回來的翟靜口中得悉，凌宇竟跟已死的「奎扎科特爾」護法項月合二為一後，她偶爾便會毫無保留地對凌宇一事表露出厭惡的語氣。當然，對一切與「奎扎科特爾」有關的人和事，更是恨之入骨。

但這都是我的感覺，霍恩從來沒有宣之於口，而我也沒有探求真相的勇氣。

畢竟，一個是我向已離世的父母承諾要一生守護的妹子，另一個是肝膽相照的好兄弟。

我猜想霍恩此刻的情緒一定比我更複雜、更痛苦，一方面凌宇與她亦師亦友，另一方面是全球公敵，究竟他日要兵戎相見時，應該如何才好？

一念至此，我選擇不再跟她爭辯下去，轉個話題問：「銀伯的情況如何？他的精神報告出來了嗎？」

霍恩似乎沒預料我會突然轉變話題，頓一頓後，語氣變回平日的冷靜，道：「報告經已出來了，但我們需要再替銀伯做一些檢查，所以報告還在祕警處內，暫時無法能發去警察分局給你。」

「什麼檢查？是測謊，還是催眠那類的記憶回溯手術？」我發問時，手機傳來一下震動，是接收到訊息的通知。我沒有理會，只想先關心銀伯的檢查情況。

「不是。」霍恩頓一頓，然後她那邊傳來一陣敲打鍵盤的聲音。

「找到了，根據加賀博士的檢查報告指出，銀伯的腦袋被『掏空』了。」

「什麼？腦袋如何被『掏空』？」我感覺頭皮一陣發麻，續道：「是頭顱內的腦袋不翼而飛？」

電話另一端的打字聲停止，霍恩緊接道：「腦袋還在，只是經過加賀博士的仔細檢查後，發現銀伯的記憶全數不見。這種情況並非失憶這麼簡單，更非只是連短暫記憶能力都退化，而是『蠶食』，銀伯的記憶被不斷『蠶食』……」

聽著霍恩的話，我一時間難以想像。就在這時，車內用來接收警察特別情報的七吋微型電腦螢幕亮起，畫面顯示接收到一個多媒體訊息。正當我按下下載之際，霍恩道：「剛傳送給你的，是加賀博士花了兩天時間，用3D錄影技術追蹤銀伯腦袋活動情況的切片影像，你先看看。」

「吵吵吵……吵吵……」車外的雨點狠狠地打在車身上。

外面下著的大雨仍沒有遏止之勢，在操控微型電腦之餘，我深怕一個不留神車子打滑，所以仍一手緊握著方向盤，讓車子穩定地在高架天橋行駛。

「嘟！」錄像下載完畢。

我隨即打開訊息，螢幕顯示的就正如霍恩所說的3D大腦掃描圖，乍眼看沒什麼特別，我問：「花了這麼多時間，就只弄出這種X光掃描圖？」

「留心大腦上的顏色變化。」霍恩道。

我把視線再次鎖定影像上，詭異的事出現了。只見原本平凡無奇的大腦影像，在後腦附近出現一點綠色圓點，然後就像滴在紙張上的墨水，迅速從圓點的中心擴散開來，把整個大腦染成綠色。

「等等……這是……他媽的！那是什麼鬼東西？簡直像有生命般在吞食銀伯的腦組織！」我驚訝得差點忘記自己在高架公路駕駛中，手一鬆，車子瞬間打滑了一圈。

「軋——」我本能地踩住腳踏煞車，再反手抓緊方向盤，車子在公路上打滑了三數圈後，有驚無險地停了下來。

毛骨悚然布滿全身，但並非因為剛才車子失控的意外，恐懼的源頭來自螢幕的影像。只見電話另一頭傳來霍恩焦急的聲音：「哥！怎麼了？沒事吧？」

「沒事，只是有點打滑，車子停下了……沒事。」我深呼吸一下，右邊肩頸被安全帶壓得有點腫痛，我強忍著痛楚問：「那綠色的東西不斷吞佔紅色的區域，而紅色區域又不斷發出紅光，究竟是什麼回事？」

「紅色區域代表銀伯的記憶，你見到它會不斷增生，是因為透過五官，我們會不斷把五感得來的經歷、感受統統化為記憶，然後儲存在大腦中。但最離奇的是，銀伯的大腦竟有一種力量寄生其中，會不斷吞食記憶，甚至懂得把剛衍生、需要儲存的記憶都吃得一乾二淨。」

我又問：「那銀伯就變成一個植物人？」

「不是，銀伯是有記憶的。」

「什麼？」我愈聽愈不明白。

「加賀博士說，那綠色的東西不單是一種吞食銀伯記憶的能量，更是控制銀伯活動的主體。換言之，它本身也是一種具有生命的記憶載體。它之所以要吞食銀伯原有和衍生出來的記憶，是因為腦袋被開發負責記憶的空間有限，若要佔據腦袋，便要在弱肉強食、適者生存的規則下，唯有不斷蠶食宿主的記憶，以佔有生存空間，然後把已預設的記憶指令，透過大腦神經指揮銀伯執行。」霍恩道。

一時間我覺得頭昏腦脹，不耐地問：「什麼預設的記憶？什麼宿主主體？不要說得這麼複雜，是不是簡單來說，那力量就是操控銀伯炸掉九如坊大廈的元兇？」

「可以這樣說。」

「媽的！是誰這麼做的？」我問霍恩。

「還未能確定，唯一清楚的是，加賀博士用祕警處的超級電腦，去解讀銀伯腦海現存的記憶密碼後，發現他無時無刻都只記著執行一個指令。」

「什麼指令？」我把車鑰匙順時針轉了半圈，準備再啟動已熄火的引擎。

「轟——」

引擎重新發動，霍恩道：「毀滅目標人物，也就是你，哥，霍華。」

我心裡一驚，仍不忘鬆開緊鎖的煞車桿，然後轉入二檔，腳踩油門發動車子。

「軋軋軋軋軋軋——」車子一百八十度急轉，擺脫濕滑的路面同時，向著目的地繼續奔馳。

此時，我不禁深呼吸一下，再從口袋裡拿出一根早已被壓扁扭曲的香菸，跟霍恩道：「是『奎扎科特爾』教派派人做的嗎？」

「還不敢確定，現場並沒有留下任何六芒星圖案，跟他們慣常的行事作風不同。」

「是嗎？」我呼出一口菸圈，隨手打算關掉那收發信息的螢幕，就在此時，我發現銀伯的腦圖有點異樣，道：「咦……等等！恩，妳快看銀伯那張腦圖！」

「什麼？」霍恩不解地問。

「在八分二十三秒那裡……對，有看到嗎？」我把錄影重播的同時，更減慢八倍播放速度。

「哥，這……莫非是……」

「對，是印記！就是那什麼鬼蛇神印記！」只見在影像快要結束時，畫面上銀伯的腦袋原有部分，已全數被綠色的光芒佔據……不！是吞噬，而那綠芒在腦袋內蠕動的樣態，就好像一條張開血盆大口的巨蟒。

但最詭異的是，在綠芒的中央，不知是幻覺還是什麼，竟隱約透出一個六芒星的圖案，難道……難道那班狗娘養的，竟變態到用力量把銀伯洗腦之餘，更在他腦內植入……不！是在腦內刻上一個代表教派的六芒星圖案？

「如果沒猜錯的話……」

「什麼？」我問。

「這不是純粹的惡作劇，據加賀博士所說，這個六芒星圖案是一種擁有控制人心，又或者影響大腦神經思維的力量泉源，在一些突然失常對我們發動突襲的死士，或事敗自殺的臥底身上，經常能發現這樣的紋身。就像上次那影片內突然發狂挖出自己心臟的希爾，事後，我們在他後腦下頸椎被頭髮掩蓋的位置，也發現一個類似的紋身。」霍恩道。

「他媽的，不要說得那麼複雜，簡單來說，跟這個有什麼關係？」車子駛過高架天橋，轉入大街後在紅綠燈前停了下來。

「我猜想……今次我們的敵人，可能比過去的賈明軒、松田和也等『奎扎科特爾』教派的敵人都難對付，他擁有控制精神的能力，更可以把力量直貫入大腦；換句話說，他可能擅長精神攻擊，甚至……比兇暴的羅托斯更加防不勝防。」我聽得出霍恩聲音有點顫抖。

「哥，你在哪裡？不如先回來跟我會合，我擔心那班『奎扎科特爾』教徒會對你不利。」

「噠。」燈號轉為綠色。

「軋——」引擎發動，我一手把車子由大路轉入左邊的小路，然後目的地出現在眼前。

「恩，我還有一個重要的約會需要赴約，今晚九點，在西區警察總部見吧！還有，請替我聯絡翟靜，看看她有沒有凌宇的消息。」

語畢，我隨即掛斷手機，然後驅車進入我的目的地——東區警署重案組。

二十七・毒手〔霍華〕

凌晨四點二十五分，街外四周都是滂沱大雨下的積水，而我，現在正處身東區警署一樓大廳報案處外。

這晚報案處沒有像平日般人潮洶湧，難道連喜歡四處惹事生非的流氓，都感覺到周遭的詭異不安，決定這晚安分守己？還是警署除當值人員外，其他人莫不為近日的一連串援交少女殘殺案疲於奔命、到處搜羅線索？

不管如何，這晚三更半夜打電話叫我來這裡的人，正好是這宗援交少女連環殘殺案的負責警官，東區警署重案組指揮官展啟文總督察。

他對我說，找到一件他相信與九如坊大廈被炸案有關的證物，希望我到這裡看個究竟，所以我才深夜驅車至此，更在高架天橋差點發生交通意外。

而這刻在我面前的，是展啟文在重案組的得力助手，人稱「人間兇器」的典子小隊長。她的裝扮一如往常，一件鮮艷低胸小背心，加上一條極短的熱褲，夏天穿上一對三吋高跟鞋，冬天則換上一對長長的皮靴，再披上一件大衣禦寒。

我不知道她這身打扮，是不是抄襲多年前好萊塢電影《古墓奇兵》主角蘿拉的性感造型，還是她天生喜歡把玲瓏有緻的身形對世人展露。但作為一個正常的男人，加上在陽盛陰衰的警署工作，相信所有警員都會像我一樣，不會介意有這種充滿野性的女警在身邊打轉。

所以大家都說，展啟文很幸福。

一些嘴巴壞的警員會在後面加上一句，「小心紅顏禍水」。

坦白說，我曾懷疑眼前這位性感小隊長在出差時，是否會像電影一樣，把槍插在大腿間的襪帶上，然後在危急關頭，再性感撩人地在雙腿間抽出手槍，電光石火間把敵人殺個片甲不留。

「砰砰砰砰——」最後嘛起嘴，把槍管冒著的煙調皮地吹掉。

當然，這是我的幻想。

但無可否認，我所認識的女警，她們都不是簡單人物。眼前這位典子，就是曾奪得三屆世界警隊實戰槍擊冠軍的狠角色，而翟靜和我妹子霍恩的勇悍更不用多說，還有那個曾經是凌宇的得力助手，不幸在醫院一役殉職的孟芷琪，更是搏擊界的高手。

所以我說，愈是漂亮動人的女子，骨子裡的狠勁可能絲毫不比男人遜色。

「霍長官，來了很久嗎？啟文在拘留室替疑犯落口供，他叫我先招呼你到他的辦公室內等候。」典子有意無意間，緊緊地把雙手交疊在胸前，然後用她那微笑中帶點誘惑的神情向我道來。

典子的話驚醒了我，我連忙收回聚焦在她胸口的視線。說實在的，我開始覺得她那「人間兇器」的外號，不只是在說她的恐怖射擊技術，更甚者，她穿上低胸裝時，露出四吋事業線的一對傢伙，更稱得上是「人間兇器」。

但此「兇」非彼「兇」，前者的「兇」，是叫所有她的敵人一個不留神地便會被她擊倒；後者的「兇」，是指她擁有一對令所有男人俯首稱臣的豪乳級「兇器」。

「有收到我昨日寄給你的驗屍報告嗎？」典子收起笑容，認真地問。

「收到了，謝謝。」我想起九如坊大廈爆炸現場那隻斷手。

典子續道：「啟文特意叫化驗組同事先替那隻斷手做DNA測試，結果證明，當日埋在瓦礫中的女屍，並非九如坊大廈四樓A室的住戶簡嵐，你應該安心了吧。」

「嗯。」我腦海閃過一些往事，隨口答道：「幸好不是她。」

「霍長官，你太太知道簡嵐的存在嗎？」典子煞有介事地問。

我怔一怔，道：「當然知道。」

「這就好，那你太太近來好嗎？」典子報以嫣然一笑。

我當然明白她的用意，道：「很好，謝謝。」然後轉個話題，問：「展警官在電話跟我說，找到爆炸案的線索，是怎麼一回事？」

「咚。」

典子按下走廊盡頭那台電梯的按鈕，然後轉身道：「詳情我也不太清楚，聽啟文說，在近日調查的一宗援交少女自殺案中，他們偵查時曾在醫院停屍間看過一名疑似司徒凌宇的男子，所以想找你來了解一下。」

「什麼？他見過凌宇？」

「不清楚，他也只是懷疑。」典子答。

「他現在在哪裡？」我問。

「正在拘留室審問另一宗『酒吧神祕兇殺案』的嫌犯。」典子道。

「他叫妳帶我去拘留室見他？」我大惑不解。

「不是，」典子眼眸閃過一下陰霾，道：「是我直覺認為霍長官可能幫得到我們，因為這個嫌疑犯實在很奇怪。」

「哦？是慣犯？他的來歷是？」我開始感到好奇。

「不是慣犯，他是譽滿華文界的小說作家亞倫，因為嫌疑犯身分敏感，我們還未向外公布他的身分。」

乍聽也覺得這是另一宗「奇案」，還是新聞價值很高的一宗「奇案」。

「軋軋——」電梯門打開，我跟在典子身後步入電梯，然後典子直接按下五樓按鈕，電梯門關上後，我們不再交談。

「喀拉喀拉喀拉……」電梯徐徐上升。

約莫十秒左右，電梯顯示已到達五樓。

「叮！」電梯門打開後，迎面是一條長長的走廊。我並不是第一次來這裡，但不知為何，剛踏出走廊後，有種難以言喻的不安從心中漸生。究竟是什麼回事？

我把手放在腰後的配槍之上，小心戒備。

「霍長官……？」

「等等。」

「吱吱……吱吱……吱……」

走廊上的燈光突然一明一暗地閃爍著，氣氛詭異得很，同時，我發現四周充斥著一股淒苦又難過的情緒。

「啪！」身邊的典子竟目光失焦地癱軟在地，自言自語起來。

我立即拔出腰間的配槍，直覺告訴我，這裡很不對勁。我發覺四周圍的影像開始飄浮虛幻起來，一陣暈眩的感覺塞滿腦間。

「噠噠……噠噠……」

是腳步聲？

當我朝著腳步聲追出之際，發現前方有位女子身影在奔走，但為何如此眼熟……那瘦削的身影、及肩的秀髮、熟悉的麻質七分褲，還有那個斜揹包……簡嵐！

她一定是簡嵐！但她怎麼會在重案組拘留室外出現？難道是幻覺？一定是幻覺……

然而這感覺為何又如此真實？那傳入耳中的腳步聲為什麼那麼實在？

究竟是什麼回事？

陷於思緒紛亂之間，我發現簡嵐的身影已離我愈來愈遠，心坎傳來一下又一下刺痛的同時，我想追上去，但眼前浮現另一個坐在輪椅上的女子身影……是諾藍，我的太太諾藍。

啊……究竟是怎麼回事？誰能告訴我，眼前的幻象是怎麼一回事？

我感覺腦袋痛得快要爆炸。

「砰！」一下震耳欲聾的槍聲，把我從幻象中驚醒過來。

我驚覺自己竟危坐在已打開的走廊窗戶上，只差一點就會墜下去，成為死得不明不白、又葬不得浩園（注）的亡魂。

「砰！砰！砰！」

再來三下槍聲，是來自與我相距不遠的拘留室。

我沒時間理會剛才究竟發生何事，一陣不安湧現，我迅速跑往拘留室。此時，只見典子比我快一

注 位於香港新界粉嶺和合石墳場內的墓地，專門安葬殉職的香港公務員。

步趕到那裡，更一腳把門踹開。

一陣濃烈的血腥味迎面直衝而來。

「啊——」平日冷酷勇悍的典子忍不住驚喊起來。

完了……一切都完了。

拘留室四周灑滿來自兩名男子的鮮血，一個是被鎖上手銬的男嫌犯，另一個是重案組指揮官展啟文。

血汩汩地流滿一地，而渾身鮮血的展啟文早已失去生命氣息，他的心坎、腹部和太陽穴均有三個致命的槍孔，而那些血洞還冒著白煙。

看他還緊握著槍的姿勢，那三槍應該是自轟的，但動機是什麼？

至於那男嫌犯，他的半顆頭顱都被轟掉，部分頭皮還黏在身後的牆上，最恐怖的是，他一顆眼睛還懸空在冒著煙的眼眶外。

我敢肯定，他也沒救了。

「哈哈……」

「是誰？」我放下正攙扶著的典子，拔出手槍轉身戒備。

「哈哈……哈哈……死……死……」一陣毛骨悚然充斥全身毛細孔。

我轉身一看，發現發出聲音的，竟然是那個被轟得一臉稀巴爛的男嫌犯，但怎麼可能？他被擊掉半個腦袋，怎麼還能開口說話？

「吃吃……吃……吃……好香……哈哈……」

實在噁心，他竟然把自己懸在嘴角附近的眼球整個吞掉，血從嘴角溢出，還吃得津津有味。

就在這時，他突然神情猙獰地向我咆哮：「嘿嘿！誰認識霍華，誰就要死！哈哈……死死死！死……嘿嘿……」

「砰！」身後響起一下清脆的槍聲。

那討厭而又猙獰的聲音消失，僅餘半邊的頭顱被轟得稀爛，血花四濺，那些黏稠的血更噴得我滿臉都是。

我轉身望向身後那人，典子手上的點三八手槍槍管正在冒煙，而緊握著槍的雙手則不斷顫抖。我把她一擁入懷，強裝鎮定地輕撫著她的長髮，道：「沒事了，剩下的事交給我吧。」

然後，她把槍放下，雙手緊緊抱著我，失控地放聲大哭。

就在這晚，惡夢正式開始；而我，無可避免地捲入這場毫無勝算的戰爭中。

先是霍恩受盡傷害，後有九如坊大廈的老街坊白白送命，如今展啟文總督察不明不白地死掉，莫非一切都只因他們與我、凌宇相識？

我不怪凌宇，既然命運要我幹上一把，就算捨命，我立誓也要守護身邊每一個人。

因為我愛的人，一個都不能再少。

二十八·無間〔霍華〕

1

科技愈發達，並不代表民智愈進化。

同理，知識水平愈高的一群，並不表示他們真的有謠言止於智者的能力。

也許，無論是社會上層、下層，抑或國家發達、落後與否，對未知的恐懼就是與生俱來，埋藏在每個人的內心深處，像極一個未被點燃的炸藥，只待引爆的引頭。

而這引頭，近日終於在社會中出現，像傳染病般把周遭的人都感染、點燃，然後引爆每個人潛藏內心的恐懼，最終一發不可收拾，引起全城……不，甚至是全球大恐慌。

是什麼？

是一則歌謠，一則不知從何時、何地，由何人所傳出的歌謠，它輾轉在世界各地以不同形式傳播開來。據說，它是以古馬雅人已失傳的文字寫成，一堆表面上令人難以明白的文字，但不知從哪裡出現的一個神祕人，看破當中的隱喻，然後告訴世人——

當海上捲起萬重巨浪、山搖地陷、狂風怒吼之時，「泰茲喀提波卡」的後裔必定流盡鮮血，以懊悔的心和鮮血洗滌身上的罪惡，以求得到重臨大地的蛇神寬恕。而一切都在九星十字架之下，在睿智的「奎扎科特爾」面前實現，然而就在那天前，一個小孩將繼承血脈而展開救贖。

面對這則歌謠，民間不約而同將它扣上流傳日久、馬雅人暗示二〇一二年十二月二十三日末日的啟示內容，更有人對歌謠中「九星十字架」作出深入研究，以天文學角度印證出二〇一二年的十二月將出現罕見的十字連星現象，屆時太陽系八大行星連同太陽、月亮，以及已被降格的矮行星冥王星將以十字架形式排列，符合末日滅世歌謠內容云云。

更不幸的是，世界各地相繼出現令人畏懼的災難，日本九級大地震、祕魯墨西哥等地陸續火山爆發，美國東岸出現罕見的超級颶風，再加上全球不斷出現的大小的災禍，都似乎與歌謠內容不謀而合。

但這還不算是引爆社會恐慌的引頭，媒體、電視台不斷以末日題材為號召，一時間什麼陰謀論、末日景象紛紛出籠，甚至有人言之鑿鑿地說，美國加州黃石公園的超級火山將從沉睡中爆發。人云亦云，恐懼就像傳染病般不斷在人群中擴散。人類並沒有從科技中得到安慰，更反過來被科技、知識襯托的末日歌謠進一步迷惑心智。

人性的軟弱在於害怕失去，民智最脆弱的，是盲從似是而非而不求自我印證的假科學。

近日，世界各地再次出現屍化人爭相殺人碎屍的案件，更被渲染成是「蛇神使者」要對地上充滿罪惡之血的人類進行清洗。末日宗教、教派相繼成立、湧現。

但一切看在我的眼中，都只是「奎扎科特爾」教徒的把戲。他們動搖人心的目的已經達到，社會籠罩著一片不安的氣氛，而正邪對決的時刻快要降臨，他們絕不會滿足於此。身為人類世界的警探，我雖沒有凌宇那般毀天滅地的殺戮能力，但仍然可以用盡人類的方法，阻止、揭破一個又一個邪惡陰謀。

我要保護社會上每個弱小的生命，他們不是任人屠宰的牲畜，更不是任由屍化人肆意吞食的食物。

我相信凌宇在地球另一方也正在跟我一樣，與「奎扎科特爾」教派展開更恐怖、更危險的戰鬥；

在約定那天來臨之前，我必定會信守承諾，守護身邊每一個人。

此刻，我希望，自己真的可以做到。

但想不到的是，兩個月後，我開始懷疑……不，而是對這句信誓旦旦的承諾，產生極大的無助感。我終於明白，有些事，有些差距，不是單憑信念便可以打破的。那是無法觸及的距離。

尤其當我們發現，人類，原來真的弱小得可憐。

2

時間快速流逝，一切就發生在兩週之後。

熱帶風暴「杳馬」已經由每小時一百零五海里，瞬間增強為每小時一百五十海里的強颱，以迅雷不及掩耳的速度，夾雜著恍似怒吞一切生命的氣勢，正面侵襲澳門。

而三小時後，下一個被蹂躪的地方，將會是香港。

但很抱歉，我已經無法想像杳馬登陸香港時，會造成多大的破壞，又或者將會奪走多少條無辜市民的生命。因為下一秒，我，香港高級督察霍華，可能已命喪於澳門這片土地。

儘管汗流乾、血灑盡，霍華在任務期間殉職的事實，都只會被簡單記錄在祕警處的行動檔案裡，而在香港警察檔案裡，將不留下一點紀錄，屍首更不能風風光光地葬在浩園上，受市民景仰。

原因無他，因這次執行的任務是絕對保密，參與的港澳警察早已自願跟祕警處簽下九死一生的絕密生死狀。任務期間遇到任何事故，無論是徹底死得屍骨無存，若肢體傷殘得四肢不全，都將一律不會獲得任何賠償，更不能對祕警處提出任何追究訴訟。

這點，香港和澳門特別行政區政府早跟祕警處已有共識。

這趟任務，為的是要把今日聚集在澳門的一干「奎扎科特爾」教徒全數圍剿，而在任務開始前六小時，我才得悉，除了妹子霍恩是這次帶隊的祕警處行動指揮官外，原本身在泰國祕警處分部的翟靜、香港東區警署重案組的小隊長典子，以及曾在會議上有一面之緣的澳門司警碧格斯都參與其中。

你沒聽錯，一干熟悉的面孔，竟因這次任務而在澳門聚首一堂。

也一起被請君入甕，被敵人分頭狙擊得潰散，生死未卜。

除了自身的安危，我更擔心其餘兩路人馬。相較之下，負責這次任務作指揮後勤的霍恩，有地頭蛇碧格斯的輔助，我稍微放心些；但跟我一同出發的翟靜，雖然她身邊都是數一數二的祕警處精英，但觀乎剛才蜂擁而出的屍化人數量，情況未必樂觀。

「呼……霍華，你先包紮好手臂的傷口，這裡有我看守著，應該沒問題。」典子臉上的妝容經暴雨洗滌後，顯得格外蒼白。雖然她嘴裡這麼說，但那握著槍不斷抖震的雙手早已告訴我，她還未從剛才的突襲中冷靜過來。

我瞥了典子身上染得通紅的背心一眼，問：「妳腰間的傷不礙事吧？」然後咬著還在冒煙的密林三五七手槍，撕下襯衫的袖子，在右手上臂血肉模糊的傷口上緊緊纏上三圈，再用剩下的碎布勒緊動脈血管，希望可以替傷口止血。

「嗯？哪裡？喔……這傷口……不礙事的，幸好有預先服下血清，只是被那屍化人的指甲擦傷了少許，其他血跡都不是我的。」典子一邊說，目光始終沒有離開過巷子另一端盡頭那唯一的通道。

「那就好。」我紮好傷口後，在地上剛脫下的大衣中拿出小酒瓶，大口大口地把彷彿沾染上血腥味的威士忌灌進喉頭裡，然後把烈酒灑在傷口上。

那深得見骨的傷口傳來撕心裂肺的痛楚，我強忍住，在沒有任何消毒工具下，這口烈酒正好作為消毒之用。血汩汩地沿著手臂流落地上，混和著絲毫沒有減弱跡象的暴雨。我把還剩一口的威士忌遞給典子，道：「喝一口吧！感覺會好一些。」

典子接過酒瓶，把威士忌一喝而盡。看著滿身傷痕的她，我怎麼也想不出為什麼她會願意蹚這次渾水，參與澳門這次兇險的行動。

「霍華，我們下一步該怎麼做？」在酒精的麻痺下，典子的情緒慢慢放鬆下來。

「還不知道。」我按一下掛在耳邊上的通訊器，裡頭只傳來一陣「吵吵」一聲，心情煩躁不安的我說著：「媽的！所有的通訊頻道都被敵方干擾了，聯絡不上指揮部。議事亭一帶盡是敵人設下的陷阱……我們暫時就待在這裡休息一下，妳先替手槍上膛吧。」

「究竟是哪裡出了錯？我們小隊為什麼才剛出發，便被一大群屍化人襲擊？今次任務的目標是聖母玫瑰堂，但我們還未到指定地點，就在大三巴街被瘋狂襲擊。他們對我們的出擊路線、時間都有充分掌握，那班屍化人……簡直是魔鬼，我們一行十人就只剩下你和我，其他人都被撕成碎塊，成為他們的食物……那些悽厲的慘叫聲還在我耳裡迴盪……霍華……我們還有命回香港嗎？」典子憶及剛才戰鬥的慘況，怕得雙手緊緊抱在胸前。

「不知道。」我簡單地回答。

「你還真是坦白得殘忍。」典子的眼神充滿著恐懼。

「告訴我，妳為什麼要參與這趟任務？」我從褲袋拿出一根菸，叼在嘴裡但沒有點燃，生怕菸火引起附近敵人的注意。

典子垂下頭，眼眶裡瞬間噙滿淚水，道：「為啟文報仇。」

「報仇？」我不敢相信自己的耳朵，道：「妳知道是誰殺死展啟文的嗎？妳敢肯定這趟任務一定會遇上殺他的兇手嗎？媽的！兇手會蠢得主動跑來告訴妳，我就是兇手嗎？妳就只為替展啟文報仇而參與這次任務？妳知不知道這次任務有多危險？」

「我知道！我知道！我就是知道危險，就是知道啟文是被那個蛇神組織派來的殺手暗殺掉！我也知道自己根本未必有機會逮捕到兇手……但我還能怎樣？你知道嗎，自從親眼看著啟文自盡後，我每晚闔上眼，都只會見到啟文那副恐怖的模樣。他叫我替他報仇，跟我說地府很冷，枉死的鬼都受盡折磨，只有沉冤得雪，才可以得到救贖……你……你知道什麼？你知道我有多愛他嗎？」

「我知道。」我心忖，從第一天聽妳喚他啟文我就知道。

典子無法控制情緒，放聲嚎哭之餘，嗚咽地續道：「雖然他選擇的不是我，他選擇了那個叫莊文頤的中學生，但我可以等他……等他回來我身邊，但現在什麼都沒有了，他死了……他被那班賤種害死了！」

我一時語塞，關於展啟文戀上中學生的傳聞，我早就從分局的警員那裡得悉。但基於傳聞歸傳聞，加上我對同僚的情事一向並不熱衷，所以並沒有特別在意。但現在，我眼前渾身是血的典子，竟然是為替展啟文報仇而參與這次極危險的任務，這是我始料未及的。

我起初還以為，典子是局方專程挑選參與行動的，只因她是香港警隊出名的「人間兇器」。

「嗚……」典子哭得成為淚人，戰意全消。

我望著情緒失控的典子，除了憂心，更開始懷疑，究竟是誰不加思索便派她加入這趟行動的？

我們這十人小隊，當中有六位來自香港飛虎隊的精英份子，其餘兩位是澳門司警的反恐特擊隊員。至於我，是毛遂自薦的，因為我從霍恩得知，這趟任務除了抓捕「奎扎科特爾」教派一干人等外，消息傳出，失蹤日久的凌宇妻子傅詠芝，亦置身其中。所以為了一個「義」字，我當仁不讓地主動提出參與。

但典子，就這麼一個單純的報仇理由？我怎麼也看不出她有何理由，可以越過嚴謹的申請程序，加入這趟任務。

「要報仇、不想死的話，就要振作起來。妳這模樣別說替展啟文報仇，一個不慎更會連累我。」

語畢，我選擇沉默，提升感官的警戒力。

3

「嘩啦嘩啦……嘩啦嘩啦……嘩啦嘩啦……」

雨愈下愈大，傾瀉著的雨聲掩蓋掉了典子的哭聲。我查看手臂的傷口，血雖然稍止，但因為傷口實在太深，瘀黑的血水仍是繼續汩汩地由手臂流向地上，再混和著雨水流向不遠處的溝渠中；而溝渠內，正有數對閃亮著的小眼睛，貪婪地吮飲我的鮮血。

是老鼠。

乍看之下，在陰暗溝渠內的老鼠，竟比平日所見大上兩倍。是我眼花嗎？還是失血過多開始出現幻覺？

但我已顧不得那麼多，看情況，這場暴雨只會愈下愈大，風只會愈颳愈狠，現在不趁機逃走，再晚一點天氣變得更惡劣的話，我們與屍化人的實力差距只會愈來愈大。到時，單靠槍袋裡翟靜送我的「小傢伙」，絕對沒把握能全身而退。

在我還思索逃亡策略時，突然，頭頂上方吹過一陣狂風，抓住我的注意。

那呼呼作響的狂風，從街外擠進窄小的巷子裡，剎那間捲起一陣小型的龍捲風，把巷子內掛在竿子上的一件件衣服吹得翻飛起來。

「咔——」

我拉下手上密林三五七手槍的保險栓，同時伸手從懷中取出那「小傢伙」，目光不斷掃射著四周。多年經驗告訴我，這是被狩獵的感覺，一種被敵人狠盯著的感覺。

「颯颯……」

一個……不！是三個……不！不止三個，四個？五個？

難以計算，我感覺巷子上空某些東西在快速移動，同時朝我和典子的藏身處接近……不！不對！他們是在快速縮小我們的活動範圍。

「霍華！」

我聞聲轉身一望，發現典子也察覺有異，臉上浮現極度驚恐的神情。她的精神顯然已承受不住，瀕臨崩潰。

我清楚知道，此刻生死就在一瞬之間，我把密林三五七插進褲頭，然後一手拉著典子準備奔出大三巴斜巷，轉入高原街，再一直趕回鏡湖醫院跟大伙兒會合。

此時，一道黑影突然從天而降，我本能反應地一手把典子推向左側石牆，而那黑影就轟然砸在我們兩人之間，把地面撞得下陷。

「轟——」

四周揚起一片塵土，還有一陣濃烈的血腥味。該死！那道黑影……

是剛才與我們失散的隊員——盧卡斯——的頭顱，他的腦袋竟被人活生生地扯下，臉上那雙血紅眼睛瞪得斗大，那驚訝的神情，是根本來不及感受痛楚便已步入死亡的佐證。

面對此景，典子慌得不斷舉槍向著上空亂射，同時間，我發現有數道黑影在牆與牆之間高速移動。是屍化人！一定沒錯！

他們終於發現我們了！

我要冷靜，因為小傢伙內只有四發用來保命的極速智能爆破子彈，我只能一發即中，又或者幸運地來個一箭雙雕。

在我快速思索期間，上方的黑影竟瞬間不見了。我握著雙槍，雙眼不斷在黑暗的巷子裡搜索。好一場貓捉老鼠的遊戲，可惜的是，我和典子是被群貓玩弄的老鼠。

「颯颯……」

左邊？

「颯颯……颯颯……」

右邊？前方？

「砰砰砰……」

一連三槍響起，典子手握的半自動槍管冒著白煙，同時，那些玩弄著我們的黑影終於靜止下來。是一行五人的屍化人，他們就像電影《蜘蛛人》的主角，以四肢緊緊地黏附在牆身上，猙獰地看著下方的獵物。

而其中一個披著長髮，穿著黑色低胸裝、貼身皮褲的女屍化人，她右手拿著一隻血肉模糊的手腕在咀嚼，雙眼則狠盯著典子。

仔細看，她左胸位置不斷滴著黑色黏稠的血水，是彈孔，一定是剛才典子胡亂開槍誤打誤撞擊中她，但這槍顯然沒有獲得任何效果，反而激起她要吞噬典子的復仇慾望。

「喝啊……哈啊……」

屍化人貪婪的唾液混和著雨水，令人作嘔地滴在我們臉上。

我緊握著手上的雙槍，舔著乾澀的嘴唇。

典子則強忍恐懼，屏住急促的呼吸。

五秒……不！

這樣的對峙，這樣的形勢，已來不及讀秒，世界恍似變得靜止下來，只有濃濃的血腥味飄散在空氣中。

「走！」

我沒有選擇餘地，向典子大喝一聲之下，同時舉槍朝一眾屍化人的頭顱轟擊。

「砰！砰！砰！砰！」

然後本能地轉身便跑。

「颯——」

有黑影?!我感覺右肩傳來一陣撕心劇痛，然後整個人被高舉得離地數呎。

「哈哈……」一副獠牙、一陣腥臭味迎頭襲來。

但很抱歉，他來不及咬破我頸側大動脈，面容便迅速扭曲起來。

「轟隆轟隆！」

「你中計了。」我笑道。

炸裂子彈的威力，將那傢伙由胸膛至後頸開出一個大洞，那雪白的脊骨更在子彈的威力下刺穿厚厚的肌肉，恐怖地外露。我相信到此刻他都還無法相信，一直玩著貓追老鼠的掠食者，竟瞬間被弱小的獵物獵殺。

但我沒有閒暇去慶祝，因為手上裝著炸裂子彈的小傢伙只剩下三枚彈藥，不足以解決眼前所有敵人。我強忍著右肩被撕去一塊肉的痛楚，轉身繼續拔腿就逃。

但我發現自己錯了。

這些屍化人比想像中更有戰略意識，剩下的四人竟沒有向我一擁而至，而是在我上空急速掠過，朝毫無抵抗能力的典子一擁而上。我顧不得這麼多，為了製造機會讓典子逃生，我決定舉槍向他們發出子彈。

「轟隆！轟隆！轟隆！」

實在太快，他們比幾年前在西區醫院遇到的一眾喪屍都強，更比松田和也那傢伙有智慧。三發子彈耗盡後的戰果，竟只能把其中一隻擁有摔角手身形的屍化人擊爛，而其餘三人則向著我猙獰地笑著。

我不敢相信眼前的事實。

突襲典子竟是幌子，從剛才那刻開始，他們早已充滿默契地犧牲那魁梧的屍化人，來消耗我手上的炸裂子彈。

完了。製造逃生機會的武器都耗盡了，沒有炸裂子彈，手上的「小傢伙」形同廢物，剩下的密林三五七根本對他們起不了作用。

在萬念俱灰之際，我想起諾藍……腦海中更片刻閃過妹子霍恩的影像。

「哥真沒用。」我緊握著手上的密林三五七。

屍化人沒有理會癱軟在地上的典子，只向我慢慢靠攏過來。

「哈哈……霍華……」

「原來是這樣。」我終於恍然大悟。

他們的目標由始至終根本是我，難怪從剛才在大三巴街的巷戰中，我就感到那班屍化人對阻擋著他們的隊員流露出不耐的感覺。

手刃一眾隊員未必是他們的任務，除了滿足嗜血的殺戮感，就只為清除障礙。

而所謂的目標就是我，霍華。

我腦海閃過一個人，是在九如坊大廈倒塌現場劫後餘生的銀伯，他當日口中也是不斷唸著「霍華……霍華……」。

銀伯被人洗腦是不爭的事實，而眼前的一批屍化人，更令我聯想起戴月辛帶來的保安室影像。那邪教組織在他們腦裡輸入了對我格殺的指令，可恨此刻我沒有淩宇足以毀天滅地的鬼手力量。

一眾屍化人向我亦步亦趨，但我絕不會坐以待斃。至少，也要轟斃一、兩隻屍化人來陪葬！

二十九・真相〔霍華〕

1

頭皮發麻、毛骨悚然都不足以形容此刻的感覺。

被屍化人步步進逼的我，雖有拚死的決心，但我仍猶豫應該何時用盡手槍的子彈，來個同歸於盡，有殺無賠。

在猶豫不決之間，一道聲音從典子身後巷子的盡頭傳出，很耳熟。

「霍長官！」

是剛才失散了的澳門司警反恐特擊隊的羅斯警官？他竟然可以逃過屍化人的毒手？

在逆光中，我確定他就是我們的隊員羅斯，他一邊向著我們跑來，一邊嘶聲叫道：「跑啊！」

我沒有猶豫，一手拉起典子，向羅斯的方向疾速奔跑，同時，頭也不回地向朝身後的屍化人開了三槍，雖然未能命中目標，但好歹能拖延對方。

「颯……颯颯……」三槍落空，身後的屍化人立即搶身而至。

與此同時，當我們越過渾身是血的羅斯身邊，我看見他向我報以訣別式的微笑。

「什麼？難道你想……不！」我大吼。

羅斯猛力一手把我們推向巷子出口，而此時我發現他身上綑綁著至少四個強大液體炸彈。

他想同歸於盡。

「不要回頭，走啊！」羅斯毫不理會屍化人對他身體施以瘋狂的攻擊。

這時我才看清楚，他下腹處竟有個直徑五吋大的恐怖血洞，那空洞洞的感覺，是整個膀胱都被人掏了出來；另外身上血肉模糊的傷口更是不計其數，就算不死，他都承受著極度的痛楚。

究竟是什麼動力支持著他？支撐著他僅餘的靈魂……

「啊——」羅斯轉身，以他粗壯的手臂緊箝著兩個噬咬著他肩頸的女屍化人。不知是否受屍毒影響，他變得比敵人更瘋狂，瘋狂得彷彿感受不到全身的痛楚，發起蠻力把她們高舉，然後像一隻鬥牛向朝其他敵人疾跑。

「他……他要將屍化人都炸掉嗎？」典子流露出驚愕的表情。

在我還未開口回答之際，身後傳來一下清脆的撕裂聲，「喀嘞……」然後一顆東西向我滾近。

「咚咚咚咚咚……」

是人頭。是羅斯的人頭。

其中一隻屍化人竟飛身擒在羅斯肩上，雙手硬生生地扯甩他的頭顱，然後向我們拋來。

但詭異的事還未結束，失去頭顱的羅斯竟還有活動能力，我看見他手執引爆炸彈搖控器的手指微動了一下，彷彿是由一股誓要與敵俱亡的信念所驅動。

纏在羅斯身上的液體炸彈發出熾熱藍光，以及強大得足以毀滅四周生物的能量——要爆炸了！

「轟隆！」

屍化人發出痛苦的慘鳴哀嚎。

就在千鈞一髮之際，我熊抱起典子，轉身用盡全力逃離現場。身後感到一陣高溫湧至，而強大的爆炸衝擊力，把我和典子炸得瞬間跌飛出巷外。

「轟隆！轟隆！轟隆！轟隆……」

全身骨骼都像斷掉般，背脊傳來劇烈的炙痛感，就算有保護衣阻隔，我估計至少也有二級燒傷。

爆炸的威力強大，四周盡被煙塵掩蓋，而大三巴斜巷兩側樓宇的石牆更被炸得崩裂倒塌。頹垣敗瓦的四周黏附著不知是羅斯還是屍化人的碎肉，更隱約還能見到一些居民的屍首，空氣中飄盪著一陣濃得不能再濃的血腥味。

待意識完全恢復之際，我發現典子正身處與我距離十呎的地方，渾身浴血的她被爆炸激出的石塊壓住右邊小腿。我連忙撿起我那老搭檔密林三五七插在腰間，接著去查看典子的傷勢。

我試圖抬走壓在典子腿上的石塊，然後不斷拍著她的臉喊：「醒著，不要睡……」

我查看她的脈搏和探一探她的氣息，發現除了身上的皮外傷，她暫時還沒有生命危險，剛才的爆炸應該也沒有造成內出血之類的傷勢。瞧她額角上的瘀傷，應該是爆炸的氣流令她撞向硬物而暈眩。

但當前形勢，就算沒有屍化人追來，我也難以帶著昏迷不醒的典子，趕去鏡湖醫院與霍恩會合。

「怎麼辦才好……」我嘗試調整耳機通訊器，通訊頻道仍舊被干擾著。

「霍長官，找我嗎？」這聲音……是碧格斯？

我轉頭一看，果然是一起參與這次任務的澳門司警碧格斯，而他身後還有一群披著白色斗篷的人。

我心想：老天爺待我不薄，這次有救了！

2

乍見熟人，我放下原有的戒備心，問碧格斯：「你們怎麼會來到這裡？沿途有遇到屍化人嗎？對了……霍恩呢？她在醫院裡嗎？」

「嘿嘿……」碧格斯笑著道：「你自己都泥菩薩過江自身難保了，還顧得了其他人？嗯……真可惜，出動這麼多屍化人也弄不死你，也挺有本事，難怪那人千方百計也要除去你。」

「你說什麼？」我此時才發覺，自己被算計落單了。

此時，原本站在碧格斯身後的白衣人，從後開始向我靠攏過來。我感到一股濃烈殺氣，是衝著我而來的殺氣。

「難道……」

碧格斯不待我說完，笑說道：「沒錯！一切都盡在我掌握之中，所有路線、情報都是我精心仔細的安排，而棋差一著的是，我原本打算此刻前來，是來替你收屍的，殊不知，真可惜……你竟然死不了。」

說完，碧格斯面露猙獰，與平日斯文有禮的模樣截然不同。他舉起右手，伸出那隻長有彎長指甲的食指，只見指尖透出一陣碧綠色光芒，瞬間像有生命般飄至站在他兩旁的白衣人身上，然後他淡然地說：「殺了他。」

「你……」

指令落下，只見那兩個白衣人向我漸漸靠近，而當他們與我不過三步之隔時，我簡直不敢相信自己的眼睛……眼前那兩人竟然是霍恩，還有失蹤日久的凌宇妻子傅詠芝！

她們手裡各自多了一把冒著寒光的匕首，喉頭不斷發出野獸般的鳴叫聲。而站在碧格斯身後的白衣人，紛紛揭下蓋在頭上的斗蓬，神情興奮地高聲叫囂著。

是一眾祕警處的探員。但顯然，他們此時都被洗腦或催眠了。

那空洞的眼神和失去人性的感覺，若不是被屍化病毒感染，就一定是被洗腦或催眠了。

但我已無力分辨，望著高舉匕首的霍恩，我不擔心自己的生死，更擔心的，是這個妹子日後能否全身而退，還是一輩子成為邪教的傀儡。

「醒一醒啊，恩！」我顧不得傷勢衝上前抱住霍恩，在她耳邊不斷叫喊。

在我與霍恩糾纏之際，我感覺背後寒光一閃，不知何時，背脊竟多了一把直入沒柄的匕首。是詠芝，她趁我和霍恩糾纏時，繞過我背後向我捅上一刀。

「呃啊——」痛楚的感覺還未傳入大腦，我已感到自己一口濃血在喉頭急湧而出，更噴在霍恩的臉上。

但還沒完……

「噗！」

失去理性的霍恩竟在此時向我胸口補上一刀，我感覺刀鋒穿過肋骨直達肺葉，頓時空氣呼多入少，意識漸漸變得模糊。

「恩……」雙膝一軟的我跪倒在地上，我一手壓著傷口，一手伸向霍恩，希望在最後失去意識時，可以再輕撫我最愛的妹子面容。

「FY，割下他的頭顱。」碧格斯向被操控的霍恩發號司令。

我無力抵抗，只能陡然望著手執匕首的霍恩，一手抓著我的頭髮，一手把匕首的刀鋒貼緊在我的頸項上。鋒利的刀鋒切入我的皮層，很痛……但不比親眼看著自己親妹把我殺掉那般痛。她將承受一世的愧疚。

而我，沒法好好守護她，是我的過錯。

我沒有選擇的餘地，唯有闔上眼，迎接即將而來的極度痛楚，等待死亡的來臨。

就在千鈞一髮之際，一道雄厚的聲音由遠而至，怒吼道：「夠了！」

「是誰！」碧格斯回應。

隨之而來的，是一陣溫和得足以吞噬一切邪惡的暖意，籠罩著整條街。而這股力量使行刑中的霍恩停下動作，手一鬆，匕首更落在地上。她愣愣地望著紫光的源頭。

「是你！」碧格斯面上陣紅陣白，驚慌的神情一閃即逝，雙手同時祭起綠光力量，但在紫色光芒下只顯得暗淡無光。沒辦法，在這個男人面前，就算是「奎扎科特爾」的七護法長老，也顯得相形見絀。

「你不是一直想找我嗎，碧格斯……不，應該稱你為『騙子』才對。」這聲音很耳熟……是……難道是他？

我奮力地張開雙眼，在奪目的紫光下，那冷峻的面孔，那多年不變的黑色粗框眼鏡，還有，那對膚色與其他地方完全不相襯的粗糙鬼手。

是司徒凌宇，是黑白兩道都在追捕的極惡刑警，司徒凌宇。

他身邊站著一位總是面帶陽光般燦爛笑容的短髮女子，是祕警處的探員翟靜，也是之前曾多次與凌宇出生入死的夥伴。

「你們終於來了……救……救霍恩離開……」我快要失去意識。

只見碧格斯一邊後退，一邊笑道：「嘿嘿……真是得來全不費工夫，嘿嘿……」

凌宇淡然地回答：「是嗎？」

說完，他一步步地逼近碧格斯，在經過我時，我感覺有種暖意湧入全身經絡、血管裡，原本流血不止的傷口凝結了，身上的傷痛也大幅減輕。

凌宇瞥了霍恩一眼，再向碧格斯道：「是你幹的好事吧。」

碧格斯身後的白衣人不待指令，竟瞬間一擁而上攻擊凌宇，但包裹著凌宇的神奇紫光，竟把欺身走近的敵人統統弄得癱軟倒地，彷彿所有力氣都被瞬間禁制、掏空似的。

而眼前，就只剩下一個碧格斯。

但局勢並未如預期地向一方傾倒，凌宇臉上也絲毫不見鬆懈，甚至翟靜更在腰間拿出裝著炸裂子彈的發射器，指著碧格斯的方向。

「嘿嘿……為了引你出來，我們花的工夫可不少。接下來的主角不是我，我可要退場和你的妻子慢慢欣賞你淒慘的下場囉，嘿嘿……極惡刑警……哈哈……」碧格斯一邊說，一邊後退。

「是誰說，你這個臥底可以退場的？」凌宇伸出筋脈鼓脹的左手，原本隱而待發的紫光，頃刻間貪婪地把碧格斯整副身軀吞噬。

「嗚……」原本一直囂張的碧格斯盡處下風，雙手的綠芒更消失殆盡，但他竟沒有一絲怯意，更露出得意的笑容。

「你笑什麼？」翟靜喝問。

碧格斯被凌宇的力量擠壓得面容扭曲，七孔開始冒血，根本無法開口回答。

「出來吧。」凌宇這句話令我和翟靜大吃一驚，就在這時，我看見在碧格斯身後隱約有兩個身影從黑暗中走出。

當中夾雜著絕望的氣色，以及一陣令人作嘔的腐爛氣味。

「是你！」凌宇手上的紫芒逐漸消退，但禁鎖著碧格斯的力量並未因而消失。

「呵呵呵，我的好相好，很久不見啦，算你有心肝還記得我，呵。」說話的是一個身高六呎、身材姣好，擁有少女嬌美聲線的中年艷妝女子，瞧她一身緊身皮革衣服，包裹在之下的身材比稱為「人間兇器」的典子，有過之而無不及。

「迦南……」翟靜聲音有些顫抖，道：「凌宇，沒猜錯的話，她旁邊的那人是……」

「亨利，『奎扎科特爾』七護法長老之中謎樣的男人，暗殺組織的首領『爵士亨利』。」凌宇凝神望著他，期間瞟了昏倒在地上的詠芝一眼，滿身散發著怒意道：「你就是這些年來一直擺布詠芝，幹盡傷天害理的事，更控制她把我全家殺掉的主腦？」

「客氣客氣，這點小事，又何足掛齒。」

一身英式紳士裝，留著兩道鬈鬍子，外觀年紀不過三十歲的亨利，走近動彈不得的碧格斯身邊，用手上的拐杖釋出一滴藍色的光，瞬間便解除碧格斯身上的枷鎖，然後轉身望著凌宇，道：「我要的東西，從來都沒有失手的可能。」

亨利笑了，身邊的迦南也笑了。

「你想要什麼？我送給你。」凌宇舔著乾澀的唇，緊握著蓄勢待發的雙拳。

亨利好整似暇地說：「你那雙手，還有……你的命！」

語畢，我看見澳門上空出現一個貪婪的魔鬼形相，把僅餘的月色徹底遮蓋。

這已不是一場人類能參與的戰鬥，我感覺到自己的弱小……弱小得無力去守護我愛的人。

三十・叛逆〔碧格斯〕

1

我……我究竟身處何地？

這些包裹著我的綠光……那些圍繞著我四周的碧綠色蛇神石……對了！這裡是神聖的「奎扎科特爾」總部實驗室的地牢，我在不久前有驚無險地逃回這裡。

「哈哈……都說我『騙子』碧格斯命不該絕……哈……咕嚕……」我咳出一口鮮血。

哎，雖然說僥倖地死裡逃生，但意想不到的是，本來獵殺司徒凌宇一干人等的任務計算精確，但沒想到竟來個螳螂捕蟬，黃雀在後，不但在大好形勢下未能獵殺司徒凌宇，替教派奪回他那對「貪食」鬼手，更殺出個計算以外的敵人，差點連累亨利和迦南客死異鄉。

那群從頭到腳身穿灰色緊身服的傢伙，究竟是何方神聖？

軍隊？還是祕警的分支警備隊伍？

在人類世界警備史中，都未曾出現過像他們那種服飾的相關紀錄，更重要的是，他們身上似擁有剋制……不，至少是足以抵禦亨利、迦南釋出的病毒侵襲本體能力，甚至連我的拿手絕活腦波控制，都未能成功入侵他們大腦、進行破壞。

究竟是那奇怪灰衣的效用，還是……我搞不懂，唯一知道的是，繼司徒凌宇之後，又出現一群對教派不利的敵人！

但話說回來，這根本不可能。我這算無遺漏的「騙子」，不可能會被敵人反過來計算。我此次以碧格斯的身分滲透進祕警處，為的是要將所有跟司徒凌宇有關的人等，來個請君入甕、一次殲滅。

萬想不到，連最棘手的司徒凌宇都被我們引出來，更在亨利、迦南夾擊下漸落下風之際，竟然會殺出這班神祕的傢伙，打破他們三人的互拚戰局，更迅雷不及掩耳地重創他們三人。

當然，我這個沒有護法長老力量加持的「騙子」，形勢則更是險峻。那班一聲不響、行動迅速，加上手段兇殘程度比我們教派殺手毫不遜色的傢伙，不消幾秒，便把我由一眾死士布防的防禦陣式徹底瓦解。

我指的死士，是一眾腦波被我控制的祕警探員，他們竟被那些神祕的灰衣人瞬間秒殺……轟成肉泥。而我，就在數十秒內，竟全身中了不知多少下重擊，估計已有七成的骨骼碎裂，部分內臟更被碎骨毫不留情地插穿。

「咕嚕咕嚕……」傷勢實在太重，就算得到蛇神石力量的加持，我仍是不斷吐出鮮血。

但我沒有當場死去，因為那刻我才發現，我的心不知不覺已被一個人牽繫著，而她更令我想不顧一切去拯救。我實在捨不得她受傷害，更捨不得她被殺掉。她是「ＦＷＣ」，也是我最討厭的司徒凌宇，一生摯愛的妻子傅詠芝。

千萬不要問我擔心她的理由，我不知道，可能是被她那雙水汪汪惹人憐愛的眼睛吸引，也可能是出於對司徒凌宇的嫉妒心，更可能是跟她朝夕相處後，不知不覺間萌生把她據為己有的慾念。

我還記得，當時千鈞一髮之際，我什麼都沒有考慮，就以僅餘的力量集中一點擊出，轟開壓在ＦＷＣ身上、準備扭斷她頸椎的灰衣人，然後一手捉著ＦＷＣ迅速向黑暗的另一端逃去。

我沒有理會亨利他們的生死，在我眼中，高高在上的護法們不需要我們這等卑微的下屬保護，相對地，我們也從沒得到他們在戰鬥中憐憫的恩賜。

戰危之時，要生存，就得靠自己；靠自己，就得依賴身上那所剩不多、受蛇神石祝禱的力量。

那一刻，我強忍渾身的劇痛，口裡唸唸有詞地打開跳躍時空的結界入口，然後用貫滿蛇神力量的碧綠色雙手，強行扯開空間的入口，再順著扭曲空間的吸扯力，一手拉著ＦＷＣ跳入其中；我們承受著空間扭曲、擠壓、分解、再整合的痛楚，最後渾身浴血地回到這個總部地牢實驗室裡。

我還記得，在結界入口關閉的那一刻，有個身影急速追上。是司徒淩宇，他雙手泛著暗淡的紫光，原本就只差百分之一秒，他就可以抓到ＦＷＣ的足踝。幸好，就因這時間上的差距，結界入口關上，而他也知難而退地縮回手，否則以他雙手貫滿「貪食」的力量，也只會被結界閉合的恐怖力量切斷。

「咕嚕咕嚕……咕嚕咕嚕……」七孔逐漸溢出瘀黑色的濃血。

當然，澳門一役的結果如何，我無從得知。

但有一點我可以確定，那班突然出現的傢伙最終也沒有完成任務，因為當結界閉上前的一刻，我從司徒淩宇的身後看到，那些原本追上來的灰衣人，身軀竟詭異地連環爆破開來，成為一道道血花，化成一灘血水。

至於那個警探霍華，在他試圖舉槍偷襲我時，我迅速在他肚子開了個致命血洞，至於他的生死，我不感興趣。在我眼中，這等沒有力量的邪惡『泰茲喀提波卡』後裔，都只是讓任務成功的踏腳石；我關心的，只有那個司徒淩宇，還有他一雙傳說中擁有自我修復異能的鬼手。

「咕嚕……」我望著痴傻、跪在地上怔怔地看著我的ＦＷＣ，心裡不斷泛起一個又一個問號的漣漪，腦裡再次湧現剛才九死一生的驚險片段。

我清楚記得，殺手組織內至高無上的爵士亨利出現後，他那股傲視天下的霸氣，不單瞬間壓倒原本氣勢凌人的司徒凌宇，還令高原街一帶瞬間充斥著令屍化軍團興奮的腐爛味。

這是亨利獨有的異能，是異常霸道、殺人於無形的傳染病毒，它的出現，往往代表死亡。而不出我所料，隨著那陣作嘔的腐爛味四散，高原街一帶不斷有新的屍化人加入我們陣營裡，而他們全都是附近一帶的居民。

我早就聽聞，自傲的亨利不喜歡親自出手獵殺敵人，在真正交鋒前，他總是好整以暇地慢慢脫下手上的白色禮服手套，當那對泛著暗藍的鬼手啟動時，病毒早已悄悄搶先對敵人作出致命的一擊。

曾有殺手組織內的前輩說過，那些被亨利手上的病毒第一時間毒死的敵人，下場還算好的，最多也只是變成無知無覺的屍化軍團成員。至於那些抵抗力較強、一時間死不了的敵人，就只能眼巴巴看著自己身上每一寸軟攤下來的肌肉，被身邊原本的戰友啖食掉。

那種感覺，好比人類古代時那身受三千多刀的凌遲極刑。

那種毛骨悚然的慘叫聲，被至親、同伴撕成碎塊之時雙眼流露的哀痛，就連身經百戰、以虐殺敵人為樂的前輩，也感到雞皮疙瘩。而只有一個人，由始至終他都享受著哀嚎，甚至會在現場跟隨此起彼落的慘叫聲踏步、跳起爵士舞。

他就是在「奎扎科特爾」教派內擁有「貪婪」力量的爵士亨利，是個不折不扣的變態。

話說回來，原本我也以為戰況一開始必定會向我方一面倒，所以情不自禁雙手按著ＦＷＣ頭顱，命令她睜大雙眼望著前方，生怕她錯過目睹丈夫悽慘收場的重要時刻。

但我錯了，不止我，連亨利、迦南等人都充滿錯愕，因為連同亨利在高原街一帶新製成的屍化人在內，前後一共三十人，竟在不知就裡的情況下，被一個猙獰的血盆大口肆意地吞噬。那張貪食的臉，那張不停咀嚼、咬碎骨頭的恐怖嘴巴，就只一瞬間，便令所有屍化人成為它的食物……一個不留。

很恐怖的力量，是「貪食」……是司徒凌宇雙手釋出的獨有異能。他絲毫沒有攻擊徵兆、沒有起手式的爆發力量，不單氣勢上，那道懾人的紫光，就像一張相互交織的巨網，一下突襲上原本自鳴得意的亨利。

電光石火之間，綻放著奪目的紫光巨網套下，捲起一陣強烈的狂風，把站在老遠的我和FWC吹得狼狽不堪。

但一切還沒有結束，因為有一個人，由始至於都沒有輕視過司徒凌宇，那就是迦南。就因為迦南從來沒有輕視過司徒凌宇，亨利才可以在鬼門關走了一圈而不入地獄。

「你比當日在異世界的力量更強、更熟練了。」迦南冷冷地道。

「過獎。」司徒凌宇的目光，始終沒有離開被我要脅著的FWC。

「呼……哈……的確很強，差點陰溝裡翻船……」亨利半跪在地上邊吸氣，邊抬頭盯著司徒凌宇道：「你……似乎比當年項月那老鬼，更懂得運用那貪食大能……哈哈……這不就更好玩了嗎？」

亨利緩緩站起來，同時雙手祭起一陣極寒刺骨的水晶藍光，皮膚表面迅速詭異地結晶化起來。而迦南，她的一雙手早已充斥澎湃的力量，那晶瑩剔透得連肌肉下的血管都穿透出來的質感，我相信她是要拚命了。

也難怪，據說她的姘頭，就是間接被司徒凌宇殺死的。

「我不要你那雙手。」迦南的身體緩緩飄浮到空中。

「哦？」司徒凌宇也祭起他那貪食力量。

「哼！臭婊子，別壞了大事毀了他的手！」亨利慢慢向凌宇輕步靠攏。

「我不管，他毀了老鬼一雙手，我要令他求生不得求死不能，我要這傢伙千倍償還！」迦南口中的「老鬼」，很明顯就是已死的昔日七護法長老之一，那個兇暴的維京老粗羅托斯。

「哎啊，雖然我一直視妳為阿姊，但妳這樣做令我很為難呢……讓我想一想……」亨利伸出他長而尖的舌頭舔著下唇，一臉苦惱的樣子。

迦南殺意大盛地道：「你別管我！」

「啊，有了……」語畢，亨利突然化作一道藍光，向司徒凌宇出手。

差不多就在同一時間，司徒凌宇一手把身邊的祕警處女警翟靜推得老遠，然後轉身，準備再次釋出那張肌餓的巨臉！

「嚓——」

遲了！

我是指司徒凌宇轉身遲了，亨利就趁這一分神，那貫滿病毒的結晶化藍手，已牢牢緊握著司徒凌宇的頸項。同一時間，一直蓄勢待發的迦南迅速加入戰局，她的一雙透明鬼手，合掌化為一道瑰麗的透明刀芒，直劈向司徒凌宇身上。

「噗！」那雙晶瑩剔透的血手直沒入司徒凌宇的背後，他嘴角溢血，毫無疑問是受傷了。

但迦南臉上並沒有一絲興奮，反而流露出不可置信的表情，與此同時，緊握著司徒凌宇頸項的亨利，同樣發出一陣低沉的呻吟。

白、紫、藍三種幻光激射上天空，互相制衡，但不久後，那均衡之勢便急轉直下。只見被白、藍兩種幻光夾在中間，原本愈趨暗淡微弱的紫光，突然全數熄滅，取而代之的，是另一道黑色的地獄之火，從司徒凌宇身上爆發出來。

還有……一股比剛才更兇暴的貪食惡相。它狠狠地撲向迦南和亨利兩人身上！

「怎麼會這樣？」迦南大驚失色道。

「難得你們一齊出現，我不花點工夫，又怎能引得你們中招，自動獻身被我消滅。」司徒凌宇那傢伙的臉上，陸續浮現出深紫、近乎瘀黑的網狀青筋，樣子顯得詭異暴戾。

「嗚……你……你竟然利用祕警處的情報，反過來引出我們？嗚……你明知他們會被我殺死，卻還不顧一切？嘿……嘿……枉你自命正義刑警，你比我們更像魔鬼，哈哈……嗚……」亨利雖然痛苦，但仍然流露出奸險的笑容。果然是瘋子！

「亨……亨利……他身上似有一股吸扯我們力量的東西，非……非常強大……」迦南的外表一下衰老了十年歲數，而那對晶瑩剔透的鬼手也逐漸枯槁。

「放手！」亨利喊道。

「不！」迦南咳出一口鮮血，反把化成刀芒的雙手插得更深，高聲喊道：「我要報仇！我要這天殺的血債血還！」

「好啊，儘管來吧！嘿嘿……把你們的力量全貢獻給我，讓我肚裡的『他』吃個飽吧！」闔上眼的司徒凌宇，竟發出彷彿混雜另一個男人的聲音。

「是……是你?!」亨利失聲叫道。

我記得，當時形勢真是非常危急，再這樣下去，繼維京人羅托斯後，亨利、迦南也將會以身殉教。雖然我說過，護法長老不需要我們去幫忙，但一想到司徒凌宇可能因而變得更強大時，心念一轉的我，決定要終止眼前亂局。

「啊！」一道熟悉的女性慘叫聲，傳入戰鬥中的司徒凌宇耳中。他分神回頭看過來，發現ＦＷＣ被我一手狠狠地抓著頭顱施壓。

果然如我所料，他立即以力量盪開已呈敗象的迦南、亨利兩人，準備向我發動攻擊。但意想不到的是，ＦＷＣ的驚叫聲，也引來另一個人的夾擊。是翟靜，她舉起手中的槍，向我發出那顆見鬼的會自我追蹤敵人的炸裂子彈。

我沒有選擇餘地，本能地抓起身旁躺著的屍化人殘缺屍體，拋向子彈發出的方向。

死亡的陰影籠罩心頭。

「轟隆！」

一陣燒焦的氣味在空氣中飄散著。

我沒有死，ＦＷＣ更絲毫無損。

一隻碩大無比的手竟瞬間擋在我們面前，把炸裂子彈揮擋開來，但我一點興奮感也沒有，因為這手的主人是司徒凌宇。他擺脫亨利等人後迅速趕到我們面前，我知道他為的是ＦＷＣ，他一雙憐愛的目光，從沒有離開過我身旁的ＦＷＣ。

「颯——」一陣腥風向我壓來，我抓不住眼前的ＦＷＣ，更被吹到三呎之外。

「嚓——」血花四濺。

接著，我笑了。

我前所未有地興奮獰笑道：「嘿嘿……我苦心經營、朝思暮想的一刻終於出現，哈哈……」我望著司徒凌宇笑道：「司徒凌宇，請問你的心……痛嗎？」

他沒有回答我，而出乎我意料之外，他沒有理會直入柄末的匕首，更以手輕撫著ＦＷＣ的臉蛋，替她抹去臉上沾上的污血。

我心頭一震，更感到一股怪異的感覺油然而生……是嫉妒。

但更教我心生怨恨的是，ＦＷＣ竟出現異常反應。她望著司徒凌宇的雙眼，竟流出兩道眼淚，她的眼神、她的目光，似乎正向司徒凌宇傳達千言萬語。

我記得，當下我憤怒到不顧一切地把蛇神石之力推向頂峰，向ＦＷＣ發出前所未有的腦力，誓要奪回對她的控制權。

我向她腦袋下達一道命令。

「呃！」原本沒入腹腔的匕首被ＦＷＣ強行拔出，司徒凌宇臉上呈現出痛苦難耐的表情，更看見一股黑色的幻光在他的傷口中暴洩出來。

形勢逆轉，場中在喘息回氣的亨利、迦南，發現司徒凌宇的力量急速流失，難掩興奮表情的同時，也祭起僅餘的鬼手力量，準備向司徒凌宇來個致命一擊。

我記得就在這時，一股充滿壓迫性的疾風湧至，高原街上突然出現一行十二個灰衣蒙面人，他們不發一語，似乎有隊形、有戰略地分散再聚合為四組戰鬥群，向著司徒凌宇、迦南、亨利和我疾衝。

而衝過來招呼我的，看身形似乎是一男一女的敵人。

就如我之前所說，他們幾下便把擋在我身前的一眾死士格殺掉，那乾淨俐落的手法，敵人連痛苦的呻吟聲也來不及吐出，便被徒手擰斷頸椎，或是以手刀割斷喉頭。更不幸的，則被他們拔出氣管，被迫在缺氧情況下死亡。

我當然不願坐以待斃，但當我嘗試以強大的精神力入侵他們腦袋時，發現內裡竟空空如也，也無法注入任何力量，讓他們產生虛假幻象或回憶。換言之，我賴以求生的最後祕技，被徹底破解了。

換來的，是身上傳來一下接一下的撕心劇痛。最後，我被灰衣人被打得如斷線風箏般飛倒在地上，而後逃回這裡的經過，就如前述一樣，是難得倖存且九死一生。

2

「咕嚕……」七孔流出的瘀血漸少，身上的痛楚在蛇神石加持下也逐漸減輕。我的意識開始清醒過來，而ＦＷＣ仍舊目不轉睛地呆呆望著我。

「噠噠……噠噠……」這時，實驗室外傳來沉重的腳步聲。是敵人？不……他們不可能知道如何打開空間缺口……除非……

「不可能……」腦海閃過那討厭的司徒凌宇。

一念至此，我勉強離開正替我加持康復的神石之池，披上掛在附近的實驗袍，充滿戒備地守在入口前，盯著即將出現的傢伙。

「軋……」實驗室的鋼門緩緩打開。

那股氣味，那種熟悉的感覺，還有先進入眼簾的拐杖……不是別人，正是我們殺手組織的首領，「爵士」亨利。他沒有死，而緊隨他身後的，是渾身浴血的「淑女」迦南，一臉頹靡的她，左邊乳房到腰側出現一個長六吋的恐怖傷口。

在亨利的攙扶下，她氣若游絲地被置於神石之池內，受一眾蛇神石的加持。原本暗淡的綠光，彷佛有靈性般激射出富有生命力的彩光，包裹著已漸失意識的迦南。

亨利安置好迦南後，轉身向我走來，而我則戰戰兢兢地只能單膝跪下，低著頭不發一言，生怕他向我問罪。

怎料，他竟正眼也沒看我，拖著疲倦的傷疲之軀，經過我的身邊，留下一條血路，逕自走到ＦＷＣ身邊，徐徐舉起那結晶化的鬼手，掌心按在ＦＷＣ額前不發一言。

「不！」我脫口而出道。

只見亨利手臂上的血管充斥著蠕動中的藍光，頃刻匯聚成一點，注射入ＦＷＣ的頭顱裡，我暗叫不妙：難道亨利未能完成任務，心一橫要殺掉ＦＷＣ洩憤？

亨利突然開口道：「她很特別，竟然擁有抗衡蛇神之力的本事，嘿嘿……好……好得很！」他轉身面向我續道：「把她送到紐約分部的實驗室裡。」

「什麼？」我驚道。

亨利向我怒視著，道：「你有意見嗎？」

我知道向亨利發問，是犯了殺手組織內的大忌，歷來這樣做的人只有找死的下場，但我仍忍不住顫抖地說：「紐約分部那個高澤浩一……把她送過去，只會成為那些『小傢伙』的實驗品，不如……把她留在這裡，讓我分析可以嗎？」

亨利不發一語，向我踱步靠近。一股莫名的恐懼充斥心頭，但一想到紐約實驗室的主導人是那個瘋子，我就不得不硬著頭皮希望亨利回心轉意。

我知道，把ＦＷＣ送到那裡，那瘋子一定會把她當玩具般施以酷刑，甚至作為屍化人的改造實驗品。

不……不可以這樣。

「你，這是第一次違抗我的命令吧？」亨利一邊說，一邊把手放在我的肩上。

「我不敢……」我話未說完，一陣冰寒的劇痛感從肩上傳來，是病毒……亨利竟向我突然出手，還是致命的病毒！

「不……不要……」我想反抗但已來不及，全身活動能力已受制於亨利。

亨利不斷向我注入病毒，與此同時，我感覺全身的肌肉腫痛難耐，但更有種力量蓄勢待發的感覺，很難受……究竟是怎麼回事？

我感覺這個軀體離自己愈來愈遠，四肢的觸感不再熟悉，頭顱更痛得想伸手把它拔掉，胸腔似被巨型的打樁機在不斷亂擊！

「啊——」我忍不住暴喝一聲，連身旁的亨利也被我震開數步。

「怎……怎麼會這樣？這股力量……究竟怎麼一回事？」我望著亨利。

亨利抹一抹嘴角的血跡，嘴角微翹地笑道：「嘿嘿……是不是感覺力量很澎湃，有種不吐不快的感覺呢？」

的確，這種擁有強大力量的感覺是我前所未有。

「嘿……這力量，足以讓你去完成下一個任務。」亨利伸出有著彎長指甲的小指，點向ＦＷＣ的額頭上。

「什麼？」我還沒搞清楚是什麼一回事。

「三日，我只給你三日時間，失敗的話，不止你，連這女的也會一命歸西。」亨利說完，便在指甲釋出一點藍光，藍光迅速滲入ＦＷＣ的額上皮膚。

我來不及反應，亨利續道：「我給你的力量，會一天強過一天，三日內會到達你身體可以承受的最大限度，也是你完成任務的最好時機。但若三天後，你來不及回來找我，嘿嘿……」

亨利舔一舔剛釋出藍光的指甲，猙獰地笑道：「你就會被這股力量貪婪地反噬，這……嘿嘿……也算是『貪婪』的惡果。」

我剛想開口說話，亨利搶著道：「剛才那點藍光你也看到了吧，哈哈……不用我說，若是逾時不回……哼，這女的會有怎樣的下場吧。」

我心裡一驚。

「砰！」亨利做出一個爆破的手勢。

「你不問我，為什麼要守護這個『泰茲喀提波卡』後裔？」我問。

「為什麼要問？」亨利好整以暇地說。

「什麼？」

「我也曾有過相同的經歷。」亨利的話令我大感詫異。

接著，我感覺亨利解除掉我身上的束縛。我不打算再追問下去，只鬆一鬆全身綳緊的肌肉，轉個話題問：「是什麼任務？」

亨利走近失去意識的迦南身邊，在禮服內拿出一張手帕，輕抹著她手上的血漬，然後道：「我看得出，司徒凌宇除了她的妻子，還有兩個最關心的人。」

我腦海閃過一男一女的身影。

「你指的是霍華兄妹？」我瞥了身旁的ＦＷＣ一眼，她看起來沒什麼反應。仍舊痴痴傻傻，目光一直看著我。

「去把他們抓回來，我要那傢伙感受一下，不僅失去家人，連唯一可以支援他的朋友，也因他而遭劫的滋味。哼，我要他知道，他愈是想去守護身邊的人，就只會愈快害死他們，哈哈……」

亨利頓一頓，轉過臉望向ＦＷＣ，然後殺意大盛地吐出一句話——

「我要令司徒凌宇一無所有，愧疚一生！」

三十一・惡夢〔霍華〕

1

遭碧格斯重擊後，我不知道自己究竟昏睡了多少天……

只知道一覺醒來，胸口的痛楚已不知不覺間減退，換來的是口乾舌燥，乾澀的嘴唇裂得又麻又痛。我已忘記多少天沒有喝水了。

環顧四周，濕熱的高溫令皮膚又痕又癢，身處在不知名的叢林當中，我也忘記了自己究竟在這裡逗留了多少個日與夜。

我究竟在這裡走了多久？

這裡究竟是什麼地方？

我全然不知……唯一記得的是，當日被那個「奎扎科特爾」教派派來的臥底碧格斯發出的綠芒擊暈後，記憶中，我整個人就一直浮浮沉沉、虛虛幻幻，處於半夢半醒的狀態中。

不知過了多久，待我醒過來後，眼前就出現這片茂密的森林，而這裡，感覺就像亞馬遜河流域那類的熱帶雨林。

這是夢還是什麼？若是夢，為何我會感覺到飢餓、痛楚？

但若不是夢，當我一直在這雨林走著的時候，除了風聲、河水聲外，就感覺不到任何生命氣息，甚至連小至一隻昆蟲也全然不見。

迷惘……更感到絕望，我漸漸想不起自己究竟為什麼要在這裡，更不知道一直走……一直走……哪裡，才是我的終點？

唯一值得安慰的是，我仍然記得自己是誰，對……我是霍華，我一定會牢牢記住自己的名字。他媽的，就算死在這裡，我要強調，我知道自己是霍華！

雖然，我不知道自己要去哪裡，但我的身體、我那不斷前進的雙腿告訴我，有些東西正在呼喚著我，所以我才會朝這個方向，不斷越過崎嶇不平的山徑、兇險急湧的激流，撥開阻擋面前長得密不透風的枝葉，跨過那些巨大的樹根。

我感覺到，「它」，即將出現在眼前。

「它」將會給予我答案，甚至讓我知道自己為什麼會被困在這裡。雖然，我仍然不知道「它」是什麼，但眼前不遠的一道綠色光雲告訴我，「它」就藏身在那裡。

「噠噠……噠噠……」

我不斷蹣跚地涉水前進。

「噠噠……」在滴水不沾、飢餓難耐的情況下，我開始漸感不支。

「嗄……嗄……嗄……」

終於……

「啪！」我用僅餘的力氣，一手扯斷擋在面前的藤蔓，一道強烈的綠光射入我的眼眶中。

我揭下布滿污泥的斗蓬，緩緩地抬起頭，當眼睛適應強光後，一座頂端呈尖狀，由下至上碑身漸漸變窄的石製紀念碑就聳立在我面前。

這個石碑十分巨大，高度應該超過一百三十多呎，而那道引領我來到這裡的綠色光雲，就是從這石碑的頂端釋出，部分光芒更像細雨般灑下，像替石碑沐浴全身。

我沒有一絲驚訝，既來之，則安之，我繼續前進，甚至伸出左手，以掌心輕輕地觸摸眼前的一道光，再穿透進入光芒之中，直達石碑前方。

我知道，「它」應該希望我這麼做。

但當我接觸到石碑表面時，想不到的是，石碑竟先傳來一陣震動，然後從我掌心附近的石碑表面開始，竟陸續出現一些難以理解的象形圖紋。

「隆隆──」搖晃的石碑似在低沉咆哮。

與其說象形圖紋不斷在石碑上浮現，我更覺得那些圖紋彷彿沿著我的掌心不斷擴散，呈螺旋狀直捲向石碑頂端的綠色光雲那裡。

我感覺到「它」在說話……「它」正跟我說話，但我無法理解，因為我根本不曉得怎樣解讀這些象形圖紋。

石碑的碑身傳來一陣抖動，同時一陣悲苦的情緒直衝心頭。是「它」……「它」在哭泣，「它」很痛苦……等等……這是……這是憐憫的感覺，當中夾雜著憤怒，但轉眼間又變回另一種感覺，對……是痛楚，「它」讓我有種莫名的悲痛。

這時，我感覺額頭有點發燙，抬頭一望，發現碑尖的那道光雲竟向我釋出一道綠色光線，那一瞬間，我感覺那光線穿透我的皮膚，越過我的腦蓋，直達腦內的感官神經。

然後，一幕幕高速的影像在我的眼前出現，我驚道：「不……不！停止……」

是災難，一幕接一幕的地震、海嘯情景出現在眼前，而這些地方都似曾相識，那土崩瓦解的石城，是我曾和諾藍度蜜月的紐西蘭南島的城市基督城。那倒塌商業大樓壓著大量行人的地方……是台灣花蓮，我曾經和上司廖承志去過那裡做警務交流。

接下來的影像愈來愈快，印度的錫金、瓜地馬拉、阿留申群島、尼爾群島、克羅尼西亞的西加羅林群島、克馬德克群島、阿根廷北部、日本福島、美國西部俄勒岡州外海、印尼峇里島……

最後……「什麼？不！不要！」

我驚見一個夾雜著毀滅性力量的巨型海嘯，把澳門摧毀後直撲香港，它迅速掩沒維多利亞港一帶，那些沿海而建的摩天大廈，例如國際金融中心、中國銀行、滙豐銀行總行、康樂大廈等等，均一一被海嘯撲倒。而對岸擁有一百一十八層樓高的環球貿易廣場，同樣抵受不住巨浪衝擊，斷成兩截向下倒塌。

驚呼、哀嚎聲不斷衝擊著我的耳內，甚至我發現那些與我血濃於水的同胞，此刻竟驚覺我的存在，紛紛向我揮手求助。

就在我試圖伸出無力的手臂去抓著其中一位災民時，身後一陣震耳欲聾的巨浪聲揚起，吞天滅地的第二波海嘯向我直撲而來。

「轟隆轟隆轟隆……」

眼前一棟棟位於西九龍高入雲霄的住宅大廈瞬間傾倒，那些上等人所住的地方，君臨天下、凱旋門、天璽、擎天半島等曾經傲然聳立的優質樓房，都瞬間在眼前淹沒。

好可怕，這就是末日景象嗎？

不……那些地理學家、天文學家、玄學家不是說過，香港是一塊福地，就算有天災、海嘯也不會被禍及嗎？怎麼眼前會出現如此可怕的影像？

是預兆？不……我不願承認……夠了！一定是夢，給我醒過來……醒來啊！不要再作這種詭夢了！

「磅！」我把手拿離那石碑，影像瞬間消失得無影無蹤，但我一點放鬆的感覺也沒有，因為……

「啊——」一陣擠壓、絞痛的感覺充斥神經，我被一股力量吸扯進石碑裡。

我還來不及叫喊，已一頭撞向石碑處，待稍稍回復知覺時，我發現自己並沒有如預期中被弄得頭破血流，反之環顧四周時，竟發現周遭變得漆黑一片。隱然間，我知道自己就在石碑內。

「噗！」眼前出現一點燐燐火光。

火光愈燒愈亮，我終於看到，眼前火光的源頭來自一座石製祭壇。我慢慢走近，當愈走愈近時，腳步也變得沉重。

當我突破黑暗、隨著那僅有的火光望去之際，我看見祭壇之後，聳立著一尊碩大無比的巨像，它的造型是中年的男性模樣，姿態有點特別。我從沒有見過哪尊石像是半跪在地上，然後雙手抱著頭，滿臉苦惱得近乎痛苦的模樣。

等等……

當我再靠近之時，發現巨像披著的斗篷紋理有點熟悉，是一種生物皮的花紋……是……是蛇？難道眼前的巨像是……啊！我好像想起些什麼……「奎扎科特爾」蛇神……那綠色的光芒……碧格斯……對了！剛才把我吸扯進石碑內的綠光，跟碧格斯向我發出的那一擊，感覺很相似……

等等，有哭聲？是誰？誰在哭？

「是祢……」我抬頭望著眼前的巨像，發現祂的雙目間竟似含著淚，但不可能的，他媽的……難道是神蹟？巨像怎麼會流下眼淚？

這哀鳴、這悲苦的感覺……跟剛才的很相似，難道一直在呼喚我的不是石碑本身，而是「祢」

嗎？祢在悲痛人類被天災毀滅嗎？祢在為著生命被肆意摧殘而痛心嗎？

但……祢為什麼在笑？祢那上揚的嘴角彷彿在告訴我，祢在笑……

望著一哭一笑的詭異容貌，感受時而悲傷時而興奮的感覺，我不自覺後退了數步，一種油然而生的恐懼在內心瀰漫。

我感覺到衣襬被人一拉，吃驚之下我連忙轉身一望，發現一隻小手正拉著我。她那水汪汪的大眼睛、白裡透紅的臉蛋，還有，右手手指頭已結痂的傷痕……

「哥哥！你怎麼會來這裡找我？你不是要去當值日生嗎？」

是霍恩！會什麼小時候的霍恩會出現在這裡？

「咦……你身後藏著什麼？」小霍恩跑到我的身後。

我發現手裡不知何時竟多了一瓶可樂，還來不及反應下，小霍恩已一手把可樂拿過去，用力地用她的小嘴不停在吸管上吸著。

「吱吱……」她很快便把半瓶可樂喝完了。

小霍恩天真地道：「好喝，哥哥你也喝啊！」然後向我遞來還剩半瓶的可樂。

此情此景，我終於想起，這是我還在讀小學四年級那年，霍恩剛升上小學一年級。當時父親早已去世，家裡很窮，不像其他小孩子一樣，可以有零用錢去買零食。當時霍恩總嚷著說想和同學們一樣，在午休時間喝可樂，所以我瞞著母親替班上的同學做功課，終於每兩星期存夠一瓶可樂的錢，便在午休當值日風紀時，偷偷跑上四樓霍恩的教室送可樂。

我記得，每次看見妹子天真而滿足的樣子，我就感到心滿意足。

我答應過彌留中的父親，一定會好好照顧霍恩；我更在媽媽臨終前承諾，無論將來發生什麼事，都要好好愛護她，一生一世守護著她。

所以當凌宇臨離開香港前，回答過我要守護的人是他的太太後，我毫不猶豫地回答他：「我早已找到要守護的人了。」而我的答案不是諾藍，是妹子霍恩，即眼前這個紮著雙辮的小女孩。

我輕撫著小霍恩的小手，一臉滿足地微笑著。

當我摸到小霍恩右手手指上的疤痕時，腦海閃過一個片段，心裡想：這傷口，哥還記得。

「你還記得嗎？」小霍恩低下頭問。

聽著她低沉的語調，我心裡一驚，道：「哥怎麼會忘記？是哥不好，當年得罪了高年級那班惡霸，連累妳被他們抓住，還用釘書機在指頭上釘出個血洞……」我心頭揪痛了一下。

「哥……」小霍恩甩開了我的手。

我半跪下望著她問：「什麼？」

「你看……」小霍恩把手指遞向我。

是血……這傷口……怎麼會這樣？剛才不是已結痂了嗎，怎麼會突然冒出血來？

我一手按著不斷冒血的傷口同時，皮膚在傷口處觸碰到一些冷冰冰的東西。我面色驟變，彷彿回到當年目睹小霍恩被那班壞人凌虐的情景。

「是釘書針！為什麼傷口內還會有釘子？」我嚇得把按在傷口的指頭鬆開，不斷在附近搜尋，看看有什麼東西可以挑出釘子，同時安慰著妹子：「沒事的，哥不會再令妳受到傷害。」

「真的是這樣嗎？」小霍恩喃喃地說。

「不！不……不要……」不止結痂的傷口冒血，不知為何，小霍恩的小手竟瞬間變得宛如機械般，原本富有彈性的肌膚，變得冷冰冰而失去生氣。不到幾秒的時間，她整隻臂膀變成一隻活動起來帶有齒輪聲、令人毛骨悚然的金屬機械手臂。

「哥哥，被火燒的感覺真的好恐怖……好痛……霍恩好痛啊……」她說完，我感覺小霍恩身體竟產生熾熱高溫。

我看著瞬間被火舌吞噬的妹子，雙腳軟得無力再站著而癱軟在地。小霍恩不停在地上翻滾哀叫，她那無助而怨恨的眼神一直盯著我，一陣愧意直衝心頭。

「恩……不……媽的！誰可以來救救她？不……不要啊……」我激動地衝上前，打算撲滅小霍恩身上的烈火，連雙手被火燒得皮開肉綻仍渾然不覺。小霍恩身上的火則愈燒愈烈，更透出一陣令人懼怕的藍光，把筋骨燒得啪嘞啪嘞作響，空氣中更滲透著一股難聞的焦味。

「哥……哥……救……救我……」

哀嚎逐漸轉弱，火光也由極盛而衰，最後只燒餘一堆燒焦的衣物和遍地骨灰，還有……一隻還在燒得通紅而吱嘎作響的機械獨臂。接著，四周回復一片漆黑，一切復歸黑暗。

「啊——」我心痛得無以復加，瘋了似地把胸前的袖衫都撕破掉，露出滿布疤痕、彈孔的胸膛。

「噗！」

左邊一點火光亮著。

「噗！」

右邊也出現一點火光。

「該死……怎……怎麼會是妳？」一股不祥之兆湧現，我快要崩潰了，因為眼前出現的，是坐在輪椅上弱不禁風的諾藍。她怎麼會出現在我眼前？

等等……

「不！不要啊……他媽的你要殺便殺我，不要折磨她，有種便出來幹掉我，媽的！你這叫什麼好漢！」我無法控制情緒，當親眼看著你最愛的人，被狠狠地用火燒死而不能挽救，試問，除了發瘋，我還可以怎樣？

「啪嘞啪嘞啪嘞啪嘞啪嘞啪嘞啪嘞啪嘞……」

諾藍臉上七孔流血、四肢燒得扭曲，但最恐怖的是，她竟彷彿沒有知覺，只木然地被火燒得容貌、軀體毀爛不堪。

霍華啊！霍華……你憑什麼去保護最愛的人……

「噠噠……噠噠……」

是腳步聲？

我轉身一看，接著呆住……身後出現的，竟是妹子霍恩！但她不再是小孩，等等……她……她不是已被燒得不似人形嗎？對……一定是作夢！終於夢醒了……

「恩！」我望著霍恩，原本失去的力氣重新聚起，連爬帶跑地衝過去，再牢牢地緊抱著她，生怕她再次被死神帶走。

「哥不會再令妳被壞人傷害……相信我，我會一生一世好好守護妳……」

「信……我相信……」霍恩雙眼透出一股令人遍體生寒的恨意。

「什麼？」

「砰砰砰砰砰砰！」

六槍。

胸腔傳來一陣狠烈的劇痛，血花從背後飄落而至。

我還記得，雙眼闔上前最後看到的，是霍恩一抹滿足而詭異的笑容。然後，一陣突如其來的綠光把我吞噬，我再次失去知覺，昏死過去。

2

我一直不明白，原來時間可以有兩種解讀。

對於昏迷不醒的病人家屬，等待是最磨人的，日子可以過得很慢、很慢，慢得令人失去耐性，也可能心生厭倦，更甚者，可能對著不知何年何月，或何日才甦醒的病人抓狂痛哭。此刻，時間對於他們來說，是一種只剩「嘆息」、「無奈」、「灰心」的代名詞。

至於躺在床上昏睡不醒的病人，只要不是腦死，只要尚有一息存活的可能，當一覺醒來時，這才發現一切都恍如南柯一夢；無論已經過多少日子、時間，他們彷彿都活在過去的分分秒秒，腦裡只添加一些印象模糊的夢中記憶。

除了身體機能偶有不適，時間並沒有留下任何痕跡，唯有翻開報紙、打開電視、連接網路時才發現，原來地球已轉了不知多少個圈，這時才感覺恍如隔世。

時間，只會為他們添上「陌生」這形容詞。

而我霍華，就沒這麼幸運。從昏迷到甦醒，我不斷反覆作著相同的惡夢，每個夢都充斥著血，每個夢都讓人痛得心碎。

上一刻看著親人遭遇不測，下一刻親人重現眼前控訴你保護不周，再下一刻，他們又一個接一個在你眼前，被黑暗中無形的劊子手行刑殺害。更可悲的是，我雖身處其中，但每次都被迫成為觀眾，只能袖手旁觀。

原本我還以為，自己已經身陷地獄，得不斷接受家破人亡的悽楚傷痛。

但究竟是命不該絕，抑或人不從天願，還是這一切根本都只是幻覺？所有都只是我自編自導自演的惡夢？

我不知道。但我依稀記得，那些一直在虛幻裡包裹著我的綠色光雲，突然頃刻間不斷消滅，而恐怖的影像也逐漸變得模糊不清，在我眼底裡逐漸退去。

然後，我開始聽到身邊有一群人正在忙碌著，我身上有一些冷冰冰的金屬儀器在移來滑去，到後來，我更聽到電子儀器傳來心臟的搏動聲。

「嘟……嘟……嘟……嘟……嘟嘟……嘟嘟……嘟嘟……」

終於，在二〇一二年十月二十三日，我，霍華，一個曾經被判定可能即將腦死的人，一個身體器官機能已退化至只剩百分之五十的半殘警探，竟有幸被寫入香港醫學史上的奇蹟。

在一眾醫生、看護的見證下，在偶爾前來探病的廖承志陪伴下，一直緊閉著的眼皮，先傳來一陣跳動，再來，逐漸張開讓光線透進眼底。然後，我終於在昏睡大半年後——

奇蹟康復。

但我一點都沒有感到欣慰，因為甦醒過後，緊接而來的，是一幕幕殘忍的現實。廖承志跟我說，他替我帶來兩好兩壞的消息，問我想從哪個消息開始聽起。

我隱然有種心痛的感覺，所以回答廖承志，不如還是從好消息說起。

廖承志道：「第一個好消息是諾藍已經安全，你可以放心。」

原來在我昏迷期間，一度曾被「奎扎科特爾」教派視為綁架目標的諾藍，得到翟靜之助，已被安排到倫敦祕警處總部落腳，受最高規格的人身保護，更得到新的身分，安全暫時得到保障。

誠如廖承志所說，這安排讓我們無後顧之憂。

至於第二個好消息，對於私人而言意義可能不大，但對正義一方來說，是彰顯著邪不能勝正的公義。這個好消息是，在四個月前，「奎扎科特爾」教派七護法長老之一的「鬼手傑克」，已經被徹底地格殺掉。

這個消息除了得到翟靜親口證實外，據可靠消息指出，我的好友「極惡刑警」司徒凌宇，在此次行動也有參與其中，但詭異的是，「鬼手傑克」不是由凌宇親手所殺，殺他的另有其人。傳聞殺掉他的是一個男童，但消息沒有得到證實，翟靜也祕而不宣，而事後凌宇再次不知所蹤。

但不打緊，最重要是結果，那他媽的是誰殺的傑克，我根本一點都不關心。

「華，展啟文的死，也算大仇得報了吧！」廖承志雖和凌宇心生芥蒂，但同僚之死得到了斷，他說來都有種快意恩仇之感。

「那壞消息是什麼？」我說來雖淡然，但心頭不禁有種戚然感。

廖承志走向病房的陽台，一手掀起窗簾，讓陽光把病房照得通亮，然後轉身倚著窗邊，道：「你要有心理準備……」

我沒有回話，廖承志續道：「澳門一役，當我們在遍地屍骸、一地殘肢的現場上發現你的時候，你胸腔的胸骨、肋骨全碎，附近的內臟更大量出血。經祕警處派出的外科醫生急救後，雖保住你的性命，但他們發現，你曾經受一種極高能量的攻擊，以致全身機能急速退化，身體的大部分器官只剩下一半可運作，而這種傷害是永久性的……」

廖承志瞥了我一眼，似乎在觀察我的反應。

但我沒有他預期般地激動，因為我十分清楚自己身體狀況。自甦醒過來後，雖撿回一命，但已形同廢人，要像從前那樣跟壞人拚鬥，只是妄想。

「所以，我們已替你安排在警察總部擔任一份文職。」廖承志語畢，在衣袋裡拿出一根菸，想點燃之際又回神過來，意識到自己身處於禁菸的醫院裡。

「將來的，遲些再算。」我頓一頓，問：「第二個壞消息呢？」

「軋……」突然，病房門打開。

「你還沒告訴他嗎？」來者是祕警處的戴月辛。

廖承志面有難色地道：「嗯……正準備說。」

「你說不出口，就由我說吧。」戴月辛放下手上的平板電腦，對我說：「祕警處探員霍恩，你的妹子，在四個月前被敵人擄走了。」

「什麼？」我猛然彈起身，腦海突然浮現惡夢裡霍恩的恐怖模樣。

「華，冷靜點。」廖承志按著我的肩膀。

「澳門任務失敗後，你們一行人被安排入住香港特區政府特別建造的祕密醫院，而你因傷勢太重，所以一直昏迷不醒。」戴月辛續道：「至於霍恩，傷勢沒你這般嚴重，經過兩個月治療後，便漸漸康復，更要求希望親自照顧她的哥哥，就是你霍華。」

「媽的，別再賣關子，我妹子究竟怎樣了？」若此刻我可以行動自如，一定揪著這姓戴痛揍一頓，再問個究竟。

「原本一切都無事，怎料，四個月前的一個晚上，祕密醫院的保安系統竟被駭客入侵破壞，隨之而來是一班屍化人突襲，令醫院變成殺戮戰場。雖然如此，只憑一班屍化人要攻破這裡談何容易，但想不到的是，縱使堅固的堡壘，竟然有一個由內而外的缺口。」戴月辛說到這裡，面容開始不再輕鬆。

「那晚，的確很可怕。」廖承志插嘴。

「醫院內，竟然早已埋伏『奎扎科特爾』教派派來的臥底，數名保護醫院的特警竟同時發狂，不單向醫院的守衛亂槍掃射，更搶先關閉最後一道的保安系統，再帶著一眾屍化人入內，而目標就是你和霍恩所在的房間。」

我默然不語。

戴月辛斜睨了我一眼，閃過無奈的眼神，續道：「原本霍恩可以全身而退的，但為了你，她不理我們的勸告，帶著數名祕警去接走仍然昏迷不醒的你，而她自己則決定殿後保你周全。據把你救回的兩位祕警所述，當時除了屍化人，更出現一個渾身肌肉、碩大無比的男人，他一手便把隨同霍恩殿後的祕警雙手扯掉，更以意想不到的速度把另一個前格鬥專家的祕警，擊得脊骨硬生生抽離背部、慘死過去。若不是霍恩死命地跟那隻『怪物』糾纏，我想你今天也沒機會聽我說『故事』了。」

我心裡雖然害怕接下來的答案，但仍是問：「那霍恩現在如何？」

「還死不了。」廖承志再忍不住插嘴。

聽見霍恩未死，我心頭一寬，但戴月辛續道：「應該說，是還未死，但跟死也相差不遠了。」

「什麼?你他媽的說清楚好不好？」

「兩星期前，我們收到一盒沒有署名的錄影帶，裡頭是一群女人被殘虐的片段。畫面拍攝得雖不太清楚，但經科技組同事的分析，其中一個赤裸上身的女人被吊著鎖扣的右手是隻金屬機械手，我們可以確定，她就是霍恩。」

「啊——」我腦海不斷浮現出夢中霍恩血流滿面的樣子，我忍不住向天怒吼，不斷地自問，為什麼會這樣？而我這樣的一個廢人，又該如何救回我最疼惜的妹子？

「華……」廖承志試圖按住我，安撫我的情緒。

「告訴我……我怎樣可以救回霍恩……求你……求求你……幫我救回霍恩可以嗎？」我這一生中，第一次以哀求的語氣，向著戴月辛和廖承志說著。

廖承志望著我，眼眶內帶著淚水，道：「華，不要激動，你的命是霍恩拚命救回的，要好好珍惜，不然就辜負了她的期望。」

「救救她……可以嗎？」我頹然地問。

「要救她也不是沒辦法。」戴月辛道。

「有什麼方法？」我感到一絲曙光。

「但結果可能終究是死。」戴月辛見我的眼神堅定，便打開面前的平板電腦，開啟一個程式，向著我說：「這些綠色的東西，是你經過搶救後身體內原有的細胞，活動力比正常人低，就像一個垂垂老矣的七十歲老人。」

「快說！」

「這些紅色東西，同樣是你身體裡的細胞，不同的是，我們從你身體抽出的血液樣本中，把那些垂死的細胞通過強化實驗，得出來的結果。」戴月辛繼續播放出下個影像，道：「透過實驗，我們發現你身體的細胞不僅得到恢復，更不斷主動吸納我們注入的剩餘病毒。它們不單承受住後期異變、進化，瞬間變得強大之餘，更自動把優生下來的細胞分裂、再生，取代原有舊有的孱弱細胞。」

「不要跟我說這麼多狗屁科學理論，我只要結論！」我按捺不住地道。

「在澳門一役，你也見到了那些灰衣人吧？結果就是，你捱得過這個強化實驗，就有機會擁有一擊斃殺屍化人的強大戰鬥力。別說救你的妹子，就算要對上任何一個『奎扎科特爾』的護法長老，相信也綽綽有餘。」戴月辛自信滿滿地說。

一想到可以擁有更強大的力量，一想到可以救出霍恩，我想也不想便答應戴月辛：「好！我同意你，快替我安排做手術！」

廖承志聽到我同意，急道：「戴警官，那實驗不是被擱置了嗎？」

「加賀博士相信，霍警官有擁有成為新人類的資格。」戴月辛轉身望著我，道：「決定好了嗎？」

「管他媽的什麼危險，安排吧！」

戴月辛露出一抹微笑，轉過頭便拿出手機聯絡醫院安排手術。

此時，廖承志的電話響起，只見他接聽後，本就鐵青的臉色變得愈來愈差，道：「好，我跟他們說，你們繼續跟蹤，不要被他甩掉。」

他掛斷後，向著戴月辛道：「大魚終於上鉤，看來霍恩真的命不該絕。」

三十二·伏擊〔霍華〕

1

今年十二月的紐約，天氣已變得異常寒冷，從下機至今的一個星期，大雪一直沒有停下的跡象。不止大街，連美國的象徵、紐約的地標自由女神像，已被不斷落下的白雪覆蓋。整個紐約市充斥著寒冷的空氣，街上的行人除了必須外出的，其餘都選擇回家避寒，人影疏落的市景顯得一片蕭條。寒冷，當然是其中一個因素，但更重要的是，人們都似乎渴望把握最後的時光，回家跟親人好好相聚，然後在三日後的某個時間裡，當預言所說的災難突然降臨時，他們可以無憾地把生命完全奉上。至少，因為有親人相伴，所以還算得上無憾。

至於像我這樣，在倒數的日子裡，都不能履行守護家人責任的男人，就只能繼續爭分奪秒，寄望天可憐見，讓我在最後一刻，憑藉雙手把與我血脈相連的妹子救回。

至於我的妻子諾藍，不用擔心，她已經在倫敦安頓好，在她父親的關照下，縱然失去丈夫的照料，相信生活也還能無虞。

實在沒辦法，一切都是他媽的等價交換，要得到某些結果，就要必須放棄所有……

話說回來，那個傳遍地球每一角落、「奎扎科特爾」邪教散播的天劫預言，說什麼三日後地球將會在二〇一二年十二月二十三日遭逢滅絕劫難，屆時地震、海嘯一併爆發，人類將會以鮮血去迎接正義大神云云，我聽到一概不加理會。對我來說，就算真有其事，以我個人之力根本不能改變什麼，尤其那是天災，試問人力又怎能力敵大自然的威力？

相信就連擁有異能的極惡刑警司徒凌宇、那班邪教七護法等人也不例外，他們都不能阻止歷史巨輪的轉動。與其妄想與天為敵，不如利用僅有的時間，把妹子霍恩從那班「奎扎科特爾」教徒魔掌救回，這樣還來得實際些。

至少，我可以做的，就是這樣。

若失敗，我今日弄成這種境地，將變得毫無意義。

「咕嚕咕嚕……」我把手上那顆足有五角硬幣般大的紫紅色圓形藥丸吞下，再灌入一杯又一杯冰冷的生水。

藥丸隨著冰水滑過原本乾澀的口腔，穿過仍然腫脹的喉頭，再沿著喉嚨滑下，當落入胃部翻起胃酸時，藥力漸漸被腸胃壁吸收。

不到一分鐘，身上大大小小的紅斑逐漸褪去。那些暴突曲張、不斷躍跳的筋脈，也漸漸平復下來。至於已腫脹得有輕微反折的四肢關節，也迅速地消去腫痛，開始回復正常模樣。

躺在床上痛得哼不出一聲的我，雖已反覆經歷這種折磨兩個月，但仍然習慣不了；每兩天便出現一次的強化機能，所帶來的副作用，只得靠加賀博士配製的一顆藥丸替我麻痺痛覺神經、抑制體內不斷增生的強化細胞，好讓我挺過去。

「等價交換，一切就像凌宇口中所說的等價交換，再怎麼痛……我也挺得過的。」

要擁有力量，便得承受痛苦。在戴月辛的安排下，我接受加賀博士科研團隊的實驗手術。對……我沒有說錯，是實驗手術。

因為在此之前，所有經過強化手術的祕警處精英份子，都像澳門一役那些灰衣人一樣，突然承受不住不斷增生的細胞力量而爆體身亡，所以手術其實未曾成功。與其說是手術，不如說是仍處於測試階段的實驗，而我，霍華也是人體測試的實驗品之一。

在手術之前，加賀博士早已跟我明示暗示，戴月辛之所以挑選我作為新一批實驗人選，並不是因為我的妹子被人抓走，也不是打算給我什麼復仇機會，或可憐我變成廢人，想給我機會重生。

他之所以選擇我，無非是看中我身上比正常人多出的一樣東西——

一種抗體。一種可反過來抑制加賀博士注入身體、強化細胞迅速增生的抗體。

之前說過，那些完成手術過後的祕警精英之所以爆體而亡，全因那些強化細胞的分裂速度太過驚人，雖然力量得以大幅提升，但同時也令原有的軀體超出負荷。

我體內這種抗體正是強化細胞的天敵，「它」知道擇惡而噬，把過分兇惡、膨脹的強化細胞選擇性地吞滅。就在我昏迷期間的一次驗血過程中，研究人員不小心把我的血液樣本，錯認成下一批等待手術的祕警精英的血液樣本，送去檢查。

就這樣陰錯陽差下，他們發現連我也不知道的身體祕密，而加賀博士就想出，或許，我可以成就他們偉大的實驗。就戴月辛而言，他在乎的只是從我身上取得成功的實驗數據，至於我的生死，那狗娘養的根本不會顧慮。坦白說，我沒有想這麼多，要從我身上得到數據去做什麼鬼實驗，我都不在乎。我在乎的，只有自己身體是否可以回復正常，甚至擁有更強大的力量，足以消滅眼前一班又一班已懶得再潛伏、在世界各地高調作惡的邪教教徒。

當然，殺戮的最終目的，就是為了救出我的妹子霍恩。

我相信，只要擁有與凌宇相近的力量，就可以在亂世中擁有保護家人的能力。

等等……我曾經聽翟靜說過，自從異世界回來後，凌宇便擁有一種自我修復的能力，更對那些屍化人身上的病毒有剋制作用……莫非……

莫非我身上不屬於自己的細胞，和凌宇有關係？但是……印象中，我未曾接受過凌宇的輸血，更沒有接受過他任何力量。莫非是澳門一役，凌宇被那些穿灰衣的新人類轟擊、跌撞在我身上時，我們的傷口有所接觸而導致的？

但世事真有那麼湊巧嗎？還是不要再胡思亂想好了。

「啊……」藥力發揮作用，渾身劇痛逐漸減退去後，我頹靡地坐在床邊，大口大口吸著空氣，待呼吸稍微正常之際，抬頭望向床前的鏡子。鏡子倒影著一副健碩而強壯的身軀，唯獨深陷的眼窩和灰暗的皮膚，微微透露出在力量不斷滋長的背後，拚命抗衡藥效的代價，就是生命開始枯竭的象徵。

我不禁喃喃地道：「我……原來已經變成這樣子。」

胸前昔日為了捉犯人而留下的數個彈孔，怎也不及渾身鮮紅欲滴的指甲抓痕。可惜這些抓痕背後，沒有一個接一個香艷的翻雲覆雨故事，反之，它們只是代表我自從身體被加賀博士注入病毒後，每隔一段時間那遍體異癢時，我拚命、瘋了似地以痛止癢的自虐表現。

但這一切，還是值得的。

若不是得到病毒改造，我絕無法在一個月前的一個深夜裡，在香港葵涌貨櫃碼頭單人匹馬親手解決一班屍化人，再救了那個「奎扎科特爾」七護法之一的「娃娃臉」小華。

對，你沒有聽錯，原本我還以為他們是一伙的，豈料我竟反過來救了那個護法小華。這結果，最初連我也不敢相信。

我一邊撫著左腹剛癒合不久的傷口，一邊在手提包拿出我的好搭檔——已得到祕警處之助，改造成可裝配微型炸裂子彈的密林三五七，好好檢查一番。

「咔──」彈匣卸出，我把已準備好的炸裂子彈逐一裝上。

2

我還記得，當晚在碼頭救小華的情況非常兇險，而最惡劣的不利因素，是因為我太衝動。

加賀博士說過，剛接受強化手術後的我，需要最少一星期的時間讓細胞適應，好以跟各器官融合。但沒辦法，機會就只有一個，而這個機會就是廖承志警司跟我說的。

當晚，他冒著滂沱大雨趕來醫院找我，替我帶來一個消息，說香港警方已收到可靠線報，「奎扎科持爾」的其中一個護法在葵涌貨櫃碼頭現身，祕警處的精銳探員已全員盡出。廖承志表示，只要把那護法生擒，就有機會救出霍恩。

我乍聽之下，心裡突然有股不祥之兆，腦海閃過戴月辛那對「奎扎科持爾」教派滿帶恨意的眼神。我深忖，以他作風，斷不會下令生擒，格殺才是他的最終指令。

所以，我趁他外出接聽電話之際，偷偷拔除身上的維生監測儀，更順手偷走他的車鑰匙，以最快的速度駛著他的ＢＭＷ跑車，朝貨櫃碼頭開去。

一路上，雨愈下愈大，大得連擋風玻璃上的雨刷都無法好好維持視野。但我腦海完全沒有「危險」二字，繼續狂踩著油門，以時速一百二十公里的速度前進。

「軋軋──」車子在暴雨中煞停。

到達貨櫃碼頭後，我無視自己一身病人裝束，冒著暴雨，一直向著正在裝卸貨櫃的碼頭飛奔。那時我還未發覺，自己身體已經起了異變，不單跑得比人快，連聽覺、視覺都變得比常人靈敏，對周圍環境的變化特別敏銳，尤其……

屍化人出現的時候。

「砰……」一團黑影在我頭頂飛過，瞬間在我跟前的貨櫃撞出一個大洞。

是一團血肉模糊的人體下肢。

但不是祕警處的人，憑衣飾判斷，死者應該是貨櫃碼頭的工人。

我停下腳步，感覺到自己被八對不懷好意的目光從四方八面盯著，我抬頭環顧四周，道：「出來！」

就在我喊聲剛止之時，身後貨櫃間的窄巷中有一黑影正向我移近。待我全神戒備之際，發現走出來的，是一個身穿黃色襯衣、白色短褲，頭戴鴨舌帽，圓圓的臉蛋還有少許泛紅的小孩。

他一邊走，一邊吮著只剩四分之一已經碎裂的棒棒糖，瞧他輕鬆中帶點天真的笑容，似乎絲毫不覺四周暗藏殺機。但當他愈走愈近之時，我發現他身上的襯衫竟有大大小小的血漬，而臉上也沾有些許污血。

那浴血的外表，與他天真的表情形成詭異的構圖。

我當刻聚神戒備，料想他也是邪教的一夥，生怕他向我隨時出手。

誰知，當他走近我時，竟拔出口中的棒棒糖，指著我身後疊得高高的貨櫃，向我道：「專心點，獵人就在那些黑暗的地方，他們正待我虛弱之時便發動攻勢，一、二、三、四、五、六、七、八……唔……應該全都到齊了。小子，唇亡齒寒，跟你爺爺我一起殲敵吧！」

說時遲，那時快，黑暗中的三道身影竟突然發難，以極高速度朝我的方向突襲。

「嚓！」喉嚨感覺一涼，血跟著汩汩流下。

在迅雷不及掩耳之間，若不是身邊的小孩把我拉後數步，不止喉嚨那塊皮肉，就連氣管也會被突襲的屍化人扯掉。

「沒事吧！你似乎不該這麼遜啊。」語畢，小孩飛身突入前方那個貨櫃窄巷，瞬間已與突然冒出的四隻屍化人交戰起來，而交戰途中的小孩，雙手竟隱約出現暗淡的金光。

但我不能閒著，一刻的鬆懈引來的，是又一塊左腹皮肉被屍化人扯去，而他們更在我面前開始啖食起我的皮塊。看著他們噁心的樣子，我想起霍恩……想起還在受苦的妹子，然後，第一次感受到身體湧現一股兇暴的力量。

那蓄勢待發的力量，令我全身機能、感官大幅提升，然後一念之動，打出連我自己都難以置信的一擊。

「喀嘞！」頸骨斷了。我指的是那個啖食著我那血淋淋皮肉的屍化人。

他的頭顱被我狠狠地轟擊陷入貨櫃鋼板之上，然後，我轉身迎向那兩個趕來向我發動攻擊的屍化人。

「砰砰砰砰砰砰砰砰砰砰砰砰砰砰砰砰！」

一連十六擊，我終於感覺到擁有力量是多麼美好，因為只要你見識過那兩個屍化人的屍首，就會明白，什麼叫做死得不似人形。

但興奮不到十秒，我便發覺自己太輕敵。原來我的感覺沒錯，敵人一共有八個，而其中最狡猾的，一直藏身在我們附近，等待著最佳機會發難；而我，就在這情況下被對方帶有病毒的指甲插入背肌內。

我心裡暗叫不妙，因為感覺自己的力量正不斷從傷口處決堤般湧出，但同時渾身的細胞似乎以更急速的速度成長，力量暴升到快不能承受的地步。

我心忖：莫非加賀博士計算錯誤，就連我體內的抗體都不能抑制強化細胞？媽的，就算是這樣，也不要在這時間出現反噬吧！

難道我要步上那些灰衣人的後塵？出師未捷身先死……不！不可以！

我當下把身體內過於膨脹的力量，全數轉移到背肌傷口，心想：不如就拚一拚，藉著傷口之便，送出所有力量吧！

二十秒……不！僅僅數秒的時間，那個不斷施以病毒給我的屍化人，雙手指甲不僅未能再寸進，更被我貫滿力量的肌肉緊鎖雙手而抽離不得，又再反過來被我強貫入力量——他的身體就像充氣的氣球般，不斷膨脹、膨脹、再膨脹，霎時間體型大了不止三倍。

「嗚……」雙眼眼珠充血暴凸的屍化人，發出陣陣痛苦的呻吟聲。

但我也好不了多少，還未懂得駕馭強化後的身體，此刻與屍化人的對峙正陷入膠著狀態，背肌上的傷口不斷流出鮮血。快要昏厥的我心想，就算沒有被力量反噬，自己也得失血過多而亡。

「砰砰砰砰！」

四下震耳欲聾的爆破聲，吸引了我的視線。是那個小孩，不知他用了什麼手法，在我跟屍化人對峙時，竟極速把眼前的敵人化為一灘血水。

但那只是慘勝，從那小孩頹靡及步履不穩的樣子看來，他已差不多花光所有力氣。但他沒有逃走，竟向著我這方向走來，然後，伸出一對戴上毛線手套的小手。

小手內隱約透出一陣金光，那小孩望著我微笑一下，然後徐徐脫下毛線手套。

「這感覺……怎麼跟凌宇那麼相似……莫非你也是七護法長老之一？」我目不轉睛地盯著這對手，

一雙與小孩年齡毫不相稱的手。在金光包裹著之下，那些錯綜複雜的粗獷青筋，那粗糙得像極老人的皮膚，很明顯，這對手不應該屬於這個小孩。

在我疑惑之間，那小孩把手搭在屍化人的手臂上，道：「就讓我幫你一把吧！」

就一瞬間，我感覺身上的力量急速流失，身上的痛楚驟然減弱，身後同步傳來一下抖動和爆破聲，然後，我整個身體淋浴在腥臭的鮮血中。

「哦，原來是這樣。」那小孩拋下手上的斷臂道。

「你究竟是誰？」我還記得，當時以為自己死定了。

小孩好整以暇地舔著手上的鮮血，別過臉道：「你不是來要抓我的嗎，竟然反過來問我是誰？」

難道……這小孩真的是祕警處通緝名單中，「奎扎科特爾」教派的七護法小華？

「猜對了。」小華在褲袋拿出已碎掉的棒棒糖，皺著眉道：「若不是我被亨利所傷在先，這班廢物又怎敢向我動手。啊……對了，你叫霍華吧，你來是有個問題要問我，對不？」

被突如其來一問，我強裝鎮定地道：「你怎麼會知道這麼多？」

「是你告訴我的。」他舉起染血的右手，向我扮個鬼臉，續道：「我最喜歡窺探別人的思想，你那些血隱藏著很多故事。我還知道你的血液內，存在著『奎扎科特爾』教派研發出來的屍化病毒……不……應該說，是被改良的病毒。」

我不置可否。

「不承認就算了，對了，你跟司徒凌宇有什麼關係？」小華吮著手上剩下的一小塊棒棒糖問。

「我為什麼要告訴你。」接著小華在我眼前不見了，然後一眨眼，他竟出現在我的背後。我驚道：「幹什麼？」

「收斂心神，雖然我沒有司徒凌宇的癒合異能，但要替你止血還是可以的。記著，你要對付『奎扎科特爾』教派的人，就必須變得更心狠手辣，你對他們仁慈，就是對自己殘忍⋯⋯」小華緊鎖眉頭，頓一頓道：「雖然並不是所有人都是如此可惡，但兩個民族之戰，看來已是無可避免。」

「什麼兩個民族？什麼戰爭？」

小華沒有理會我的問題，只喃喃地說：「原來是這樣，很溫柔的愛，難怪你願意接種這駭人的病毒。」

我感覺到背後傳來一陣熱力，傷口似在結疤，但剛過度催發力量的我，仍顯得有點頹靡。大約三分鐘後，小華從我背後撤手，閃爍著的金光驟然而逝，然後，他一聲不響站起來向黑暗中的貨櫃窄巷步去。

重傷初癒的我，根本無力阻止他離去，只好目送拯救霍恩唯一的線索消失於眼前。

豈料，已步入窄巷的小華竟突然停步，然後拋下了一句話；那句話，最終引領我來到美國紐約這個從未踏足的地方，開始我最後的人生倒數。

同時，也是於民間流傳二〇一二年十二月二十三日的末日預言競賽。

「去紐約吧！你那妹子應該被囚禁在那裡的地下水道實驗室，至於你找到的是人還是屍，就看你的機緣了。」

「你不是那個教派的人嗎？為什麼要幫我？」雖然嘴裡懷疑，但不知為何，我相信小華的話。

小華在黑暗中揮揮手，道：「一個被屍化軍團追殺的人，你覺得他還是教派中人嗎？小朋友，好好去守護你自己的信念，啊⋯⋯差點忘了跟你說，比你早來的一班特警，我為了他們的安全，把他們困在這邊⋯⋯等等不對，好像是那邊⋯⋯不不⋯⋯哎，我忘了在哪裡，總之我把他們都囚禁在其中一個貨櫃內，待會你去把他們放出來吧！」

他把手上的碎糖放進口中咀嚼，留下最後一句話：「我們應該後會無期了。」

「為什麼？」

「一個快被體內細胞吞噬的人，我不想在地獄跟他再續前緣，因為，我還有很多未了的心願。」

語畢，小華便在我眼前消失。

不知為何，當晚目送他消失於黑暗之際，我始終覺得我們有重逢的一日。

「啪——」彈匣卡上，我從回憶中抽離。我望望手錶，還有兩小時便到十二月二十一日。

「也是時候出發了。」

我拿起桌上那些備用的炸裂子彈，披上那件又皺又薄的大衣，沒有理會那長期蓬亂的頭髮，便離開這間公寓，孤身前往目標地點。

紐約市布魯克林的一個地下賭場。

「恩，哥來了，等我。」

公寓外，大街的暴風，颳得愈來愈狠。

灑落的大雪，令氣溫變得愈來愈冷。

這年的聖誕前夕，街上不再有高唱聖詩的群眾。

沒有喜慶氣氛下，換來的是不知名的死寂不安。

「噠……」

我無意中踏到一張今早免費發送的報紙，大大小小的新聞盡是一些關於兩日後，世界是否會末日來臨的話題。

但言論歸言論，當所有人都在談論末日，科學家、玄學家、宇宙學家、地理學家等相繼出來闢謠之時，沒有人察覺，一個已被人談到毫不新奇的天文現象，正牽動著人類感覺不到的磁場，默默散發出一種令人消極的電波。

然後，當所有人和事都在不知不覺間未循規律下繼續前進，而大家視而不見又習以為常之際，只有在黯淡的夜空中，數顆星體，漸漸地連成一線……

而在地球的另一端，一點紅光，配合星象，正漸漸光芒大盛。

時間，正開始倒數。

正邪之勢，開始逆轉。

兩日後，若人類還未滅絕，之後發生的事，必將編入史冊，警惕後世不再重蹈覆轍。

三十三・水道〔霍華〕

1

紐約布魯克林行政區，位於紐約市南端的臨海城市，人口約有二百五十萬。

在未踏足這此處前，我僅從警察總部的警備資料檔案裡得悉，這座城市在八、九十年代以治安不良聞名於世，這裡的幫派、黑勢力一直令警方頭痛，犯下的很多案件也都變成我們的參考教材。

除此之外，我對此地一無所知，更沒想過會踏足這裡。

若不是一個月前，那個「奎扎科特爾」叛教護法小華告知，我可以在這裡找到霍恩，而又經過翟靜、祕警處臥底特工的協助，確認霍恩很可能就被囚禁在此處的地下水道實驗室內，我有生之年也不會來到這個鬼地方。

這片早已被「奎扎科特爾」教派佔據精神和思想的土地。

夜半，某後巷之內。

「哈……哈……哈……不！哈……」

我高舉著手上的密林三五七手槍，指著被我逼到死角的地下賭場經理。說實在的，我沒有殺他的必要，炸裂子彈也犯不著為這種人浪費。

「入口在哪裡？你只有五秒時間。」我在大衣口袋裡掏出一根菸，放在嘴角再點燃，然後好整以暇地倒數：「五……四……」

「等……等等……不！」那經理的胯下流出黃色尿液，真丟人。

我沒有瞧他的臭臉，繼續數：「三……二……」

「不要逼我，我把入口告訴你，我全家都會被殺掉的……求你……求你不要逼我……」他用沾有酸臭尿液的手，抓著我的褲腳哀求著。

「一……」我深深呼出一口菸，扳下密林三五七手槍的擊錘。「咔！」

「零。」

「不！不！」

我把槍管伸前，貼著賭場經理的前額，作勢發射。

「不……你……你欺人太甚！」那人中留著一小撮鬍子的賭場經理突然發難，他的肌肉暴脹，變得猙獰的樣子，還迅速長出獠牙。他不是人，我肯定他就是我最討厭的屍化人。

「噗！」

不是炸裂子彈。

是徒手插入肌肉的撕裂聲。

「嘿，我早知你是這臭東西……」

「啊……你……哎……不……不要啊！我說……我說了……饒我一命吧！」那化身為屍化人的賭場經理，背後逐漸鮮紅一片，雙腳逐漸被抽得離地，眼神開始失焦。

對，我保證，他一會兒便會跟地上躺著的五具肢離破碎的屍化人屍體一樣，橫陳在離賭場入口不遠的後巷內。但他比較幸運，因為他還未回答我的問題，所以還不能死。

「吱——」他的胸口噴出大量鮮血。

「啊……不……不要……不要再擠壓我的心臟……啊……」後巷充斥著他的慘叫聲，他終於支撐不住地跪在我面前。

我無視他的叫喊，插入他胸腔的手，繼續肆意地擠壓他那肥大的心臟，問：「可以給我答案了嗎？」

「好……我說……那實驗室入口就在……哈……呼……」我把耳朵移近他的嘴邊，以聽見他快要消失的聲音。

「原來是這樣，難怪我一直找不到入口，謝謝你。」我露出一抹滿意的笑容，然後……「喀嘞——」他的心臟被我一手扯出，血噴得一地都是。

「你……你騙我……嗚……」

他嚥氣了。

「跟敵人說道義？難道你當我是傻子嗎？留你一個全屍已是恩賜，他媽的還這麼多廢話。你這狗娘養的，我還沒跟你算剛才賭桌上輸掉的十萬美金，還有為了引出你們所浪費的兩天時間。」我從大衣口袋裡拿出手帕，抹掉手上的鮮血，然後把染血的手帕拋在屍體血肉模糊的胸前傷口上，再轉身走向停在巷子不遠處的跑車。

對敵人仁慈，就是對自己殘忍，不止是那個小華說的，以我現在毫無支援、毫無同伴的情況下，殺一個，安全一分；殺兩個，就倍感安心。

沒辦法，從離開香港的那一刻起，我就知道，這次拯救霍恩的行動，就只有我孤身一人。

原本提供我情報的翟靜也打算一起前來，但不知是那麼巧還是戴月辛從中阻撓，祕警處竟在一次搗破教派實驗室的行動中，從逮捕到的科學家裡獲得情報，說「奎扎科特爾」教派在墨西哥灣進行一個叫什麼鬼「末日磁場逆轉計劃」，所以他們全體動員出發，誓要阻止異教徒從磁場缺口入侵。

就因為這樣，翟靜並沒辦法跟我隨行。

至於我的好友司徒凌宇，澳門一役後就不知去向，有人說他被俘虜了，也有人說他已變為另一頭惡魔，更有人說他失去所有力量、記憶，還有人見過他在廣州佛山做乞丐四處討吃。

但這些都是傳聞，沒有人可以確定，而我也沒有時間去追查。

「軋——」跑車的輪胎在雪地上打滑，好不容易穩定下來，然後極速開往第五街。

你說為什麼我要相信剛剛那個屍化人的話？原因無他，死亡並不可怕，被虐殺而求死不得的過程才令人毛骨悚然。所以，在這種情況下，任誰都願意說真話，而這都是那些邪教教徒教我的。

我望著手上的腕錶。晚上十點三十五分，還有不到一個半小時，人類將進入那災劫預言之中，而直覺告訴我，我也只剩那麼多時間。一個半小時，將決定剩下兩人的命運。

2

「滴答……滴答……」

第五街的地下水道比想像中複雜，而最令我陷於劣勢的是，手上加裝有GPS全球軍用定位導航裝置的手錶，進入地下水道後，變得全不管用。

但也基於這個現象，我更相信，這裡就是我要找的目的地。不然，擁有穿透近一百呎地底能力的定位系統，斷不會在此時失靈。除非，地下水道的四周牆壁，都裝上了比祕警處科技更高技術的反軍用追蹤裝置。

雖然如此，幸好只是定位導航失效，我所戴的熱能夜視鏡還能運作。坦白說，雖然我的體格已得到強化，但並沒有蝙蝠的音波導航能力，或是老鼠在黑暗環境中辨識方向的動物本能。

所以，剛進入地下水道不久，我便發現，就算自己迅速習慣了四周的黑暗，但在沒有燈光照明的幽暗情況下，雙眼只剩四成的模糊視力，所以熱能夜視鏡就成了我的救星，替我解決此時的大難題。

回想最初，我還拒絕加賀博士的好意，幸好最終有帶上這套應急武器，否則，實在不知如何在迷宮般的地下水道尋找霍恩。

「噠噠……噠噠……噠噠……」

我一邊走，一邊忍受著地下水道內那些渠道發出的陣陣惡臭，這種腐爛味……就像平日經過垃圾車時聞到的死老鼠味一樣，不同的是，這裡的氣味濃烈得很，聞著……聞著……竟有種頭暈的感覺。

「媽的！這是什麼鬼地方，竟這麼多死老鼠……恩究竟被藏在哪裡？」

我繼續往前走，每經過一個分岔口，我就在牆壁上噴上一個螢光的藍色交叉符號加一個順序號碼，好讓自己知道並沒有在原地打轉，也為等等出來時作好準備。

「軋……」

「什麼聲音？」我暗忖。

「軋軋……」聲音似乎是來自前方那邊的通道。

等等……這感覺……這氣味……很熟悉，是血腥味……還有屍臭味，莫非有屍化人在那裡？

我小心翼翼地沿著水道旁的石階走，唯恐被發現，我故意把身子貼著通道的牆壁緩慢前進，同時拔出腰間的密林三五七，右手握槍，左手則摸著牆壁前進。

「啊……不……啊……不要！」

是一道女聲！

「不……不要啊……啊！啊……」慘叫聲夾雜著鞭打的聲音，還有些電鋸聲。

我想起霍恩，想起夢中被折磨的妹子。

心頭的熱血令我按捺不住，疾衝向慘叫聲的源頭處，同一時間，一個黑影向我高速接近，挾帶一股暴烈的氣勢。

是拳壓。

「砰！」堅硬的通道壁被對方擊得深陷。

但要擊中我還差一點，我用百分之一秒的時間閃身下滑避開之餘，更在黑影背後開了一槍。

「轟隆！」

炸裂子彈遇敵即爆，空氣中除了滲透著濃烈的火藥味，更瀰漫濃郁而帶有酸臭的血腥味。

在熱能夜視鏡下，那向我拖襲的軀體腹腔失去熱能反應，應該是被我貫穿了一個恐怖的血洞，但最恐怖的還不止如此……

「哈哈……哈哈……」

那擁有泰拳拳師體格的屍化人並沒有死去，更向我擺出泰拳格鬥的姿勢。

但……

「啪！」清脆的斷骨聲響起。

剛才還神氣萬分的屍化人，頭顱已被我三百六十度扭轉一圈，而他的下巴最後更緊緊沒入鎖骨中間。他死定了，但我沒時間閒著，決定立即把他就地正法。

他布滿紅絲和疑問的眼睛還未闔上，便雙腳一彎跪在地上死去。

地下通道內有另外三個屍化人，原本正肆意虐待著眼前一眾衣衫襤褸、被鐵鏈禁錮的少女，見狀便停下那些變態的行為，一起轉身向我走來。

「喀嘞喀嘞！」骨骼關節作響。

我迅速看了他們身後的少女一眼，實在不敢想像，那些少女的軀體只能用「體無完膚」來形容。

「媽的！」我收起手上的手槍，不待他們殺上，便搶先衝出，要以這雙拳親手讓他們感受同樣的凌虐。

「砰砰！砰砰！砰砰！」血肉橫飛！

「嘿嘿……」他們見血後更形瘋狂，咧嘴而笑，絲毫不理傷痛向我襲來。

「啊……」我被一拳擊得離地，吐出一口鮮血後，感覺左肩差點被轟得脫臼。

他們實在有點強，與之前遇到的屍化人有些不同，似乎知道以三混一體的技擊戰術。

但不礙事的，因為……

「我還是比你們強！」語畢，我踏前一步，把力量都聚於胸膛，然後迎面接下那屍化人的重拳。

「喀！」我咳出一口血，同時望著他笑了，因為是時候——

以暴易暴，以力制力！

「啪嘞！」

我右手以橋手架勢制住他的前臂，然後左手貫滿力量，在他上臂之下猛然一拍，他的整隻臂膀便在數秒間跟身體分離開來。

但還未結束，聞到他噴出來的鮮血味，不知為何我感到極度興奮，彷彿很享受殺戮帶來的樂趣。

我抛下他的斷手，再衝上前用雙手抓著他的胸膛，再狠狠地向左右分扯……

「嚓！」眼前的屍化人就這樣被我分成兩半。

我抹掉沾在嘴角的碎肉，盯著前方兩隻有生以來第一次在臉上浮現恐懼的屍化人，道：「真臭！噁！」

他們不斷後退，是獸性本能告訴他們，掠食者的角色已經互換了。

「想逃？」我急奔向打算拔腿而逃的兩隻屍化人，然後以截然不同的極刑手法把他們處置掉。

不到三分鐘，地上除了有剛才被分屍的兩截屍體，還加上一具全身骨骼被擊得粉碎、只剩下一副肉泥似的死屍。還有，另一具被我一手貫穿喉頭，連痛苦喊聲也哼不出一句的女屍化人。

對，我忘了說，就算我霍華此刻變得暴戾，我也有我的原則，敵人若是女性，我仍是會以最少的痛苦方式送她歸西，不帶一點凌虐。

算是我對女性的尊重。

「沒事了，來……跟我走吧。」我把手伸向其中一位被蹂躪的少女。

豈料，她垂下頭並沒有回應我。我蹲下身，把手再次遞向她的面前。

「啊！」手指突然傳來一下劇痛，眼前的少女竟發瘋似地咬著我的小指。我連忙想把手收回，但無法，因為她死命地咬著。

此時，在她與我角力的當中，隨著她頭顱擺動，我終於看見她的容貌……

她，失去一雙眼睛，在深深的眼窩血洞中，還不斷流著血淚。同時，我發現她喉頭竟有一道深得發黑的八吋傷口……

天啊……她……她根本早已活不成……

她不是人，她一定已感染了屍化人身上的病毒，被凌虐過後，還要化為另一頭嗜血怪物，這何其殘忍……

「嚓——」我發狠勁地把手抽離，但就這麼一扯，小指就因用力過猛而斷掉、落在地上。很痛。

少女身後同時受病毒感染的同伴因嗅到鮮血的味道，身體也出現異變。她們向我咧嘴而笑，接著……

向我瘋狂撲來！

「吃吃……吃吃……吃吃吃吃吃吃……」

她們喉頭不斷發出猙獰怪叫的同時，我望著剛才咬掉我手指的少女。看著她斷了門牙的嘴裡含著一泡血水，怪可憐的，還有她身後一個接一個撲上前且渾身浴血的半裸少女，我終於下了一個決定。

「咔。」我忍著斷指的痛楚，拔出腰間的密林三五七，瞄準眼前這群我由衷覺得可憐的少女。

然後，炸裂子彈射出。

「轟隆！轟隆！轟隆！轟隆！轟隆！」

地上多了五具血肉模糊、肢離破碎的少女屍體。

「噹噹噹噹噹！」還在冒煙的五個彈殼退出，散落在地上。

我帶著遺憾與恨意，補充完五發炸裂子彈，轉身離開朝另一方走去。

「媽的！別讓我找到你們，我一定會在你們嘴裡一人送上一顆子彈！」我無視手指上的劇痛，繼續分秒必爭地搜索霍恩的蹤跡。

三十四・巨鼠〔高澤浩一〕

「滴答……滴答……滴答……」

時間過得很慢，慢得令人發瘋，慢得令人焦慮不安，三年了……自從那個叫「亨利」的人帶我離開精神病院後，我已經等了三年多的時間，很苦，真的很苦……

嘿嘿……不過再等多一會，我便可以結束這場沉悶的等待遊戲。

我是誰？嗯，我原本也想不起來，是那個亨利告訴我的。他一直叫我高澤浩一，但我不習慣，最後他把我改了個綽號叫「瘋子」。所以我到底是誰？

就叫我「瘋子」吧。

「呼……」我舔舐乾澀的嘴唇，盯著眼前一部又一部連接上紐約布魯克林街頭每個監視鏡頭的電視螢幕，心情有點期待，又帶著浮躁。

你看，這世界的人多腐敗、多庸俗、多醜惡，同時又多幼稚、多無知，簡直一點進步也沒有。這樣子停止進化的人，還留在這世界有什麼用？

「哈……」

如果不是要遵守這筆記簿主人、署名「賈明軒」的他寫下的規則，並要校準時間實現他許下的承諾，我一定會把這裡所有的時鐘調快一點，嘿嘿……

「……稍微調快一點不太過分嘛……嘿嘿……」

我偷偷四處張望，然後拿起桌上的古董銅鐘。對啊，就調快這麼一點，三分鐘吧！不要緊的……對嗎？

我恨得牙癢癢，但最終還是左手抓著右手，阻止自己的欲望膨脹。

「哈……對對，都等了這麼久，沒理由現在才毀約。」我放下古董銅鐘，斜瞄那筆記本上「賈明軒」那三個字。我想起自己何時答應了他的要求，而似乎有種莫名的制約，要我依循他的指示行事，否則，我的頭就痛得死去活來。

我猜，這個賈明軒是惡鬼，他就匿藏在我的腦袋深處。

「滴答……」

現在是晚上十一點五十八分，我感到很興奮，還有兩分鐘，嘿嘿……就剩兩分鐘的時間，他的「宏願」終於可以實現。

不要懷疑，這裡就是這樣寫的。

之後，他就會離開我，不再左右我的人生，故事的劇本應該是這樣發展的吧。

「嗯，看來我得準備一下了。」

我放下手上一直緊抓著的蛇皮人像，然後一拐一拐地走近控制台，目光從來沒有離開控制台上的紅色按鈕。

就是這個按鈕上的花紋，我每次看到它都會感到很興奮……想到等等要發生的事，我就興奮到熱血高漲，然後緊張地一邊摸著臉上紅色的胎記，一邊不自覺發出興奮低吟的期待叫聲。

「應該很痛快，嘿嘿……」

我記得，這些年來很多、很多人要殺那個賈明軒，但放心，我從來沒有出賣過他。

不……不是，就算他們想抓又如何？他們可以去哪裡找到他？

「嘻嘻……嘻……啊……呃……」

很痛很痛很痛……每次想到這裡，頭痛欲裂的感覺就不斷折磨著我，而每次，總會出現一個熟悉的身影。

「又是你？啊……」

哪個男人是誰？我腦海裡浮現的中年男人，他滿臉鬍子，更滿身酒氣，用槍指著我的頭……對，我記得他還有個妹子……不……不要……很痛，很痛啊！他不斷用槍柄擊打我的頭顱，痛……痛啊！住手……住……

頭痛得我什麼都忘記了。

「殺……我要殺……殺殺殺殺殺殺……殺殺殺殺……要殺死男人。」

但殺什麼？有什麼好殺？我為什麼要殺他？

我……我又忘記了殺他的原因，真的想不起來……想不起……我連自己是誰都想不起來，殺他有什麼用。

「算了吧……算了吧……」

我坐在控制台的椅子上，撫摸著頭顱左邊凹陷的太陽穴，望著面前紐約布魯克林各處的電視螢幕。倒數計時還剩下不到三十秒，三十秒過後，螢幕上的人就會得到解脫。對，從原罪中得到解脫。

我瘋了嗎？

我不知道瘋的定義是什麼，但我的確完全記不起昔日的一切，唯有按照口袋那本殘缺不全的筆記裡的文字去做。這樣應該沒錯，我深信那個叫賈明軒的人所做的決定，一定是對的。

「他簡直是天才……」

天才嘛，天才的定義，就是能夠做到別人做不到的事，想別人窮其一生也想不到的哲思，所以我明白他的想法。那個什麼「奎扎科特爾」重臨前的肅清之戰，為的是滅絕後的重新開始。

用那些「小傢伙」替神聖的護法們打開那「缺口」前開路……被那些「小傢伙」咬到後更會互噬同類，一段時間後會紛紛化為屍水。這種肅清邪惡後裔的方法省時省力，說他不是天才誰會信？

他要我替他實行這方法，我可毫無異議。

「嗶嗶嗶嗶嗶嗶嗶嗶嗶嗶嗶嗶嗶！」電子計時器響起。

「時間到！」

我緩緩按下那紅色的按鈕，操控板上升出一個蛇形人像的操控桿。我沒有猶疑，雙手握著蛇形人像桿向後拉動。

身後、腳下的齒輪組同時間在運作，鋼管轉動和金屬齒輪摩擦發出的高頻聲實在動聽。

「軋軋……軋軋……」

同時間我注意到，那個被我用膠帶封著嘴、用四副鐐銬鎖著的女子，流露出絕望的恐懼神情。

「嗚——」

「嘿嘿……害怕嗎？」我舔著乾澀的嘴唇，咧著嘴笑道：「沒辦法，賈明軒說妳是他死敵的妹子，哎……妳看我額頭上那每天痛得要命的殺千刀疤痕，哈……他要那個臭刑警飽嘗失去妹子之痛的滋味，嘿嘿……」

我沒再理會那個女人，繼續按下綠色的按鈕。五秒後，從接駁地下實驗室各處閘口的監視畫面中，我終於看到那批黑壓壓的東西湧出地面。是什麼？嘿嘿……是我精心培養的超級大老鼠，可愛嗎？

我照著那個賈明軒寫下的方法，來培育這批小可愛。對啊！只要加入少許那些東西，牠們便變得又肥又健壯，還有……又兇狠。

我計算過，不消五分鐘，這批小可愛就會在全布魯克林的地下水道湧出，向地上那群愚蠢又醜惡的人類發動攻擊。

嘿嘿……只要被這些小可愛咬一口，就一口，他們便會變得和我一樣。然後，一傳十，十傳百，到時整個地球的邪惡族群就會被毀滅，「奎扎科特爾」終於得到最後的勝利。

「嘔嘔……嘔嘔……」

我吐出一些墨綠色的液體，身上的皮膚不斷剝落，殘缺的肌膚露出鮮紅色的肌肉，隱約看見血管、靜脈在跳動。

但我不覺得痛，我感覺到全身很有力量。

我手上觸目驚心的屍斑中，暗藏一個微小的傷口，身上陣陣的腐爛味散布在四周空氣中。我一手抓起實驗室內最後一隻「小可愛」，輕輕撫著牠背項上的硬毛。

我用兩指箝著牠左搖右擺的小腦袋，使勁地一扣，牠那兩顆眼珠帶血地噴出，然後我把牠整隻生吞進肚子裡。

「哈哈……哈……」我舔著帶血的嘴唇。

然後，我轉身走向那被鐐銬鎖著的女子，不理會她驚惶失措的掙扎，瘋狂地扯掉她僅剩下的衣衫內褲。

我不是打算侵犯她。

我對這個裝有機械臂、全身皮膚內裡發燙的女人一點興趣也沒有。我一手揪起她後頸，彎長的指甲深深插入她肌膚內，不管她臉色驟然發紫。我抓著她，繼而走向身後那一排排巨形玻璃瓶前，再踏上那鋼梯，攀上玻璃瓶沒封蓋的頂端。

「撲通！」

她被我一手拋下那注滿綠色屍化液的瓶子裡。

「嗚——」

她愈掙扎，我愈興奮。到後來，她雙眼漸漸翻白，再一動也不動地乖乖沉睡在瓶子中。

我坐回控制台的椅子上，欣賞她最後掙扎的美感之餘，也滿意地看著其他一個又一個裝盛著男男女女的巨型玻璃瓶。

「傑作，哈……」

此時，身後播放著地下水道監測的螢幕裡，出現了一對男女的身影，吸引了我。我斜瞄了一眼，大笑道：「這場遊戲開始了，誰也逃不了，嘻嘻……」

三十五・守護〔霍華〕

1

「呼……哈……呼呼……」

距離零時零分還有一分鐘的時間，此刻我是心急如焚。

短短的一個多小時內，我身上便增添了數之不盡的傷痕，有來自屍化人的，也有來自這地下水道內那些見鬼的機關。

我愈來愈感覺到，從踏入地下水道那一秒起，我已經像被置身於困獸之鬥的棋局中，變為一枚棋子任人擺布。無論是受命向我施襲的屍化人，又抑或被我無意中碰到的，都只有一個目標，就是不斷消耗我身上的力量，以及我槍管內的彈藥。

我得承認，背後操控這場遊戲的人，他的目的達到了。

而我，輸了……更可能會輸得一敗塗地。

經過不停的戰鬥，我發現身上的強化細胞被激活得十分亢奮，皮膚上的紅斑愈來愈多，這也意味著，我快要駕馭不住這副軀體。那折磨我的毛病，會隨時突然出現，讓我在這個充滿危機的敵營中把我折騰至死。

雖然剛才已服下那顆紫紅色藥丸，但直覺告訴我，它只能短暫抑制著強化細胞，若再來一、兩次戰鬥，就什麼都變得不管用。

到時，只要出現一隻屍化人，就足以把我霍華輕鬆殺掉。

我不甘心……

「恩……妳究竟在哪裡？」

手錶零時零分的震動鬧鈴啟動，但我並沒有心思理會，然而就在滿心焦急之際，遠處突然傳來……「轟——」一下爆破聲。整條地下水道為之震動，連我也差點站立不穩跌在地上。

但最令我吃驚的是，在熱能夜視鏡下，那爆破聲傳來的方向，除了塵煙滾滾外，我發現那邊竟有兩個熱能生命體向我急奔而來。

這感覺……很熟悉……是他？

「吵——」

很快，一轉眼間，兩個黑影已從我身邊掠過。

等等……剛才那一照面，那髮型……那臉孔……那眼神……真的是他！剛才高速經過的黑影，竟然就是失蹤日久的碧格斯?!

等等……他拖著的女子很眼熟，她那頭長髮、那雙精緻的眼睛……是凌宇的妻子傅詠芝！

不會錯的！但為什麼他一臉慌張地奔逃？究竟有什麼東西能令大鬧祕密醫院、如入無人之境的碧格斯落荒而逃？

該死！我還呆愣著做什麼！碧格斯是捉走霍恩的元兇，逮住他或許就能知道霍恩的匿藏之處。

當下我決定轉身追上去的同時，一陣毛骨悚然在心頭湧現，身後傳來一股更濃烈的殺氣……

我轉身一望，熱能夜視鏡下的影像，竟是一大團紅色的東西向著我這邊洶湧而至。牠們不是一個生命體，是兩個……不！十個？不……錯錯錯！是成千上萬的傢伙。

「吱吱……吱吱……吱……」

我按下追蹤放大功能，當看見真實影像後，不禁雞皮疙瘩起來，然後轉身便隨碧格斯逃走的方向急奔。

我脫口而出：「媽的！怎麼會突然出現這麼多比拳頭還大三倍的超級老鼠？」

那些突如其來的老鼠，不止體型巨大，更可怕的是，牠們還未湧至，一陣作嘔的腥風已直撲而來。是腐肉味，還有夾雜濃烈的血腥味。牠們一定是餓瘋了，看見面前出現的獵物，都盡顯獸性本能，誓要把一切都吃光。

「吱吱……吱吱……」

那震耳欲聾的老鼠叫聲愈來愈近，我鼓盡全身力氣不斷向前跑，同時在腰間拔出密林三五七，還有三發子彈，但我知道都不足以殺死所有超級老鼠。

非必要時我不能浪費子彈，現下我可以做的，就只有「逃」！

「噠噠噠……噠噠……噠噠……」

但我始終未能擺脫牠們。

「啊！」手臂傳來一陣麻痛，一隻巨鼠竟撲上來死咬著我的手臂不放。

我用力一揮，把巨鼠甩到通道牆壁上，用力之猛把巨鼠摔得血肉模糊，血腥味令身後的老鼠更形瘋狂。我在逃跑的同時，不斷搜索四周，希望找到一條突圍的生路。

我不要當老鼠的晚餐，我還有更重要的心願未了，但除了逃，我還可以做什麼？

「等等……為什麼那個碧格斯可以跑得這麼快，我往相同方向跑，竟完全追他不上……照理說拖著一人跑，怎麼說都會比我跑得慢啊？」

感到滿心疑惑之際，我突然腳下一鬆，整個人失去重心向下急墜，不……不是垂直墜落，我感覺背頸傳來一陣涼意，自己彷彿緊貼著某些東西急速下滑。

我拚命地用手抓著四周，但完全無法施力，手指觸摸到那種冰冷而滑溜的感覺，是金屬的觸感……我應該身處在一個超級傾斜的金屬滑道內。

下墜之勢實在非常快，我一開始還穩得住身形，隨後便不能自主，身體不斷在通道內翻騰碰撞，而身邊竟出現一些黑壓壓的東西。

是那些巨鼠！

部分巨鼠竟跟我一起掉進機關內，下墜速度比我更快，一直跌落至下方黑暗的盡頭裡。

「軋……軋軋……軋……」我抓得手指都磨掉了皮，仍是不能止住墜勢。

「砰！砰！吱……吱吱……砰！砰！吱……」

撞擊聲夾雜老鼠的哀叫聲？

咦……那閃光……那陣血腥味……莫非……

是刀鋒！難道地道盡頭竟滿布刀鋒之類的東西？一念至此，遍體生寒的我決定來個孤注一擲。我拚盡全力在墜下期間把身體急速扭轉，將背後戴滿工具的背包朝下，然後鼓盡全身的力量注滿背部，期待奇蹟的一刻。

「砰！」

血花四濺。背脊傳來劇痛之餘，我感覺到一陣昏眩，當睜開眼看時，第一眼看到的，是剛才隨我跌下來的一隻巨鼠，牠像串燒般被尖刃穿過頭顱、再從尾部穿出，不斷冒血的身軀還在微微顫抖。

至於我，也好不了多少，但幸得加賀博士強化了這副身體，在多重保護、卸力下，尖刃只刺穿我的結實肌肉，並未插進內臟。但最不幸的，是我的右腳腳踝還是掛彩了，那種痛和施不了力的感覺，像極被尖刃插碎了骨頭。

「嚓！」我忍著痛，鼓起僅餘的力氣把尖刃從腳踝拔出。

然後雙手撐著地，咬緊牙關、施力把背脊抽離地上的尖刃，血汩汩地不斷流著，我感到有點暈頭轉向……是失血過多的徵兆。

我還不可以暈倒，因為……我聞到一股熟悉的氣息。

「該不會是碧格斯？」

我急翻過身，向著那氣息前進。我在狹窄的金屬管道內不斷爬行，血在背部不斷流出，把衣衫都浸得通紅。但我不管，因為在那氣息當中，我感覺到「她」的存在，所以更不能在此暈死過去。

當我快接近之際，前方一陣強光照來，待雙眼迅速適應後，我發現自己已經爬到管道的盡頭，而隔著面前這層金屬網子，我終於看見外面是什麼地方。

是個實驗室。

我隱約看見一個個巨型的玻璃瓶被放置在內，而這些被注滿綠色液體的玻璃瓶，裡面更浸著一個又一個全身赤裸的男女……

難道是屍化人的「加工場」？

而隔著網子，我終於確認了那股熟悉氣息是屬於誰。

真的是碧格斯。而在他身邊的，正是凌宇的妻子傅詠芝。

不止，他們身旁還有兩個人，其中一人……我依稀記得，那股邪惡的氣味，那道差點忘記的輕佻笑聲……是他！一定沒錯！

賈明軒，也是數年前從瘋人院被人劫走的高澤浩一！

一直有傳聞說他在逃走途中被殺，想不到這惡賊竟還沒死。

沒有錯，我不會認錯人的，是他，他右邊太陽穴上凹陷的傷痕，是六年前我在那荒廢的學校裡，為救凌宇而用槍柄狠狠對他擊打造成的。

這惡賊竟重歸「奎扎科特爾」教派……等等……他的一身裝束，莫非……莫非他就是一直被祕警處通輯，那個綽號「瘋子」的瘋狂科學家？

不……不重要，全都不重要。

重要的是，我感覺到霍恩就在裡頭。

難道……

那些瓶子……不……不會的……

2

我舉起失血過多以致軟弱無力的手，不斷嘗試扯斷眼前的金屬網，但任我如何費力，都是徒勞無功。

「呼……我還有最後希望。」

我伸手在腰間拔出密林三五七，然後對著網子，準備以炸裂子彈轟出一個大洞。

我已經不能顧慮太多，只知道不能讓妹子成為另一隻為禍世界的屍化人……她已經夠慘了，被那羅托斯燒掉一隻手，更輾轉被送到這裡弄成人不像人、鬼不像鬼。

「我一定要救她……一定要……要……」我拿著槍的手不斷顫抖著，更費盡力氣才能舉起手槍。

此時，只隱約聽見站在外面、一臉得意的「瘋子」高澤浩一道：「嘻嘻……咦……你……我好像認得你，嘻……你是……你是『騙子』！你……怎麼弄得那麼狼狽啊？」

「不用你管！呼……」從碧格斯氣若游絲的聲線看來，雖然我看不太清楚他的樣子，但感覺他身體應該出現了些狀況。

「嘻……從你身上那些不斷擴大、又藍又綠的潰爛傷口看來，是那個『爵士』專屬的鬼手病毒唷！怎麼會這樣子呢？不……不！你不要給我答案，讓我猜猜。」高澤浩一竟真的認真地來回踱步思考。

「……」全身皮膚泛著淺藍的碧格斯沒有回話，只狠盯著令人反感的高澤浩一。

「嘻！我想到了！一定是這樣……嘿嘿……你，就是為了這女人，對不對？」高澤浩一伸出手，打算輕撫著眼神迷離的傅詠芝臉頰。

「你別碰她！」碧格斯奮力衝前，拍開高澤浩一的手，怒道：「你膽敢再傷害她一根毛髮，我就要你死無全屍！」

「唷！好害怕啊……嘻……嚇死人了。」高澤浩一咧嘴笑道：「你猜，究竟是你死無全屍，還是我死無全屍？嘿嘿……」

我循著高澤浩一手指的方向望去，是實驗室內的大電視。

「怎……怎麼會這樣……」望著電視傳來的影像，我也不禁低吟起來。

是老鼠！是剛才在地下水道內的巨鼠！

牠們竟循著地下水道的出口紛紛爬上地面，一隻緊接一隻，張開牠們的血盆大口，瘋狂地在布魯克林區肆虐。

高澤浩一接上政府各主要監視路面的監視器畫面，慘叫聲、呼救聲此起彼落，那些超級巨鼠逢人就咬，畫面不斷傳上血肉橫飛的恐怖情況。

其中，一個原本抱著嬰孩的母親，驚見巨鼠群湧上前，恐懼之下，手一鬆便把嬰孩摔到地上，而那些飢不擇食的巨鼠群見「食物」在前，竟一擁而上，瞬間，數十隻巨鼠把那嬰孩團團圍住，形成一個不斷滾動的毛茸茸黑色大圓球。

「哈哈……哈……好……小可愛實在太餓了啦。」高澤浩一邊笑，邊興奮地伸出舌頭舔著上唇。

不消一分鐘，巨鼠群迅速散去另尋獵物，而畫面上就只剩下被巨鼠咬得奄奄一息的孩子母親，還有……一堆只剩下沾著少許碎肉肋骨的殘骸。

那嬰孩被徹底地「吃」了。

「去吧！去吧！去吧！哈哈……把那些病毒都傳播開來，然後地球上那些邪惡的後裔都化成毫無意識、只會互相廝殺的屍化人！嘻嘻……然後時間一到，全部人都爆裂開來，那瞬間綻放的血煙火一定很壯觀！哈哈……大神萬歲！我終於替大神肅清邪惡的族群，嘿嘿……『騙子』，你是不是跟我一樣興奮！來，跟我一起喊，大神萬歲……萬歲！」

高澤浩一一邊高呼亂叫，一邊走近左邊的巨型玻璃瓶前。

我一看到玻璃瓶裡面的人影，便忍不住高喊：「恩！」

「嘿……看來有些不速之客偷聽我們的對話。」高澤浩一跟碧格斯道。

豈料，碧格斯正眼都沒有看我，只望了望一直呆坐地上、不發一言的傅詠芝，道：「放過她，你要的，我都可以給你。」

「要我放過她？你這個人真奇怪，我不是已經放過她一次了嗎？你不遵從亨利的指示去殺那個刑警，還反過來用亨利賦予你的力量，闖入我這裡救走ＦＷＣ，嘻……你這個人也真怪，比我還怪。好……好……我放過你一次，你偏又要把她帶回來給我，然後你又要我再放過她，哎！我的媽好亂啊！不，不可以每次都如你所願……等等……我在做什麼？我為什麼在這裡？頭很痛……痛啊！我究竟是誰？你又是誰？」高澤浩一抱著頭，不斷在地上打滾痛苦呻吟，看情況不像在演戲。

「不要裝傻，外面到處都是你養的巨鼠，我根本就逃不出去，來！我們做個交易，只要幫我帶她離開這裡，我替你消滅所有不速之客。」碧格斯道。

「痛……痛……嘿嘿……你說什麼？看你這腐爛得快要變成肉泥的身軀，你憑什麼？」高澤浩一說完，指著另一台大電視。

「啊！我的小可愛……不！不要！殺……殺殺殺！」

「那不是凌宇嗎？」我驚道。

真的是凌宇！畫面所見，在不知是哪個位置的地下水道，凌宇不斷運用閃耀著奪目紫光的雙手，把不斷湧現的巨鼠幹掉，他仍舊是所向披靡。

而他身後有一人緊緊跟隨，她是……那身影……不會錯，她是翟靜！

他們為什麼會在這裡？翟靜不是跟戴月辛一起到墨西哥灣執行任務嗎？

「……果然，這傢伙終於找到這裡了。」碧格斯說時，一直望著身邊的傅詠芝，臉上流露著失落的表情。他對傅詠芝道：「我現在才知道，人類的愛並不能靠力量改變……但就算他現在出現，也挽回不了妳的結局，妳只會在虛實交替糾纏的記憶中不斷活下去，直至死亡。」

碧格斯半跪下的同時，我發現，傅詠芝的一雙眼睛，一直望著那個追蹤著凌宇的電視畫面，她身軀微微抖震，臉上閃著一點接一點的閃光。

是眼淚。一直痴傻的傅詠芝，竟不自覺地流下淚。

碧格斯不再說話，龐大的身軀就一直蹲在那裡，一動也不動，更沒有一絲氣息，再沒有多餘的一句話。他嚥氣了。

他在極度失落中，帶著遺憾死去了。

「這樣就死了嗎？」高澤浩一走近碧格斯，把剛嚥氣的他一腳踢倒在地，然後伸手托著傅詠芝的下巴，猙獰地笑道：「這麼漂亮的臉蛋，難怪令『騙子』也傾心！」

高澤浩一轉身望著另一個空置的玻璃瓶，喃喃地道：「痛……痛啊……嘿……嘿嘿……與其留在這裡成為我那些小可愛的大餐，不如當我的實驗品，嘿嘿……妳一定是有史以來最漂亮的屍化人。」

說完，高澤浩一開始解開傅詠芝的上衣，露出內裡雪白的胸脯。

「不！」我大喊。

「轟隆——」

炸裂子彈爆破，阻擋著我唯一的障礙物已清除，我鼓盡餘力急衝向高澤浩一。就在這時，他驚覺我突然發難，竟放下詠芝，轉身便按下身後電腦上的紅色按鈕。

「軋……」實驗室另一端的大門開啟，高澤浩一頭也不轉便奪門逃出。

我舉起手上的密林三五七，槍上的準星對著高澤浩一的後腦。

「砰！」子彈發出。

同一時間，在百分之一秒之內，浩一拋下不知哪裡來的遙控器，然後……

「轟隆！」炸裂子彈再次炸開。

浩一的左肩被轟出一個恐怖的血洞，而強大的衝擊力也把他彈飛出實驗室外老遠。

同時間，剛開啟的大門隨即關上。「砰！」然後傳來一連串的自動上鎖聲。

我沒時間理會，因為我還要救霍恩。她被困在充滿綠色液體的玻璃瓶內生死未卜，但我這個電腦白痴根本不知如何把她釋放出來。

不！我還有力量，我那已強化力量的身軀，可以轟出三百磅的拳壓，應該足以打碎眼前這個玻璃瓶。

當我準備向那瓶子擊出一拳時，身後的電視螢幕傳來一陣慘絕叫聲，是高澤浩一！

他應得的報應。

逃出實驗室的他，竟成為自己製造的那些老鼠晚餐，是十級凌遲，更是至死方休。那血肉橫飛的情景相信不用我再形容。

畫面最後所見，是一眾巨鼠把不知死了沒有的高澤浩一，拖進地下水道的另一端，然後消失在黑暗中。我隱約看見他血肉模糊的嘴角仍微微顫動。

是不甘心？還是想向我求援？

或許是臨死前還在稱讚他的小可愛幹得好？

這瘋子，有此下場也是活該。

我斜睨著另一個螢幕，畫面上已再看不到凌宇他們的蹤影，然後，我轉身走向裝著霍恩的玻璃瓶。

這次，不會再有僥倖。我心忖。

「給我最後的力量，讓我守護最愛的親人……」

空氣中劃過一條由上而下的極速黑芒。

「劈啪——」

原本碧綠色的液體染上殷紅色的鮮血。

「劈啪劈啪劈啪劈啪——」

在打破玻璃瓶的同時，我整個人也陷入其中。

「恩！哥來救妳了。」

我緊緊抱著全身冰冷、赤裸身軀的霍恩，無視身上被割損的傷痕，或是深深刺入肌肉的碎玻璃。

只因，我最愛的妹子，終於重投我的懷中。

「嚓嘞！」胸腔突然傳來兩下劇痛。

是恩……她一雙手深深沒入我的兩側肋骨之間。

「沒……沒事的，有哥在，沒人可以傷害妳的，嗚……」我咳出一口鮮血，雙手輕輕地替霍恩抹去臉上殘留的綠色液體。

「嚓嘞！嚓嘞！嚓嘞！嚓嘞！」

好痛……但，哥不怪妳。

「就算我做錯事也會原諒我嗎？」模糊間，小霍恩出現在我眼前。

我點點頭微笑著，然後身軀如斷了線的風箏般，輕輕地、慢慢地向後下墜。

我再也感覺不到痛。

在快要闔上眼時，我還是希望能多一刻望著霍恩。

「哥……」霍恩喊出一句。

恩。哥不怪妳。

然後，我失去意識。

失去人類的氣息……

「那你找到要保護的人嗎？」我笑問凌宇。

「找到了，那你呢？」凌宇轉身望著我問。

「當然是我最疼愛的妹子。」

「我們就為屬於自己的正義而戰。」

《末殺者》上冊　完

國家圖書館出版品預行編目資料

末殺者【上】/畢名著 .-- 初版 .-- 台北市：奇幻基地，城邦文化發行；家庭傳媒城邦分公司發行 2020.10（民 109.10）
面：公分 .--（境外之城：110）
ISBN 978-986-99310-2-1（第一冊：平裝）

857.7 109012488

ISBN 978-986-97628-7-8

Printed in Taiwan.

境外之城 110

末殺者【上】

作　　者／畢名
企畫選書人／張世國
責 任 編 輯／劉瑄
發　行　人／何飛鵬
副 總 編 輯／王雪莉
業 務 經 理／李振東
行 銷 企 劃／陳姿億
資深版權專員／許儀盈
版權行政暨數位業務專員／陳玉鈴
法 律 顧 問／元禾法律事務所　王子文律師
出版／奇幻基地出版
　城邦文化事業股份有限公司
　台北市 104 民生東路二段 141 號 8 樓
　電話：(02)25007008　傳眞：(02)25027676
　網址：www.ffoundation.com.tw
　e-mail：ffoundation@cite.com.tw
發行／英屬蓋曼群島商家庭傳媒股份有限公司城邦分公司
　台北市 104 民生東路二段 141 號 11 樓
　書虫客服服務專線：(02)25007718・(02)25007719
　24 小時傳眞服務：(02)25170999・(02)25001991
　服務時間：週一至週五 09:30-12:00・13:30-17:00
　郵撥帳號：19863813　戶名：書虫股份有限公司
　讀者服務信箱 E-mail：service@readingclub.com.tw
　歡迎光臨城邦讀書花園 網址：www.cite.com.tw
香港發行所／城邦（香港）出版集團有限公司
　香港灣仔駱克道 193 號東超商業中心 1 樓
　電話：(852) 2508-6231 傳眞：(852) 2578-9337
馬新發行所／城邦（馬新）出版集團
　【Cite(M)Sdn. Bhd.(458372U)】
　11, Jalan 30D/146, Desa Tasik,
　Sungai Besi, 57000 Kuala Lumpur, Malaysia.
　電話：(603) 90578822　傳眞：(603) 90576622

封面設計／高偉哲
排　　版／極翔企業有限公司
印　　刷／高典印刷有限公司
■ 2020 年（民 109）10 月 6 日初版一刷

售價／ 399 元

廣　告　回　函	
北區郵政管理登記證	
台北廣字第000791號	
郵資已付，免貼郵票	

104台北市民生東路二段141號11樓

英屬蓋曼群島商家庭傳媒股份有限公司城邦分公司 收

請沿虛線對摺，謝謝

奇幻基地

每個人都有一本奇幻文學的啓蒙書

奇幻基地官網：http://www.ffoundation.com.tw

奇幻基地粉絲團：http://www.facebook.com/ffoundation

書號：1HO110　　書名：末殺者【上】

請於此處用膠水黏貼

奇幻基地

讀者回函卡

謝謝您購買我們出版的書籍！請費心填寫此回函卡，我們將不定期寄上城邦集團最新的出版訊息。

姓名：________________________　　性別：□男　□女

生日：西元__________年__________月__________日

地址：____

聯絡電話：__________________傳真：__________________

E-mail ：____

學歷：□1.小學　□2.國中　□3.高中　□4.大專　□5.研究所以上

職業：□1.學生　□2.軍公教　□3.服務　□4.金融　□5.製造　□6.資訊

□7.傳播　□8.自由業　□9.農漁牧　□10.家管　□11.退休

□12.其他____

您從何種方式得知本書消息？

□1.書店　□2.網路　□3.報紙　□4.雜誌　□5.廣播　□6.電視

□7.親友推薦　□8.其他__________________________

您通常以何種方式購書？

□1.書店　□2.網路　□3.傳真訂購　□4.郵局劃撥　□5.其他

您購買本書的原因是（單選）

□1.封面吸引人　□2.內容豐富　□3.價格合理

您喜歡以下哪一種類型的書籍？（可複選）

□1.科幻　□2.魔法奇幻　□3.恐怖　□4.偵探推理

□5.實用類型工具書籍

為提供訂購、行銷、客戶管理或其他合於營業登記項目或章程所定業務之目的，英屬蓋曼群島商家庭傳媒（股）公司城邦分公司，於本集團之營運期間及地區內，將以電郵、傳真、電話、簡訊、郵寄或其他公告方式利用您提供之資料（資料類別：C001、C002、C003、C011等）。利用對象除本集團外，亦可能包括相關服務的協力機構。如您有依個資法第三條或其他需服務之處，得致電本公司客服中心電話 (02)25007718請求協助。相關資料如為非必要項目，不提供亦不影響您的權益。

1. C001辨識個人者：如消費者之姓名、地址、電話、電子郵件等資訊。
2. C002辨識財務者：如信用卡或轉帳帳戶資訊。
3. C003政府資料中之辨識者：如身分證字號或護照號碼（外國人）。
4. C011個人描述：如性別、國籍、出生年月日。

對我們的建議：____

____

____

請於此處用膠水黏貼

D O O M S D A Y

M A S S A C R E

D O O M S D A Y

M A S S A C R E